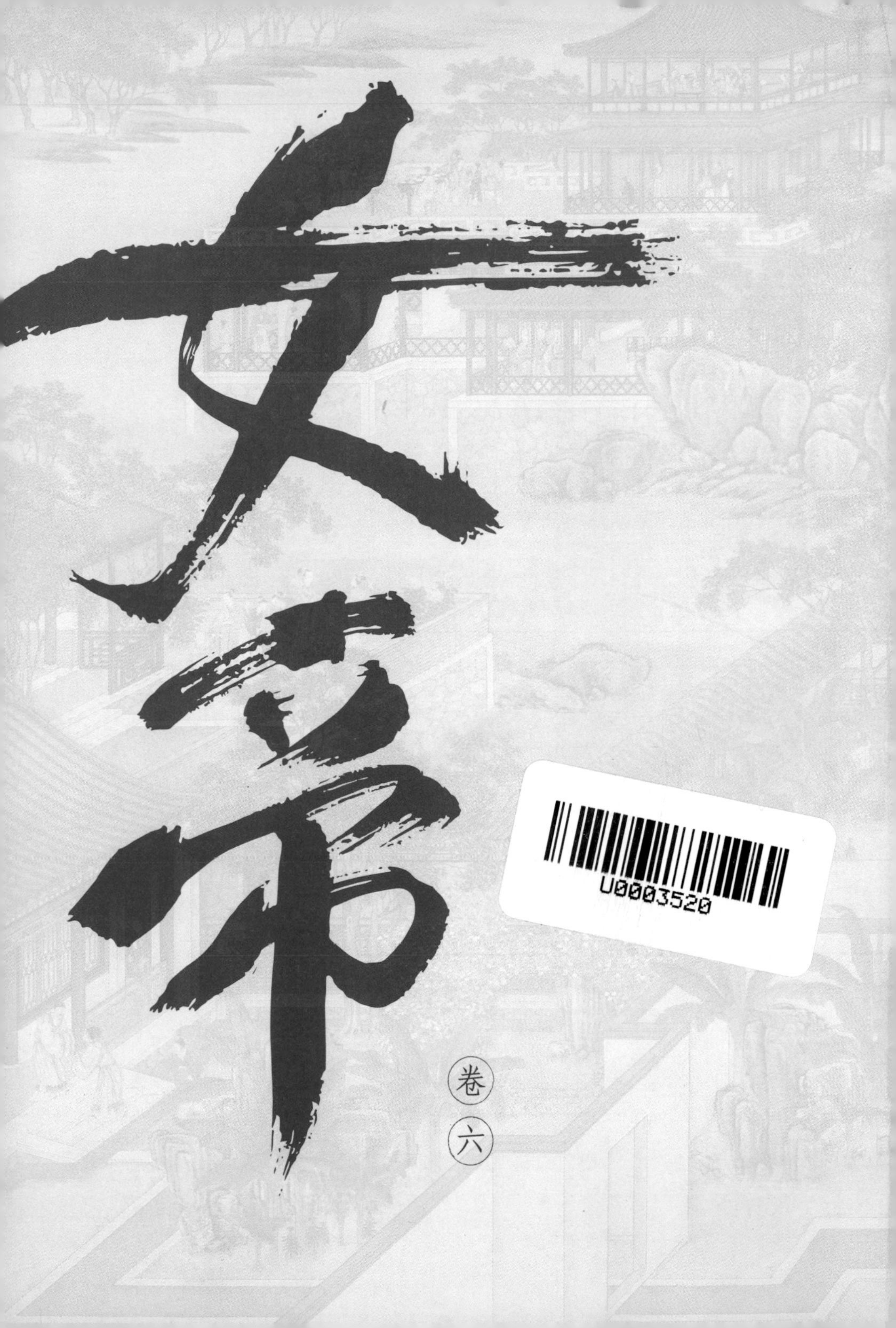

女帝

卷六

第一章　戰死沙場

八月二十四日，有登州百姓見夜裡城門大開，陸續有輜重車隊出城，第二日城中熱議沸騰。接連三日，董府夜夜有車馬在夜深人靜之時出城。流言稱，董清嶽接到消息，戎狄要舉全國之力攻城，故而提前收拾了董府的細軟，打算棄城而逃。

有百姓望風而動，也將家中值錢的物件兒收攏裝入包袱，若是戎狄真的攻城也好提前逃竄。

八月二十七日夜裡，被董清嶽派出城去打探南戎軍情的董長茂快馬入城，直奔董府。

登州城官員連夜被召集，董清嶽告知諸位官員，董長茂已探知南戎將傾全國之力攻登州城，此情況與當初董清嶽預料一般，登州官員倒也無不信。

董清嶽直言，此次登州軍軍中諸人早已因皇帝修葺行宮而剋扣糧餉之事心生不滿，此時若戰……登州軍軍心不穩，恐無法得勝，為防止戰敗致登州百姓受屠戮，提議在南戎兵馬到來之前，先由登州軍護送官宦家眷撤離，隨後再撤離百姓，留下登州軍和武將官員守城。

官員無不表示贊同，畢竟誰不怕南戎軍隊攻入城，對登州進行血洗……連累自家妻室子女。

八月二十八日一早，有早起的登州百姓，看到住著登州官宦人家的那條巷子，巷頭到巷尾，朱漆紅門高門大戶的門口都停著馬車，各家女眷懷抱細軟上了馬車，其他財貨被高高摞起在專門拉貨的馬車之上，用油布覆蓋，又用結實的麻繩捆緊，在帶刀登州軍的護衛下，一家接著一家往城外走。

官員家眷這麼一走，百姓的心便全都亂了，有人抄著袖子罵罵咧咧，有人則有樣學樣趕忙回家套車收拾細軟跟隨在官員家眷之後出城。

甚至已經有人開始大罵董清嶽，稱董清嶽這是要棄城而逃，全然不顧百姓死活。

再有人去董府一探，聽說董府財貨是最先運走的，且董家女眷是最早出了登州，如今女眷中只剩下一個董老太君還未曾離去，以及董清嶽和董長瀾、董長茂也都還在。

當天下午，所有官宦人家轉移出城之後，董清嶽才立於鐘鼓樓上，敲鼓集合城中百姓。

激憤不已的百姓看到董清嶽，已顧不上什麼禮儀，高聲問道：「董大人，聽說戎狄要攻城，官員和家眷都已經轉移出城了！董大人是否要棄我們登州百姓於不顧？」

那人話音剛一落，就見一輛刻著董府徽記的榆木馬車緩緩停在城門樓下，白卿言扶著董老太君從馬車上出來。

董老太君拄著拐杖，立在馬車之上，雙目炯炯，氣如洪鐘，高聲道：「我董家，世代鎮守晉國邊城登州，從未有過棄城，棄登州百姓之事發生，以前沒有，現在不會，以後更不會有！」

白卿言扶著董老太君下了馬車，董老太君凌厲視線掃過圍在鼓樓之下的登州百姓，挺直了脊梁，一手拄著油亮的烏木拐杖，一手扶著白卿言的手，朝著鼓樓之上走去。

眾人視線矚目著身著誥命夫人盛裝華服的董老太君，老人家滿頭銀絲梳的一絲不苟，將面容繃得緊緊的，老人家年歲已高，香粉已然遮不住臉上溝壑縱橫的紋路，但她身姿筆挺，莊重自持，周身褪去平日的慈眉善目，帶著一股子殺伐決斷的果決。

董清嶽帶著兒子董長瀾和董長茂親自從鼓樓下來迎接董老太君，董老太君卻擺了擺手，就立在百姓面前，高聲道：「早於六月開始……我兒董清嶽連上十幾道摺子，告知皇帝今年南戎恐會傾全國之力攻我登州城，請皇帝提早準備派兵馳援，皇帝不但未准，反倒剋扣登州軍糧餉，用來修葺行宮之用！」

百姓們聽到董老太君老邁但洪亮的嗓音，緩緩朝著董老太君的方向聚攏。

「皇帝能棄我登州百姓不顧，董家不能！登州軍不能！所以我兒只得做出董家得了消息率先出城之狀，派登州軍先行出城搭帳篷建營地，好讓登州百姓出城之後有地方落腳，不至於成為流民！」

「既然如此，為何那些官員帶著家眷先跑了！老太君這莫不是誆騙我等無知小民！」有人高聲問道。

董老太君朝那出聲之人的方向看去道：「因為登州官員之中有朝廷的眼線，讓登州軍護送也是看管官員管出城，防止有人提前給皇帝通風報信，避免皇帝以我兒小題大作擾亂民心為由，派人奪了我兒的兵權，再無人護我登州百姓！只有將那些官員挪出登州城管控起來，我董家才敢向諸位百姓直言相告！」

董老太君說著將手中的拐杖交給白卿言，朝前邁了一步：「諸位鄉鄰，我董家世代守護登州城，誰能說出……董家可曾有過一次棄城而逃？可曾有董姓一人，棄百姓於不顧？董家世代受登州百姓擁護，亦是世代守護登州百姓！」

百姓們靜靜望著董老太君。正如董老太君所言，董家世代守護登州，寧戰死，也絕不棄城，絕不捨棄百姓！就連董老大人，都是為了登州百姓而死。

且當年董老大人戰死，便是董老太君帶人守住了登州城，硬是撐到了董清嶽帶白家軍前來馳援，才免於登州被戎狄人屠城。也是因此，董老太君在登州百姓之中威望極高。

董老太君想起自己戰死的老夫君，喉頭翻滾，聲音略顯哽咽：「我那為護登州戰死的老夫君，曾言……登州百姓，便是我董家的血脈至親！為人者……哪有棄至親於不顧的！」

「我以全族對天起誓，董家護民愛民，若敢有一絲害民之心，天誅地滅！全族無後而終！請諸位鄉鄰……信我董家！信我董家兒孫！」說完，董老太君朝著百姓的方向一拜。

「董老太君這話折煞我等了！我等受董家世代庇護，怎敢當董老太君如此大禮！我等雖是升斗小民……但也知董家愛民之心，我等願意相信董家！願意相信董大人！」

人群中有一身直裰的男子高聲道。

那一人應聲，百姓們紛紛響應，嚷著相信董家，相信董清嶽，把登州鼓樓吵得熱火朝天。

董清嶽見狀，忙上前一步朝著百姓抱拳，道：「諸位鄉鄰願意相信我董清嶽，我必會護諸位周全，現下便請各位回家收拾細軟，兩個時辰之後北門匯合，由我的長子董長瀾和我的老母親一同陪著諸位鄉鄰去營中安置！今日董清嶽請諸位離家，來日董清嶽也定會帶諸位回家！」

百姓們應聲離去，紛紛回去收拾。白卿言立在董老太君身旁，對自己這位外祖母實為敬佩。

「那位蕭先生離開了嗎？」董清嶽轉身問董長瀾。

董長瀾搖了搖頭：「沒有，蕭先生說他正巧還有些事情沒有處理完，且他身邊有護衛隊，所以欲等祖母並護送祖母到軍營之中，再出發返回魏國。但兒子已經同蕭先生說了，蕭先生之前不走，怕是再走……就要等到登州戰事結束了。」

「如今大燕的明誠公主還在城中，不知道明誠公主是要跟著一同撤出登州，還是隨北戎大燕離開？」白卿言問董清嶽。

「表姐不知，之前母親帶著容姐兒和兩個妹妹出城時，大燕的裴將軍前來問過情況，曾提議他可以幫著說服北戎出兵攻打南戎，以此來解登州之困！父親以靠人不如靠己為由拒絕，當時便提議將明誠公主一同轉移去駐紮之地！裴將軍也同意了！當天夜裡為掩人耳目……已經與母親她們一同出城了。」

「所以，如今大燕的裴將軍也在駐紮之地了？」白卿言問。

董長瀾點頭：「我已經命人嚴加看管，表姐放心。」

見百姓紛紛散去各自回家收拾東西，白卿言又問董清嶽：「明誠公主……大夫可有說是否能救？」

董清嶽搖了搖頭：「不過是拖著罷了！但……想來也拖不過幾日了！我也明言告訴那位裴將軍，還是讓明誠公主想見之人速速來見最後一面。」

那位明誠公主昏迷不醒，偶有好轉時便一直喚著一個人的名字，想來是執念極深的。

「你也回去收拾收拾，隨你外祖母一同出城。」董清嶽抬手拍了拍白卿言的髮頂，見白卿言還要說什麼，董清嶽便帶著白卿言走到一旁偏僻處，壓低了聲音道：「舅舅知道你要說什麼，你想藉此機會見一見阿瑜，可此戰是一場佯敗之戰！你鎮國公主常勝不敗的威名絕不能有損，這不是舅舅在乎你的虛名，而是這虛名能為你將來舉事時……作為女子之身最大的依仗和底氣！」

董清嶽抬手拍了拍白卿言的肩膀：「等來日反撲之戰，舅舅定會讓你同阿瑜見上一面，你聽話！」

白卿言知道董清嶽這話是為了她好，女子處世本就艱難，尤其是身為武將……

她之所以能在白家軍中立足，除了她是白家的嫡長女外，還因為她是白家軍手刃敵國大將頭顱，且從無敗績，所以她才會被稱為小白帥！

亂世之中，強者為尊，這是指男子。

而亂世之中，女子為尊，便要比男子勝出百倍千倍，董清嶽深諳其中道理，所以他不敢南戎敗了丟城不要緊，可他不能看著外甥女這不敗神話的名聲受損。

「這一次，你就安心躲在舅舅羽翼之下，讓舅舅護你！畢竟……來日，舅舅不知道還能護你多久，離開登州後……你前面的路更難更險，舅舅遠在登州鞭長莫及。」

白卿言明白董清嶽的用心，長揖對董清嶽一拜，心中難免被酸辣的情緒填滿：「那，阿寶此次，就將安危託付於舅舅了！」

董清嶽對白卿言露出溫潤笑意，抬手拍了拍白卿言的髮頂。

不論是阿寶還是阿瑜，他的外甥女和外甥……都已經不是曾經那個需要他庇護的小娃娃。

董清嶽心中陡升一種老態，如今這群娃娃們比他們那個時候強，或許真的如同阿寶所言，他該放手將有些事情交給董長瀾去歷練了。

白卿言陪著董老太君上馬車回董府收拾完行裝出來時，便看到恭敬立在門外的蕭容衍。

此次，蕭容衍與董老太君同行出城，白卿言是知道的。

「董老太君，白大姑娘……」蕭容衍朝董老太君和白卿言行禮。

董老太君看著眼前出類拔萃，儒雅英俊的男子，淺笑頷首，扶著白卿言的手上了馬車。

春桃滿目戒備的模樣瞅著蕭容衍，直到看著自家姑娘上了馬車，這才忙跟著上去，防賊似的放下馬車車簾，隔絕蕭容衍的視線。

月拾見狀，悄悄上前一步：「主子，你是否得罪了白大姑娘身邊那位春桃姑娘，春桃姑娘怎麼對主子鼻子不是鼻子，眼睛不是眼睛的？」

蕭容衍倒是沒有留意春桃對他是什麼鼻子眼睛，畢竟從白卿言一出來，蕭容衍視線就在白卿言的身上，哪裡還顧得上旁人。

「春桃姑娘？」蕭容衍這才想起白卿言身邊那個看起來略有些不活泛的婢女，猜測約莫是上一次他情動難耐闖了白卿言閨閣，被那個小丫頭看到，讓那小丫頭對他起了戒心吧。

蕭容衍笑著摸了摸鼻子，可見上次擅闖白卿言閨閣之事，做得太過魯莽。

見白府的護衛盧平帶著白家護衛軍出門，蕭容衍笑著朝盧平拱手。

「蕭先生！」盧平對蕭容衍的印象十分不錯，到底是白家的恩人，盧平記恩。

董府馬車車隊以登州軍將領打頭陣，盧平帶著白家護衛軍緊隨其後，登州軍於兩側保護，董老太君的馬車在最中間，接下來便是蕭容衍的馬車，跟著押送董家細軟的車隊，後面又是幾百登州軍壓陣。

登州城北城門口，董家車隊到的時候，大多數百姓都已聚集在了這裡，有的趕著牛羊，有的還在板車上塞著鴨籠，有孩童被這景象嚇到哭喊著要正在拉板車的娘親，滿城分明是兵荒馬亂的景象，卻又透著秩序。

登州軍幫著百姓推車牽牛，讓百姓走在軍隊護衛當中，董長瀾騎著匹白馬在前，登州軍這才舉起火把照亮前路，浩浩蕩蕩朝著早已經搭好帳篷的營地出發。

董長瀾此次護送董老太君和百姓前往駐紮地，還有一要事，便是調登州其他官員回登州城。

如此以來，朝廷派來的人……才能順利在這場大戰之中「戰死」。

這一路倒是坦途並不難行，百姓們老遠看到偌大軍營亮起的燈火，興奮不已……

「原來董大人真的早已經為我們安排好了！哎！我們真的錯怪董大人了！」

「我早就說過，董大人不會捨棄我們登州百姓，我家婆娘還不信！這下可算是信了！」

百姓們雖然離家，但因董清嶽的妥善安排沒有流落成流民，頓時皆對董清嶽心生感激。

白卿言聞聲，抬手挑開簾帳，朝著遠處望去。舅舅將登州人口算的十分清楚，早已經安排妥當，送來一批百姓，帶走登州軍，完全住得下。

董清嶽於八月三十日南戎來襲之時，派可靠之人送信回大都城，稱南戎來襲丟了登州城……順便呈上第一批戰死戰將的名單，其中便有董長瀾。

只有董清嶽的嫡子死了，皇帝才會真的相信登州戰事慘烈。如此，董長瀾便能順利帶著一批「陣亡」登州軍，直奔晉國與南戎邊界靠近南戎方向，帶走輜重於南戎練兵以備來日。

快馬令箭兵情奏報，所到之處，暢通無阻，至多十日定能將戰報送到大都。

軍營之中，登州軍按照白卿言安排，將百姓按照年齡和力氣、男女之別，分為小隊，有人負責做飯，有人負責洗衣，有人負責撿柴劈柴，有人負責分發食物和水，總之做到人人有事可做，人人都不能閒下來，共同出力克服困難，共同渡過這段艱難日子，等待返回登州城的那一日。

八月三十日，南戎鬼面將軍率五萬之眾突襲登州，登州軍死傷過半，登州刺史董清嶽身受重傷，登州軍拼死護下逃出登州，其嫡長子董長瀾戰死，戰況慘烈。

九月初八，消息傳回大都，皇帝得知董清嶽曾連上十幾道奏摺，陳情今歲南戎定會舉國猛攻因由，十幾道摺子卻被壓了下去，震怒不已，兵部尚書沈敬中獲罪入獄，受牽連罷免官員十一人，與此同時，皇帝下旨，安平大營符若兮即刻馳援登州，務必奪回登州。

九月初九，皇帝命大理寺卿呂晉嚴查，挪用登州軍餉修葺行宮之事，涉案人員接連下獄，修葺行宮之事暫緩，由太子親自押送糧草輜重前往登州，稱得勝之後以三倍之數補發登州軍軍餉，且另有封賞。

此時，董清嶽正扎扎實實窩在大帳之中「養傷」，而董長瀾已帶著南戎的詳細輿圖、兵馬與糧草輜重前往南戎，避開南戎哨點和設兵之地，設立自家在南戎草原的據點。

白卿言正陪著董清嶽坐在帥帳之中下棋，落子後道：「估摸著皇帝會調安平大營的兵來登州馳援，搶回登州城。」

「這些日子，南戎人占了登州城後，挨家挨戶搜尋，那樣子倒不像往日那般……打完搶掠過後就走，倒像是想在登州紮根，再徐徐圖進。」

白卿言摩挲著手中棋子，略微思考了片刻道：「這不難猜，原因無非有三，其一……這些年南戎不如晉國，最大的原因在於晉國百姓善於耕種，相比遊牧民族生活更為安穩！民富則國強，鬼面將軍定會對南戎王獻策……攻占城池，讓戎狄百姓占得晉國百姓的房屋良田，得以過上穩定生活，所以此次南戎王才會傾巢而出。」

「若是如此，這南戎王的野心也不小啊！」董清嶽落子，「這麼傾巢而出，也不怕北戎直搗他老巢！」

「其二……便是南戎王有了鬼面將軍，內心膨脹，在這個風口浪尖兒上攻占晉國城池，或許是想要和晉國討價還價一番，要些好處。」白卿言半垂著眸子，「打的過就打，打不贏就跑，一向是戎狄人的作風，晉國在廣袤草原之上的確是沒有優勢，補給無法跟上，越往草原內部走，晉兵越是不適應，這也是戎狄雖然兵力不強卻無法剿滅的因由。」

董清嶽慢條斯理點了點頭。

「其三，那便是阿瑜在登州等著我，想要同我見一面！」白卿言抬眸鄭重望著董清嶽道。

董清嶽將手中一把棋子丟進棋盒裡：「估摸著皇帝調安平大營前來馳援的聖旨用不了五六天就要到，若是符若兮來了，說不定會攪局，得讓阿瑜全身而退才是。所以……不論是這三個原因中的哪一種，明日一早我們便需出兵前往登州奪城了！」

「舅舅所言甚是！」白卿言深為贊同。

「此次你隨行，好讓你們姐弟正面交鋒，給你們機會見一面！也好給鎮國公主戰無不勝的威名再添一筆。」董清嶽笑道。

白卿言頷首，對自己的舅舅滿心感激。

九月十一日一早，登州刺史董清嶽、與其子董長茂，攜登州大小戰將發動攻擊欲奪回失城，於登州陪伴董老太君的鎮國公主白卿言前往登州相助，登州軍軍心大振。

董清嶽與白卿言各率兩萬兵力，同時進攻南北二門，將南戎藏於登州城的主力分散引至城南城北，登州城南北二門戰況膠著，董長茂則帶著三千輕騎隱蔽在登州城東門附近。

此次攻城，董清嶽不再藏私，全力攻城……遣三十死士沿護城河潛入城中，悄無聲息截殺戎狄軍，更換戎狄軍服飾，以命相搏，從城內打開南北城門。

登州南北城門即將失防，快要衝殺入城中的登州軍氣勢如虹，南戎軍隊以肉身抵住已經被撞出足以過人空隙的兩扇城門。

「快！來人幫忙關城門啊！」坐於高馬之上的南戎將軍拔出彎刀嘶吼道。

更多的南戎兵士奔至門口用肉身去抵擋那兩扇沉重的城門，不願失去這來之不易的城池。

拼死推門撞門的登州軍哪怕腳下踩著自家同袍的身體，踏著被鮮血和成的泥漿，捨命也要奪回失去的城池。

忽而，一支帶哨箭矢直直從城門之外射入，一瞬洞穿坐於駿馬之上南戎將軍的頸脖。緊隨其後，只聽得一聲怒馬長嘶，一匹白色駿馬，飛速從被推開的城門縫隙之中一躍而入。

白馬之上，是一身銀甲，手握射日弓，紅色披風翻飛的女子，居高臨下，周身帶血，殺氣沸騰彷彿地獄羅剎。

「兄弟們！鎮國公主已經入城，射殺南戎將軍！殺啊！」帶頭的登州軍高聲怒吼，門外登州軍頓時如同打了雞血一般，嘶吼著使盡全力……城門縫隙被越推越大，門開的速度越來越快。

「砰——砰——」兩聲沉重撞在城門上的沉悶聲響之後，登州軍喊殺聲撼動天地。

駿馬揚蹄，一路踏敵而行，如帶疾風，銀甲染血的白卿言，一手將射日弓掛在背後，目光直直鎖定城北南戎兵中那位穿著似是南戎皇族的將軍，順手抓住南戎兵朝她刺來的長槍，用力一挑將人甩出，撞倒幾個南戎兵。

她快馬上前，不過三招，便將一槍直直穿透一戎狄高位將軍胸膛，將鮮血淋漓的南戎將軍挑起，一手緊緊扯著韁繩四面戒備，如炬視線掃過被震懾不敢冒然上前的南戎兵。

盧平帶著白家護衛軍立刻上前，護在白卿言周圍，不讓人靠近白卿言分毫。

南戎兵士誰人不曾聽說過那位號稱殺神的鎮國公主？

此時，見這女子竟然用銀槍將他們大皇子挑了起來，誰能不怕。

那南戎大皇子被刺於銀槍之上，嘴裡還撲簌簌往外冒血。

白卿言緊咬著牙，用長槍抵著馬鞍，才勉強支撐將人挑起，體力已經到了極限，她做出鎮定的模樣將人甩開，高聲道：「繳械投降者活！抵抗者格殺勿論！」

已衝入城中的登州軍趁南戎兵被震懾片刻，已將南戎兵團團包圍，聞言，高聲稱是。

白卿言調轉馬頭，帶著盧平和白家護衛軍一路朝著東門方向殺去。

南戎兵敗，阿瑜必定從東門撤軍，白卿言此次前來為的……便是見阿瑜一面，即便是沒有機會好好說一句話，她也要親自確認阿瑜是否安好。

城中。南戎鬼面將軍聽說城北已破，城南也危在旦夕，知道大勢已去，命令副將留下幾營人馬斷後，欲帶兵先撤保全兵力。

董長茂之所以帶了三千輕騎於東門外埋伏，為的便是……白卿言不能在城內趕上白卿瑜，那董長茂便能在東門之外拖延時間，替白卿言攔住白卿瑜。

鬼面將軍剛跨出他在登州暫居的董府大門，就聽到北面傳來戎狄人的喊殺聲或是慘叫聲，他側頭朝北面望去，那騎於白馬之上殺氣凜然的銀甲女子……勃勃英姿就那麼毫無預兆撞入眼中。

白卿瑜青面獠牙面具之下的呼吸略有些粗重，眼眶脹痛，幾乎是在一瞬同白卿言四目相對。

阿姐……

白卿言看到白卿瑜朝她看來的目光，心頭頓時酸脹難忍。

阿瑜的身姿要比出征前更挺拔頎長些，可他身上再不見那天之驕子的意氣風發，神采飛揚。

「將軍！」渾身帶血的戎狄兵撲跪到白卿瑜的面前，「將軍，晉國的殺神鎮國公主來了！將軍快帶著糧食撤吧！」

白卿瑜深深朝著白卿言看了眼，收回視線一躍上馬，頭也不回帶兵朝著東門疾馳而去。

阿瑜二字，幾乎要沖破白卿言的喉嚨，她咬緊了牙關，緊握手中長槍，急躁揮槍，欲將攔住她去見阿瑜步伐的戎狄軍全部斬殺。

可戎狄軍真多啊，殺也殺不完，前赴後繼……她只能眼看著阿瑜的身影越走越遠，心如絞痛。

他們還沒有能說上話，她還沒有靠近阿瑜看看他到底傷得如何。

她還沒有告訴阿瑜，她不要什麼鴿子血，她只要阿瑜能平安回家！

白卿言雙眸猩紅，失常的急躁，殺招來得凌厲又凶狠，可大開大合卻也暴露了極大的短處。

若非盧平與白家護衛軍拼死相護，怕白卿言此時已經受傷。

「大姑娘！」盧平見白卿言情緒失控只知冒進，高聲喊道。

盧平一聲大姑娘，總算是讓白卿言回神，迎面一箭急速飛來，白卿言側身閃躲，箭矢擦著白卿言的耳根而過，頓時鮮血淋漓。

溫熱的鮮血讓白卿言冷靜下來，她猛然扯住韁繩，不再強行冒進，駿馬揚蹄立定，白卿言一把抓住背後射日弓，在駿馬前蹄落定之時，抽出羽箭，朝著高處的弓箭手，沉穩放箭。冒進只會白白丟了性命，他們姐弟即便是今日沒有說話的機會，可只要都活著，就還有機會！

長茂還在東門攔截，她並非全然沒有機會。可若是死了，便什麼都沒有了。

更別說，剛才她為震懾南戎軍，奮力挑起那南戎皇室的男子，似是用力過猛略有些傷到了胳膊，緊繃的肌肉此時透出幾分綿軟之意。

盧平見白卿言冷靜下來，招手讓白家護衛軍和登州軍上前：「開路！」

登州軍勝券在握，已經殺紅了眼，如今南戎敗勢明顯，且戰且退，早已無力抵抗。

「殺出一條路，直奔東門！」白卿言視線掃過亦正在血戰的登州軍，高呼道，「活捉鬼面將軍！」

鬼面將軍雖然剛剛出名不久，可與大燕謝荀這位新銳戰將幾戰，打得相當漂亮，登州離南戎如此近，登州軍自然也知道南戎有了這位鬼面將軍之後大不一樣。

若是能將鬼面將軍活捉，以後他們登州軍還怕鬼面將軍個鳥！

登州軍吼聲震懾天地，握緊手中長刀殺得越發拼命。

盧平何嘗不希望大姑娘能和公子見上一面？他緊緊護在白卿言身邊，低聲吩咐白家護衛軍找機會先殺出血路，護送大姑娘順利前往城東。

東門口。董長茂看到南戎人在城牆之上高喊著什麼，東門緩緩打開，鬼面將軍一馬當先衝在最前出城……

帶人隱蔽的董長茂一躍上馬，拔出佩劍高呼：「截殺戎狄人！活捉鬼面將軍！」

眼看著同袍都破了城，這樣的功勞……他們這些在這裡候著的登州輕騎軍沒有分兒，他們怎麼能不著急？如今東門打開，南戎人定然是要從東門撤退，他們立功的機會來了！

登州軍個個熱血沸騰，聽到董長茂拔劍高呼，如同打了雞血，三呼嚎叫。

「截殺戎狄狗！活捉鬼面將軍！」

「截殺戎狄狗！活捉鬼面將軍！」

「截殺戎狄狗！活捉鬼面將軍！」

董長茂劍鋒所指東門方向：「殺啊！」

「殺……」三千輕騎從陡然出現在隱蔽的高坡之上，先後朝著東門南戎軍疾馳而出的方向拔刀狂奔而去，飛速馳騁。

一時間沙塵飛揚，三千鐵騎潮水般湧來，馬蹄漸急，殺聲愈盛，聲震天地，似要穿透九霄。

鬼面將軍身邊的大將看到此等情景，不由膽寒，喊道：「將軍！有埋伏！將軍帶糧食先走……

我等斷後！」

白卿瑜算了算董長茂等人衝過來的時間，必是攔不住他，他一手控制韁繩，一手解下腰間佩劍丟給那大將：「傳令，不要戀戰！殺出血路！帶糧食回南戎要緊！這些糧食才是我們南戎能不能撐過這個冬天的關鍵！」

此次，董長茂並未讓輕騎弓弩手放箭，來之前董清嶽專程叮囑了，不許用弓箭……且要董長茂略略阻攔後，便放南戎離開，給皇帝一個交代就是了！

否則，狡兔死走狗烹，董家不會有好下場，只有強敵在側……皇帝才會看重登州軍。

董長茂知道如今兄長假死，兄長人正在南戎訓練他們董家私兵，董長茂也要做好自己應當做的事情，才能助董家，助兄長！

父親說了，原本事關董家存亡之事，父親並不想讓他這個庶子參與，是兄長董長瀾為他作保……稱願意將性命交到他的手中，所以兄長才選擇了由他假死前往南戎練兵，讓董長茂這個庶子留於登州城助他。為了兄長這分信任，董長茂願意肝腦塗地，粉身糜骨！

這場做戲的廝殺，並沒有持續多久，董長茂放走了南戎軍，隨即帶輕騎追趕……

等白卿言一行人趕到東門之時，這裡只剩下殘肢斷骸，和已無主的駿馬。

血色殘陽，映著剛剛大戰過後的登州城，映著遠處雄渾壯闊的山巒，將那登州城的城牆都塗抹成暖色，也為那遠山鍍上了一層金光。

騎於駿馬之上的白卿言，影子被拉得老長……胯下駿馬來回踢騰著馬蹄，想要舔拭灑了滿地的糧食，可它不喜歡糧食中的血腥氣，鼻子中噴出陣陣熱氣。

風中帶著濃烈的血腥味，她眺望廣袤無際的草原，看著在遠山之巔翻湧的雲海，還有在這血色夕陽中展翅翱翔的雄鷹，失落之感，像一條巨蟒將白卿言死死纏住讓她喘不過氣來。

到底，還是沒能趕上見阿瑜一面。

盧平看著被餘暉勾勒著背影的白卿言，輕輕一夾馬肚上前，低聲對白卿言道：「至少，大姑娘已經知道了……公子是平安的。」

看到阿瑜上馬騎馬的動作俐落，想來……他如今是康健的吧！

盧平視線落在遠處，一具南戎將軍屍體旁的佩劍之上，忙一躍下馬，踩著和鮮血混合的泥漿小跑過去，將那把寶劍拿了起來。

這寶劍上並未鑲嵌任何寶石，但是圖騰特別，當初盧平在南戎時……見鬼面將軍佩戴的就是這把寶劍，他認得出！

畢竟那鬼面將軍是他們白家嫡傳公子，他身上的每一個細節，盧平都記得！

「大姑娘！是那鬼面將軍的劍！」盧平將寶劍拿回來，遞給騎在高馬之上的白卿言。

白卿言回神，從盧平手中接過劍，拔開看了眼……

鋒利的劍刃已經捲曲，這捲曲……絕非是剛才這麼一小會兒激戰能造成的，劍上還帶著新舊顏色不一的鮮血，想來……阿瑜定然是用過這把劍的。

白卿言想起蕭容衍曾言，鬼面將軍劍用的極好。

她眼角濕潤，唇……卻勾起了一抹笑意，阿瑜還能用劍，這不是更能說明阿瑜如今康健嗎？

今日，她已經遠遠的見到阿瑜了，也知道阿瑜如今身體尚可，這也就夠了。

他們姐弟，還有來日！

她相信，用不了幾年……阿娘生辰的時候，阿瑜定然能趕回來為阿娘賀。

白卿言將寶劍入鞘，緊緊攥在手中，朝著遠山的方向望去。如今，白卿言該想的，是去尋一把能配得上阿瑜的寶劍，等他回家的那一天……將寶劍交到他的手中。

白卿言將寶劍掛在腰間，一扯韁繩，調轉馬頭：「回城！」

「速去傳軍醫！大姑娘受傷了！快！」盧平吩咐身邊的一名白家護衛軍道。

那護衛應聲馳馬而去。

白卿言這才抬手，摸了摸發燙的耳朵，鮮血不知道什麼時候已經沁濕了她的半個肩膀。不過，這點兒小傷白卿言未曾放在心上。

董長茂已經帶著三千輕騎佯裝去追阿瑜，事實上他會將三千輕騎送到董長瀾處，然後再回登州城稱三千輕騎被南戎全滅，上奏朝廷求援。

但現在即將進入冬季，冬季草原氣候複雜，不宜遠征……

所以，這個冬天皇帝只能安撫住登州軍，期盼著登州軍守住登州城。

別說皇帝沒有壯志雄心，就算是皇帝有了滅戎狄之心，怕也得等到來年開春了。

這段時間，不論是阿瑜也好，還是長瀾也好，他們都能安安穩穩的過一個冬天。

南戎軍被擊退之後，董清嶽派人火速奔赴營地傳消息，讓百姓明日一早收拾回城。

城中戰亂過後亂成一團，除了被鬼面將軍徵用的董府之外，其他官員的府邸，還有住著富庶人家的巷子，宅子被翻得天翻地覆。

登州軍稍作休整，各自領命開始清理登州城。有將領率兵四處搜查潛藏在登州城中的戎狄漏網之魚；有將領帶兵清理戰死的登州軍同袍兄弟為其收屍，將戎狄人的屍體清出城外以免嚇到回城百姓；有將領帶兵修補被戎狄軍破壞的民宅、街道，分工合作，動作迅速。

白卿言回了董府，軍醫趕忙來給白卿言清理傷口包紮，那一箭極為凶險，險些就要擦著白卿言的頸脖過去，差一點白卿言就要落得和明誠公主一個下場。

董清嶽來看了傷口，不免心有餘悸，白卿言一向謹慎……他估摸著是因為阿瑜在登州城內，所以白卿言攻城之時難免冒進。

董清嶽眼見白卿言已經無事鬆了一口氣的同時，也能猜到董老太君若是看到白卿言耳朵上的傷，怕是得將他的耳朵給擰下來。

第二日天亮之前，登州軍已經將登州城盤查清理乾淨，大開城門迎百姓回城。

最先進城的便是董家的車隊，隨後是登州城官宦人家的馬車，再後面便是趕著牛車，拉著板車的百姓。

登州城內剛剛被登州軍用水沖洗過，血腥味已不那麼濃郁，但街道齊整，被戎狄軍破壞的門窗已經修繕完畢。蕭容衍也隨著登州軍回了登州城，卻未曾再去董府叨擾，他買下了一家客棧暫居此處，聽說不日便要出發返回大魏了。

白卿言與董清嶽立在董府門前迎接董老太君，遠遠看到雕刻著董家徽記的馬車從長街那頭進來，董清嶽回頭視線落在白卿言耳朵上包紮好的細棉布上：「一會兒你外祖母罵起舅舅來，你可要替舅舅說說好話啊！」

白卿言眼裡帶笑：「這是自己冒進受的傷，外祖母又怎麼會怪到舅舅頭上，舅舅多慮了。」

眼看著董家護衛軍已經下了馬，董老太君的馬車後面跟著崔氏、小崔氏、董葶芸和董葶枝的馬車，董府三位姨娘的馬車已經繞去董府偏門。

看到董老太君被王嬤嬤扶著下了馬車，白卿言上前行禮：「外祖母。」

天還未完全亮起，被水沖刷了無數遍的董家臺階還是濕漉漉的，高高掛在簷角寫著董字的燈籠隨風來回搖曳，光影不穩，董老太君上了年紀還未曾看清楚白卿言耳朵上的傷，笑著應了一聲，視線落在董府的朱漆大門上：「此次，雖然讓百姓跟著我們離了家，可好歹也算是將百姓們都毫髮無損的帶回來了。」

雙眸通紅的春桃下了馬車，看到白卿言眼眶就紅了，匆匆上前，又不敢越過董老太君去，只能在後面行禮：「大姑娘……」

崔氏剛走到董老太君身邊，聽到白卿言喚了一聲舅母，便看到白卿言耳朵包著的細棉布：「呀！阿寶這耳朵是怎麼了？」

春桃視線落在白卿言耳朵上的細棉布上，急得臉一瞬煞白，顧不上禮儀匆匆上前去看：「大姑娘……你受傷了?!」

董老太君聞言臉色頓時一白，忙上前扯住白卿言的胳膊便去看白卿言耳朵上的傷。

「外祖母，不要緊的！不過是擦了一下，舅舅不放心讓軍醫來給包紮了一下，要讓我說……連包紮都不必。」白卿言笑著摸了摸自己耳朵上的細棉布笑道，「若外祖母不信，一會兒您收拾妥當歇下來，我讓春桃拆了細棉布給您看看！」

「這孩子……」董老太君嗔了白卿言一句，心裡到底是鬆了一口氣，「真的不要緊?」

白卿言笑著點了點頭：「舅舅剛才還擔心不已，同我說……若是外祖母罵舅舅，讓我幫忙說說好話呢！」

董老太君攥著白卿言的手朝董清嶽瞪了一眼，一邊往裡走一邊壓低了聲音訓董清嶽：「你帶阿寶來奪城的時候是怎麼同我保證的？毫髮無損！這就是你保證的毫髮無損？」

「娘……」董清嶽扶著董老太君另一側，低聲道，「這滿府的下人都在呢，您好歹給兒子留些顏面。」

「外祖母，這真的不怪舅舅，是我自己心急想要活捉那個鬼面將軍，有些冒進了，這一次受了傷也好，能讓阿寶長個記性，來日若再上戰場，絕不可心急大意，如此小傷換以後謹慎平安，阿寶以為是值得的。」

白卿言一番話倒也在理，董老太君用力捏了捏白卿言的手：「你以為外祖母不知道……你這是為你舅舅說話呢？」

「是阿寶自己的過失，不賴舅舅的。」白卿言扶著董老太君的手，緩緩朝垂花門的方向走。

「你看看，你外甥女兒……受了傷還向著你，你這個做舅舅的反倒要外甥女為你說情，羞不羞！」董老太君這語氣顯然是已經消了氣。

「怎麼不見長瀾和長茂？兩個孩子……還在掃尾嗎？」崔氏突然開口問。

關於董長瀾「戰死」一事，董老太君知道其中乾坤，但董清嶽未將此事告知崔氏，在外駐紮之時……董清嶽對旁人稱怕董老太君知道嫡長孫戰死撐不住，讓所有人都瞞著董家上下。

董葶芸和董葶枝兩個人倒是聽到了一些風聲，這些日子都不敢大聲說話，尤其是董葶芸也不敢往董老太君身邊湊了，生怕自己忍不住將嫡長兄戰死之事告知祖母，若是祖母屆時有個三長兩短該怎麼辦！且，她是一個庶女，若是因她祖母出事……父親說不定便會直接將她送入清庵，永世不許再踏入董家半步。

董老太君也知道這裡不是說話的地方，回頭看了眼崔氏，和什麼都還不知道懵懵懂懂的小崔氏，道：「男人家做正經事情，你就別多問了！」說完，董老太君朝著董清嶽使了眼色，意思讓董清嶽好歹回去和崔氏透透風，崔氏本就不是一個要強撐得住的，萬一以為兒子真的不在了，哭出個好歹來，將來長瀾還不知道要怎麼自責。

董清嶽對董老太君點了點頭。送董老太君回院子之後，董清嶽還有很多事情要做。

要向朝廷送奏疏，陳情此次大戰登州損失慘重，求朝廷為百姓減免賦稅，撥糧賑災。

實際上登州的糧食早已經被董長瀾帶走了一半，此次又專程留於城中讓白卿瑜劫走不少，雖說登州還有餘糧，可能藉這個機會向朝廷伸手，又為何不向朝廷伸手。

除此之外，董清嶽還在奏摺之中為白卿言請功。他稱……若非此次白卿言謀劃得當，怕是無法奪回登州，如此，登州百姓失去故里只能變成流民，前往其他城縣，給各地治安造成麻煩。

當晚，帶著三千輕騎去追南戎潰兵的董長茂假裝重傷回城，稱三千輕騎悉數被南戎伏兵絞殺，為護他逃生，三千輕騎無一生還，而實際上這三千輕騎董長茂已完完整整交給了董長瀾。

董長茂全身是血在登州官員和百姓的注視之下，被人抬入董府，傳府醫救治。

董長茂為了戲逼真些，竟敢對自己下狠心，自行在身上留了不少傷，所幸都未傷及要害。

董清嶽連夜又上摺子，摺子中明貶暗讚南戎鬼面將軍用兵如神，和以往的南戎將領不同，似乎深諳兵法，登州軍不敵。

小崔氏見董長茂重傷回府，卻不見董長瀾，坐不住來了崔氏這裡，想要同崔氏打聽打聽消息，卻被崔氏的貼身嬤嬤攔在了門外，說是董清嶽在裡面有事同崔氏說。

小崔氏一聽這話臉色煞白，差點兒沒站穩，幸虧身邊的貼身婢子將她扶住：「少夫人！」

董長茂重傷回府，公公便來找婆母說事……還遣走了屋內的婢女，該不會是……長瀾出事了吧！

「容姐兒……」

小崔氏突然聽到白卿言喚她的聲音，轉頭朝白卿言望去，忙上前對白卿言行禮之後，聲音微顫：「表姐……長茂重傷回府，父親便去找母親說事，是不是長瀾出了什麼事？表姐……若是長瀾有什麼事，你可千萬不能瞞著我！」

不是小崔氏擔心，而是她太瞭解董長瀾了，若是董長瀾和董長茂在一處遇襲，董長瀾定然會拼死護下弟弟董長茂，將生機留給董長茂。只因……他是嫡長！

白卿言輕輕攥住小崔氏冰涼打顫的手，道：「我來正是要找你說此事，你隨我來……」

小崔氏一聽這話，猶如天塌一般，小臉兒煞白攥住白卿言的手，雙腳像是被釘在地上一般，無法挪動分毫：「長瀾……長瀾真的出事了？」

見小崔氏這副樣子，白卿言側頭吩咐春桃和小崔氏身邊的婢女退下，低聲同小崔氏道：「長瀾好好的沒事，就連長茂身上的傷，都是他為了做戲自己弄的！」

小崔氏不解望著白卿言。

白卿言對小崔氏笑了笑，牽著小崔氏的手來到長廊之中，扶著她坐下：「此次朝廷拖欠登州軍糧餉之事你也知道，若是再這樣下去，將來……董家遲早會落得同白家一樣的下場！所以舅舅需要長瀾去做一些事情，這些事情不能讓外人知道，且不能用長瀾的身分，怕被旁人發現端倪，所以……舅舅讓長瀾假死，讓長茂假裝重傷！」

原本，白卿言並不贊同將此事告訴小崔氏，倒不是信不過，只是覺得此事知道的人越少，董長瀾便越安全。可是……外祖母卻說，小崔氏信得過，且必須告訴小崔氏，因為小崔氏已經有了身孕，這才剛懷上，若是不告訴她，孩子有個三長兩短可如何是好。

白卿言雖然不足夠瞭解小崔氏，可她足夠相信自己的外祖母，所以今日一聽說小崔氏來找崔氏，她便跟了過來，親自為小崔氏解惑。

「假死?!」小崔氏睜大了眼，情緒激動地站起身來，似是不相信以為白卿言騙她，眼淚如同斷線。

「容姐兒，白卿言以我白家英靈發誓，長瀾安然無恙！今日我同你所言如有半字不實，白卿言不得好死！」白卿言握住小崔氏的手，再次扶著她坐下，「你信我！」

白卿言如此鄭重發誓，小崔氏哪有不信的道理，忙慌亂失措的用帕子擦去眼淚，用力握住白卿言的手哭出聲來：「不是的表姐，我不是不信你！我就是害怕……」

說著，小崔氏小心翼翼低頭看了眼自己的肚子，緊緊咬著唇，抬頭看著立在長廊燈下的白卿言，哽咽道：「我知道，父親、長瀾還有表姐都是做大事的人，我是個後宅婦道人家，表姐和長瀾不會對我明言要去做何事，在情理之中，我不是那不懂事的，可……長瀾他應當親自對我說才是！我們是夫妻……難不成他連我都信不過嗎？」

見小崔氏的帕子已經快被揪爛，白卿言將自己帕子遞給小崔氏，柔聲道：「容姐兒，長瀾不是信不過你，正是因為他信你能如此刻這般理解他……所以放心假死離開，只是當時時間緊迫……長瀾並無時間同你詳說這些事情，等他想要詳說時，舅舅已經安排他假意戰死了。」

小崔氏用白卿言的帕子抹了抹眼淚，即便是心裡已經理解了董長瀾，嘴上也不饒人，賭氣道：

「他不和我說，我有件事……也不告訴他！」小崔氏用手輕輕撫了撫自己的腹部，又站起身感激地朝著白卿言一禮：「多謝表姐告訴我此事，否則我定然胡思亂想夜不能眠！」

崔氏的屋內，董清嶽也將董長瀾假死的事情告訴了崔氏。

「接下來，我們還得給長瀾辦喪事，原本我是想瞞著你，等喪事過後再同你說……又怕你為此傷心病倒，反倒累得長瀾擔心，無法專心做事！所以明日開始，你便對外稱病，不要見客，不然肯定會露餡的！」董清嶽拿起帕子給崔氏擦眼淚。

崔氏一把從董清嶽手中奪過帕子：「你說你一個當爹的，你怎麼忍心讓兒子假死！還給兒子操辦喪事……」

「若是不如此，白家滿門男兒盡滅的下場，便是我們董家的來日！」董清嶽難得如此耐著性子同崔氏說話，他按住崔氏的肩膀，低聲道，「我們董家得給自己留後路，長瀾是長子嫡孫，這些事情得他去做我才放心，因為長瀾……便是我們的後路！」董清嶽話可以同崔氏說，但不能全說。

若是他此時告訴崔氏，他們在為來日推翻林氏皇權做準備，崔氏怕是要嚇暈過去。

九月十八日，安平大營符若兮接到聖旨，前來登州馳援，才知……董清嶽與白卿言已於昨日將登州城奪回，故而符若兮讓安平大軍駐紮在城外，自行進城。

符若兮一到，就見董府門口高高吊著兩個寫著「奠」字的白綢燈籠，豎著銘旌，正在辦喪事。

聽說，董家的嫡長子董長瀾在此次與南戎之戰中戰死，可喪事一直來不及辦，直到鎮國公主白卿言相助奪回登州城，董清嶽這才顧得上給兒子發喪。

外面都在傳，董老太君和董長瀾之母崔氏聽說董長瀾的死訊後，雙雙病倒，已經無法起身。董長瀾之妻小崔氏聽聞董長瀾死訊後更是暈了過去，被大夫診出懷有身孕，那小崔氏肚子裡的可是董長瀾如今唯一的血脈，所以如今也在後宅靜養，不曾到前面靈堂來。

丈夫突然沒了，這事放在誰的身上都受不得，更別說一個剛剛有孕的孕婦，董家人自然是以小崔氏肚子裡的孩子為主，不讓小崔氏前來靈堂。

反倒董長瀾那位庶弟，撐著身上的傷，跪於嫡長兄靈前，向來弔唁的賓客叩首還禮。

符若兮看到董家慘澹的樣子，心生愧疚，給董長瀾上了香後從靈堂出來，對董清嶽抱拳：「對不住董大人，當初登州來求援，未得上令我等不能隨意出兵……」

董清嶽擺了擺手，沒有吭聲……不說理解，也不說怪罪，反倒讓符若兮心裡越發不好受。

符若兮尷尬立在一旁，看到一身素衣的白卿言在婢女簇擁下而來，連忙上前長揖行禮：「見過鎮國公主！」

白卿言朝符若兮頷首：「符將軍！」

「此次，幸有鎮國公主出手助董大人奪回登州。」符若兮握著身側佩劍，「符某因未得上令不敢出兵助登州之事，心中愧疚難安。」這話是符若兮說給白卿言聽的，也是說給董清嶽聽的。

白卿言未答話，符若兮又道：「聽說，陛下已經命太子殿下押送糧草輜重來登州了。」

白卿言這才轉過身來，正兒八經看向符若兮：「我曾與符將軍浴血同戰過，以為符將軍知道將在外，君命有所受，有所不受的道理。登州求援符將軍是真的不得上命不敢妄動，還是因為旁的因由不出兵，董家也無意再追究……」

符若兮攥著劍柄的手一緊：「鎮國公主誤會！」

「不論是否誤會，我表弟躺在那裡……」白卿言視線看向靈堂的方向，「安平大軍如今還在城外，既然登州已無戰事，還請符將軍速帶安平軍回營，以免晚了，陛下怪罪！」

符若兮將安平大軍放在城外，只帶一個副將進登州城，為的就是來承受董家的怒火，白家與董家素來關係密切，白卿言言語不善也在情理之中。

符若兮朝著白卿言一禮：「不論鎮國公主和董大人相信與否，符若兮對天起誓，真的是因為未得上命不敢擅自出兵，董大公子的死……符某也萬分痛心愧疚，若是來日董家有用得上符某的地方，符某一定全力以赴！還請董大人……鎮國公主節哀！告辭！」

說完，符若兮帶著副將離開董府，一躍上馬，朝城外疾馳而去。

第二章 人各有志

符若兮剛走，大都城方向的信便送來了……

白卿言隨董清嶽去書房拆開看了眼，白錦繡在信中說，南都郡主柳若芙和梁王的婚事提前了，定在十月十五，白錦繡多番打探之後，查出柳若芙似乎是懷有身孕了，所以婚事才突然挪到十月，十分倉促。白卿言想起之前見過蕭容衍，他說起南都郡主柳若芙被玷汙一事，蕭容衍希望晉國朝廷更亂，所以鼓動太子府暗衛假借梁王之名占了柳若芙的便宜。

那柳若芙腹中的孩子，便並非是梁王之子，想必梁王對此心知肚明。以白卿言對梁王的瞭解，他既然看重的並非是柳若芙，而是南都閑王手中的兵權，那必定會認下柳若芙腹中之子。

可柳若芙呢？柳若芙一向心高氣傲……真能嫁給無能之名在外的梁王？白卿言看完信燒毀後同董清嶽道：「南都郡主柳若芙有孕，梁王和柳若芙的婚事要提前到下月十五。」

「梁王……」董清嶽半瞇著眼，手指摩挲著座椅扶手，「這個梁王，從攀誣你祖父叛國之時，我便覺著他不全然是外面傳言的那般無能！若真如此，此人如此能忍……城府頗深啊！」

「梁王身邊曾有一謀士叫杜知微！此人乃梁王智囊深得梁王信任，原以為此人已死，沒了杜知微的梁王，便不足為懼！不成想梁王又因柳若芙與閑王結盟。」白卿言望著董清嶽道，「梁王如今起了奪嫡之心，而皇帝被貶為庶民的嫡子信王也已回大都，中宮皇后腹中又懷了嫡子，大都城奪嫡這齣戲看起來……越來越熱鬧了。」

白錦繡信中所言，信王回到大都之後倒也安分，除了每日進宮探望皇后之外，出了宮便回府為皇后和皇后腹中皇子祈福……不見客，也不出門。

因為信王府有皇后派去的暗衛護著，白錦繡的人進不去，只說信王府現在都快成道觀了，整日裡煙霧繚繞都是燒香的味道，皇帝還稱讚信王懂事了許多。

雖然白錦繡未在信中寫這件事對大都城的影響，但大都風氣一向是上行下效，估摸著大都城勳貴人家煉丹的風氣怕是要更上一層樓了。

白卿言的猜測並沒有錯，如今不止大都勳貴人家開始往家裡請仙師煉丹，此風漸有在晉國盛行的苗頭，普通富庶人家無法往家中請仙師的，便去道觀求丹藥，一時間各地道觀門庭若市，就連香燭……一時間都身價高漲。

「上次皇帝讓梁王細查神鹿中毒而亡之事，錦繡信裡沒有寫後續進展，想來梁王到現在還未查出一個所以然來，然而皇帝也並未處罰梁王，所以梁王在皇帝心裡的分量，恐怕要一日重過一日。」

白卿言猜測梁王身邊是不是又得了什麼能人，雖說李茂的長子李明瑞是個有能力也狠的下心膽子大的，可上一次李茂親筆信之事，定然已經讓李明瑞對梁王心存戒備，所以能為梁王出謀劃策的，便並非是李明瑞。

「梁王此人你小心就是了，倒不必耗費精力盯著，梁王受寵……信王回都，這些事情都讓太子去頭疼吧！」

董清嶽話音剛落，就有人來報，太子押送糧草輜重的車隊明日抵達登州。

董家在辦喪事不適宜請太子入住，故而將太子住處安排在旁的官宦人家之中，誰知太子遣來報信之人卻說，太子點名了要在董家下榻，且召鎮國公主即刻出發前去相迎。

白卿言聞言，沒有耽擱，換了身衣裳，帶著白家護衛隊就要出發，剛出門，便碰到了前來弔唁的蕭容衍。

蕭容衍扶著月拾的手下了馬車，看到白卿言理了理直裰，朝白卿言長揖一禮：「白大姑娘……」

耀目日光之下，蕭容衍雙眸中帶著紅血絲，似是未曾休息好，神情疲憊。

「蕭先生！」白卿言負手而立，淺淺頷首。

「白大姑娘這是要出去？」蕭容衍說話時，視線已經落在白卿言耳朵上，面色緊繃，「你受傷了？」

「小傷不要緊。」白卿言笑了笑，「太子殿下要來登州，喚我前去相迎，蕭先生自便……」

「白大姑娘可否稍等片刻，蕭某給長瀾兄上柱香，便隨白大姑娘一同前去迎一迎太子殿下。」蕭容衍對白卿言又是一禮道，「路上還有事要同大姑娘說。」

白卿言以為太子知道蕭容衍在登州，也喚了蕭容衍前去相迎，點頭：「不急。」

蕭容衍進門給董長瀾上了香，與董清嶽簡單說了幾句，便從董府出來。

見白卿言一躍上馬，蕭容衍也命月拾牽馬過來，棄了馬車同白卿言騎行，兩人速度並不算快。

「耳朵上的傷要緊嗎？」

「明誠公主怎麼樣了？」

白卿言與蕭容衍一同出聲。

昨日登州百姓回城之前，大燕的裴將軍便帶著明誠公主和晉國的大夫啟程回燕國，並未同行入城。

「我這不礙事，擦傷而已，倒是明誠公主，不知道如何了。」白卿言問。

蕭容衍攥著韁繩的手收緊，聲線低啞道：「昨日，明誠沒了……謝荀一路快馬加鞭過去，只來得及見明誠最後一面，聽說謝荀到的時候明誠清醒了那麼一小會兒，讓謝荀忘了她。」

蕭容衍的人回來之後說，明誠公主告訴謝荀大燕有一位姑娘同她一般愛著謝荀，她決意出嫁之前已經將謝荀託付給這位姑娘，希望謝荀能娶了那姑娘好好過日子。

明誠說完便氣絕死在了謝荀懷裡，謝荀傷寒剛剛好轉，這下整個人都垮了。

白卿言沉默半晌未語，明誠公主為國和親是為大義，這樣的女子白卿言原是想救一救的。

白卿言側頭看著五官輪廓分明的蕭容衍：「節哀……」

「長瀾兄的事，大姑娘……也請節哀。」蕭容衍隱隱對董長瀾之死有所猜測，但既然董家辦了葬禮，有些事心裡明白就好，不必宣之於口。

兩人一路無言，於當日日落前，在汾平驛站見到了太子。

太子聽說白卿言同蕭容衍一同前來，頗為詫異，隨即竟然低笑一聲，接過婢女遞來的茶杯讓全漁請人進來。

全漁應聲含笑出來請白卿言和蕭容衍，見到白卿言耳朵上包著細棉布一驚：「鎮國公主這是受傷了？」

「不礙事，小傷。」白卿言笑道。

全漁這才放心點了點頭，忙側身讓開，彎腰做出請的姿勢：「公主請，蕭先生請，殿下正在屋內候著公主和蕭先生呢。」

白卿言進門時，太子正坐在椅子上由婢女伺候著按肩膀。

太子已然將白卿言和蕭容衍當做自己人，見他們二人一同進門，沒有放下茶杯也未曾叫婢女出去，只一邊喝茶一邊對兩人擺手，示意兩人坐：「這一路可是將孤折騰的去了半條命，簡直比南疆急行軍還苦。」

這一路，馬車顛的太子苦膽汁都吐出來了。不過是十幾天，太子整個人都瘦了一圈。

白卿言同蕭容衍剛坐下，全漁便讓人上了茶，給白卿言的是紅棗枸杞茶，補血養氣。

「你們倆……是怎麼湊到一起的？」太子望著白卿言和蕭容衍直笑，眉目間藏不住的揶揄，「哦，孤想起來了，鎮國公主是來登州接董老太君的我知道，容衍你呢？難不成是知道鎮國公主在這裡，所以也跟過來了？」

蕭容衍儒雅地笑了笑，從容道：「說起來，衍又欠了鎮國公主一命。此次……原本是有生意前往北戎的，回來之時，想起曾和長瀾兄在朔陽一見……談論起登州風情，衍便想著回魏國途中順道過去看一看，誰知道正巧遇到大燕的和親公主被南戎埋伏，若非鎮國公主和長瀾兄來的及時，衍……怕是不能活著見到太子殿下了！」

「說起這件事……」太子放下手中甜瓷描梅的茶杯，看向白卿言，「你表弟之事，還請節哀啊！」

白卿言頷首：「多謝太子殿下。」

「那容衍，你可要記得鎮國公主的救命之恩，要圖報啊！」太子意有所指。

原本太子急招白卿言前來，是有事要說，不料蕭容衍也在，便問起蕭容衍之後行程。

「原本衍今日去董府弔唁過長瀾兄後，便準備出發回魏國了，衍是聽鎮國公主說太子殿下來了，這才跟著一同過來拜見太子殿下，見過太子殿下後，衍便要告辭了。」

太子明日便能抵達登州，卻在進城之前喚白卿言過來，蕭容衍心中有數……太子定是有事要同白卿言說。他過來一是為了同白卿言多待一會兒，二是來見一個人，三是為了來同太子延續延續交情，日後好利用罷了，目的達到蕭容衍也不多留，起身向太子辭行：「衍聽說汾平晚市十分熱鬧，打算去轉一轉便先回登州，明日一早出發回國！衍在此同太子殿下別過了。」

「鎮國公主替孤送送容衍吧！孤這個身子實在不適……」太子十分浮誇的扶了扶額，表示自己身體不舒服。

看著白卿言將蕭容衍送出去，太子這才放下按著額頭的手，端起茶杯……難免欣喜，覺得自己將白卿言和蕭容衍湊成對的目的將要達成了，等到蕭容衍入贅白家，他就多了一個錢袋子，有銀子上下打點……他這個太子之位，也能坐的更穩當些。

想到太子之位，太子就難免又想到如今大都城的亂局，頓時頭疼不已，他疲憊道：「全漁，去喚方老和秦先生、任先生過來，就說鎮國公主到了！」

「殿下，您忘了，剛到汾平時，任先生便同您說了，要回家去看老母親，明日一早才能回來。」全漁笑著道。

太子恍然點了點頭：「那……便將方老和秦先生請過來。」

白卿言送蕭容衍出門後，只聽蕭容衍笑道：「這位太子殿下向來是有事才會想到你，小心點應對，若是有需要……可以派人去我在登州的鋪子。」

這裡有太子的人在，蕭容衍和白卿言情話不好多說，她淺淺頷首：「放心吧！你……回魏國一路小心。」

「嗯，平安到魏國，我會派人給你送信的。」蕭容衍朝白卿言背後看了眼，見身後跟著僕從未曾往他們的方向看，他垂眸看著白卿言帶著淤傷的纖細手腕，上前一步輕輕握住，拇指摩挲著那塊淤青，壓低了聲音，「明日你回登州後，我會讓人給你送藥，記得擦，還有上次的藥你要按時吃，過一陣子我會接著派人給你送。」

「嗯，我知道了。」白卿言耳尖兒泛紅。

聽到白卿言的回答，蕭容衍這才退後一步，一本正經對白卿言長揖到地：「告辭。」

「蕭先生慢走。」

蕭容衍見白卿言黑白分明的深眸中帶著一層笑意，因為明誠公主逝世而陰鬱了一天的心情有了些許好轉。

謝荀因為明誠的事情成了一灘爛泥，可大燕如今能用的戰將也就是謝荀了，其他人沒有謝荀這樣的能耐，二皇子雖然勇猛，可如今還不堪用。

蕭容衍可得打起精神來，他還得回去將謝荀拉起來。

目送蕭容衍離開，白卿言打起精神折返回來，正巧與方老還有秦尚志碰了一個正著。

「鎮國公主……」秦尚志先行向白卿言行禮。

秦尚志比上一次白卿言見到時，更加削瘦，原本他便生的高鼻深目，如今更是瘦到眼窩深陷，臉上骨架輪廓越發明顯。白卿言不免多看了秦尚志一眼，想起上一世秦尚志鬱鬱而終的結果，心中難免痛惜。

方老亦是朝白卿言拱了拱手：「見過鎮國公主。」

白卿言朝秦尚志和方老頷首，率先跨入廳內。

太子擺了擺手示意身後替他捏肩膀的婢女出去，調整坐姿吩咐全漁：「全漁，你在外面守著……別讓旁人靠近！」

全漁頷首，帶著屋內的太監婢子退下守在門口。

太子歎了一口氣：「如今梁王越發得父皇歡心，皇后有了身孕是男是女猶未可知，這個節骨眼兒上信王也回來了！信王自小便是父皇最寵愛的兒子，是父皇親自教養長大的！方老的意思是讓梁王和信王、皇后去鬥，孤得漁翁之利便好，可是如今孤坐著這把椅子，卻越發覺得燙人了。」

方老見太子眉心緊皺的模樣，語重心長道：「殿下，老朽以為殿下應當沉住氣，如今殿下已經是太子，只要殿下不犯大錯……這個位置誰也動不了！鎮國公主您說是不是這個道理？」

方老這話已經同太子說過無數遍，可最近大都城發生的事情太多，太子又被皇帝支到登州這鬼地方來，這實是讓太子越發坐立難安，方老這才將目標轉向白卿言，企圖讓白卿言與他站在同一線上，好好勸勸太子。

但，方老還有更深層次的意思，他想要突如其來在白卿言還無防備的時候……試探她。

雖然說，太子好像收服了白卿言，可方老始終對白卿言存了分疑心和戒心，畢竟這個白卿言是這麼多年以來，唯一一個能讓太子反駁他的人，方老又怎麼能心安？

白卿言察覺方老這是在給她挖坑，若是她不掩飾直接回答是與否，她人在登州關於大都城的消息卻如此靈通，難道太子不會懷疑她嗎？

白卿言皺著眉，不急不緩開口道：「皇后又有了身孕？信王又怎麼會回都？殿下恕罪，我還不清楚到底發生了什麼事情……」

太子想起白卿言一直遠在朔陽，後來又來了登州自然不清楚大都城發生的事情，便撫了撫額頭道：「秦先生，勞煩你同鎮國公主說一說這段日子發生的事情。」

白卿言朝著秦尚志看去。

秦尚志徐徐將皇后懷孕，因為思念信王所以懷象不好，便有朝臣為了皇后腹中嫡子上表請皇帝召信王回來，梁王因為煉丹被皇帝看重，委以重任查神獸中毒之事，還有梁王已經將那位在他府上為皇帝煉丹的天師送入宮。

「今日一早，大都送來的消息，陛下……已經封那位天師為國師，在宮中公然煉丹！除此之外，那位國師占卜出皇后腹中所懷龍子，乃是國之祥瑞，是那頭神鹿轉世，陛下因此喜不自勝！」秦尚志道。

端著茶杯的白卿言眉頭一挑，有些想不通的關鍵處，一節通節節通……難怪梁王查了這麼久神鹿中毒身亡之事，查不出個眉頭，原來皇后和梁王聯手了。

可皇后和梁王是什麼時候聯手的？白卿言想起盧寧嬅的信，皇后沒有能讓符若兮擁護信王逼宮，所以轉而和梁王聯手……將信王從永州弄了回來。

梁王可真是好手段，皇后有孕讓天師算出皇后肚子裡的是神鹿轉世，讓太子如坐針氈，意圖引起太子和皇后的針鋒相對，自己漁翁得利。看太子如今的模樣，想來是已經坐不住了。

白卿言放下手中的茶杯，看向太子：「殿下，您是因為天師卜算出皇后懷的是神鹿轉世，所以才如此不安？」

太子疲憊的點了點頭：「若是皇后這一胎得男，神鹿轉世……天之祥瑞，還是嫡子！孤這個太子就尷尬了。」

「殿下，懷孕生子……十月之久，誰能保證皇后就能平平安安的生下孩子？即便是平平安安生下孩子了，誰又能保證是個男胎？誰又能保證男胎不夭折？」方老聲音越壓越低，尾音隱隱透出幾分陰狠之意。

秦尚志眉頭一緊，想要開口又硬是將話頭壓了下去。

倒是白卿言開了口：「或許，有人將皇后這一胎的位置推到如此之高，為的便是讓太子對皇后動手呢？」

方老和秦尚志都朝白卿言看去。

白卿言望著太子：「天師是從梁王府出來的，算出皇后此胎是神鹿轉世，最能威脅到的便是太子的地位！若是皇后娘娘這胎出了問題，陛下第一個懷疑的怕就是太子殿下，殿下需謹記，但凡出手必有跡可循，只要讓陛下查到蛛絲馬跡，屆時……太子殿下的位置才真正是岌岌可危。」

秦尚志暗暗點頭，卻已經習慣了不出聲，默默聽著。

「殿下……從梁王設局陷害我祖父通敵叛國開始，難道殿下還沒有覺得您這位弟弟梁王，心機城府其實深不可測嗎？」白卿言視線落在秦尚志的身上，「不知道殿下可否知道，秦尚志秦先生與梁王的舊恨？」

太子倒是頗為詫異，沒有料到白卿言竟然也知道這個，可太子也並未過多追問，只點了點頭：「孤能留秦先生在身邊，自然是知道的……」

只不過，當時太子去查過這件事之後，還以為是梁王手下的人瞞著梁王行事的，畢竟梁王一向好拿捏，他還不是太子的時候，也不是沒有見過那些狗奴才奴大欺主，將梁王欺負的連飯都沒得吃的事情發生。

「既然如此，殿下還以為梁王真如外界傳聞那般懦弱無能？柔善可欺？」白卿言視線落在方老身上，「我倒是覺得，方老之前說的很在理，殿下已經是太子了，不要因為小事亂了陣腳，只要殿下穩得住，立身端直，讓人抓不到把柄，設局的人就該著急了！」

太子聽進去了白卿言的話，認真望著白卿言。

她接著道：「若是梁王真的有奪嫡之心，或許不用等到殿下出手，梁王便最先坐不住出手，否則……前面有太子殿下擋著，後面又有皇后娘娘肚子裡神鹿轉世的嫡子，梁王離那個位置只會越來越遠，梁王不會這麼蠢！他想要看到的……是殿下和皇后娘娘腹中的祥瑞嫡子兩敗俱傷，他好漁人得利！」

白卿言一席話讓太子茅塞頓開，那些在他腦海裡亂成一團的事情，彷彿也都被理順。他坐直了身子朝白卿言望去：「那，依照鎮國公主的意思，父皇讓孤離開大都城，反倒是好事？」

「至少殿下不在大都城這段時間，殿下是安全的，不用應付那些心機手段，可以輕鬆一陣子，等回到大都城之後，殿下還是要打起十二萬分精神，不對皇后出手……但一定要防著旁人對皇后出手栽贓到殿下頭上！此事還需要仰仗方老和秦先生多多替殿下留意！」白卿言轉頭看向方老和秦尚志，對兩人淺淺頷首。

方老還沒來得及開口，便聽秦尚志道：「鎮國公主放心！」

「還有俞貴妃，太子殿下也要派人入宮對俞貴妃說一聲，要防著旁人栽贓才是！」白卿言口中的俞貴妃是太子生母。

見太子也點頭，方老身側拳頭緊緊攥住，想開口卻又不得不承認白卿言說的都在理，他找不出因由反對。憋了半晌，只能道：「若是這並非梁王奸計，而是……皇后故意抬高腹中嫡子，難不成我們就那麼看著那祥瑞嫡子臨世，威脅到太子殿下的地位？」

白卿言望著方老笑道：「方老所言是在理，不過……借方老剛才一句話，如今殿下已經是太子，只要殿下不犯大錯……這個位置誰也動不了！」

方老：「……」

秦尚志看著方老被堵的說不出話來的模樣，暗暗握了握拳，重重往外呼出一口氣。不知為何，看著方老啞口無言的模樣，秦尚志竟有種揚眉吐氣之感，忍不住眉頭挑了挑，端起茶杯來。

太子心情似乎好了不少，他笑了笑對方老和秦尚志道：「好了，方老也是為了孤好，孤是知道的！這一路……方老和秦先生跟著孤也實在是辛苦了，快回去歇息吧！」

說完，太子看向白卿言：「你這一路過來，快馬加鞭應當還餓著肚子，孤也是吐得一塌糊塗，胃裡空的厲害！剛才全漁讓御廚備些簡單的餐食，我們用一點。」

方老見這一路都愁眉不展，面容憔悴，不思飲食的太子，此刻已然是容光煥發，竟然主動要吃點兒東西，心中十分不快。

見秦尚志已經起身，方老這才心不甘情不願的起身同秦尚志離開上房。

一出門，秦尚志蹬著他那雙舊靴子，如同戲臺上唱戲的武生一般，撩開衣襟下擺，大跨步走下臺階。

等全漁帶著宮婢捧著碗碟，邁著碎步魚貫而入，上了菜後，太子墊了兩口，又因為煩擾了自己多日的事情被解決，高興得喝了幾杯酒。微醺之後，太子這才同白卿言吐露心聲：「孤……原本以為只要能坐在這個位置上，一切都會好起來！可是等到孤坐到這個位置上之後，卻發現如坐針氈，四面楚歌！孤……不騙你，孤有時候真的覺得很累。」

「殿下不可以說這樣的喪氣話，殿下身邊有方老，有秦尚志，還有任世傑這樣的大才，凡事交給他們處置便是了，殿下大可不必事必躬親。」白卿言放下手中筷子，恭敬道。

太子殿下擺了擺手，示意全漁給他倒酒：「方老他們也不是事事都能替孤想到，比如這一次……三個謀士，沒有一個人能想到，多虧了你一番話，讓孤茅塞頓開，否則……孤今日怕是也吃不下去啊！」

白卿言垂著眸子沒有應聲，那位任世傑白卿言不敢說，可秦尚志是真正的大才……她不相信身在大都消息靈通的秦尚志，會看不透。秦尚志不過是被那位方老壓著，一開始是獻計，但太子不用一味只聽方老的。後來應當是有話也說不出來，索性沉默不語，任由方老表現吧。

空有大才，卻無法施展，這才是秦尚志上一世真正鬱鬱而終的因由。

全漁捧著酒壺跪坐在太子几案旁，輕聲細語勸道：「殿下，您這一路都未曾好好用膳，還是愛惜愛惜自己的身子，少飲些酒吧！」

「殿下，少喝幾杯吧！明日一早還有半天的路程，難免會不舒服，今夜應當好生歇息才是。」白卿言也勸道。

太子這才笑著點頭：「既然鎮國公主都開口了，孤就不喝了！孤身邊有方老和秦先生、任先生，還有處處為孤打算的你，孤甚為幸運！孤知道……在晉國女子地位不如西涼、戎狄高，可在孤的心裡，鎮國公主……比這世間男子不知強出多少倍！若非你身體不好，孤……不忍心勞累你，定會將你留在身邊，有你在……孤才能踏實！」

「言能得殿下信任，亦是三生有幸！」白卿言見太子眼神迷離，吩咐道，「全漁……還是扶殿下去歇息吧！」

全漁應聲，招了招手喚幾個太監過來。見幾個太監將太子架起來，白卿言也跟著站起身來。

太子高聲道：「沒事兒！孤沒事兒……孤沒醉！孤還要同鎮國公主說說心裡話！」

「恭送太子殿下！」白卿言長揖行禮。

全漁亦是朝白卿言行禮：「鎮國公主在此處稍後，全漁這就派人送鎮國公主回寢室休息。」

「不急，照顧好太子殿下！」白卿言道。

太子被全漁和幾個太監扶著回了寢室，幾個太監小心翼翼將太子殿下安置在軟榻上，宮婢們捧著銅盆和銅壺和帕子進來，全漁擺了擺手示意他們退下，親自擰了一個帕子替太子擦了臉，又用銅剪絞了放在紅木高几上的燭火燈芯，用琉璃罩子罩上。

聽到太監宮婢都退了出去，太子這才坐起身來。全漁忙喚了一聲殿下，去給太子倒水。

太子並未醉，剛才不過是假裝酒後吐真言，向白卿言表明……他是打從心底信任她的罷了。

「殿下，喝口茶吧！」全漁將溫熱的茶水遞給太子，小心翼翼跪在軟榻上替太子揉捏肩膀，「殿下為何要裝醉騙鎮國公主呢？殿下若是想要休息，和鎮國公主說一聲便是了，鎮國公主難不成還能攔著殿下，不讓殿下休息？」

太子低笑一聲，喝了口茶道：「孤倒不是怕白卿言不讓孤休息，孤只是想要白卿言知道……孤信任她罷了！畢竟白卿言遠在朔陽，又不常與孤見面，孤總要給她一個心安。」

更何況，白卿言的母舅家……是董家！

若是將梁王往奪嫡的方向想，當初梁王要娶大理寺卿董清平的嫡女，何嘗不是圖謀手握兵權的登州刺史董清嶽。

如今柳若芙有孕，下月便要嫁入梁王府，閑王定然是支持自己女婿當太子，如此他的外孫才有可能成為皇帝，梁王手中便等於有了閑王的兵權，這個帳不難算。

父皇只會安慰他，他已經是太子，誰都越不過他去，可是這個被天師稱為祥瑞……成為神鹿轉世的嫡子要是降生了呢？難不成也不能越過他去？

白卿言效忠他，白家軍中也是由他的人領兵，白家軍將軍只負責練兵，但若是能以白卿言為紐帶，將視白卿言如親女的董清嶽……也變成為他的人呢？他手中除了白家軍還有登州軍，那才是萬無一失。

至於皇后腹中那個嫡子，他也想清楚了，就按照白卿言說的，暫時按兵不動防著梁王出手，甚至還要想方設法逼著梁王出手。

大約是皇后這一胎懷上，讓太子有了極為強烈的危機感，他腦子也越發活泛起來，開始考量自己身邊的幾個人，雖說方老的行事風格極為符合太子的心意，也對他忠心不二……

可若是論大局觀……白卿言要比方老的格局更開闊些。白卿言能領兵打仗，又能運籌帷幄，為他出謀劃策，這樣的人，他要用，要以情義收買！

更……要防。

太子思及此，不免感慨，幸虧白卿言是個女子，否則……他絕對無法如此放心的用白卿言。

「全漁，你去挑選幾瓶上好的傷藥替孤給鎮國公主送去，就說……孤喝醉了還惦記著鎮國公主耳朵上的傷，讓你拿了藥送過去，再派幾個人好好伺候照顧鎮國公主，記住了嗎？」太子轉頭看著正在為他捏肩的全漁道。

全漁一聽太子是讓他去找白卿言，喜氣洋洋應了一聲，去挑揀了幾瓶上好的傷藥，又想起白卿言剛才席間並未動幾筷子的菜，又去膳房拿了碟剛做好的點心，這才前往白卿言的住處。

誰知全漁還未靠近，就被盧平攔住。

盧平笑著同全漁行禮：「全漁公公，不知可是太子有事召見我們大姑娘？大姑娘已經歇下了……」

「哦……公主歇下了，那全漁就不打擾了！」全漁笑著將手中拎著的黑漆描金食盒遞給盧平，「這裡面放著幾瓶上好的傷藥，是殿下讓奴才送來的！哦……對了，還有一碟子點心，奴才見剛才席間鎮國公主並未用幾口膳食，怕是膳食不合胃口，都是清油做的，絕不帶葷腥。」

盧平接過食盒，朝全漁行禮：「有勞全漁公公費心了。」

「應該的！」全漁說完之後，沒有走，反倒是猶猶豫豫抬手點了點自己的耳朵，又問，「公主的傷真的不要緊嗎？」

見全漁滿眼關切，盧平怔了怔，還未回答便聽全漁又道：「是殿下，非常關心公主的傷！」

盧平頷首：「還請全漁公公讓殿下放心，大姑娘只是擦傷。」

「那就好！那就好……」全漁朝著盧平行禮，「那奴才就先回去同殿下覆命了。」

「全漁公公慢走。」盧平長揖到地。

目送全漁帶著雙手交疊彎腰碎步的婢女太監離開，盧平才略略鬆了一口氣。

此時，大姑娘正在與秦尚志說話，是大姑娘讓他將秦尚志喚了過來，盧平猜大姑娘當是見秦尚志這麼短時間人削瘦成這個樣子，動了招攬之心。

盧平原本並不看好大姑娘此舉，秦尚志此人盧平瞭解得很，他不輕易擇主，可一旦擇主便定然是一生。

當年盧平入白家軍時，曾邀秦尚志來白岐山旗下效力，可秦尚志卻說……白家功勞太盛，家風又太過耿直清明，白威霆更是以為娶了大長公主便全然將後背交與皇室，對皇室全然信任不設防，將來遲早要栽在皇室手中，他擇主之後便不會再更改，所以不願意跟著白家一同沉船。

當時，盧平並未將這話放在心上，直到後來……白家滿門男兒葬生南疆，大姑娘敲登聞鼓逼求皇帝還公道，盧平才反應過來，當初秦尚志的話不假。

秦尚志此人固執非常，一條道走到黑的性子，一旦做了決定的事情，十頭牛都拉不回來。

盧平不想白卿言白費工夫，所以勸了兩句，白卿言卻說……成不成在秦尚志，給不給秦尚志離開太子這個機會，在他們。

正是白卿言這句話，打動了盧平，盧平這才去悄悄將秦尚志喚了過來。

神形削瘦的秦尚志坐在黑漆方桌前，深沉的視線隔著搖曳燭火，望著坐於對面的白卿言。

因對外都稱鎮國公主已經歇下，屋內就亮著這一盞燈，黃澄澄映著白卿言精緻無暇的五官，白卿言那雙眼內斂又沉靜……但不知為何，這分沉靜竟讓秦尚志膽戰心驚。

若說，在今夜白卿言讓盧平喚秦尚志過來之前，秦尚志對白卿言所圖還只是猜測，那麼如今已然清楚明朗，白卿言的確是有了悖逆之心。

白卿言肯俯首匡正太子，也並非是因臣服，而是……因她是白家人，她心底尚存了良善和正直，不能眼看著太子用那陰損下作手段來保全這個位置，更是為了利用太子。

那麼將來呢？等到白卿言羽翼豐滿的那一天，是否就要同太子比一比誰手中的刀更快，誰的人頭先落地，誰能坐上那至尊之位？

是他疏忽了，他想著白卿言只是一介女流之輩，可他忘了……白卿言的胸襟和智謀格局，絕非普通後宅女流之輩。她在大都城外送他之時，一番匡扶晉國萬民的大志，讓他熱血澎湃！

這樣的女子，他不能將她當做女子看待，他應當知道有能力有雄心之人，往往都有極大的野心。

秦尚志起身，朝著白卿言一拜：「多謝白大姑娘看重，秦某自知能力有限，恐無法領受白大姑娘美意。」

「既然秦先生喚我一聲白大姑娘，足見沒有將你我至於尊卑有別之地，還念著些許舊情。」白卿言將秦尚志面前已冷的茶水潑了出去，給他換了杯熱茶，將茶杯推至秦尚志面前，示意秦尚志坐下，「今日我讓盧平喚秦先生來，是惜才，也是顧念舊情！秦先生在太子身邊如此之久，難道還看不出來，秦先生是端方君子，若是學不會曲意逢迎，圓滑待人，便永無出頭之日。」

秦尚志身側拳頭收緊，緊咬著牙坐下。

「先生不願走，我倒想問問先生，為何效忠太子？為血脈正統？因為林姓皇權是晉國之主？在先生心中，嫡、庶、尊、卑，生來便是定下的……對否？」

明明暗暗的燭火映著白卿言的深眸中，卻沒能照亮白卿言的眼底，

「大姑娘，這世間萬物都有秩序規矩，就拿大姑娘來說……你生來便是鎮國公府的嫡長孫女，雖然身為女兒家……可大姑娘能拜鴻儒關雍崇老先生為師，而白家旁的姑娘卻不能？為何是大姑娘能被鎮國王親自教養長大，而鎮國王為何不親自教養白家庶女？大姑娘……若世間無嫡庶尊卑，何以白家有訓，庶護嫡？」

秦尚志手指在桌上點了點，力道極大：「因為這就是秩序和規矩！嫡就是嫡！君便是君，生而為人……自當忠君愛國，先國後家，大姑娘以為對否？」

「忠於昏君便是愚忠，秦先生有大智，應當看得出，梁王為博得皇帝歡心，以孩童煉丹，且皇帝更是知曉此事，出手相護梁王。想必……我們這位太子殿下，甚至還想從梁王手中搶過這煉丹之事，來博皇帝歡心！更不說如今大都城上行下效，清貴人家紛紛仿效煉丹，以秦先生聰慧……細想皇帝為求長生不老，會不會做出更令人匪夷所思之事？而這位太子為得皇帝歡心，是不是什麼都敢做？」

「所以我才要留在太子身邊，我才要匡扶太子做一個明君！是！如今太子是被方老把持，可我在……好歹能攔著些，我若走了，任世傑以方老馬首是瞻，太子就毀了！一國儲君……乃是一國基石！基石一毀，家國無存！」秦尚志說到此處胸口起伏劇烈。

白卿言抿唇看著因氣惱臉紅脖子粗的秦尚志，待他稍微平靜後才道：「君失其德，必失其鹿，歷來如此，這晉國……這天下，從來都不是一家之姓，群雄逐鹿，誰登九鼎之位，誰便是正統，秦先生讀史，天命在德，不在權，這個道理……還不明白嗎？」

秦尚志唇瓣囁喏。

白卿言也不等他答話，語聲沉著自若：「何為君之德？曰……治國安民，心繫天下！使百姓有瓦遮頭，能安身立命，免饑凍之苦，使百姓能安居……更能安心！皇帝也好太子也罷，誰能做到？」

秦尚志拳頭緊緊攥著，起身對白卿言長揖到地：「大姑娘所言秦某不敢苟同，君失德，秦某以為當匡正勸導，而並非更換君主，使百姓受離亂之苦。」

秦尚志非但沒有被白卿言勸服，反倒想要勸服白卿言：「大姑娘想想，鎮國王若在世，是會反，還是會匡正？白家世代忠骨，白姑娘怎能因私仇，壞白家百年清譽。」

「白家人也好，白家軍也罷，建立之初衷，乃是為民平定內亂外戰！為的……是護民安民這四個字！」白卿言穩坐於秦尚志對面，抬起深眸望向他，目光平靜堅韌，「白家世代忠的，是民……而非君！君能安民，則白家臣服於君，若君逼民欺民，則白家捨身護民，萬死不辭！」

明明白卿言的語聲並不高亢，平靜如潺潺流水，可在秦尚志的心中卻掀起驚濤駭浪。

汾平夜市也是熱鬧得很，一條街上全都是黃澄澄的燈籠，人來人往摩肩接踵，繁榮又熱鬧。

雖說這裡的夜市比不上大都城夜裡那般繁華，花樓歡聲笑語，酒樓燈火通明，可這高高懸起的燈籠之下，到處都充滿庶民的煙火氣。

蕭容衍正駐足在一茶棚之外，那燒茶老漢的兒子看到有來客，忙從茅棚裡小跑出來，哈著腰請蕭容衍裡面坐：「客是外來人吧！那可要嘗嘗咱們家的甜梅茶，我爹這手藝可是我們老王家的祖傳下來的，在汾平可是極有名的！」

蕭容衍看了眼茶棚，點頭。

那燒茶老漢的兒子忙回頭：「爹，來客了！甜梅茶兩碗！」

蕭容衍落坐，月拾也跟著蕭容衍低頭跟著進了這逼仄的茶棚，在蕭容衍身旁坐下。

誰知，熱騰騰的茶盞剛端上來，便聽到有人喚了一聲蕭先生。

蕭容衍笑著起身，朝任世傑拱手：「任先生……」

任世傑笑著低頭進了茶棚：「蕭先生也知道這王記甜梅茶？」

蕭容衍、任世傑和月拾個頭都高，立在這茶棚內都彎著腰，場面極為滑稽。

「先坐吧！」蕭容衍笑著對任世傑做了一個請的姿勢，隨即對那燒茶老漢道，「再來一碗茶！」

偶然相遇，任世傑與蕭容衍倒是相談甚歡，喝完茶親自帶著蕭容衍在汾平夜市轉了轉，身後不遠不近有人跟著，月拾早就發現了，可他們家主子卻不讓聲張。

「那位秦先生，的確是才智無雙，只是心高氣傲……又被方老壓制，就算是有大才也無法施展。」任世傑一邊同蕭容衍往前走，一邊笑著道，餘光瞥見一直監視他的人跟上，又笑著給蕭容衍指了指餛飩攤子，「這家餛飩可是汾平夜市中最有名的餛飩攤了！蕭先生若是沒有用過晚膳，倒是可以嘗一嘗。」

蕭容衍笑著擺手，兩人沿湖而行，任世傑從賣魚食的攤販手中買了魚食遞給蕭容衍，兩人立在燈火璀璨的明湖木橋之上，這裡視線廣袤不宜藏人，即便是監視任世傑的人也只能躲在綠茵暗處無法靠近。

這……便是汾平有名的明湖湖中橋。

湖中橋燈火輝煌，夜裡這麼一照……湖中各色肥碩的鯉魚游來遊去，蕭容衍眉頭微緊，將手中魚食，一把灑下，垂眸看著湖中因爭魚餌的鯉魚，隨手將魚食盒子遞給月拾，接過月拾遞來的帕子，一邊垂眸擦手，一邊聽任世傑低語。

任世傑用手指輕捻著魚食，撒入湖中：「之前我曾試探過這位秦先生……」

「你想引這位秦先生入燕？」蕭容衍凝視湖中鯉魚，慢條斯理問，「此人當真如此厲害？」

「此人的確是大才！所以屬下冒險也想試一試，想著若是能引這位秦先生入燕，為我大燕出力，也算是屬下為大燕立了一功，但險些被秦尚志識破身分，只能將此事按下不提，以免壞事。」

任世傑惜才，只覺讓秦尚志如此磋磨下去，可惜他一身的才華，他想了想，建議道：「主子若是能設計馴服此人，此人必能成為匡翼我大燕的能臣。」

蕭容衍垂眸將擦手的帕子遞還月拾，不語。

人才，大燕實在是太需要了，可這位秦先生……蕭容衍雖然接觸不多，也知道此人對母國情義深重，是絕不會背叛母國前往大燕，為燕國出力對付晉國的。但凡有大能之人，都有自己的傲骨氣節，這位秦尚志秦先生亦是如此，否則……他應當早入白家門下。

蕭容衍還記得大都城，白卿言在城外送秦尚志之事，雖然當時相距甚遠，他不知道白卿言同秦尚志說了些什麼，可蕭容衍能看到秦尚志那情緒激昂的模樣，他相信……秦尚志當時是有跟隨白卿言之心的。

至於後來，秦尚志為什麼又選擇了太子，蕭容衍便不得而知了。

或許，秦尚志是想走一條捷徑，又或許是覺得白卿言是個女子。

「燕廷的君臣之義，講究一個你情我願，設計誆來的，怕是不能讓人心甘情願為燕廷出力，罷了！你的安危最為要緊，不必為了一個秦尚志，讓你陷入困境。」蕭容衍轉頭望著任世傑，「你這一路走的艱難，我心中有數，如今晉國朝廷已然亂成一鍋粥，你自保便是。」

「那屬下便祝我大燕早日奪回大都，一統天下。」任世傑在此處不好同蕭容衍行禮，可眸色之中都是恭敬和堅定。

蕭容衍笑著拍了拍任世傑的肩膀：「太子身邊多加小心。」

任世傑點頭。

這個暗樁，蕭容衍在太子身邊埋了很久，在他人還未來大都之前便已經插進去了，任世傑走到今天這個位置，是多少人拿命給任世傑把路鋪出來的。

這些年，蕭容衍能不用任世傑便不用，是為了他的安全，也是為了他有朝一日能發揮更大的作用。

如今，燕國雖然求才若渴，可沒有到求不到大才便會亡國的地步，大才和任世傑的安危相比，蕭容衍必定會選任世傑。

任世傑在夜市遇到蕭容衍之事，不到一個時辰便傳到了太子的耳中。

但太子並未將此事當回事兒，蕭容衍原本就說了要去夜市看看，碰到多年未曾返鄉……想要看看家鄉風貌的任世傑，也不足為奇。

太子又聽說蕭容衍在汾平夜市轉了轉，便帶著護衛回登州去了，便也就躺下歇息了。

白卿言這邊兒盧平親自將秦尚志送了回去，見立在燈下的秦尚志面色蒼白不好看，便說了一句：「大姑娘這是為了你好，你好好想想！」盧平說完便要走。

「盧平，你曾經在白家軍中，可知道……白家軍建立初衷是什麼？」秦尚志突然開口問了盧平這麼一句。

都已經走下臺階的盧平轉頭看向秦尚志，頗為疑惑，幾乎想也不想便回答道：「平定內亂外戰，護民安民。」

護民安民，而非護國安民。

秦尚志緊緊抿住唇，他明白了……白家世代忠的都並非是君，而是民！

白家，比這晉國林氏皇家，更有君主的胸懷，世代都是，可白家世代手握兵權，卻並未取而代之甘心臣服，乃是因為……從當今陛下往上數的幾代晉國君王，雖稱不上明君也亦當是賢君，所以白家未生過反心，其忠肝義膽之名傳遍列國，無人不敬佩。

見秦尚志閉上了眼，提著燈的盧平又走了回來，問：「怎麼了？」

「你走吧……」秦尚志喉頭翻滾，睜開眼望著盧平，平靜而堅定道，「盧平，你我曾是朋友，可道不同不相為謀，你回去轉告大姑娘，我還是會留在太子身邊，努力匡正太子，即便是太子沒有大能，即便太子並非一個有壯志雄心開疆拓土的明君，我也會讓他成為一位賢主，讓他做一個有君主胸懷，心存百姓的君王。」

只要能讓百姓安居……且安心，以白家忠民之心，必不會反。

秦尚志願留於太子身邊，願意為撐住白家和皇室之間平衡而盡力，以此讓百姓免遭戰火，讓晉國安穩。

他秦尚志本有一身的豪情壯志，他想平定天下啊！可是晉國君主不賢，儲君性子不穩，奸滑之人時時在旁蠱惑。

至少目下，秦尚志以為太子還沒有到不可救藥的地步，真的到了萬不得已，即便是秦尚志違背原則和本性殺了那個方老……也不是不可，只要太子身邊沒有這個方老蠱惑，他深信可以導正太子，不讓太子用那些下三濫的陰謀詭計，行陽謀正道。

秦尚志讓盧平帶這番話給白卿言，也是告訴白卿言，白家的盤算和心思他不會告訴太子，會藏在腹中，他深信只要朝廷不走到官逼民反那一步，以白家護民安民之心，白家便只會做一個護晉國社稷安危的忠臣，絕不會成為將林氏朝堂換白姓的亂臣賊子。

見盧平欲開口勸他，秦尚志卻抬手制止：「回去吧！我意已決！」

說罷，秦尚志轉身回房將門關上。

挑著羊皮燈籠的盧平深深看了眼那被關上的雕花隔扇，搖了搖頭，抬腳往回走。

盧平一回來，見大姑娘屋裡的窗櫺大開，大姑娘就坐在臨窗燈下，手中握書籍正看著，小几上擺著的三腳鎏金瑞獸香爐，輕煙嫋嫋，黃澄澄的燈光勾勒著大姑娘絕美精緻的側顏，美得如入畫了一般。

這處住處，是全漁知道白卿言要來專門找的，屋子裡的書全漁也都精心挑過，都是些棋譜之類的書籍，他私以為白卿言定然喜歡。

哪怕白卿言只住一夜，全漁也希望能盡己所能，讓白卿言更舒坦些。

盧平快步上前，在窗外行了禮道：「大姑娘，屬下將秦尚志送回去了，秦尚志讓我轉告大姑娘，他還是會留在太子身邊，匡正太子做一個賢主，做一個君主胸懷，心存百姓的君王。」

白卿言視線未離開書本，慢條斯理翻了一頁：「知道了，即是如此，便算了。」

盧平雖然早就知道會是這個結果，卻也擔心大姑娘心裡會不痛快，便道：「秦尚志的確是有大才，屬下會找機會再勸勸……」

「平叔不必再費神勸了，秦尚志有大才，但也固執，絕非能為我所用之人，既然非能為我所用之人，便是有通天的本事，也不必在他身上耗費精力。」白卿言已經盡力，該說的不該說的都說明白了，「皇子身邊的謀士難做，太子身邊的謀士更難做，但願秦先生能如願，以一己之力匡正國本，若秦先生真能做到如此，我也是敬服的。」

若秦尚志真的能做到，上一世何以鬱鬱而終？

罷了，她自問盡力了，秦尚志要選老路，她也無能為力。

她說了這麼多能說和不能說的，秦尚志卻依舊不能為她所用，她本不應該給自己留後患，可今日之人，是秦尚志而非旁人。

初見之時，秦尚志一席話點醒了她，在她心裡對秦尚志存了半師之誼。且，正如秦尚志所言，若秦尚志在……好歹能規勸規勸太子，不要行齷齪伎倆，若是秦尚志不在了，太子只聽方老一人之言，怕是會讓這個朝廷崩壞的更加迅速，這於白家目前來說……不利。

再者，白卿言對秦尚志的風骨和傲氣有幾分瞭解，只要不到民不聊生他窺見白家有意謀反護民之前，他定會竭力調和平衡，不讓事情壞到這一步。

退一萬步說，秦尚志即便是將這些話都告知太子，與太子說她有反心，太子會信嗎？方老會讓太子信嗎？更別說，如今的白卿言已經不是當初在大都城，赤身赤腳同皇室鬥的白家嫡長女了，她殫精竭慮走到今天這一步，手中已有依仗。

「秦尚志這是明知不可為而為，能堅守心中認定的正道，即便看到皇室的腐爛，還想要以一己之身力挽狂瀾，這一點我敬他！」白卿言看向眉頭緊皺的盧平，「平叔，人人心中都有自己的道，道不同不相為謀，不可勉強。」

盧平想到剛才秦尚志道不同之語，點頭應聲：「屬下記住了！」

第二日一早，太子帶著糧草輜重，還有皇帝的賞賜，出發前往登州。

方老昨夜一夜未曾睡好，氣色並不是很好，直接上了馬車，倒是任世傑見到白卿言，長揖到地同白卿言行禮。

任世傑行禮後本欲隨方老上馬車，卻見白卿言似笑非笑望著他，只能硬著頭皮上前，又是朝白卿言一拜：「鎮國公主可是有吩咐？」

「昨日聽說任先生回家了？任先生是汾平人氏？」白卿言手中握著烏金馬鞭負手而立，身姿颯爽。

「正是！」任世傑垂眸應聲，半晌不見白卿言言語，他抬眸看了眼，見白卿言還盯著他，故又徐徐道，「昨日任某雖不在，但觀殿下見過鎮國公主之後，今日氣色大好，想來昨日定然是鎮國公主好好勸過太子殿下，為殿下獻上好計策了。」

「不過是替殿下將大都城的事情理了理罷了，並未獻計，我非謀士，若說獻計……還是要仰仗方老、任先生和秦先生！」白卿言深深看了任世傑一眼，一躍上馬。

任世傑後退兩步，看著白卿言帶著白家護衛騎馬先行，這才上了馬車。

任世傑同方老坐一輛馬車，看著方老陰沉沉的臉，垂眸細思，在任世傑看來鎮國公主未必忠於太子，可白卿言一到，便先勸服太子沉住氣，顯然這位鎮國公主要的是維持大晉朝堂的穩定局面。

如今，因為皇后突然懷了嫡子，且還是天師指名的神鹿轉世，朝中人心浮動，太子坐立不安，任世傑是指望著攪混這一池子水，晉國朝廷越亂越好，自然不能讓太子的日子太過安穩。

任世傑抬眼看向眼底烏青的方老，搖頭道：「殿下急招鎮國公主前來，出的主意還是要按照方老所言平心靜氣，何必累得鎮國公主跑這麼一趟！」

方老聽到這話，心裡全都是氣，朝任世傑看去：「老朽老了，怎敵鎮國公主那般花容月貌，語音動人。」

「良藥苦口，忠言逆耳，方老對殿下的良苦用心，世傑明白！」任世傑鄭重朝方老一拜。

方老見平時不怎麼愛說話的任世傑都向著他，心情稍微好了一些，擺了擺手：「罷了！只要結果是太子殿下能沉住氣，也就是了。」

汾平離登州不遠，這一路顧念著太子的身子，走得並不著急，大隊人馬押著糧草輜慢慢悠悠在太陽落山之前進了登州城。

因著太子派人來傳令，說要入住董家，董家不得不在太子入城之前便草草將董長瀾下葬，將董府灑掃一新，除了正門口那兩盞白色的燈籠之外，府內掛在長廊紅柱上素絹已除，看不出正在辦喪事的模樣。

太子見狀，心知肚明是何因由，還是同董清嶽客氣了幾句，稱大可不必如此。

「長瀾一去，微臣母親和內人相繼病倒，兒媳也臥床不能起身，未曾來相迎殿下，還請太子殿下恕罪。」董清嶽說著又要跪。

「董大人……」太子忙扶住董清嶽，「董老太君痛失長孫，董夫人失子，董少夫人喪夫，此乃人生痛事，孤理解，何須請罪！」

「對了……」董清嶽側身看了眼身後的董長茂，對太子道，「這是微臣的次子董長茂，殿下若有事，吩咐長茂便好！」

董長茂忙向太子行禮：「董長茂見過太子殿下！」

太子點了點頭，上下打量了董長茂一番：「來的路上聽說，長茂公子也身負重傷，辛苦了！」

太子以為，董老太君和董夫人崔氏，董少夫人小崔氏全都病倒了，定然無力布置他的住處，可他被董清嶽帶入環境雅緻清幽的院子，倒是十分滿意，這布置細微處可見用了心的。

董清嶽一行人離開之後，太子端著個魚食盒子，立在院子飄著蓮花燈的大水甕前喂魚，笑著道：「水甕錦鯉蓮花燈，董大人可不像是這麼有雅情雅趣的人啊……」

水甕晃動的水面上，映著太子含笑的模樣，風過古樹枝葉沙沙作響，帶來的還有一陣陣極為哀怨飄渺的琴聲。

太子抬頭，側耳細聽。

立在一旁的全漁忙道：「回殿下，奴才遣人去打聽過了，說是因為董老太君和董夫人、董少夫人都臥榻不能起，所以殿下的住處是董大人府上的兩位庶女費心布……」

「噓！」太子對話還未說完的全漁做了一個悄聲的手勢，順手將手中魚食遞給全漁，循著琴音跨出院門。

全漁抱著魚食，回頭對守在廊下的護衛招手，一行人不遠不近跟在太子身後，追隨太子的腳步而行。

琴聲越來越近，越來越近，太子在湖邊停下腳步。

湖中八角亭內，白色紗幔飄搖，燭火搖曳，那黃澄澄的燈光之下，一身量纖細的素衣女子，正含淚彈琴，琴聲之中是數不清道不盡的哀傷之意，聞者落淚傷懷。

有婢女捧著黑漆托盤，正要往湖心亭送熱茶，看到太子一行人立在湖邊，嚇得險些摔了手中的茶壺，哆哆嗦嗦跪下行禮：「奴婢該死！奴婢不知道太子殿下在此，還請殿下恕罪！」

太子凝視亭中彈琴的女子，問：「亭中彈琴的是何人？」

「回……回太子殿下，是我們家姑娘！我們家姑娘思念長兄，所以找了這個僻靜無人處彈琴。」那婢女道。

「你們家姑娘叫什麼？」太子又問。

「回太子殿下，我們家姑娘……叫董葶枝。」

太子點了點頭，又朝著八角亭內的女子深深看了眼，這才轉身離開。

那婢女越發惶恐，低頭跪著不敢吭聲，直到太子一行人走遠，那婢女才敢抬頭，腿軟的幾乎站不起來，她也不知道自家姑娘的算計能不能成，若是不能成……怕是老太君知道今日之事，便容不下她們家姑娘了！

太子眉目間盡是笑意，他未轉頭，腳下步子一頓，略想了想，抬手對小心翼翼跟在身後的全漁勾了勾手指。

全漁忙邁著小碎步上前：「殿下您吩咐！」

「你剛才說什麼？孤那院子……是董府的兩位庶女布置的？董大人……有庶女？」太子問。

「回殿下正是，聽說是和董家祖上庶女用齷齪手段害過董老太君，所以董老大人在世時立下規矩……董家庶女地位極為低下，庶子庶女降生，不報喜！這庶子還好說……庶女嘛，常年大門不出二門不邁，外面也就沒有人知曉董家還有庶女！」全漁道。

這麼一說，太子倒是想起大理寺卿董清平，若非是在大都，怕是旁人也不知道董清平有庶女。

太子之前還在愁董清嶽無女，只能靠白卿言，沒想到一到董府便有送上門的。

庶女布置了他的住處，自然清楚那八角湖心亭彈琴，他是能聽到的……

太子勾唇一笑，即便是庶女在董家不受重視，可到底也是董清嶽的女兒，多少還是有些用處的，他摘下腰間的玉佩遞給全漁：「去……給那董家庶女。」

全漁一怔，接過玉佩頷首稱是。

白卿言剛沐浴完，春桃正小心翼翼給白卿言耳朵換藥，就聽到王嬤嬤帶著一群孔武有力的婆子，押著什麼人直接進了董老太君的上房。

春桃也聽到了動靜，她專心給白卿言換了藥後，端起水盆要往外走，問：「大姑娘，要不要我去問問王嬤嬤有什麼需要幫把手的？」

白卿言用手指對著黃花木妝奩梳理長髮，慢條斯理道：「若是外祖母需要，定會讓王嬤嬤來喚，外祖母沒有告知我們，便不要隨意打探，這不是在白家，且外祖母行事心裡有數。」

「是！」春桃倒不是想要打探董家私隱，只是好心想幫忙，畢竟董老太君因為嫡長孫董長瀾過世之事已經傷心病倒。

此時，董老太君坐在火光搖曳的琉璃燈之下，冷眼看著滿目驚恐被堵了嘴的董葶枝，撥動掛在腕上的沉香木佛珠，容色冷清：「記得那年，祖母要在你和葶芸之間選一人放在身邊養著，你設計激怒葶芸，讓她將你推下湖之時，祖母是怎麼告訴你的？」

董葶枝被堵著嘴，只能一個勁兒的嗚咽，想要膝行上前求饒，卻被身強力壯的嬤嬤死死按在原地動彈不得。

「祖母曾告訴過你，雖然你祖父定下規矩對庶女嚴苛，可你們到底是自家的血脈，所以這些年祖母也從未刻意將你們丟在後院，不許出門！」董老太君撥動著手中佛珠，「祖母也同你們姨娘和你們都明說過，不論如何……將來都會為你們定一門好親事，不求大富大貴，定要人品端方，家風清正，讓你們當正頭夫人！絕不會拿庶女終身，為我董家前途鋪路，作賤你們一生。」

董葶枝哭著點頭。

「你聰慧，可這分兒聰明，應當用在正道之上。」董老太君神容肅穆，「你今日八角亭中彈琴，引太子前去，並非覺得你容色動人，能令太子一見傾心，而是想讓太子知道……董清嶽的女兒對太子存了念想，若太子想要收攬你父，可收你在身邊伺候，是也不是？」

董葶枝低著頭直哭，她嘴被堵著也無法辯解。她承認，董老太君說的半分不差，她不願意屈就當個普通人家的正頭夫人，她若是能得太子青眼，只要得寵，太子繼位後她便是一步登天。

她如今依靠董家，攀上太子，來日得寵難道不報答董家嗎？不能成為董家的依靠嗎？

她思來想去，覺得這是能一搏的機會。若是未曾被太子看重，大不了挨訓受罰，可若是被太子看重，董家人誰又敢頂了太子的面子罰她？所以董葶枝這才敢如此膽大妄為。

正如董老太君所言，她不是自信到容色傾城，若說容色……那位白家的表姐鎮國公主白卿言，才稱得上是容色驚豔，她也不是以為太子蠢到連她蓄意賣弄也看不出，她想要的無非是給太子一個信號，董家有女……願在太子跟前侍奉。

可她人剛從八角亭出來，就被王嬤嬤帶人捆了徑直來到董老太君這裡，想來……董老太君是不會給她侍奉太子這個機會。

她掙扎嘶吼，想要爭辯，想要告訴董老太君送她去太子身邊是有利董家的好事。

可董老太君壓根就沒有讓人拿下她嘴裡抹布的意思，銳利的目光凝視跪在地上的董葶枝：「曾經，你祖父說……大都白家對庶女庶子法子就很好，出生起不許見生母，養在嫡母身邊！是我婦人之仁，不忍心，不成想讓你的姨娘將你養成這麼一副性子。」

董葶枝一聽要牽扯到自己的姨娘，立時睜大了眼，朝著董老太君磕頭求饒。

董葶枝知道，她的姨娘是使了手腕兒進的董府，買通董家三伯爺行陰險手段強行送給父親的，所以她們母女在董府並不得寵，姨娘過得很是艱難，她幾次三番絞盡腦汁……為的也是讓她的姨娘過好一點。

「你從小到大，做過許多錯事，祖母念你年幼教導處罰便寬縱了你，如今……我也不想同你再費唇舌教導，即日起……你同你姨娘，一個去家廟清修，一個去清庵了此殘生。」董老太君不想再看董葶枝，閉著眼，纏著佛珠的手擺了擺，「王嬤嬤帶下去吧！讓人備車……即刻送往家廟，不得有誤。」

董葶枝搖頭，哭喊著祖母饒命，可抹布結結實實堵著嘴，董葶枝只能發出嗚咽聲，淚流滿面，惶恐不已。

王嬤嬤應聲稱是，正要吩咐身旁的婢女去讓人套車，便見一女婢匆匆打簾進來，隔著屏風慌張行禮後道：「老太君，太子殿下身邊的那個公公，說是太子有一物要賞給咱們府上的葶枝姑娘，請姑娘出去接賞。」

董老太君握著佛珠的手驟然一緊，凌厲的視線朝屏風外看去。

太子殿下開口，難不成董老太君還敢硬頂了太子的面子，將她送入家廟?!

被押著跪在地上的董葶枝，心中狂喜，成了！這事成了！她含淚的眸子，轉而看向坐在軟榻上，高高在上的董老太君，小人得志的意氣風發取代了剛才的驚恐。

董葶枝用力掙扎一下甩開按著她的粗使婆子，挺直脊梁望著董老太君，若非被抹布堵著嘴，她定要大笑三聲。

這局，她贏了！只要她能成為太子的寵妃，就連這個老不死的董老太君都得在她面前俯首！更別說若將來太子繼承大統，那她和她這位高高在上的祖母就是高低異位，這位祖母見了她也得規規矩矩彎下脊梁，低下她高貴的頭顱，聽她的教訓。

董葶枝扭過頭瞪著王嬤嬤，嚷嚷著示意王嬤嬤趕緊將她鬆開。

「老太君？」王嬤嬤亦是有些慌張，抬眸朝著面色鐵青的董老太君望去。

「見過鎮國公主！」

還不待董老太君發話，外面就聽到全漁同白卿言行禮的聲音。

董老太君容色一動，轉頭朝著窗櫺外看去。

白卿言對全漁頷首，視線落在全漁手中捧著的玉佩上，笑道：「這是太子殿下賞給我表妹的？」

「正是！」全漁滿臉堆著笑。

「太子賞賜，祖母和表妹定當是要重新更衣前來領受，可太子在董府，旁人難免伺候不周到，也不好讓全漁公公在此候著耽誤伺候太子，若全漁公公信得過我，不如由我轉交表妹可好？」白卿言笑著道。

全漁想了想忙雙手將玉佩遞給白卿言：「那就有勞鎮國公主了。」

反正太子也並未說非要那位董葶枝姑娘親自領受，鎮國公主這是好意怕旁人伺候太子不周，且都開口了……全漁哪裡還能拒絕。

白卿言接過玉佩，垂眸摩挲著，抬腳送全漁出院子，似無意問了句：「太子殿下這是因居處布置妥當，所以賞表妹的嗎？」

全漁餘光看了眼跟的並不緊的婢女，這才壓低了聲音同白卿言說：「董葶枝姑娘今日在離殿下居所較近的地方彈琴紀念兄長，太子殿下憐惜董葶枝姑娘手足情深，這才賞的。」

白卿言頷首，送全漁跨出院門之後道：「公公慢走……」

全漁鄭重朝白卿言一禮，帶著人離開。

白卿言手裡攥著玉佩，凝視那條兩側立著仙鶴銅燈的青石路，清風明月，樹影婆娑。

她側頭吩咐道：「去請舅舅來一趟祖母這裡！」

白卿言跨入董老太君上房，看了眼被結結實實捆住，嘴裡塞了抹布，又被粗使婆子按住的董葶枝，便穿過珠簾，繞過屏風朝內室走去。

董葶枝喉頭翻滾，不知為何竟被白卿言那毫無波瀾的一眼，看得心底生寒。

「外祖母。」白卿言朝董老太君行禮。

董老太君露出疲憊之色，對白卿言伸出手。

白卿言攥住董老太君的手，在董老太君身邊坐下。

「連你也驚動了……」董老太君微微歎息，她本想悄無聲息處置了這件事，不讓白卿言再費神。

從白家出事開始，她這個外孫女一路如履薄冰殫精竭慮，消耗太甚，這等微末小事董老太君著實是不想勞動白卿言。

「本想留葶枝一條活路，送她去家廟清修，若太子問起來……便說是為我這個老不死的祈福，可如今太子讓人送來玉佩，若是再強行將葶枝送走，引起太子不滿是小事，就怕太子會對董家生了戒心。」董老太君咬了咬牙齦，緊緊攥著手中佛珠。

屏風外的董葶枝一抖，本想留她一條活路？那現在呢？難不成，太子親自開口要人，董老太君還敢要了她的命嗎？

白卿言輕撫著董老太君的胳膊：「祖母，我已經讓人去請舅舅了，此事……並非沒有轉圜的餘地，端看舅舅想如何處置。」

董清嶽聞訊趕來，一進門凌厲的目光便落在董葶枝的身上，董葶枝忙低下頭，嚇得氣都不敢喘，更別說求情。

「先帶出去！」董清嶽對王嬤嬤道。

王嬤嬤頷首稱是，讓人將董葶枝押了出去。

繞過屏風進來，董清嶽先朝董老太君問安，落坐之後才道：「事情我已經聽說了，要處置也簡單，將董葶枝連夜送走……對太子便稱夜裡暴斃，太子總不至於要一個死人！」

到底是自己的骨肉，董清嶽又怎麼能狠心真的要了董葶枝的命，送走就當從沒有過這個女兒。

「舅舅如此行事，怕是太子要起疑的，為何舅舅寧願葶枝喪命，也不願意葶枝入太子府，太子一旦對舅舅有了戒備之心，怕會在朝內給舅舅使絆子，尤其是現在皇帝沉迷煉丹，國政交由太子處置，舅舅對待太子應當慎之又慎。」

董清嶽閉了閉眼：「自己做的孽便要自己承擔，她董葶枝要入太子府，那便讓她去吧！從此她便不是我們董家的女兒！」

「可太子會這麼想嗎？皇帝會這麼認為嗎？她董葶枝只要是從我們董府出去的，只要是你董清嶽的女兒，她就同董家有脫不開的關係，旁人看她……只會覺得她背後是你這登州刺史，是登州軍！」董老太君將手中佛珠重重拍在桌几上，「可恨的，是這丫頭不是不明白這個道理，她正是太明白……才想踩著你，踩著登州軍為自己博得前程！就董葶枝這分心性，入了太子府……必成董家大患。」

董老太君話說的十分急，急得咳嗽起來：「長瀾用命在前拼搏董家生機，決計不能毀在只會鑽營私利的董葶枝身上！」

「娘……是兒子沒有教好葶枝，娘您不要著急！」董清嶽忙起身端起茶杯遞給董老太君，卻被呼吸急促的董老太君推開，董清嶽只好將茶遞給白卿言，示意外甥女勸一勸董老太君。

「外祖母，先喝口茶！」白卿言輕撫著董老太君的脊背，將茶遞給董老太君。

「你也別想著讓阿寶替你出頭！」董老太君抬眼瞪著自己的兒子，接過茶杯，「話，娘給你擱在這裡了，董葶枝目光短淺，一門心思的想著自身名利，氣量狹小……決計沒有那分篤愛和睦光耀門楣之心，若讓她入了太子府，董家諸人只能成為她的踏腳石，你好好想想你的兒子，為董家連命都能捨的兒子！」

董清嶽身側拳頭緊緊攥著，半晌下定決心似的鬆開：「娘心中可有章程？」

董老太君將茶杯擱在方几上，明燈之下，瞳孔漆黑深幽，又明亮灼灼：「明日一早，將那柳姨娘和董葶枝送出董府去，就稱早就有傳聞這董葶枝並非是你的親女兒，我這個老太婆子暗地查證，已經坐實，長瀾剛去……孫媳有孕，不想殺生，便將這一對母女趕出董家去了！」

董老太君的意思很明白，趕出去任由這對母女自生自滅，若是太子還是要將這女子接入東宮，那這女子……可就與董清嶽無半點關係了！

即便是將來，董葶枝蓄意陷害，也可稱其是懷恨在心，絕了董葶枝生恨陷害之路。

「也還好，這柳姨娘你一向不喜歡，也就是當年醉酒一場有了葶枝，才帶回府上，從那往後府上誰人不知你只是將柳姨娘養著，不曾踏入她那院門半步！即便是太子查……也能說得過去！」董老太君平靜道。

當年柳姨娘是董老太爺的三哥硬灌醉了董清嶽，塞給董清嶽的，也是自那之後……董清嶽再也沒有喝醉過，覺著差不多了，誰勸酒也不會再喝，生怕酒後誤事。

只是此計，對男人來說堪稱奇恥大辱。但董家的安危，可比董清嶽的面子來的要重要太多，董清嶽欣然點頭：「也算是……留給她一條生路，往後的路該怎麼走，便是她自己的事了。」

白卿言摩挲著手腕兒上的鐵沙袋，怕太子知道董家有兩個庶女，動了不該動的心思，便道：「祖母恐怕還需讓葶芸也抱病才是，畢竟……相處了多年的姐妹，突然並非自己的親姐妹，加上嫡長兄去了，自然撐不住。」

「既然發現柳姨娘欺瞞了這麼大的事情，那陣仗也該擺起來！」董老太君一向雷厲風行，高聲道，「王嬤嬤，去將柳姨娘大張旗鼓捆來！嚴令董府上下嘴皮子緊著，誰敢走漏半點風聲，全家亂棍打死！」

說完，董老太君回頭看向白卿言，她心底裡是不想讓外孫女看到這汙穢事的，便道：「今夜你留在外祖母這裡怕是無法安眠，我讓人送你去葶芸那裡，你去湊合一晚。」

董家家醜，白卿言姓白，不該摻合，她福身稱是。

董家這夜果然是大陣仗，當董葶枝知道要去請柳姨娘的時候，便知道自己怕是連姨娘都連累了，她面色慘白，頓時沒有剛才的意氣風發，佝僂著身子啜泣。
白卿言到了董葶芸的院子，見出來迎她的董葶芸頭髮還未乾，只笑著將白卿言請入正房。
「被褥已經全換成了新的，表姐放心！今夜表姐在這兒休息，我去偏房……」董葶芸笑道。
「打擾了，你頭髮還未乾，快去絞頭髮吧。」白卿言見董葶芸唇瓣蒼白，伸手摸了摸董葶芸的手，嚇得董葶芸忙往後一退，又忙尷尬同白卿言行禮致歉。
董葶芸的手冰涼入骨，白卿言回頭吩咐春桃她們出去，問董葶芸：「怎麼一回事？」
董葶芸咬著唇，她當真沒有想到祖母會安排表姐來這裡，就在剛才得到消息之前，董葶芸整個人正在冰水裡泡著，為的就是讓自己病倒。
她朝白卿言福身行禮後道：「我剛才在冰水裡泡著，想明日起稱病……」
白卿言恍然：「你是怕太子對董家女動了心思？」
「父親是登州刺史，手中握著登州軍，太子能與父親拉進關係的最好方法便是姻親，但父親沒有嫡女，我只是一個小小庶女，若入太子府，頂多也就是一個侍妾，連側妃的位置都夠不上，我也不知道自己算不算是戒備心過重，可我看著我姨娘，我真的不想為人妾室，哪怕讓我嫁於田頭農漢，我也只想當個正頭娘子，不想為人妾室。」董葶芸說著紅了眼，「而且，但凡手握兵權之人，最忌諱的便是過早結黨，若是我入太子府……父親不結黨，旁人也會以為父親結黨的！」
同樣是庶女，同樣能看透太子若要董家庶女……是為了舅舅手中兵權，一個為私心絞盡腦汁想要踩著董家上位，一個同樣也是有私心卻兼顧大局，避之不及。
難怪，祖母會將董葶芸養在身邊。這樣的姑娘，聰明，知分寸，識大體。
「裝病就是了，何苦真的為難自己。」白卿言拉著董葶芸在身邊坐下。

「不想讓父親為難，父親性情耿直不說，本就對庶女有偏見……若我裝病，被父親知道，怕又要受責罰。」董葶芸說到此處低下頭，語音略有些哽咽。

董家庶女難為，白卿言知道的。

她拍了拍董葶芸的手道：「外祖母是你的祖母，你別怕……外祖母會護著你的。」

董葶芸點了點頭。

「去將頭髮絞乾好好睡上一覺，別擔心！」白卿言安撫董葶芸。

第三章　安平大營

第二日一早，太子剛起身便聽說昨日董府有事發生。

太子用蜜水漱口後，拿起帕子擦嘴，問全漁：「昨日董府出了什麼事？」

全漁搖頭：「奴才無能，沒有探問出來。」

太子隨手丟下帕子看著全漁輕笑：「登州董府，向來鐵桶一般，連父皇都打探不出消息，更何況你，若是真讓你打探出來了，孤才要懷疑這是否是董清嶽想讓孤知道的，擺膳吧！」

「殿下鑒往知來，奴才跟在殿下身邊，竟然連半分也沒有學到，真是慚愧！」全漁笑著擺手命人擺膳。

太子要巡營，董清嶽和白卿言自然相陪，路上太子似無意問了董清嶽一句董葶枝，沒想到竟讓董清嶽臉色大變，見董清嶽唇瓣囁嚅，似是難以啟齒，太子越發來了興趣。

無奈之下，便將昨日董老太君查出董葶枝並非是他親生之事告知太子，直歎氣：「身為男人，這簡直是奇恥大辱，也幸虧董家庶子庶女降生從不報喜，知道董家有庶女的人並不多，否則……微臣就要成天大的笑話了。」

見董清嶽臉色青紫，果然是氣急了，太子錯愕片刻，拍了拍董清嶽的肩膀，男人最能理解男人，這小妾給帶了綠帽子，自己還給旁人白養了孩子，別說是董清嶽，就是放在普通人家，男人怕也沒法忍下去。

要說還是董清嶽仁慈，這要是太子……那孽種和那小妾絕對見不到今日的太陽。

剛想到這裡，太子突然想起昨日自己讓全漁送出去的玉佩，頓感尷尬，打算回去就讓全漁一千人等將此事藏在心裡絕口不提。

太子人剛到營中還未來得及替皇帝犒賞將士，便接到大都城急報，皇帝與秋貴人騎馬時墜馬，情況不容樂觀，皇帝在昏迷之前，請已經致仕的譚帝師回朝，與大長公主協助梁王主事，召太子速速回都。

太子一聽，頓時臉色大變，哪還有心情在登州犒賞將士。皇帝重傷昏迷，皇后梁王難道不會趁機把持朝政？萬一要是他在皇帝咽氣之後回去，誰能保證皇后和梁王不會鋌而走險假傳聖旨，弄出一個廢太子，傳位旁人的事情來，屆時不在大都城的太子反倒成了亂臣賊子。

白卿言乍一聽了消息，驚得拳頭攥了起來。如今白家需要的是穩定的局勢，絕非讓皇帝在這個時候出事，不過……皇帝總算腦筋還算清楚，沒有讓皇后主事，而是請回了譚老帝師和祖母大長公主協助梁王，大都城的局勢應當還能穩得住。

到底祖母姓林，是林氏的大長公主，皇帝還是信得過祖母的。

皇帝之所以選了梁王，大約是因除了梁王無人可選，也是覺得梁王軟弱易於掌控，定然會聽譚老帝師和大長公主的。可實際上梁王狼子野心，如今又有岳丈閑王相助手握兵權。

但，若皇后已經同梁王聯手，定已知梁王真面目，必然會有所防範，與梁王相互制衡。然，梁王手中有兵，這樣的制衡又能持續多久？若是梁王真的執意要反，會不會危及祖母安危？

白卿言坐不住，太子更坐不住。

「殿下！大都生亂不可耽誤，殿下需立刻回大都穩定大局！」白卿言對太子抱拳道，「詳情路上再議，殿下還是立刻啟程！言陪太子一同回都。」

「對！鎮國公主說的對！」太子面色蒼白頷首，「全漁立刻派人回去讓車駕啟程在城外候著，準備出發，將這個消息告訴方老還有任先生、秦先生，一會兒啟程，讓他們上孤的馬車，與孤和鎮國公主一同商議。」

「殿下，要回去不能這麼回去！陛下昏迷，大都亂局，殿下這樣回去，萬一大都城有變，無異於羊入虎口！那個時候若是再要救陛下和殿下……不論是哪方兵馬都名不正言不順！」白卿言說完看向董清嶽，「登州軍此次傷亡慘重，殿下何不調安平大營隨殿下一同回大都，若是有變也不會鞭長莫及。」

太子不是不知道兵權的重要性，他拳頭緊握：「可……安平大營無陛下詔命不得擅動，孤……」

董清嶽見狀，朝太子抱拳道：「鎮國公主所言甚是！太子殿下是國之儲君，如今天子昏迷，儲君便可代天子發令，符將軍是臣……焉可不聽太子詔命！」

太子稍作猶豫之後點頭：「好！車隊繞行安平大營，孤親自見一見符將軍，帶兵回都護駕！」

太子也怕啊，誰讓現在嫡子信王在大都城裡，還有一個梁王。

更別說皇后肚子裡……還有一個神鹿轉世的嫡子，若是皇后真動了什麼心思，他回去這一路上，怕是都會有人要他的命！

太子顫抖的手緊緊攥著，藏在袖中，生怕被人看出他的驚懼。

他是太子，可以恐懼，但不能顯露。沉住氣，太子靜思，登州軍此次的確是慘敗，若是登州軍隨他回都，那登州便空了，唯一能調的確實只有安平大營。

白卿言卻在太子話音剛落便搖頭，沉聲道：「車隊太慢，讓全漁公公帶車隊先行，太子殿下與言快馬直奔安平大營，以免大都城內的奸佞之徒，搶在殿下之前……以陛下之命調動安平大軍，做出什麼對太子殿下不利之事，言怕即便我們現在快馬啟程，尤甚已晚，耽誤不得。」

「那……鎮國公主先去！」太子道。

「不可！」董清嶽亦是開口，眸色沉穩，「鎮國公主並非太子，即便是得太子之命，符將軍未必敢真的將兵馬調給鎮國公主！恐需太子親臨。」

太子喉頭翻滾，眼神有些飄忽，還是靜不下心來，可他視線落在一如既往鎮定自若的白卿言身上，心裡就像是夏日裡悶了數月的鬱熱天，突然響了一陣悶雷，陡然清醒了過來。

此時已經不是矯情的時候，正如白卿言所言，若是不能率先控制住安平大營，大都城那邊兒給他扣上個謀逆的帽子，他連自保的餘地都沒有不說，就連懷了他孩子的太子妃怕都不能倖免。

只有他手中有兵，至少大都城的人才會有所忌憚，才能安安靜靜等他回去，大都城的皇后和梁王不存謀逆之心便好，若是真的動了不該動的念頭，他還有一搏的機會。

「好！我們快馬疾行！」太子點頭。

見太子決心已下，董清嶽高呼：「備馬！」

白卿言對董清嶽道：「舅舅事情緊急，此次我隨太子直接從軍營回都，便不回董府同外祖母告別，還請舅舅代卿言向外祖母請罪。」

董清嶽凝視白卿言漆黑如墨的眸子，不過片刻便明白白卿言的意思，在白卿言話音一落，董清嶽便看向太子開口道：「此去安平大營，萬一安平大營已經有變數，怕危及太子殿下安危，這樣……長茂！」董清嶽轉頭喚了董長茂一聲。

「父親！」董長茂抱拳上前。

「你點三千人，跟隨太子護駕，若是安平大營有變，誓死護太子殿下退回登州！」董清嶽鄭重吩咐。

不等董長茂應聲，白卿言便道：「舅舅，長茂傷勢未癒，怕經不起奔襲的折騰！舅舅需穩坐登州，以防南戎鬼面將軍！若真如舅舅所言安平大營有變，長茂重傷未癒反倒陷太子殿下於危中，若是舅舅信得過盧平……便讓盧平領這三千人，若安平大營之行順利，便讓盧平將人帶回登州！不過舅舅也要做最壞的準備，至少要讓太子暫有登州軍可用，有時間再調南疆白家軍。」

白卿言語速又快又穩，顯然已有成算，太子心中又安穩了些。

「盧平曾與微臣一同在白家軍中，微臣信得過盧平，不知殿下意下如何？」董清嶽望向太子，姿態恭敬請示道。

盧平忙抱拳朝太子行禮。

「就依鎮國公主所言！」太子看向白卿言，表情鄭重，「孤……信得過鎮國公主和董大人！」

白卿言和董清嶽朝著太子長揖一拜，他們二人都清楚，太子並非是信得過白卿言和董清嶽，而是形勢所迫只能信白卿言和董清嶽了。

董清嶽握住腰間佩劍，朝點將臺上高呼：「鳴號！點兵！」

點將臺上，低沉肅穆的號角齊鳴。

幾匹通體黝黑的駿馬由一人帶頭，從軍營那頭狂奔而來，沙塵滾滾。

整個大營之中頓時如沸，佩甲將士聞號聲，隨即抄起長矛重盾，亂中有序於演武場集合。

太子吞咽著唾液，看著沙塵四起的演武場，兵士神色匆匆，奔跑集合。

即便太子曾經帶兵前往南疆戰場過，可他是在後方，前面拼死捨命的是白卿言，他從未真的見過這樣的陣仗，一眼望去……沙塵之中兵士狂奔集合，腳步聲、吼叫聲、馬嘶聲和號角聲交雜在一起，讓人耳中嗡嗡作響，彷彿只要張嘴，人就會吃一嘴砂石。

太子看到這副場景，怕穿營而過的馬會踏傷人，腳下步子不斷往後退，內心越發慌亂，不由自主朝白卿言看去，卻見白卿言神色肅穆，正與董清嶽抓緊時間商議若安平大營生亂，馳援之事。

白卿言同董清嶽道：「舅舅需枕戈待旦，若安平大營真有變，還需舅舅帶兵馳援，以救殿下，鎮壓安平大營！大都生亂，決計不能再讓晉國邊陲出事，否則晉國危矣！」

董清嶽頷首：「狼煙為號！我會讓人隨時留意安平大營動向！」

通體黝黑的十幾匹戰馬，穿營而來，領頭帶馬之人一躍而下，單膝跪地抱拳道：「殿下，公主，將軍，馬到！」

「那就拜託舅舅了！」白卿言說完，扯住駿馬轠繩，看向額頭冒汗的太子：「殿下！上馬！」

太子這才忙慌應聲，上前抓住轠繩，不知是不是因為太緊張，踩著馬蹬的腳軟塌塌滑了下來。

「殿下！」白卿言一把捏住太子的手臂，看著太子已然慌了的模樣，用力捏緊，扶住他，「殿下，您是儲君！局勢越是亂的時候，殿下越不能亂！言……一定拼死護殿下周全！殿下信我！也要信譚老帝師和祖母，能替殿下暫時穩住大都，等殿下趕回大都城主持大局。」

太子吞咽著唾液，頷首，被白卿言扶上馬。

「盧平，留下點兵，我隨太子先行出城做安排，你隨後帶兵跟上！」白卿言吩咐。

「盧平領命！」盧平抱拳。

「白家護衛軍！上馬！」白卿言高呼一聲，一躍翻身上馬。

跟隨太子而來的親衛也紛紛上馬。

「表姐！」董長茂突然高呼一聲，將命人取來的銀槍丟給白卿言。

白卿言接槍，朝著董長茂的方向看去。

「表姐，這是我兄長的銀槍，借於表姐！」董長茂咬了咬後槽牙，「表姐一定要平安回來！護好太子殿下！」

白卿言頷首，一夾馬肚率先衝了出去，太子被太子府親衛與白家護衛軍護在中間，也跟著快馬而出。

董清嶽注視白卿言快馬離去的背影，沉穩矯健的身影轉身疾步上了點將台，目色如刀，隨時準備出發鎮壓安平大營。

白卿言與太子從兵營出來，直奔登州城外。

方老這裡最早得到消息，而後才讓人將消息送到太子的手上，早已經動身出城。

方老知道分寸，當皇帝墜馬昏迷的消息送到他手上的時候，方老便立刻下令不需收拾行裝，帶著太子車駕直奔城外與太子匯合，迅速回都。

春桃也在太子的車隊之中，這是董老太君的意思。

大都城生亂，董老太君料定了白卿言定會護送太子回大都城，讓春桃帶上白卿言必要的行裝，跟隨方老一同出城。

方老不傻，如今大都亂象，太子正是需要人手的時候，或者說需要兵的時候，鎮國公主又是帶兵征戰的能手，他自然是要將鎮國公主帶在身邊才能確保太子殿下安危。

方老坐在疾馳搖晃的馬車內來回想，覺得不能就這麼回大都城，若是大都城已經被皇后或梁王的人控制，太子這樣回去，恐怕會被扣住。

屆時，不論是皇后還是梁王，給太子扣上一個什麼罪名！又或者皇帝沒能等到太子回去便駕崩，再弄出個傳位他人的遺詔來呢？

信王回大都城，皇帝墜馬……方老怎麼想，都覺得此事與皇后有脫不開的關係。

此時太子人就在登州，不如強令董清嶽帶兵護送太子回大都城。

可若是戎狄來襲呢？太子丟了江山和性命，與丟了登州城相比，登州的分量便無足輕重了。

方老下定了決心，想著一會兒在城外見到太子，先不能著急著走，當與太子商議之後帶走登州軍才是。

太子的車隊將將在登州城外停下，方老扶著任世傑的手下了馬車，就見白卿言與太子便已經快馬疾馳趕上。

「殿下！」方老一看到白卿言和太子，忙甩開扶著他的任世傑上前兩步，高呼，「殿下！」

「殿下！」全漁也朝著太子的方向跑去。

白卿言勒馬停下，下馬，將手中銀槍丟給白家護衛軍，就看到春桃朝她的方向跑來：「大姑娘！」

白卿言對春桃頷首，轉頭看著已經被太子府親兵扶下馬的太子，全漁和方老正一左一右扶住太子，等太子剛剛站穩，方老便道：「殿下，我們不能就這麼回大都城，得請董大人攜登州軍護送殿下回大都啊！」

「不可！登州軍不能動！」秦尚志率先出聲，「南戎不可小覷，上次奪了登州，雖說已經退兵，可誰知道會不會再殺一個回馬槍！登州如今不能丟！」

「登州不能丟！難不成殿下的命就可以丟?!」方老視線看向白卿言，繃著臉高聲道，「此次殿下是為了給登州軍送糧草輜重才遠赴登州，如今大都生亂，董清嶽當派兵護送殿下回都，否則若是陛下不幸賓天，太子卻不能順利回都，那才會使晉國大禍臨頭！」

「還請三位先生先上太子車駕，此事太子殿下已有對策！」白卿言看向太子，「殿下，我等還要在此處等候盧平帶登州軍前來，不妨先與三位先生細說。」

太子點頭，緊攥著滿都是汗的手，道：「對！先上馬車，車內詳說！」

全漁扶著太子上了寬敞奢華的太子車駕，白卿言同春桃說讓她準備戰甲，便緊隨太子其後上了馬車，再才是方老和秦尚志、任世傑上車。

太子看了眼白卿言，這才道：「孤與鎮國公主商議過，調安平大營的守軍，護送孤一路回大都城！」

秦尚志點頭。

「登州不能丟！」白卿言看向方老，「若是大都城真有變，那麼殿下還有登州可退，若是登州丟了……難不成要殿下奔赴南疆嗎？誰能保證西涼密探探知晉國內亂之後，不會趁機拿回失土，屆時我們便腹背受敵！」

方老抬手摸著山羊鬚，皺眉細思。

「而安平大營，向來是沒有聖命調令，不得擅出！若是皇后或梁王，在大都城內把控昏迷的陛下，又在大都城外把控安平大營……那更是可怕，所以……太子殿下應當在大都有所動作之前，搶先控制安平大營！以防不測！」白卿言看向方老，不給他多思多想的機會，「方老老成持重，可跟隨我與殿下帶三千登州軍一同前往安平大營，以防情況有變，不知方老身體可受得住快馬飛馳？」

方老摸著山羊鬚的手一頓，頷首：「為殿下，就是捨了我這把老骨頭又有何難！」

太子心生感動，輕輕拍了拍方老的手。

「那便由全漁公公和任先生、秦先生帶著太子車駕一路先行，務必小心，若大都城真生了變化，怕有人來刺殺太子，這一路太子車駕為幌子，如何不露痕跡，便端看三位的了！」白卿言道。

「殿下與鎮國公主放心，全漁一定守好太子車駕！」全漁率先表忠心。

「殿下與鎮國公主先行，這裡有我和任先生，必不會讓出事！」秦尚志頗為擔心，「可，此去安平大營……也是危險重重！」

私心裡，秦尚志覺著此次皇帝突然墜馬昏迷也算是好事，只要皇帝能撐到太子回到大都城再賓天，年邁昏庸沉迷煉丹的皇帝身故，年富力強的新君登基，必然能使大晉改換新氣象新面貌，白家也不必走到造反這一步，如今白卿言這不正在為太子謀劃！

「秦先生放心，我與方老，還有三千登州軍，誓死護殿下周全！」白卿言道。

全漁見白卿言神色堅韌，亦是對太子道：「殿下！全漁為您穿戴護甲！」

白卿言見太子點頭，對太子行禮後從太子車駕中出來，回自己的馬車換甲。

春桃含淚跪坐在馬車一旁，懷裡抱著白卿言的射日弓，看著白卿言將最後腕甲佩戴好，眼淚一下就下來了：「大姑娘，此去一定要小心！」

春桃心裡恨極了，恨自己為什麼不是沈青竹沈姑娘，若是她有沈姑娘那樣的身手，便能跟隨在大姑娘身側，一同前去安平大營保護她們家大姑娘。

聽到遠處傳來馬蹄聲，白卿言挑開馬車垂幔往外看了眼，見盧平帶兵疾馳而來，從春桃懷裡拿過射日弓往背肩一挎，道：「我會留下幾個白家護衛，送你回朔陽……」

「大姑娘，護衛得跟著大姑娘！我就跟著太子的車隊往大都城走！姑娘不必擔心春桃，春桃不能幫大姑娘，但也決計不能拖大姑娘的後腿！大姑娘信我！」

春桃已因自己不能保護白卿言而自責，又怎麼能讓大姑娘分出身邊的白家護衛軍來護她。見春桃表情鄭重，白卿言不再勉強，只道：「照顧好自己！」說完，便下了馬車。

太子也已經換上了護甲，肩披盤龍披風，腰間佩劍，被全漁扶著下了馬車。

方老年事已高，卻也穿上了甲冑，跟隨太子一同上馬，不自在地扶了扶盔帽，心裡也為自己這身子骨捏了一把汗。

「殿下！」白卿言疾步走到太子身邊，抱拳道，「請殿下上馬！登州軍來不必停留，直奔安平大營！」

太子點頭。全漁忙上前扶著太子騎上馬，紅著眼叮囑：「殿下！公主！你們要小心啊！」

身披戰甲的白卿言一躍上馬，扯住韁繩，頓時鋒芒畢露，高聲道：「太子府親兵與白家護衛軍，隨我快馬直奔安平大營，即刻出發！」

威嚴的語音一落，白卿言雙腿一夾馬肚，駿馬怒嘶，揚蹄而立，率先衝了出去。

秦尚志喉頭翻滾，望著披風翻飛，英姿勃發的白卿言，悄悄攥緊了拳頭，想起他第一次在南疆看到白卿言翻身上馬，對白錦稚下令時，令他熱血激昂恨不能跟隨白卿言而戰的情景。

白威霆曾言，白卿言是天生將才，這話秦尚志信！

同樣的調令，不同人說出，會有不同的反響，白卿言明明是女子，但她久經沙場，常勝不敗，就連下令的語聲裡，都充滿了鏗鏘風骨，讓人感受到她凌厲而炙熱的殺氣，和熱血戰意。

白卿言有御人之氣魄，也有用兵之謀略，何止將帥之才啊……

太子身邊親衛與白家軍紛紛跟隨馳騁，太子咬緊了牙關，也扯住韁繩一路馳馬狂奔。

頭戴盔帽的方老咬著牙硬受著，今日倒不是他被白卿言逼得不得不跟隨太子，而是太子身邊他必須在，如此才能不讓白卿言將太子蠱惑了去。

白卿言馳馬速度極快，太子和方老都是勉力跟從，只覺耳邊全是呼呼的風聲，和自己咚咚的心跳聲，就連呼吸都費勁。

可太子知道，自己不能喊跟不上！前面帶著白家護衛軍和太子府親兵的白卿言，和身後那三千登州軍，都是為了護他這個太子能順利回大都的！旁人是為他辛苦，此時他怎能認慫喊苦？

太子咬緊牙關，高聲喊著：「駕！」

眼看著快到安平大營……「盧平！」白卿言回頭高呼。

盧平聞聲提速，揚鞭上前：「盧平在！」

「命你，帶一千人隱蔽策應，派人守住安平大營通往大都城方向通道，不論是向安平大營傳信，還是安平大營向外傳信，都把人給我扣住了！」

「盧平領命！」盧平應聲減速傳令，帶一千人分兵而行。

安平大營內。

符若兮坐在主帥營帳之中，屏退左右，立在帳內燈下，看完大都城送來的信件，咬著後槽牙，將信紙點燃。

皇后派人送來密信，稱皇帝墜馬昏迷，如今正是擁立信王的好時機，只要信王坐上皇位，她便可以保住腹中孩子，否則太子繼位，定然不會放過她腹中這個被稱作神鹿轉世的孩子，若皇帝有幸醒來，被人知道她懷孕月份不對，她和孩子都是死。

皇后稱她已經掌控皇帝身邊伺候之人，只要符若兮敢帶安平大營之軍直奔大都，皇后便會對外稱，此次是太子因遭皇帝訓斥，被皇帝遣至登州押送糧草輜重，而懷恨在心，想要殺皇帝！然後擁立嫡子信王登基。

符若兮身側拳頭緊緊攥著，雖然皇后在信中未曾明言，那孩子是不是那天……他一時失控讓皇后懷上的，可皇后說月份不對，分明就是暗指這孩子是他的。

但，符若兮並非是個會被男女情愛沖昏頭腦的蠢才，他雖然人在安平大營，符家卻會源源不斷將消息送來，他知道皇帝也並非全然相信皇后，所以在昏迷之前，請譚老帝師和大長公主……一個協助梁王主政，一個主理後宮。

譚老帝師素來便是諍臣，大長公主當初更是一力扶當今聖上登基之人，都是皇帝能信得過之人。譚老帝師不說，大長公主絕非是普通後宅婦人，皇后真的能在大長公主眼皮子底下做手腳？

符若兮只覺陷入兩難之中，若是他按兵不動，皇后和她腹中之子若是有三長兩短，符若兮此生都不會原諒自己。

「報……」有哨兵突然快馬直入，跪於帥帳之外，高聲道，「稟報主帥，登州方向，有人高舉太子旗幟朝安平大營方向而來！」

符若兮手心收緊，轉過頭疾步走至大帳正當中，問：「來了多少人？」

「約莫兩三千人左右！」哨兵回道。

「將軍……」符若兮的副將也問詢趕來，直入帳中，緊握著腰間佩劍，呼吸略重，「太子殿下一定是知道陛下昏迷之事，擔心隻身回都城遇險，所以這才前來安平大營，恐怕是要讓將軍護送回京。」

符若兮唇瓣緊抿著，濃眉緊擰：「安平大營，不得陛下詔令是不得擅自出兵的，否則……我等也不會在登州遇襲之時，不敢出兵馳援。」

那副將看了眼還跪在帳外的哨兵，擺了擺手，示意那哨兵先行退下。

見那哨兵退下之後，符若兮的副將才踱步至符若兮身旁，壓低了聲音道：「將軍，太子乃是儲君，陛下昏迷，太子可代行天子令，太子之命便是天子之命！」

本陷入兩難的符若兮，電光石火之間鎮定了下來……

若是太子此次前來是為了讓他帶兵隨他入都城的，他倒是可以對太子表忠心一口應下，一路隨太子帶兵名正言順回大都城，屆時……若是皇后占了上風，他便一舉將太子拿下，力保信王上位。若是皇后未占上風，他也可稱是皇后送來密令讓他護送太子回都，以防不測，好歹保住皇后一命。如此才能進可攻，退可守。

想到此處，符若兮拿定主意，對副將道：「去召集將領隨本帥出營，恭迎太子。」

「是！」符若兮副將抱拳稱是，急匆匆出了帥帳。

符若兮拳頭緊緊攥著在大帳內走動幾個來回，腳下步子一頓。

他需要給皇后送個信，若是不送信，以皇后那寧為玉碎不為瓦全的性子，見他帶兵隨太子回大都，定會以為他決意追隨太子捨了他們之間的情義，難保皇后不會做出什麼不可回頭之事。

送信，又實在太過冒險，萬一被人截獲……死無葬身之地。

不送，又怕皇后涉險。

符若兮猶豫片刻，突然對門口吩咐道：「將剛才送信之人喚來！」

「是！」

符若兮繞至案後跪坐，抽出只有向大都城內傳緊急軍報時用的紙張，在上面寫下了「伺機而動」四個字，裝入信筒之中，抬頭就見為皇后送信之人已到帳外。

皇后身邊的死士，從大都一路晝夜兼程而來，信送到東西都來不及吃，便倒下睡了過去，這會兒陡然被叫醒，還未完全清醒過來。

「你上前來！」符若兮將信筒又裝入布袋子之中，抬眼看著進帳跪於几案對面的死士，道，「此信，務必儘快送回大都，親交至你主子手中，即刻出發！要快！」

那人雙瞳充血，面容憔悴，卻還是恭敬接過符若兮遞來的布袋子：「是！」

符若兮倒不是不能用自己的人，可是自己的人稍有調動便會驚動安平大營的人不說，他的人送信……也無法毫無阻礙的送到皇后面前，只能先送到符家。

可此事絕不能讓符家知道的，否則以他母親的聰慧，定會猜出皇后要做甚，甚至會覺得皇后要利用他當年對皇后的愧疚，逼他謀反……而在大長公主面前舉發皇后。

所以哪怕知道皇后派來的人已經疲憊至極，符若兮還是只能用皇后的人。

目送皇后的人離開，符若兮稍稍鬆了一口氣，打起精神來準備出營迎接太子殿下。

符若兮胳膊夾著盔帽，從大帳之中出來高聲道：「鳴鼓！點兵！」

在已經能看到安平大營之時，太子突然啞著嗓子出聲喚白卿言：「鎮國公主！」白卿言疾馳速度緩緩降了下來，與太子並肩而騎：「殿下有事吩咐！」

放緩速度，太子側頭對白卿言道：「月前，符將軍還在大都城之時，孤入宮向父皇請安，曾遠遠看到皇后身邊貼身宮婢送符將軍出宮，孤當時沒有放在心上，可如今大都城恐要生亂，符若兮……我們不得不防啊！」

太子沒有對白卿言將話說完，太子隨後還調看了當日出入皇宮的記錄，對比之後發現，符若兮見過皇帝之後，還在宮中逗留了半個時辰。

太子倒沒有揣測皇后會同符若兮有什麼，他猜測皇后是否讓其貼身女婢引誘符若兮，畢竟符若兮手握安平大營。

以前，此事太子放在心上留意便是，可如今皇帝昏迷，他這個太子又不在大都城內，大都城很可能隨時生變，太子便不得不防。

「鎮國公主！」被顛馬顛的七葷八素的方老扶了扶盔帽，咬著牙從太子背後繞行至白卿言身旁，壓低了聲音對白卿言道，「此事，之前太子與老朽都覺，符若兮遠在安平大營，多加防備就是了！可如今大都形勢有變，萬一要是符若兮真的同皇后的婢女有所牽扯，說不定會被皇后牽制，老朽的意思是……一會兒還請鎮國公主找機會殺了符若兮，由太子殿下親自掌兵！」

這件事太子只告訴了方老一人，連秦尚志和任世傑都不知道，若非太子越靠近安平大營心越不安，此事太子也不想告訴白卿言。

白卿言握著韁繩的手收緊，遠遠看到從安平大營騎馬而出的那一行人，抬手高呼：「停！」

兩千登州輕騎令行禁止，動靜如出一轍，驚得太子和方老連忙勒馬。

白卿言勒馬立定，冷清的視線朝方老看去，看得方老脊背陡升涼意。

方老也看到遠處出營的騎兵，頗為緊張，高聲道：「快！保護殿下！」

「方老不必驚慌！」白卿言目視前方，聲音平靜鎮定，「安平大營出來的……最多不過兩百人，想來是來相迎的！」

說完，白卿言轉頭看向太子，拽著韁繩抱拳低聲道：「殿下，符若兮掌安平大營，又數次立功，冒然殺之恐會讓軍心生亂，我已讓盧平帶人前往都城與安平大營必經之路攔截，若無人送信……那便先讓符若兮同我等一同回大都城，路上再想辦法！」

「若有人來給安平大營送信，或是安平大營往外送信呢？」方老急急追問。

「若有人送信盧平必會攔下，屆時太子奪了符若兮的兵權，押解符若兮一同回都，等平安到大都城之後，太子再調出符若兮入宮記錄，與皇后婢女對質，依法處置就是了，可此時……不到萬不得已，絕不能殺符若兮亂軍心。」白卿言調轉馬頭朝著太子和方老靠近了些許，「殿下，凡事講求公道二字，方能服眾，尤其是如今，殿下更要收攬安平大營眾將士的心才是。」

「鎮國公主是怕……殺了符若兮引起譁變？」方老問。

「不至於此，只是減少不必要的麻煩。」白卿言視線又看向太子，「如今，如何保太子平安回都，才是頭等大事！殿下若不放心……倒是可以先命符若兮親自領安平大營一半兵力，及其麾下諸將隨太子殿下一同回都，將安平大營交至登州刺史董清嶽手中轄制。」

白卿言想到盧平，接著道：「正好盧平帶了三千登州軍來，可暫留安平大營……等待登州刺史董清嶽前來接管，軍中自來按規矩行事，一兩日無帥也出不了亂子，且有董清嶽接手登州軍和安平大營，若是戎狄真的卷土重來，我晉國邊界無憂！」

白卿言有句話不能直說，那便是……永遠不要小看軍人血性，和同袍浴血之情。

否則，白家人為何能在白家軍之中一呼百應？為何白家軍會捨命護白家諸位將軍公子？

符若兮掌控安平大營多年，能坐穩主帥的位置，除了能征善戰之外，與眾將士同吃同宿，真正的做到了拿將士當做自家人看待，此時要了符若兮的命，軍中總會有人願意替符若兮復仇的，太子平安到都城這一路必定極為艱難。何苦……憑白為回都之路徒曾麻煩。

太子點頭：「鎮國公主所言甚是。」說完，太子解下腰間佩劍遞給白卿言：「這是孤的佩劍，在回大都城的路上，一應事宜孤全部交由鎮國公主，鎮國公主可先行後奏。」

白卿言接過寶劍：「言，定平安將殿下護送回都。」

方老看向太子，又看向白卿言，緊緊攥著韁繩眉頭緊皺。

很快符若兮帶頭的兩百多安平大營將士快馬飛騎而來，馬還未完全停住，符若兮一眾人等已然翻身下馬，抱拳單膝跪地朝太子行禮：「末將符若兮，見過太子殿下，鎮國公主！」

太子朝白卿言看了眼，見白卿言對他頷首，太子忍著長途奔襲的身體不適，強撐著不讓自己雙腿打顫，下馬親自將符若兮扶起來：「符將軍，父皇墜馬昏迷，孤恐大都生亂，特來安平大營，請符將軍帶兵護孤回都。」

白卿言跟隨太子下馬，就立在太子身旁，鎮定望著符若兮。

「安平大營向來無天子令，不得擅出！但……陛下昏迷，太子身為儲君，當代行天子令，符若兮謹遵殿下吩咐！」符若兮為表忠心道，「末將出營之前已經命人鳴鼓點兵，即刻便可隨殿下出發！」

白卿言聞言抬眸看向符若兮，漆黑的眼仁裡是一片冷寂，出營之前已經命人鳴鼓點兵？

符若兮已經收到大都方向的消息，皇帝昏迷不可能送消息，而皇帝臨危將大都城託付給譚帝師和祖母大長公主，這二人都不可能將皇帝重傷昏迷的消息外傳，必定會將消息守至太子回都主持大局。

符家在大都城早已經被邊緣化，絕無可能在此時送如此重要的消息給符若兮！

那……符若兮的消息來源，除了皇后白卿言想不到第二人。

若是如此，白卿言怕不能讓符若兮……和他們體體面面的回大都城了。

「好！」太子點頭用力握了握符若兮的手，「回都一應事宜，孤全權交與符將軍與鎮國公主，孤騎了一夜馬，已然疲累至極，需要稍作休整，孤已贈鎮國公主孤隨身寶劍，許鎮國公主先行後奏之權，鎮國公主所言便是孤所令。」

太子並非不知道白卿言也是騎了一夜馬，可太子信不過符若兮，眼下太子最信的便是白卿言，只有白卿言跟著符若兮，他才能放心。

白卿言抱拳稱是。

符若兮看了眼白卿言，唇瓣囁喏，本意是想讓白卿言也去歇息一會兒，又怕太子多想，也跟著應聲稱是。

倒是符若兮的副將悄悄上前，立在符若兮身後，見太子被扶上馬，低聲道：「太子殿下說，鎮國公主所言便是殿下所令，這是何意？」

符若兮沒有吭聲，見翻身上馬的白卿言正居高臨下望著他，他眉頭一緊閃避白卿言的目光，也忙跟著上馬，護著太子一同前往安平大營。

曾有傳言說白卿言已經投入太子門下，符若兮將信將疑，畢竟他曾與白卿言北疆同戰，深知白卿言此人智謀堪稱無雙，風骨傲岸，這樣的人物不應當捲入黨爭之中。可如今，太子居然說白卿言所言便是太子所令，太子若不是全然相信白卿言，又怎麼會下這樣的命令？

白卿言跟在太子身旁，側頭吩咐從登州帶來的登州軍，一會兒一同入軍營，務必寸步不離護在太子身邊。

符若兮迎了太子回營，請太子前往帥帳先行休息，等安平大營內點兵將士集合完畢，再同白卿言前往點將台。

太子點了點頭，朝白卿言看了眼之後又道：「只不過，安平大營不能盡數跟隨孤回大都城，當留半數以防戎狄！這樣……安平大營交由登州刺史董清嶽暫時接手，直到孤平安回都，符將軍返回安平大營！」

符若兮怔愣片刻，朝著太子抱拳：「可如今董大人遠在登州，最快也需要一日才能到！太子殿下如今應當儘快回都城，以防大都生變，難不成要讓太子殿下在安平大營再耽擱一日？」

「安平大營如此多將士，何須勞煩董大人！」符若兮麾下的將士也抱拳道，「末將位卑職低，雖說不如董大人位高權重，可在安平大營跟隨符將軍多年，符將軍帶兵前往北疆之時，便是末將看管安平大營，也不曾出亂子，此次……末將有信心能勝任！」

兵權乃是為將者的命根子，誰願意讓旁人將命根子攥在手心裡？這原也在白卿言的意料之中。可此次，白卿言既然來了，就不能白來一趟。白卿言攥著太子賜的佩劍劍柄，手指不動聲色摩挲著，說白了……今日她就是來奪安平大營兵權的。

原本白卿言還想留符若兮一命，畢竟曾經同袍浴血過。

可符若兮欲攥著兵權不撒手，且恐已與皇后聯手……

白卿言朝符若兮望去，即便是暫時不殺符若兮，也絕不能讓他掌兵回都。

見太子沉默不語看向白卿言，符若兮便知道這主意是白卿言出的。

符若兮上前一步，恭敬行禮後道：「殿下，安平大營之中，也並非沒有能領兵之人，何必多此一舉讓董大人過來？登州剛剛遭難，董大人怕是也事務繁重脫不開身，不能兩頭都照應好，末將以項上人頭擔保，末將即便不在安平大營，其他將領也必能守好安平大營。」

符若兮話音剛落，就聽營外有兵來報：「報，營外有一自稱是白家護衛軍名喚盧平之人，稱有要事來稟。」

盧平符若兮怎麼會不知，別說上一次馳援北疆與大樑一戰之時，盧平也與他們同戰過，就是此前，符若兮也聽說過白家軍盧平的名字，只不過後來盧平受了重傷，被白岐山安排回了白家守護白家女眷安危。

符若兮心如擂鼓，面上不顯，還是道：「快請！」

白卿言拇指抵住劍柄，看起來盧平是拿下送信之人了。

身著鎧甲的盧平，身後跟著的兩個護衛……架著剛剛截獲的送信之人，符若兮臉頓時白了，見那人已經氣絕，符若兮這才微微鬆了一口氣。

盧平手握佩劍劍柄，步伐鏗鏘，單膝跪地行禮後，拿出從送信人身上搜出的……裝有信筒的布袋，恭敬舉過頭頂：「盧平奉鎮國公主之命，在安平大營與大都要道之上設伏，截獲此人！從此人身上搜出此物！」

「那人，不是剛才來營中給符將軍送信的人嗎？」符若兮麾下有耿直莽撞的部下，按住劍柄欲朝盧平拔劍，憤怒道，「你這是何意?!」

符若兮一把按住自己部下拔劍的手，緊咬著後槽牙，頓時心亂如麻。

若此時他擊殺太子，名不正言不順，會成亂臣賊子不說，安平大營之中不一定人人都會跟隨他！

可若是不擊殺太子，他今日必須為那封信……找到一個萬全的說法。

太子小心翼翼屏住呼吸，往方老的方向靠了靠。

符若兮此時往大都城送信，表明了什麼？

表明符若兮有可能已經同大都城內某個意圖奪嫡的皇子，甚至是……皇后，勾結在了一起。

白卿言接過盧平遞來的布袋，打開後裡面是封好的信筒，她將信筒打開，抽出裡面的紙張，上面寫著……伺機而動，四個字。

白卿言捏著紙張，看向符若兮，方老先忍不住上前，一把奪過紙張，道：「符將軍，剛才您麾下這位將軍稱那人是剛才來安平大營送信之人，此時您又是要讓此人給誰送信，讓誰伺機而動？說啊！」

「將軍?!」符若兮麾下將士不可思議看向符若兮，似是不信，道，「這定然是誣陷！將軍！您說話啊！」

符若兮抿唇不語。

「難不成，符將軍是想要否認嗎？符將軍敢不敢讓老夫比對筆跡……」方老手指摩挲了一下信紙，朝符若兮逼近一步，「這紙張怕也是安平大營傳軍報所用的吧？還有這墨！如今天子昏迷，太子人在邊疆還未歸都，符將軍……今日要是不能給個說法，只能以謀逆罪論處了！」

方老氣急敗壞向符若兮討要說法，一句接著一句催得符若兮心煩意亂，額間冒出細汗。如今生死一線，已經逼到了符若兮的面前，他絕對不能坐以待斃！

符若兮緊緊咬著牙不吭聲，握著劍柄的手收緊，電光石火的一瞬便做出決定，煞氣逼人的寒芒出鞘，白卿言眸色一沉，一把拽住方老衣領，將人往後一甩，利劍出鞘……

「將軍！將軍你在幹什麼?!」符若兮副將驚呼，未動兵刃符若兮還有得一辯，可若在太子面前動了兵器，符若兮就百口莫辯了。

突如其來的變化，如驚雷，安平大營眾將士被震得目瞪口呆，紛紛按住腰間佩劍，卻不知應當是拔劍阻符若兮，還是拔劍相向太子一行人。

符若兮的利刃擦過方老頭上玉冠，溫潤的白玉迸裂，他睜大了眼看著刀劍從他眼前堪堪滑過，半參銀絲的頭髮頓時散亂，額頭冒出血珠子來。

已到間不容髮之地，符若兮見未能殺方老，直直朝太子方向撲去，意圖斬殺太子，只要太子一死，他大可以太子犯上作亂，皇帝密信斬殺為由，控制安平大營，他自問在安平大營領兵多年，能制得住安平大營眾將士。

太子睜大了眼連連後退倒地，寒光撲向太子那一瞬，刀劍碰撞的聲音驟然響起。

白卿言冷靜幽沉的目光一沉，手中寶劍寒芒森森，穩穩擋住符若兮離太子額頭只有一寸的利刃，護在太子面前，反手抽出左側符若兮麾下將士腰間佩劍，眾人只看到一道寒光殘影掃過符若兮握著劍柄的手臂……

所有人都來不及看清發生何事，便在符若兮的慘叫聲中，看到漫天血霧噴濺。

白卿言漆黑如墨的深眸，帶著冷森的清冽寒光，鎮定自若雙手挽劍而立，如有風雷之勢，護於太子身前，身姿颯颯，整個人蒙在一層猩紅的薄霧之中，語音激昂凌厲：「符若兮意圖謀逆，行刺太子！即刻拿下，誰敢阻攔，同罪論處，殺無赦！」

盧平率先反應過來，先發制人。

在盧平利刃出鞘同時，符若兮麾下將領紛紛拔劍，眼看著盧平的刀架在因為失臂痛呼的符若兮頸脖上，符若兮麾下將領長劍紛紛指向盧平。

「符若兮行刺太子，罪同謀逆！怎麼……你們也要追隨符若兮謀反不成?!」

白卿言話音一落，她從登州帶來的兩千登州軍，頓時將帥帳處圍得水泄不通。

白卿言眸色沉靜，沉靜的讓人深覺冷寂無邊，膽戰心驚。

符若兮的副將驚慌無措，看了眼白卿言又看了眼已經被扶著站起身的太子，丟下手中利刃，單膝跪在符若兮身邊，高聲喊道：「將軍！將軍你說句話啊！」

見符若兮副將已經丟下手中長劍，安平大營眾將士紛紛丟下手中兵器，跪地請符若兮快快辯白。

「太子殿下，鎮國公主！此事肯定有內情，還請太子殿下和公主先讓軍醫為符將軍止血，容後再審！」符若兮的副將雙膝跪地，急急道。

「求太子殿下先救人啊！」符若兮麾下戰將一手按住符若兮冒血的肩膀，重重朝著太子和白卿言的方向叩首。

太子已經被符若兮突如其來的急攻殺招嚇傻了，顧不上儀態，面色蒼白全身發抖，腿軟站不住。

披頭散髮額頭帶血的方老爬了起來高聲喊道：「符若兮行刺太子，這麼多雙眼睛都看著！就是千刀萬剮也不足惜！鎮國公主還在猶豫什麼！應當速速殺了這個符若兮！」

聽到方老這般聲嘶力竭喊著，符若兮副將驚得睜大了眼：「求太子殿下和鎮國公主給我們將軍一個辯白的機會啊！我等追隨符將軍多年，不相信符將軍會謀逆！這其中定然有什麼誤會！將軍你快說話啊！」

符若兮痛得幾乎要暈過去，死死咬著牙，卻因盧平架在他頸脖上的劍一動不敢動。部下都求著符若兮辯白，可他還能怎麼辯白？他對太子揮劍還能怎麼解釋？此刻若再說皇帝密旨傳信殺太子，已經不足為信，萬一太子手中有皇帝召太子回都的聖旨，他更是無從辯白，安平大營眾將士在有太子這個選擇的情況下，還會跟隨他嗎？

遲疑和猶豫，還有膽怯，讓符若兮張不開嘴。

「求太子殿下和鎮國公主先請軍醫為符將軍止血，容後再審啊！」

「求太子殿下先救人啊！」

白卿言寒刃入鞘，將符若兮麾下將士的劍丟下，側頭吩咐道：「去喚軍醫過來！」

「多謝鎮國公主！多謝太子殿下！」符若兮的副將忙朝白卿言和太子的方向叩首。

「鎮國公主！」方老厲聲上前，「符若兮行刺太子，這麼多人都看到了！證據確鑿！此時不殺等待何時?!難不成要等著符若兮再來殺殿下一次你才滿意嗎?!」

白卿言轉身朝著太子的方向長揖一禮：「殿下，符若兮雖行刺殿下，可事情還未查證清楚，且送信之人已死，不知符將軍是否遭人脅迫，或另有苦衷！即便符若兮真罪不容赦，也當帶回大都待三司會審之後再行定罪！謀逆事關重大，且符家老幼皆在大都城，白卿言不信符將軍會無故做此行徑！符將軍已斷一臂，斷不會再有刺殺殿下之能！白卿言曾與符將軍北疆同肩並戰，願親自押送符將軍回大都城受審，絕不給符將軍再刺殺殿下的機會！」

面色因為疼痛漲紅的符若兮，被白卿言「符家老幼皆在大都城」這句話震得全身麻痛頓時消散不見，他周身被自己的血腥味包裹，頓時心中透涼只餘恐懼，他一時衝動……只顧皇后，卻忘了符家老幼的安危。

太子緊緊握住扶他之人的手臂，想起剛才白卿言說不能此時殺符若兮，強撐著挺直脊梁，點頭：「鎮國公主所言有理！」

「殿下！」方老還欲據理力爭，卻見太子抬手制止方老再言。

「符若兮今日雖然刺殺孤，但往日替我大晉守邊陲也有功，此功……足以給符將軍一個回大都辯白的機會！」太子看向符若兮，「符將軍孝子之名大都城無人不知，孤……未做什麼傷天害理之事，不相信符將軍會棄母親和兄弟妻兒的性命不顧來刺殺孤！孤也想知道，符將軍這樣為晉國忠守邊陲的大將，為何要刺殺於孤。」

太子說完，對扶住他的親衛道：「扶孤進去歇息，餘事便交與鎮國公主處置，方老你隨孤進來！」

白卿言朝太子頷首行禮。

太子進了大帳之後，軍醫便來了，軍醫見符若兮斷臂，嚇了一跳，戰戰兢兢跪在符若兮身旁替符若兮止血。

符若兮副將抱著符若兮的頭，其麾下將軍都跪在符若兮身旁，神色緊張勸符若兮有什麼苦衷一定要照實言說。

白卿言亦是立在一旁，還是那副淡漠的模樣，垂眸凝視被她斬斷手臂的符若兮。

「多謝鎮國公主手下留情！」符若兮的副將抬頭哽咽朝白卿言道謝。

白卿言的劍極快，那殘影一閃便斷了符若兮的手臂。

在場的人都清楚……剛才白卿言已經攔住了符若兮劈向太子的劍。

她那一劍分明可取符若兮頭顱，可她並未要符若兮的命，反倒還在太子面前為符若兮求情，這讓符若兮麾下眾將領，對白卿言感激萬分。

「曾經，祖父被信王誣衊剛愎用軍，意圖栽贓白家通敵叛國，險些連累我白家滿門，同為將門出身……不論符將軍是被人脅迫還是另有打算，我都不想看到符家落得滿門抄斬的下場！符將軍……你的命不是你一人性命，還關乎符家滿門，符將軍還需三思！」

白卿言說完，望著盧平道：「即刻派人前往登州，通知登州刺史董清嶽即刻前來接管安平大營，不得有誤！登州刺史來前，安平大營一切事宜由你調度。」

盧平應聲稱是。

經剛才一事，安平大營符若兮麾下將領已經無人再敢爭。

「諸位都是符將軍麾下猛將，此次便護送太子一同回都，也是此次之事的人證！」白卿言視線落在符若兮的身上，「送軍醫和符將軍單獨療傷，守好了，軍醫需要什麼東西送進去就是了！不許任何人探望或交談！」

「鎮國公主！」

符若兮麾下將士還想要說什麼，卻聽白卿言道：「你們若真為符將軍好，便不要再見，以免太子以為……符將軍與你等串供密謀，反倒對符將軍不利。」

那軍醫也是跟隨符若兮多年的老人，應聲道：「諸位將軍放心，老朽一定照顧好符將軍！」

「拜託您了！」符若兮的副將對軍醫行禮。

「把人抬入軍醫帳中，不得怠慢，凡有所需，不許延誤。」白卿言吩咐道。

符若兮麾下將士看著痛呼的符若兮被抬走，又見登州軍將帥帳周圍圍的水泄不通，紛紛看向白卿言的方向。

符若兮滿身是血的副將對白卿言抱拳：「鎮國公主，還請鎮國公主向太子殿下求情，我們將軍他……他定然是受人脅迫的！」

「對！那個送信之人……」符若兮麾下那耿直將領指著那送信之人的屍體，「定然是有人派來，脅迫我們將軍的！」

白卿言頷首：「符將軍戍守邊陲多年一直忠心不二，若真是被人脅迫，逼於無奈，我必會親自向太子和陛下求情，但眼下當務之急，還是送太子回大都，只要能將太子平安送回大都城……諸位便都有功，屆時論功行賞，諸位可為符將軍求情！」

白卿言這麼一說，符若兮麾下幾位將軍紛紛點頭，抱拳稱是。

符若兮副將曾與符若兮一同奔赴北疆，與白卿言同戰，對這位朱顏傲骨的鎮國公主……打從心底裡敬佩。更何況鎮國公主乃是白家後人，且南疆北疆大勝皆是鎮國公主功勞，這讓安平大營眾將士本身就對白卿言多一層敬意。

安平大營點兵半數，出發之前，白卿言將留於安平大營的盧平喚至一旁，低聲叮嚀：「此次，因符若兮當眾刺殺太子一事，安平大營多數身居要職的將領都會被太子帶走，你告訴舅舅……讓他務必掌控安平大營剩餘這半數兵力。」

盧平頷首：「大姑娘放心！」

夜間剛下過一場細雨，將青磚碧瓦洗得發亮。

天剛濛濛亮，就連平時最早起的商戶還未起，城內掛著黃宅牌匾，黑漆金釘的富貴人家正門燈籠還未熄滅，長街十數馬蹄聲疾馳而來，在黃宅門前勒馬停住。

早在黃宅門房候著的張岩聽到動靜，將府門打開……只見一身月白直裰披著件黑色披風的蕭容衍一手扯住韁繩，一手握著烏金馬鞭，一躍下馬，滿身的風塵僕僕。

張岩忙迎上前去，剛靠近……蕭容衍便嗅到了張岩身上的苦藥味。

蕭容衍將手中烏金馬鞭丟給張岩，疾步跨上臺階，往黃府疾行，問道：「謝荀怎麼樣了？」

「明誠公主遺體剛一送走，謝將軍就病倒了，高燒不退，睡的時間多，醒的時間少。」張岩語音裡全都是擔憂，「謝將軍倒也不是不吃藥，就是吃下去了也會立刻吐出來。」

蕭容衍咬了咬後槽牙，輪廓鮮明的五官緇著，道：「吐了繼續煎藥，繼續餵！直到他能喝進去一碗藥為止，帶我去見他！」

張岩應聲，在前疾步帶路，穿過垣牆粉壁，丹楹長廊，跨進了較為偏僻金桂滿園的雅緻院落內。金桂盛開，馥鬱芬芳，隨夜雨落滿了青石地面，還未來得及拾掇。

張岩上前推開隔扇，便側身退至一旁。

蕭容衍撩開衣裳下擺跨入屋內，看到削瘦蒼白的謝荀僵硬轉過頭來。

見來者是蕭容衍，謝荀喉頭翻滾，掀開錦被扶著床沿下榻，單膝跪地行禮，唇瓣囁喏卻不知是因為愧疚還是難過，遲遲沒有喚出聲來。

張岩十分有眼色將房門關上，立在廊廡之下守著。

蕭容衍幽邃的目光注視著只著中衣的謝荀，脫下披風，隨手將披風搭在一旁，在黑漆八仙桌旁望著謝荀坐下，眉目間是凝重內斂的肅殺之氣：「明誠不在了，你便垮了？」

謝荀低著頭，身側拳頭緊緊攥著，眼眶一紅，呼吸也跟著粗重急促了起來，死死咬著牙不吭聲。

搖曳燭火映著蕭容衍棱角鮮明的側顏，他從袖中拿出明誠留給謝荀的荷包，手指摩挲著上面的繡花：「明誠與你青梅竹馬，有山盟海誓，情深義重，你可難過可傷懷，但不可倒下！」

蕭容衍將荷包擱在八仙桌上：「明誠也好……你謝荀也罷，我曾以為你們都是我大燕熱血兒女！謝荀你告訴我……我錯看你了嗎？」

「明誠為何而死，你不知？她生也好，死也罷，都無愧母國！你謝荀又可敢稱無愧大燕?!」蕭容衍語聲擲地鏗鏘，遒勁有力，「彼時，大燕國弱民窮，內亂頻頻，外患交迫，你含淚跪在皇兄面前，稱皇兄若敢信你，給你兵馬糧錢，三年之內你必給大燕打造一支攻必克戰必勝的鐵甲精銳！大燕那時幾乎陷於滅國之危中，皇兄變賣先祖遺留的珍寶，下令皇家每日一人一餐，節約糧食錢財為新兵籌措糧錢，購買戰馬、刀戟、重盾！大燕舉國……上至皇兄下至官員庶民，紛紛捐獻家產！寄希望於新兵身上，指望著新兵能振興強國！哪怕是雪災饑荒都沒有短你謝荀一粒糧粟，如今……我大燕可震懾北戎的悍將只你謝荀一人，你撂挑子，躲在這裡自怨自艾！」

謝荀佝僂著削瘦的身子，閉眼已是淚流滿面。

大燕這一路走的多難，謝荀不是不知道，那年……他年幼可有一顆報國之心，生怕陛下不敢信他，是九王爺力排眾議，帶他跪在燕帝面前。

這些年，他能專心訓練新兵，是因為燕帝和九王爺，竭力為他撐起了糧錢，讓他無後顧之憂專心練兵。

「大燕交到我們這一輩人手中時，是個爛攤子，大燕皇室與忠臣戮力同心，篳路藍縷十數年，才走到今天這一步，稍有差池……今日大燕的局面便付之一炬，大燕至今如履薄冰！」蕭容衍扶著八仙桌站起身來，長長呼出一口氣，「謝荀啊……明誠之所以棄你，前去和親，是因為我們大燕還不夠強大！你若真的心疼明誠，就站起來，拿著你的劍，回北戎去！牢牢將北戎把控於掌心之中，讓北戎人再不敢提什麼和親之語！」

謝荀面唇發白，抬起頭來朝蕭容衍望去，看著蕭容衍冷硬的側顏輪廓，哽咽喚了一聲：「王爺……」

蕭容衍手指點了點八仙桌上，明誠公主留給謝荀的荷包，鋒芒畢露的幽沉瞳仁看著謝荀，凌厲而深沉：「待我大燕王霸一方，或一統天下之時！便再無需我大燕女子以和親，來換母國安寧！」

謝荀望著蕭容衍的眸子脹痛，眼淚懸在眼角，不敢眨眼。

看著謝荀愧疚的模樣，蕭容衍聲音反倒平靜了下來，帶著幾不可聞的歎息：「這……才是你謝荀身為男人，身為軍人，應當做的！」說完，蕭容衍拉開隔扇，頭也不回朝黃宅外大步走去。

謝荀跪於床榻之下，聽到張岩追著蕭容衍離去的腳步聲，眼角淚水繃不住，滑進嘴裡，苦澀難當。

不過多時，細雨悄無聲息而至，雨聲越來越大，廊簷多了一道雨簾。

謝荀雙腿已麻，耳邊盡是雨打金桂葉的聲音，他轉頭看向未關的窗櫺之外陰雲重疊的低沉天空，虛弱無力扶著床榻邊緣站起身來，視線不經意落在剛才蕭容衍坐過的八仙桌上。

想起蕭容衍臨走前，手指敲擊八仙桌邊緣的動作，他艱難邁腿走至八仙桌邊……

當明誠公主親手繡的荷包出現在眼前，謝荀頓時淚流滿面，險些站不住摔倒。

他顫抖的手指輕輕撫了撫那荷包後，又用力攥在手中，死死咬著牙，雙眸充血通紅，耳邊全都是蕭容衍臨走前的那番話。

他謝荀得站起來，他要帶著大燕鐵騎橫掃列國，他要大燕成為列國畏懼的強國，成為能一統天下霸主，強大到再也無需大燕女子遠赴異國他鄉和親！

亂世，兵強則國強，國強則民不懼鄰邦強敵。

他謝荀，要成為大燕真正的戰神，要讓大燕百姓相信，他謝荀有能力率兵護大燕一國周全，要讓大燕再無女子為國遠嫁和親之事發生。

宣嘉十六年九月二十四，安平大營兩萬將士護送太子啟程回都，與遭遇兩次刺殺的太子車駕，於九月二十七懷璧城匯合，直奔大都。

宣嘉十六年九月二十九，太子於華陽城受阻，華陽城守將稱接到上令，只許太子車駕通過，安平大營諸將士不得聖命擅自出安平大營，若不速速返回，以叛國罪論處。

鎮國公主高舉皇帝召太子回都密詔，稱華陽守將若敢攔截，以謀逆罪論處，九族皆誅，華陽守將見聖旨，打開城門放行。

皇后接到消息，於宮內坐立不安。

梁王一向以軟弱無能示人，掛名理政，可如今朝政有譚老帝師和呂相把持，皇后插不進去手，宮內大長公主以皇后有孕皇帝疼惜皇后辛苦為由接管後宮之事。

如今皇后就算是去看望昏迷的皇帝，大長公主都在一旁杵著，皇帝寢宮更是被圍的水泄不通，根本就不給皇后在太子回大都城之前，有所動作的機會。

這一路白卿言將符若兮的消息藏的嚴嚴實實，皇后不知……符若兮到底是為她而來，還是為太子而歸，成日戰戰兢兢，胎象不穩，又將信王喚回宮中相陪。

信王入宮，屏退左右，跪坐於帷幔之下，低聲同高坐鳳位上的皇后道：「母后，符若兮恐怕是靠不住，父皇若真的見過符若兮出入皇宮時辰的冊子，一旦醒來……母后便是萬劫不復！」

皇后背靠隱囊，細長如蔥白的手緊緊握住膝上如意，眸色沉沉：「我信中已經說的明白，符若兮不傻，他難道就不會想到……他出入皇宮的時辰登記在冊？他若不幫我們母子，一旦出事我必然會將他扯出來！」

信王垂眸靜思，起身拎著衣襬疾步走至皇后身旁跪下，壓低了聲音道：「雖說如今大長公主制住宮內，譚老帝師協助梁王主理朝政，可梁王是我們的人！若是母后能給舅舅去信一封……」

「母后知道你打的什麼主意！你是想讓母后聯繫你舅舅……把控禁軍，等太子回大都城進宮之時，半道截殺！對否？」皇后鳳目朝著信王看去，眸色沉沉，「以為母后沒有想過嗎？但大長公主早有防備，將你舅舅明升暗降，禁軍怕不會聽你舅舅的了！再者……梁王也是你父親的兒子，他也有奪嫡的資格。」

信王一怔：「可梁王當初是為了兒臣，才仿了白威霆那個老東西的筆跡，想要……」

「你真當梁王是個懦弱無能，唯你命是從的？天真！」皇后厲聲訓斥了信王一句，腹部抽痛，她皺眉捂著腹部，咬了咬牙道，「都是母后早些年將你保護的太好，讓你一點防人之心都沒有！那梁王……並非如表現的那般軟弱可欺，相反的你這個弟弟，極能忍耐，但凡能忍常人所不能忍之人，都是厲害角色，絕不能輕視。」

信王不以為意的撇了撇嘴：「他能翻出什麼浪花來！」

皇后瞪著信王，強壓下自己的怒火，道：「你記住，離梁王遠一些！他說的話，莫要相信！一切交給母后，你的皇位……母后不會讓任何人奪走！眼下還不是我們同太子魚死網破……讓梁王得利的時候，你要沉得住氣！只有沉得住氣的人，才能贏！」

「兒子記住了！」信王全然信任皇后點了點頭。

皇后抬手摸了摸信王的腦袋，聲音也柔和了下來：「你府上知道你派人刺殺太子的那幾個人不要留了，以免太子回來後追究，查出什麼來！」

信王垂眸不語，心裡十分不屑，齊王不過是一個庶子……若非他被貶為庶民，太子之位哪裡能輪得到他。

皇后聽說太子兩次遇刺，信王只派出去一批死士，那麼另外一批……若是皇后沒有猜錯，定然是梁王派出去的。

畢竟，梁王現在可不是孤身一人了，他的背後多了手握兵權的南都閑王，皇后不得不防。

第四章 當機立斷

宣嘉十六年十月初二，安平大營兩萬將士護送太子抵達大都城外，梁王、譚老帝師與大長公主率百官於城外恭迎太子回朝。

擔驚受怕了一路的太子終於看到曙光，那顆懸在嗓子眼兒裡的心放下去鬆了一口氣，反倒是發起了高熱。

梁王與大長公主和譚老帝師三人，站在百官最前方，眼看著高舉太子旌旗的護衛軍越來越近，梁王也看清楚了騎白馬在前領路的白卿言。

甲冑銀光，寒芒逼人。

白卿言踏晨光而來，鋒芒內斂，周身被金光籠罩，宛若一身氣貫長虹的凜然正氣。

譚老帝師望著戎裝甲冑的白卿言，彷彿看到了曾經得勝歸來，一身鎧甲……威武顯赫的白威霆。

百年將門鎮國公府，歷代鎮國公都是晉國真正的鎮國柱石，國之脊梁。

白威霆承襲鎮國公之位，晉國哪裡有戰事，哪裡便有鎮國公府諸位將軍和白家軍！南疆……北疆，邊陲之東，疆界之西，哪裡沒有白家軍的屍骨，哪裡又沒有白家兒郎的英魂。

白家忠義之名，列國皆知。

白家善戰之勇，列國懼怕。

彷彿只要有鎮國公府在，這世上便絕無能戰勝晉國之國。

譚老帝師的眸子有些濕潤，鎮國公府從不出廢物，此言不假，白卿言這女娃娃曾經手刃敵國悍將頭顱已讓譚老帝師刮目相看，在白家逢難之時，這女娃娃更是膽大包天，用命逼著皇帝還白家公道。那時，譚老帝師以為，為白家討公道……已是這女娃娃身為女子，能做到的最好。

不料，南疆之戰這女娃子硬是打退了西涼悍將雲破行，如一聲驚雷，再次讓白家威名，震撼列國。這個曾受重傷，武功全廢的女娃子，不但沒有辱沒鎮國公府門楣，反倒一肩扛起鎮國二字，不墜鎮國公府門楣。

有人說，這女娃娃是撞了大運，遇見西涼雲京之亂，撿了個勝仗，否則南疆之戰……西涼悍將雲破行怎會敗的那般慘烈，白卿言自稱殺神……也不過是想挽救大都白家的頹勢，自欺欺人罷了。可後來，北疆大樑欲奪玉山關，大樑名將荀天章打得晉軍連連敗退，越過春暮山一路長驅直入，晉國大將張端睿戰死，又是這女娃娃晝夜不歇奔赴龍陽城，一戰打得大樑夾尾而逃，水淹龍陽城，殺得大樑聞風喪膽。

此戰之後，大都誰人還敢再說，白卿言南疆之勝是運氣?!哪一國又敢再來挑釁晉國?!

白家柔弱女子再次扛起鎮國二字，正履行她在鎮國公府匾額之下所言的那般……不滅犯晉民之賊寇，誓死不還！生為民，死殉國！護大晉百姓無憂無懼的太平山河，生死無悔！

譚老帝師想到此處，竟已眼眶濕紅……

白威霆曾對他言，他這孫女兒是一把寶劍，劍鋒若磨礪而出，所向披靡，他只是不捨罷了。

若是鎮國王白威霆還在，看到自己的長孫女劍鋒終於磨礪而出，且如此出色，該多高興，又該多心疼。同是疼愛孫女之人，譚老帝師怎會不懂。

譚老帝師幽幽呼出一口氣，若是白岐山……和白家諸位將軍還在，大晉如今該是怎樣一番景象啊！

眼看即將到大都城門前，白卿言抬手，騎兵令行禁止，鴉雀無聲。

梁王帶著笑顏，一副喜悅的模樣向前迎了兩步，眺望遠處。他想起那日在柳若芙外祖父禮部尚書王老大人家偏門，白卿言對他步步緊逼時的模樣，身側的手悄悄收緊。

從鎮國王白威霆離世至今，白卿言從白家後院走至人前來，梁王總算信了杜知微曾言……白卿言乃是天生將才。

他不知道為何，當初白卿言明明對他已有鬆動，為何會對自己態度轉而改變，且這改變並非是因為他讓春妍將白威霆通敵叛國書信放入白威霆書房之中，而是在這之前……白卿言就已對他有所防備。

梁王瞇眼看著在朝陽之中招展的太子旌旗，太子真是命大……一路有白卿言和安平大營眾將士相護。如今，已經與白卿言撕破臉，她轉而投入太子門下，想要白卿言效命於他怕是無望，既然無法讓白卿言效命，那……白卿言就不能留了。

梁王負在背後的手悄然收緊，發出極為輕微的響聲。

只是，殺白卿言決計不能用閑王的人，否則……一旦留下痕跡難免不會被人懷疑到他的頭上，不知道大燕九王爺願不願意幫這個忙。

白卿言讓安平大營眾將士在原地等候，帶著從安平大營一路追趕上他們的盧平，護在太子車駕旁，隨太子府親衛先行來到城門前下馬。

面色蒼白的太子被全漁扶了下來，因為高燒的緣故，全身虛軟無力，強撐著與白卿言一同上前。

「皇兄！」梁王忙恭敬朝太子一拜，似是極高興，「皇兄你終於回來了！」

「恭迎太子殿下平安歸來！」譚老帝師率百官跪拜。

「譚老帝師！」太子忙快步上前，扶住譚老帝師，「老帝師不可拜！」

扶住譚老帝師，太子又後退一步，朝大長公主和譚老帝師長揖行晚輩禮：「孤不在大都，辛苦大長公主和老帝師了！」

大長公主身著盛裝，手握烏黑油亮鑲金嵌玉的虎頭杖，挺直脊梁，看到一身銀甲英姿颯颯的白卿言，濕紅的眼底有了笑意，眼角皺紋愈深。

白卿言分別朝大長公主和譚老帝師行禮：「祖母！老帝師！」

跟在白卿言身後的春桃也忙朝大長公主行禮。

譚老帝師看著太子恭敬謙卑的模樣，忍不住點頭，又看向白卿言：「這一路，辛苦鎮國公主了！」

「此乃本分，理所應當，不敢當老帝師辛苦二字。」白卿言姿態不見倨傲驕矜，從容又恭敬，讓譚老帝師越發心生好感。

「不知父皇如何了？」太子詢問大長公主。

「殿下放心，太醫說陛下傷到了頭部，所幸救得及時，這幾日已經轉好，估摸著最近一兩天……陛下就該醒了！」大長公主道。

太子一聽皇帝這幾日要醒，沒敢回府，直奔皇宮去皇帝寢宮裡守著，要做個孝子。臨行前，太子命呂晉將符若兮收押，安平大營兩萬將士在大都城外紮營，將領隨白卿言入城安頓。

白卿言安撫好符若兮麾下將領，告訴他們呂晉向來公正，讓他們放心，便隨大長公主先回白家。

符若兮被扣押，其麾下將領雖說信得過白卿言，可一入城，還是一窩蜂去了符家，打算請符家老太君拿個主意。

白卿言與大長公主同乘一車，回白府。微微搖晃的車駕之上，大長公主見白卿言又瘦了，詳細檢查了確定白卿言身上無傷之後，這才同白卿言說起白錦繡早產生下一子的事情。

大長公主眉目間全都是喜意，對那孩子更是發自內心的喜愛，滔滔不絕了起來：「孩子乳名叫望哥兒，雖說是不足月生下的，可錦繡養的好，生下來倒也白嫩可愛，最開始幾日不怎麼喝奶，那麼小小一丁點兒可愁壞了人，但出了月子那小東西的胃口就漸漸好了起來，如今幾個乳母伺候著，小臉兒吃的圓乎乎的，一看就是個有福氣的。」

蔣嬤嬤跪坐在一旁倒了一杯熱茶，遞到大長公主手邊：「大長公主您說了這麼許多，快快喝口茶潤潤！大姐兒久未歸家，也是一肚子的話，您好歹給大姐兒開口問問的機會啊！」

大長公主接過茶杯，恍然笑開，眼角皺紋愈深：「好好好！我不說了……讓阿寶說。」

白卿言笑著從蔣嬤嬤手中接過茶杯，攥在手裡，抬眸望著大長公主，問：「祖母可知，錦繡早產是為何？信中錦繡未曾詳述，後來陛下出事，錦繡的來信便斷了。」

聽到這話，大長公主想起自家孫女兒命懸一線，若非那有著一把子力氣的婢女，險些一屍兩命之事，她臉上笑意淺了些，眸底隱隱湧動殺氣和怒意，又強行將這翻湧的情緒按下去，轉而握住白卿言的手，輕輕在她手背上拍了拍，低道：「錦繡正在鎮國公主府等著你，她叮嚀祖母，此事她來同你說。」

大長公主知道白卿言回來後必然會問此事，沒想到白卿言會一回來便問。

白卿言手心微微收緊，頷首，見大長公主鬢邊銀絲密布，陡然想起外祖母同她說……祖母身為林氏大長公主，不能看著林氏皇權覆滅在她子孫之手的事，輕輕握住了大長公主的手，點頭。

大長公主一怔，這是自打紀庭瑜之事後，她們祖孫離心，白卿言靈堂叩首與她斷情，大長公主以為自己這孫女兒九頭牛都拉不回來了，不曾想白卿言竟握住了她的手。

大長公主眼眶一熱，笑著輕撫白卿言的手，忍著淚，笑道：「此次護送太子回都，這是大功，在大都城多留些日子，太子肯定不會說什麼。」

白卿言點了點頭：「這些日子，辛苦祖母了。」

大長公主握著白卿言的手，笑著搖頭。

蔣嬤嬤用衣袖抹了抹眼淚，笑著將點心往白卿言的方向推了推，又將精緻雕花的細銀筷子雙手遞給白卿言：「大姐兒這一路回來該餓了，老奴給大姐兒備了點心，到家之前先墊墊，喝口熱茶。」

「多謝嬤嬤！」白卿言接過銀筷子，嘗了一小口豌豆蒸糕，笑著道，「是嬤嬤的手藝。」

「接到消息說你要回來，蔣嬤嬤專程借了御膳房給你做的糕點，天不亮就起來折騰！」大長公主大約是因為孫女兒朝她示好的關係，語聲格外輕快，緊緊攥著白卿言的另一隻手不曾鬆開。

春桃跟在車駕一側，沿長街往鎮國公主府方向走，陡然看到平日裡與呂元鵬玩耍在一起的那群紈褲，頗為疑惑，大都城這群紈褲不是都去參軍了嗎？

春桃注視著那群紈褲結伴跨入燕雀樓，卻沒有看到總往白家跑的那個呂元鵬，還沒等春桃細看那入燕雀樓的紈褲還有哪些，突然有身著盔甲的將士騎快馬從春桃一旁疾馳而過，前往官署方向去了，高喊著讓百姓散開！

馬車內白卿言聞聲，挑起簾幔朝外看去，春桃仰頭一邊走一邊看向自家姑娘：「大姑娘有何吩咐？」

「什麼人在長街馳馬？」白卿言問。

「回大姑娘，是一身著盔甲的兵士，看這樣子是往官署方向去了。」春桃回道。

白卿言點了點頭，垂眸細思片刻，猜測許是有軍報送回大都了。

但戰報沒有直入皇宮，而是去官署……應當是送往兵部，那便並非是緊急軍情。

從大都城東門而來，難不成是戎狄方向的軍報？

「你吩咐盧平，去兵部打探一下，是什麼軍報。」白卿言道。

「是！」春桃應聲從車隊中出來，小跑向前，去向盧平傳令。

白卿言撤開簾幔，將手收回來，就聽大長公主道：「送到兵部去的，想必不是什麼緊要軍情，你應當好好歇歇！」

「怕是戎狄方面的軍情，如今安平大營被帶回來了一半兵力，怕戎狄有意生事，早點知道發生何事，也好及早防範。」白卿言說。

大長公主望著面前自有著股子……國之脊梁般清剛鐵骨的孫女，垂眸輕輕撫著白卿言的手背：「你當真……和你祖父一般，不論何時，都心繫晉國，是我白家的好兒女。」

白卿言未曾吭聲，一路沉默著同大長公主到了鎮國公主府。

鎮國公主府門前，二夫人劉氏和白錦繡、白錦瑟、盧寧嬅，還有洪大夫都立在門外，迎大長公主和白卿言。

原本望哥兒滿月之後，二夫人劉氏便應該隨來吃望哥兒滿月酒的三夫人李氏回朔陽，但董氏讓三夫人李氏帶話來，說白錦繡是早產的，讓劉氏回朔陽劉氏也不會放心，秦家沒有長輩照料，錦繡又是頭胎，讓劉氏就留在大都城，一來照顧錦繡和望哥兒，二來也能照顧七姑娘白錦瑟。

劉氏別提對董氏多感激，也沒有矯情便留在了大都城，想著等望哥兒過了半歲，她便啟程回朔陽絕不耽擱。
老遠看到大長公主的車駕，又看到跟隨在車駕一側的春桃，劉氏滿臉喜意，拎著裙擺匆匆走下高階：「回來了！回來了！」
初晨的耀目日光，越過城牆，將金色鋪滿了大都城。
白錦瑟也匆忙走下高階，眼底帶笑，回頭看向白錦繡：「二姐！長姐回來了！」
白錦繡笑著頷首，為人母後白錦繡言行間更增添了幾分柔和，許是因為早產遭了大罪的緣故，比之前瘦了不少，不過氣色尚可。
白錦繡朝著車駕的方向看去，眼底有濕意，若非長姐將銀霜安排在她身邊，今日……她和望哥兒怕早已經悄無聲息死在了宮裡，只是銀霜……
想到銀霜，白錦繡轉過頭去用帕子拭去淚水，長姐若是看到銀霜沒了一隻眼，成日嗜睡的樣子，還不知道要怎麼傷心，好在小丫頭性情豁達，有吃萬事足，倒是很能看得開。
馬車緩緩在鎮國公主府門前停下，見白卿言一身銀甲戎裝，英姿颯颯，白錦瑟一下便撲過去，一團孩子氣抱住白卿言細腰：「長姐！」
「大姑娘……」盧寧嬅朝白卿言頷首，在外盧寧嬅算是白卿言名義上的姑姑，自是要端著些，才不會被旁人看出破綻。
「長姐！」白錦繡眼眶濕潤。
白卿言幽深如潭的眼眸裡，是陽光細碎的暖意，她輕輕撫了撫白錦瑟的腦袋，視線落在初為人母的白錦繡身上，又向二夫人劉氏和盧寧嬅行禮招呼。
洪大夫摸著鬍鬚，笑著說，一會兒回家旁的都可以擱一邊，得先讓他給白卿言診診脈。

笑聲中大長公主也扶著蔣嬤嬤的手下了馬車：「咱們一家子就別在門外行禮了，先回家……讓阿寶換身衣裳！」

劉氏忙邁著碎步上前，笑著同大長公主見禮後扶住大長公主一側：「母親說的是，咱們先進屋！羅嬤嬤去看看小廚房給阿寶燉的鴿子湯好了沒有，要是好了先盛一碗，讓阿寶喝了湯，趕緊沐浴更衣，鬆快鬆快！」

「二夫人您放心，剛才看到大長公主的車駕，老奴就已經命人去辦了！」羅嬤嬤雙手交疊放在小腹前，爽利地笑著。

見白卿言這一路回來未曾受傷，劉氏忙催著白卿言回去沐浴更衣，盧寧嬅和白錦瑟陪大長公主回長壽院，白錦繡送白卿言回清輝院。

路上，婢女低頭垂眉，十分恭謹跟在她們姐妹二人身後十步的位置，不打擾她們說話。

白錦繡挽著白卿言的手臂，同白卿言說起左相李茂：「李茂被御史參奏與當年二皇子謀逆案有關，後來查清楚了信件是偽造之時……皇帝已經將朝政交與太子，我猜是因為李茂之子李明瑞與梁王府過從甚密的關係，皇帝不提讓李茂回朝的事……太子就裝作不知道，不聞不問。」

白卿言垂眸，腳下步子緩慢，手指摩挲著，搖了搖頭：「以李茂的能耐，若是此案查清……想要重回朝中，只需示意門生上表，即便是太子不允准，他也必有辦法，到現在未曾回到朝中，只有可能是李茂暫時不願意回朝。」

白錦繡頷首：「正如長姐所言，後來譚老帝師協助梁王理政，梁王曾請李茂回朝，李茂卻稱病不上朝，稱力有不逮，上表乞骸，譚老帝師稱李茂在他跟前不好倚小賣老，萬事需得等太子回來之後再做決斷，將此事壓了下來。」

聽到這裡，白卿言想起之前白錦繡在信中提及，說李明瑞又與梁王府來往之時，她摩挲的手指一頓，望著長廊一側波光粼粼的湖水，道：「許是因為李茂位高權重，李明瑞提前察覺梁王想要利用李茂的左相職權為其做些什麼，李茂不能拒絕推諉，所以乾脆就稱病不回朝！」

「梁王和左相府這邊，我已經派人嚴守，有什麼動靜必會第一時間通知長姐！」白錦繡說完又道，「最近還出了一見怪事，因著今年接連南疆北疆兩次大戰，我國兵力損耗嚴重，七月下旬皇帝又將新徵收送往北疆鎮守的新兵，調往西涼邊界……威懾西涼不能與魏聯手攻燕！晉國儲兵不足，兵部急著召集徵兵，結果倒好……在白沃和華陽徵得的兵，竟然不翼而飛了！聽當地的百姓說，徵兵的將領帶著新兵走了山路，可能遇到鬼打牆出不來了。」

白卿言聽到這個消息，反倒是低笑了一聲。

「長姐因何發笑？」白錦繡頗為不解。

眼看著到了清輝院，白卿言與白錦繡進了上房坐下，婢女上了茶退出去後，白卿言才端起茶杯道：「白沃和華陽的新兵，應該是被紀庭瑜帶走了！」

這事兒，白卿言沒有瞞著白錦繡，她還有事需要白錦繡辦。

「紀庭瑜手中有兵，便不能沒有糧草輜重，往後雖可以讓這些新兵……平日事農桑，戰時為兵將，可這頭一年的糧食是十分緊要的！這幾日我安排人扮作將要入燕的商旅，分批前來買糧，你設法從中周旋，價格高一點沒關係，一定不能短了新兵的糧食。」

「長姐放心，此事交給我來辦！」白錦繡容色沉著。

「說完了正事，再來說說你……」白卿言將手中甜瓷描金的茶杯放下，望著白錦繡，「因何早產？祖母說，你要親自同我說此事。」

白錦繡聽到這話，輕輕攥緊了手中的帕子，將茶杯放下後道：「此次的事，並非是針對著我，而是目標盧姑姑的！」

白卿言幽深漆黑的瞳仁沉靜，她定定望著白錦繡，眼中已有殺氣：「皇后？」

「皇后有身孕，皇帝高興，在宮中設宴！那日盧姑姑正巧入宮為皇帝施針，便也在宮宴之列，皇后宮宴上不知為何腹痛難忍，皇帝命盧姑姑為皇后診脈，皇后先是不從……稱信不過盧姑姑，後來皇帝有命，盧姑姑才給皇后診脈施針，減輕皇后腹痛症狀，稱皇后此胎懷象不太好，需臥床靜養。」說著，白錦繡朝窗櫺外看了眼，確定了沒有人這才靠近白卿言道：「盧姑姑摸出皇后月份不對……」

雖說是意料之外，可已經知道了皇后和符若兮情義匪淺，又知道符若兮同皇后私會過，也算是在情理之中。難怪啊，符若兮在安平大營之時，竟然驚慌失措，跟瘋了似的要殺太子。

見白卿言緘默不語，面色肅穆，白錦繡又道：「皇后宴席之上因腹痛離開，皇帝擔心皇后腹中龍胎跟隨前往……」白錦繡話還未說完，就聽春桃的聲音在隔扇外響起：「大姑娘，蔣嬤嬤帶了魏忠前來，說有極為重要之事請見。」

白卿言抬頭朝窗櫺外看去，隱約看到蔣嬤嬤身後跟著魏忠。

「長姐，我們等會兒再說……」白錦繡端起茶杯道。

白卿言頷首，道：「去讓人進來吧！」

很快，蔣嬤嬤帶著魏忠進來，朝白卿言和白錦繡行禮後，魏忠弓著腰開口：「主子，上次盧姑娘撞見皇后和符將軍私下會面，奴才便替主子留了個心，細細查探了符將軍與皇后陳年舊事！不曾想，竟查出……早年皇后與符將軍定過親，不過是自家長輩私下裡說的，也未曾交換過信物！

知道的人並不多。」

訂親?!白錦繡睜大了眼朝白卿言看去，見白卿言一派鎮定，自己也暗暗穩住心神。

「那時，當今的陛下還是太子，先太子妃離世兩年……陛下都未曾再娶正妃，後來宮宴，十五芳齡的皇后機緣巧合之下彈奏了先太子妃最擅長的曲子，先皇便有意賜婚，皇后母家早早得到風聲，皇后便去符家找到符將軍，想讓符將軍趕在賜婚聖旨下來之前求娶她，可符將軍本就覺得符家家世低配不上皇后，更不敢同太子搶人，便未去求娶皇后。」

白卿言沒想到符將軍與皇后竟然還有這麼一段情緣，可這麼說來……符將軍對皇后到底是愧疚，還是鍾情?想來……大約是皇后已經成為皇后，所以不論是符家還是皇后的母家，都會將此事壓下去瞞的密不透風。

可兩家人要埋藏的舊事，魏忠是如何查到的?「你是怎麼查到的?可有人證?」

「回主子，奴才派人扮作商人……去大都城中那些個人牙子，使了銀子，說是替父親尋當年被迫賣了的親妹妹，翻看了皇后母家僕役奴才買賣的記錄，正巧看到皇后嫁於陛下成太子妃那年，符家發賣了不少僕從親隨，皇后母家發賣了不少婢女，奴才便順手查了查，查到了當年兩家的老人，兩邊一問……便都知道了。」

魏忠說的極為簡單，可此事辦起來並不那麼容易，可見魏忠的確是個能幹的。

白錦繡本就知道皇后腹中孩子月份不對，再聯想到盧寧嬅曾撞見皇后和符若兮私會，細算了一下……頓時驚出一身冷汗。

皇后和符若兮，有了首尾?符若兮這次回都，可是被押回來的。這段時間，大都城發生的事情太多，她還沒有來得及同長姐說完，更來不及問長姐符若兮是怎麼回事兒，難不成符若兮是為了皇后……要反？

「人呢？」白卿言又問。

「人奴才問過之後沒有驚動，但人在何處全在奴才掌握之中，若大姑娘要見……不出半個時辰，奴才必定將人帶到大姑娘面前！」魏忠道。

「好，此事你辦的很好，辛苦了！」白卿言同魏忠說完，看向蔣嬤嬤，「蔣嬤嬤帶魏忠下去歇息吧！若有需要，我派春桃去喚。」

蔣嬤嬤頷首行禮，帶著魏忠退下。

春桃將蔣嬤嬤送出清輝院，還未轉身就見二夫人劉氏身邊的大丫頭青書，帶著拎壺捧水的婢女魚貫而來。

春桃笑著同青書見了禮，快步走至廊下，朝屋內道：「大姑娘，二夫人派人來送熱水，給大姑娘沐浴。」

「在外面候著，我同二姑娘說幾句話。」白卿言沉聲說完，又看向白錦繡，「你繼續說，皇帝擔心皇后腹中龍胎離席後的事……」

「皇帝離席後，秋貴人使性子也起身離席了，隨後便有自稱是秋貴人宮中太監來喚盧姑姑，說秋貴人頭痛，請盧姑姑前去施針，我席間坐立不安，細思只覺那太監神色不對，便匆匆前去尋盧姑姑，誰知那太監身手奇高，這才出了事……」

過程白錦繡不想詳說，怕徒惹長姐擔憂，便只道：「不過好在，已然平安了！」

「此事，祖母可知道？」白卿言問。

白錦繡搖了搖頭：「盧姑姑知道輕重，此事牽扯到長姐好不容易謀劃出的穩定局面，所以盧姑姑未敢將此事告知祖母，只是悄悄告訴了我！祖母以為皇后是因盧姑姑撞見她與符若兮相會之事才下殺手，念在皇后身懷嫡子的分兒上，便以信王要脅皇后，讓皇后不敢再輕舉妄動。」

「盧姑姑手無縛雞之力，你雖然懷有身孕可曾經也是身手不凡，銀霜我也特意叮囑過寸步不離守著你，能傷了你的太監身手該有多高……」白卿言聲音突然一頓，見白錦繡用力攥緊帕子，臉色大變，「銀霜呢？」

白錦繡眼眶一紅：「銀霜為了護我，沒了一隻眼睛，洪大夫說傷了頭部總是困倦瞌睡，如今我讓她跟著望哥兒，今兒個長姐回來，銀霜也是一同跟過來的，手裡捧著松子糖坐在廊下說要等長姐，誰知還沒等長姐回來，銀霜撐不住就又睡著了……」說到此處，白錦繡眼淚就忍不住了。

白卿言聽到銀霜捧著松子糖要等她，頓時眼眶發酸，起身道：「我去看看銀霜。」

「長姐，銀霜一睡著，誰都叫不醒的。」白錦繡跟著站起身，聲音哽咽道，「長姐風塵僕僕，沐浴過後等銀霜醒來了，再見不晚。」

白錦繡沒有勸住白卿言，跟著白卿言一同來了安置銀霜的下房。

大通鋪上，一隻眼睛罩著眼罩的銀霜睡得極熟，小丫頭原本圓潤的小臉削瘦許多，露在棉被外的手裡還緊緊攥著要給白卿言的那包松子糖。

「翠碧想著銀霜愛吃松子糖，連夜給做了眼罩，上面繡著松子糖，銀霜很是喜歡。」白錦繡說這些的時候眼眶發紅，可再喜歡……也換不回銀霜的眼睛了。

白卿言垂眸，輕輕掰開銀霜的手，取出松子糖放在她枕頭邊，替她掖好被角，手指輕輕碰了碰銀霜的眼罩，眼眶已然濕紅。

沈青竹已經沒有親人，只有一個義父沈昆陽將軍，她更是將銀霜當做親妹妹一般。

若是沈青竹看到銀霜失了一隻眼睛，定然比她更難受。

見白卿言難受的模樣，白錦繡心裡也不好受，朝白卿言靠近一步，輕輕撫了撫白卿言的手臂，低聲道：「長姐……以後我會好好照顧銀霜，將銀霜當親妹妹一般，來彌補銀霜。」

白卿言立在床邊望著銀霜，身側的手緩緩攥成拳頭。

她眸色凌厲，殺氣肅然：「皇后敢向我白家人出手，此事絕不能就此揭過，否則皇后還以為我們白家人是軟柿子任由她玩捏！」

她曾經說過，誰敢對白家伸手，她便要誰體會到斷手之痛。

李茂是，皇后也是……更別說，皇后差點兒要了錦繡和望哥兒的命！

白卿言視線落在銀霜眼罩上繡的松子糖上，面沉如水，她是想要穩定局面，可這穩定局面是要在無人能對……敢對白家人出手的前提之下，既然皇后不想要安寧，那就都不要安寧。

「信王府有沒有人盯著？」白卿言眸色清寒。

「信王回都突然，來不及安排人進去，但……信王府並非鐵桶，尤其是信王被貶為庶民離都，信王府雖然被皇后保留了下來，但那段時間信王府下人度日艱難，秦府帳房的管事與信王府管帳的帳房倒是熟了起來，打算看看能不能找一個合適的機會不著痕跡送我們的人進去。」

白卿言搖了搖頭：「這個時候往信王府送人，外面進去的恐怕連垂花門都摸不到。」

白卿言想了想後道：「有錢能使鬼推磨……恐怕這件事上，得花點兒銀子。」

白錦繡看著長姐望著她的沉靜目光，知道這一次長姐是真的壓不住怒火了：「長姐，如此做怕欠缺穩妥。」

「此事你不要插手，信王回都，最頭疼的是太子，此事我會同太子說，讓太子來辦。」白卿言已然下定了決心。

看著清輝院上房裡，婢女們已經兑溫了洗澡水，春桃邁著小碎步打簾進來，行禮道：「大姑娘，水已經備好了！姑娘先去沐浴，奴婢照顧銀霜。」

銀霜的事，春桃也是剛才在院子裡聽翠碧說了才知道，眼眶還是紅的。

「春桃姐姐也剛回來，也先去歇息吧！放心……有我在！」翠碧笑著道。

白卿言回清輝院沐浴更衣，端起茶杯喝了一口，正準備問問春桃銀霜醒來沒有，便聽她說洪大夫在院子裡久候多時了。

「快將洪大夫請進來！」白卿言放下茶杯道。

洪大夫進門還未曾給白卿言診脈，就先從藥箱裡拿出一個小瓷瓶擱在桌上，笑道：「大姑娘耳朵上這傷……就算用細粉遮蓋的再好，也瞞不過老朽這雙眼睛，還是要好生擦藥才是。」

白卿言也沒有想著能瞞得過洪大夫，應聲：「洪大夫放心，一定好好擦藥。」

洪大夫頷首，給白卿言診了脈，大為驚奇，白卿言的寒症雖然還在，可體魄確實勝出從前不知幾何。洪大夫笑著點了點頭：「果然啊，不能靜養，還是要動！之前老朽一味讓大姑娘臥床靜養，險些害了大姑娘啊！」

「洪大夫這是哪裡話！當年若非洪大夫我可能已經不在人世了。」白卿言理了理衣袖，又問洪大夫，「錦繡、望哥兒和銀霜的命也是洪大夫救下的，就是不知銀霜這睡症可有法子治？」

提到銀霜，洪大夫歎氣搖了搖頭：「藥一直給銀霜丫頭用著，換了幾個藥方都不大見效。」

見白卿言面色沉沉，洪大夫將脈枕收入藥箱之中，道：「當時情況緊急，二姑娘大出血，老朽和盧姑娘都先緊著二姑娘，等二姑娘安穩下來，老夫與盧姑娘去看銀霜那丫頭時，大夫為了保銀霜的命只能去了銀霜丫頭的眼珠子，若是我能再早一步……說不定能保住。」

白卿言咬緊了牙，她明白那個時候情況緊急，洪大夫和盧寧嬅自然是顧著有身孕的錦繡：「您也分身乏術，這事不怨您！」

「說到這個銀霜丫頭，老朽想來向大姑娘求個恩典，不如就讓銀霜丫頭跟著老朽，一來呢……日子也安穩些，二來放在老朽身邊，也好時時給銀霜換藥方，說不準能治好呢……」

洪大夫是打從心底裡喜歡銀霜這個小姑娘，都說銀霜傻，可洪大夫倒是覺得這孩子是個有赤子之心的好孩子，醒來後第一件事不是操心自己的眼睛，而是要找二姑娘，說要寸步不離的守著二姑娘，幾個人都攔不住，就那麼全身是血，在看到白錦繡母子平安之後，這才暈了過去。

「銀霜……是錦繡和望哥兒的救命恩人，也是我白家的恩人！銀霜若是能跟著您，我很放心。」白卿言對洪大夫笑了笑，「不過還是得問問銀霜的意思，看看銀霜是想守著錦繡和望哥兒，還是想跟著您。」

「這個是自然的！」洪大夫連連點頭。

春桃端著黑漆描金的托盤打簾進來，托盤上擱著盛放酪漿的銀盞，她穿過茶白色的垂帷，將小銀盞擱在桌上，對白卿言行禮道：「大姑娘，盧平回來了，院外求見！」

洪大夫已經收拾好了藥箱，聽春桃說盧平來了，便知白卿言和盧平約莫是有正事要談，拎著藥箱起身告辭。

「春桃，送洪大夫……」白卿言吩咐道。

「哎！」春桃笑著應聲，對洪大夫行禮做了一個請的手勢。

在清輝院外的盧平見洪大夫出來，與洪大夫打了招呼，話來不及多說一句，便匆匆進門去向白卿言回稟今日送到兵部的戰報。

「大姑娘，今日邊境送來戰報，大燕與北戎……攻打南戎！具體日子屬下沒有來得及問清楚，可大姑娘……南戎那裡，公子在啊！」

白卿言撫著桌几的手陡然一緊。

盧平滿心擔憂，生出幾分急躁來：「登州城一戰，南戎兵力損失不少，此一戰不知道會不會傷到公子！」

白卿言又問：「誰領兵？」

盧平搖頭：「還未打探出來了，屬下一聽說便匆匆回來稟報大姑娘了！」

見白卿言手緊緊攥著垂眸細思，盧平抱拳單膝跪地，對白卿言道，「大姑娘，屬下想帶人奔赴南戎，助公子！」

「上一次你扮作商旅出現在南戎，這一次你去助他，又以什麼身分？」白卿言語氣明顯不贊同。

邊塞軍報快馬加鞭晝夜不歇送來，約莫需要六天左右，也就是說六天前大燕和北戎便攻打南戎了。白卿言留在府中想辦法不行，得找個理由去見太子，探聽探聽具體軍情才是。

「平叔，你去休息，不要輕舉妄動，一切等我從宮中回來再說！」白卿言吩咐盧平。

「我送大姑娘進宮！」盧平堅持。

「平叔！備馬！」

「是！」盧平應聲疾步出門，險些和送完洪大夫打簾進來的春桃撞在一起。

春桃見盧平急匆匆離開，挑簾進來：「盧護院怎麼急匆匆的。」

「春桃替我更衣，我要出門一趟。」白卿言道。

換好衣裳，白卿言一邊往外走一邊同春桃說：「一會兒你去同祖母和二嬸還有錦繡她們說，我入宮一趟，讓她們先用膳不必等我。」

春桃小跑追在白卿言身後，應聲稱是，直到將白卿言送出門，看著白卿言一躍上馬，春桃這才轉身回去向大長公主和二夫人劉氏稟報此事。

太子正歪在皇帝寢宮的軟榻上，讓黃太醫診脈。

全漁跪在太子身旁，擺了個冰帕子覆在太子的額頭上，低聲細語同黃太醫道：「殿下這一路擔憂陛下，食難咽寢難安，今早一到大都城門口就發起了高熱，又強撐著進了宮。」

黃太醫收回診脈的手，道：「太子殿下是過於驚懼擔憂，鬆了一口氣，便發熱了！不礙事！微臣給殿下開些清火的藥，太子殿下服了很快便能好！」

黃太醫一邊收拾藥箱一邊同太子說：「陛下此次有驚亦險，但好在微臣的師兄洪大夫在大都城，又有盧姑娘施針幫忙，總算是渡過危險了。」

太子點了點頭：「辛苦黃太醫了！」

「微臣本分，豈敢當太子謝字！」黃太醫忙起身朝太子行禮。

高德茂立在一旁聽了半天，此時才插嘴對太子道：「殿下抱恙，還是要回府多多休息，否則陛下還沒醒來，您先倒下了，這不是讓陛下擔心嘛！」

「孤……這是不放心父皇！」太子理了理衣袖，頗為擔憂的視線朝明黃垂帷裡的床榻望去。

「殿下的孝心，著實讓人感動，等陛下醒來知道太子如此孝順，定然會欣慰感懷，可眼下殿下的當務之急，是回太子府好生休息，從梁王手中接過政務……替陛下處置政務啊！」高德茂壓低了聲音點了太子一句。

高德茂是皇帝的心腹，自然是知道皇帝如今沒有更換儲君的意思，既然如此，高德茂為何不賣太子一個好，若是將來太子登基……必得念他這一次提點，也好讓他晚年過得舒坦些。

太子眼眸一亮，朝高德茂看去，可高德茂卻還是那副低眉順眼的目光，微微欠著身子。

對啊，他光想著進宮在父皇面前當孝子，卻忘了將政務抓到手上才是要事。

太子一個激靈清醒過來，站起身，倒是十分肯放下身段對高德茂行禮：「高公公所言甚是，父皇這裡就拜託高公公了，父皇一旦醒來，請高公公立刻遣人來同孤說一聲。」

「殿下放心，陛下要是醒來，第一個想見的，也定然是太子殿下！」高德茂笑道。

太子對皇帝叩首行禮之後，才從皇帝寢宮出來，吩咐全漁派人去梁王府，讓梁王將一應政務送來太子府交接。

全漁領命，立刻派人前去梁王府。

太子的馬車剛從武德門出來，就碰到馳馬而來的白卿言。

坐在馬車外的全漁忙轉頭對馬車內的太子稟報道：「殿下，是鎮國公主！」

「快快停車！」馬車內太子說了一句。

全漁從停穩的馬車上下來，將馬車車門拉開，含笑朝勒馬停下的白卿言行禮：「見過鎮國公主！」

「鎮國公主這是要入宮？」坐在馬車內的太子朝外探著身子，笑問。

白卿言下馬朝著太子長揖一拜，鄭重道：「言是有要事，請見太子殿下！事關重大！」

太子見白卿言神色凝重，心裡咯噔了一聲，點頭：「回太子府說。」

來的路上，白卿言已經想清楚了，既然皇后不想安穩，那就將大都城的水攪渾，她要將皇后胎兒月份不對之事告訴太子！

畢竟信王是因為皇后又懷了嫡子才能順利回大都，而皇后腹中那個所謂嫡子……更是被天師稱作是神鹿轉世，最心慌的便是太子。

太子身邊那個謀士方老，若是知道皇后腹中之子可能並非陛下之子，定然不會讓皇后安寧。

白卿言便著急將如此重大之事告訴太子，再順便問問軍情，順理成章。

太子這一路心惴惴不安，直到白卿言隨太子進了太子府書房，聽到太子讓全漁去喚方老過來，白卿言這才道：「殿下，事關皇家顏面，言還是先說於殿下一人聽的好。」

太子頷首，在几案後坐下，對全漁道：「全漁，你在外面守著，別讓旁人進來！」

「是！」全漁邁著碎步帶一眾太監婢女退出書房，因為顧及白卿言是未嫁之女，並未關門。

「殿下，殿下曾言……見過皇后身邊貼身婢女送符將軍出宮，可有此事？」白卿言在一旁坐下，目光灼灼。

要將皇后腹中之子並非皇帝之子的事情引出來，還不能牽扯到盧寧嬅和白家人，這才是白卿言的目的。

太子點頭：「正是！如今那出入宮禁時辰登記的冊子還在孤這裡。」

「後來，陛下墜馬昏迷，安平大營符若兮竟然瘋了一般當眾刺殺太子，全然不顧符家家眷還在大都城，太子難道就沒有懷疑過？」白卿言眸色灼灼，「太子殿下想想，從皇后懷孕……到召回信王，再到神鹿中毒，天師診斷出皇后腹中之子乃是神鹿轉世，這一連串的事，難道背後就沒有推手？」

「孤……曾經懷疑梁王和皇后已經聯手，畢竟父皇封的那個天師，就是從梁王府出去的！而如今後宮之中最得寵的秋貴人，也是從梁王府出去的！」太子眸色沉沉，想起梁王便咬牙切齒，「且當初梁王誣陷鎮國王叛國是為了信王，孤不相信梁王如表現那般懦弱無能，想著……這些事情都是梁王和皇后聯手做下。」

太子手肘靠在扶手上，朝白卿言靠近了些：「可鎮國公主說……事關皇家顏面，又提起符若兮，難不成……這些事情都是皇后和符若兮所為？」

「不敢欺瞞太子殿下，言曾經在年幼之時，隱約聽祖母提過一嘴，似乎在皇后嫁於陛下……成為太子妃之前，曾經同符將軍有過婚約，但此事過去多年言已經記不太清楚，後來太子殿下說起，曾見皇后身邊的貼身女婢送符若兮出宮之事，言便覺奇怪……」

「再後來，言擔心大都城方向會有人做出假冒聖命之事把控安平大營，命盧平在大都城與安平大營要道攔住往來送信之人，卻截獲了符若兮往大都城送的信！再便是符若兮當著安平大營眾將士的面，不顧符家上下死活刺殺太子殿下！言深感奇怪，回大都城見到祖母，頭一件事便問了祖母此事，祖母說……當年的確是聽說過此事，不過因為在陛下迎娶皇后之後，符若兮也娶了妻室，聽符老太君說是自幼訂親，所以當年也只當這是無稽傳聞罷了！」

太子手心收緊，他已經能猜到接下來白卿言要說什麼了，頓時屏住呼吸。

皇后和符若兮?!他們怎麼敢！

白卿言看到太子陡然一白的臉色，便明白太子聽明白了。

之所以搬出祖母大長公主，一來是因為皇帝和太子多少都會信白卿言的祖母當朝大長公主一些，二來……此事既然是蔣嬤嬤帶著魏忠來告訴白卿言的，祖母定然也已經知道！

從盧寧嬅碰到皇后和符若兮私會，到魏忠去查皇后和符若兮的關係，或許祖母只是想要弄清楚皇后為何會找符若兮謀劃逼宮，或許……以祖母的睿智，已經懷疑皇后腹中之子是否為皇帝的骨血。

可作為大長公主，祖母又已經是白家人，即便被皇帝託付主理後宮，也不能冒然去盤查皇后，而大長公主絕對不能容許混淆皇室血統的事情發生。

不論此事是真是假，都是皇室醜聞，絕不能由大長公主揭開，否則恐怕會連累自己的孫女兒們。

此事就算是要揭開，也只能由皇帝後宮的人，或者是……皇帝的親兒子揭開，如此皇帝才不會為了守密殺人，畢竟此事對男人來說，算得上是奇恥大辱。

「如今信王回都，皇后腹中子嗣身分不明，梁王欲作壁上觀，等著殿下和皇后鬥……他好漁人得利，原本言以為太子殿下只要穩得住，立身端直，讓人抓不到把柄，設局的人就該著急！可若是皇后腹中之子並非是陛下的，太子出手悄無聲息查清此事，等陛下醒來告知陛下，讓陛下私下處置……全了陛下的顏面，反倒是大功一件！」

聽到大功一件四個字，太子打起精神來：「願聽鎮國公主指教。」

「殿下，如今當務之急兩件事，其一查清楚當年皇后和符將軍曾有婚約之事是否屬實，此事查起來並不難，殿下可派人找大都城內的人牙子，翻看他們在陛下和皇后成親那年，皇后母家和符家……兩家家中僕從變動！找出被發賣的老僕，詢問一二！」

太子一張臉繃著，點頭：「當年符將軍和皇后有婚約之事要詳查，可當務之急是要確定皇后懷孕的確切月份！若是和符若兮出入皇宮，多逗留的那日沒有相差，且那段時間父皇又不曾留宿皇后宮中的話……」

太子話說一半，又想起皇后自從懷孕後，一直是由太醫院的胡太醫負責，還有宮宴之上……皇后腹痛難忍，也是說讓喚胡太醫過來，說是胡太醫熟悉皇后的身子和脈象，這話聽起來沒有錯，可要是聯繫到皇后腹中之子並非父皇的，那便古怪了。

「若是真的並非是父皇之子，是皇后和符若兮的，那符若兮往大都城送的……伺機而動四個字是送給皇后的？」太子對符若兮恨得咬牙切齒，心中卻也生出幾分歡喜來。

符若兮「伺機而動」那四個字，太子還留著，準備當謀逆的證物，就是可惜……那個送信的死士死了，問不出什麼東西。倘若皇后腹中那孩子真的是符若兮的，信王、皇后……就永無翻身之日，那個梁王又怎麼是他的對手。

太子眉毛挑了挑，長長舒了一口氣，脊背靠在椅子上，唇角若有似無帶著笑意。

事不宜遲，太子想了想吩咐道：「全漁，派人去將方老和秦先生、任先生喚來！」

「殿下……此事關乎皇家顏面，知道的人越少越好，否則怕陛下會怪罪太子殿下。」白卿言又道。

太子一想是這麼個理，他便道：「此事，孤倒是想交給你去辦，可父皇對你的疑心並未解除，你辦父皇反倒要懷疑！此事便交給方老去辦吧！」

立在門口的全漁聽到這話，轉身派人去喚方老。

白卿言能為他奔波，太子自然也要做出為白卿言打算的模樣。

「言倒不怕被陛下疑心，就是怕壞了殿下的事情！」白卿言起身朝太子殿下長揖一禮，「那此事便交給方老，方老老成持重必能辦好，言便不多留了！」

此事，白卿言只能充當一個點撥太子的人，而不能做那個將事情做完之人，否則太子定會懷疑她，所以即便太子不這麼說，白卿言也會稱大都城中無人，無法為太子詳查此事。

「對了……」白卿言像突然想起什麼似的問太子，「在回鎮國公主府的路上，我看到似乎有戰報送往官署了，是從東邊兒來的，可是安平大營出了什麼事？」

太子擺了擺手，一副不在意的模樣：「那倒沒有，是大燕和北戎聯合攻打南戎，此事也能理解，這南戎設伏殺了大燕的和親公主……北戎的新后，大燕和北戎怎麼能咽下這口氣，自然是要打南戎的！也好……南戎剛剛劫掠我晉國登州城，也該吃點兒苦頭教訓。」

太子顯然並未將此事放在心上。

「殿下！」白卿言突然表情鄭重起身，朝太子一拜，「大燕和北戎攻南戎，此事……我們晉國可不能置之不理，聽之任之！」

太子沒明白白卿言的話，眉頭一緊：「鎮國公主此話何意？是……覺得晉國應當趁機剿滅南戎？」

白卿言視線落在太子書房裡掛著的疆域圖上，起身朝疆域圖走去，太子也忙跟上。

「殿下您看……」白卿言手指向居於晉國之西的大燕，「大燕居於我晉國之西，如今更是掌控居於我晉國之東的北戎，若是此次一戰……北戎吞了南戎，大燕和戎狄關係密切，便會對我們晉國形成夾裹之勢！殿下……南戎在，則與北戎、大燕糾纏，可使晉國安啊！」

太子看了眼疆域圖下方的大燕，又看了眼疆域圖上方的戎狄，身側拳頭緊了緊：「南戎剛剛劫掠登州，難不成我們還要幫著南戎嗎？總覺得咽不下這口氣！」

「殿下，居安而思危，忍一時意氣著眼全域，才能謀得天下！為我晉國安寧，白卿言請太子遣使前往北戎大燕予以警告，派人傳信登州刺史董清嶽，可讓安平大營和登州軍枕戈待旦！」白卿言長揖對太子道。

在軍事之上，太子一向相信白卿言，畢竟南疆之戰他曾對白卿言有疑，結果損失慘重。

太子殿下視線凝視著疆域圖，拳頭緊了緊：「可是父皇還未醒來，此事……」

「殿下，您將來遲早是要登上帝位的，陛下如今昏迷不醒，將朝政交與殿下之手，殿下要做出一些事情來，才能讓陛下放心將大晉江山託付給殿下啊！只要殿下覺得是為晉國好，便可以下令！自然了……此事若是殿下拿不定主意，可即刻喚兵部尚書還有譚老帝師商議！陛下託付譚老帝師輔政，老帝師的意見還是很重要的！」

說來說去，太子還是怕擔責任，白卿言摸透了太子的心思，所以提議將此事與譚老帝師商量，得到帝師和兵部尚書贊同之後行事，太子就會覺得……即便辦錯了他的責任也不那麼大。

果然，太子點了點頭，又吩咐全漁去召兵部尚書和譚老帝師速速來太子府。

對晉國來說，圍在晉國周圍的諸國越是分裂的多，越對晉國有利，白卿言明白這個道理，譚老帝師和兵部尚書也明白。

不論這一次北戎和大燕攻打南戎……是為了替大燕明誠公主復仇，還是為了為來日布局謀劃，白卿言都要護住南戎！因由，除了的確沒有南戎之後對晉國不利之外，白卿言還要護住阿瑜，還要舅舅安然在南戎訓練自家騎兵。

「此事你不用擔心，和老帝師還有兵部尚書商議之後，孤會立刻遣使入大燕和北戎！你回去好生休息，這段時間辛苦你了。」

太子又吩咐全漁去開庫房，給白卿言送了不少上等的補藥，又派人送去金銀，明著說供白卿言朔陽剿匪練兵之用，其實也就是賞給白卿言，為了賣她一個好的。

白卿言出府後沒多久，方老便匆匆趕來書房。

太子已經換了衣衫，正倚在榻上，用冰帕子敷著頭，聽到全漁說方老到了，這才拿下頭上的帕子坐起身，隨手對方老指了指軟榻旁的蒲團：「方老先坐！」

方老拎著衣裳下擺在蒲團上跪坐下來，小太監邁著碎步上前給方老上了茶後又退下，太子才望著方老開口：「有一件事，要方老私下去查一查！但要快！」

方老朝著太子的方向拱手：「太子殿下吩咐便是！」

「你去查一查，父皇迎娶皇后為太子妃那年，符家和皇后母家發賣的僕從都被賣到了哪裡，找幾個問一問，當年符若兮和皇后是不是有婚約！」太子眸色沉沉望著方老，鄭重叮囑，「此事關乎皇家顏面，所以孤只告知方老一人，方老查的時候務必小心。」

方老一聽，此事只告訴他，又見太子沒有喚秦尚志和任世傑來，當下跪直身子朝太子行禮道：「殿下放心，此事老朽必定辦妥！殿下……這可是懷疑皇后和符若兮的關係？」

太子點了點頭：「這皇后自打懷孕之後只讓胡太醫診脈，孤想起之前皇后身邊貼身宮婢送符若兮出宮之事，懷疑……皇后腹中的孩子，並非是父皇的！若是此事為真，那皇后、信王便是萬劫不復，再也沒有人威脅孤的位置了！」

方老很快將太子給的消息順了順，猛然抬頭朝太子望去：「要想將皇后和信王致於萬劫不復之地，老朽倒是想起來一事……」

太子將冰帕子丟進水盆之中：「方老直言。」

「太子殿下可曾記得，當年皇后入太子府後，得知俞貴妃已經生下了殿下，對俞貴妃百般刁難，後來皇后有孕……信王未到足月，俞貴妃與皇后發生爭執，以致信王早產！當時……皇后聲稱俞貴妃推了她，若非後來壽山伯夫人趕回來稱皇后是自己絆倒，俞貴妃當時與她說話，是匆匆趕過去扶皇后的，怕是俞貴妃當時就性命不保！」方老眸色沉沉，「如今想來，太子殿下難道不覺得，或許是皇后妊娠之期已滿，想要以此來陷害俞貴妃嗎？」

太子聽到這話，陡然抬眼，眸色之中殺氣森然。當年因為此事，母妃被父皇打了五十大板，險些一命嗚呼，後來母妃身體漸漸好起來，可因為那五十大板沒了孩子，後來再也無法有孕，他亦是被那些狗眼看人低的奴才刁難，那段日子過得十分艱辛。

「方老所言……不無道理！」

太子心中陡然生怒，若真的是皇后陷害，那太子可斷斷不能放過皇后了。

「此事還需要方老好好查證，務必還我母妃一個清白。」

「殿下放心！老朽這就去辦！必定不負殿下所托！」

說完，方老起身朝太子一拜，轉身匆匆離開。

方老剛走，一個小太監小跑而來，在全漁耳邊耳語，全漁點了點頭示意那小太監下去後，進門行禮道：「殿下，譚老帝師和兵部尚書沈大人到了。」

「替孤更衣！」太子聲音裡帶著疲憊，只覺太子難做。

第五章 人情冷暖

白卿言回到府中，讓人喚來了魏忠，讓魏忠暗中幫著太子府的人去找當年，被符家和皇后母家發賣的僕人，務必要保證太子查到。

魏忠應聲稱是，還沒來得及退出清輝院，前院便傳來消息，符家老太君上門求見鎮國公主。

春桃給白卿言端來熱茶和點心，放在小几上，又忙去替白卿言更衣，心疼不已：「大姑娘這剛到家，連口熱飯都沒吃，就沒停下來過。」

白卿言穿好外衫，低笑理了理袖口：「祖父和爹爹在時，哪一個不是這樣的。」

「可當年鎮國王和鎮國公在的時候，也只是顧外院的事情，後宅都有夫人打理，如今大姑娘又要顧外又要顧內，可要辛苦多了。」春桃蹲跪在地上替白卿言穿好鞋子，歎了一口氣，「大姑娘，好歹吃兩口點心，墊一墊。」

「不好讓符老太君久等，擱著吧，一會兒見了符老太君回來再用！」白卿言說完，轉身往外走。

婢女們忙低頭打簾，春桃也小跑跟在白卿言身後出了清輝院。

符老太君在正廳坐立不安，全然沒有心思喝婢女送來的熱茶，一個勁兒的伸長脖子往外看。

此次，符若兮的禍闖大了。

派人往大都城送「伺機而動」四個字還情有可原，但當眾對太子揮劍，此事可不好解釋。

符老太君聽符若兮是白卿言保下來的，這才想來求白卿言為符若兮說情。

如今符府已經被圍了，若非圍了符府的是巡防營統領范餘淮，符老太君決計是出不來的。

范餘淮平日裡與符家有交情，鑽了太子令中的空子，稱太子下令圍了符府，並未說不讓符府的人出入，便派人偷偷帶符老太君來見白卿言。

不過，范餘淮說符老太君只有半個時辰，半個時辰之後不論如何也要回去，否則他也難做，符老太君這才內心焦急，火燎似的。

符若兮對太子揮刀，符老太君心裡清楚，是保不住兒子符若兮了，但她必須得保住孫子，保住他們符家滿門！

看到白卿言跨入正廳，符老太君忙起身對白卿言叩首拜謝：「見過鎮國公主！多謝鎮國公主為我兒說情！」

「老太君快快請起！」白卿言忙扶起符老太君，「符老太君是長輩，不可行此大禮。」

符老太君起身，已經是淚流滿面：「今日老身捨了這張臉，是來求鎮國公主向太子殿下說說情，符若兮對太子揮刀死不足惜，可我家的兒媳和小孫子無辜啊！」

「老太君坐！」白卿言將老太君扶著坐下，吩咐婢女退下，俯身攥著老太君的手，道，「老太君，我有一事相問，還望老太君如實回答。」

「公主請問！老身必知無不言言無不盡！」

「當年……符將軍和皇后，可有婚約？是否兩情相悅？」

白卿言並未告訴符老太君她手中已握人證，就是要看看，符老太君能否以誠相待。

若是符老太君能以誠相待，白卿言便能設法保一保符家其餘人的命，若是不能對她坦言，此事白卿言也只能袖手旁觀，讓太子處置。

符老太君攥著帕子的手收緊，咬了咬牙，又是淚流滿面，道：「不敢欺瞞鎮國公主，兩人的確曾是兩情相悅，有婚約，當初……皇后還未嫁於陛下之前，先得到風聲，前來符家……讓我兒前去提親，可我兒因為自覺家世不如皇后母家顯赫，又不能同天家爭女人，為此事對皇后百般愧疚！」

符老太君並未藏掖，她只死死拽著白卿言的手，仰頭直哭：「當年……我信皇后對我兒是有情分，可後來種種完全都是在利用我兒啊！」

白卿言點了點頭，又道：「老太君，符將軍對太子揮刀，他的命定然是保不住了。」

符老太君聽到這話宛如剜心，她腰身略略佝僂了下去，卻還是堅定的點頭：「老身明白！可老身家中的媳婦兒和孫子無辜啊！絕不能被這個逆子連累！」

說完，符老太君承受不住，額頭抵在白卿言的手背上，放聲痛哭，難過到腰都直不起來。

白卿言感佩符老太君當機立斷，並非那尋常婦道人家，一味只知道求人保住兒子的性命。壯士斷腕的勇氣並非人人都能有，更何況……符老太君這捨的，是自己身上掉下來的肉，是自己的親生兒子。

「老太君能做取捨，有壯士斷腕之氣魄，白卿言感佩！」白卿言打從心底裡佩服符老太君，她攥了攥符老太君的手，壓低了聲音道，「老太君，太子已經著手在查符將軍與皇后過往關係，老太君若能大義滅親，替太子排憂解難，太子殿下就算為仁義之名，也會留符家滿門性命，但……也只能是留滿門性命！符老太君屆時提前做好準備，往後也並非都是苦日子。」

白卿言這麼一點，符老太君立刻就明白了。

全家死罪可免，但為正國法……符家滿門男子最輕也是流放，可能還會抄家，白卿言這是提點符老太君提前打點好，花點銀子讓孩子們可以過的舒坦些，等到新皇登基天下大赦，還有活路！

符老太君聽到這話，打起精神來，點頭：「鎮國公主說的對！」

「老太君事不宜遲最好即刻啟程前往太子府！」白卿言道。

符老太君再次拜謝白卿言，出門直奔太子府。

將符老太君送到門口的白卿言負手而立，注視車駕走遠，想起剛才符老太君說……信當年皇后對符若兮有情，後來就全是利用之語。

她猜測，符老太君手中或者……握有皇后利用符若兮的某些憑證，若是符老太君能將這樣的憑證交與太子，以證明皇后在成為太子妃之後還和符若兮有往來，那皇后就再無翻身之日了。

「平叔……」白卿言喚了一聲。

盧平上前：「大姑娘吩咐！」

「派個人悄悄跟上符老太君。」白卿言道。

「是！」盧平應聲轉身去傳令。

此時已是酉時末，黃澄澄的光暈如瓷杯上久未清洗的茶漬，蒙在這碧瓦朱簷，雕梁畫棟的大都城，映著街道寬闊，照著來往烜赫的車馬，可到底是日落西山，殘陽暗沉，哪怕層樓疊榭鱗次櫛比的長街商社已經掛了燈籠，大都城也不如正午時……那麼亮堂。

到底……還是日薄西山了。

春桃見白卿言負手立在正門口已經站了良久，轉頭吩咐婢女去給白卿言備吃食，那婢女道：「春桃姑娘放心，二夫人早就讓廚房給大姑娘備著吃食了。」

白卿言一回來就沒有歇息，都沒能坐下好好吃口東西，這都是為了白家，二夫人劉氏怎麼能不清楚，旁的事情劉氏幫不上忙，這些起居小事上劉氏自然是盡心照顧。

春桃一聽，對二夫人感激不已，拎著裙擺準備走上臺階，準備喚看著長街出神的白卿言回去吃點兒東西。

「春桃姑娘！」

春桃回頭，見白錦繡身邊的翠碧匆匆跑來，行禮後道：「銀霜醒了，我來同大姑娘說一聲。」

春桃一喜，點頭：「好，我去同大姑娘說！」

「大姑娘，銀霜醒了。」春桃走至白卿言身邊，高興道。

白卿言聞聲，點了點頭：「走吧，去看看銀霜。」

白卿言一邊往臺階下走，一邊道：「讓廚房準備些甜食，銀霜喜歡吃。」

「大姑娘放心，奴婢早就讓人備下了，就等小銀霜醒來。」

春桃歡喜應聲，下意識伸手想要扶著白卿言下臺階，就見白卿言笑著對她道：「春桃，我身體已經大好，不再是以前那個總是需要你扶的病秧子了。」

春桃卻堅持扶住了白卿言：「這是在大都城，姑娘還是柔弱一點好！」

跟在白卿言身邊這麼久，春桃也不是沒有見過不施粉黛的白卿言去見太子時，刻意用香粉擦唇讓自己顯得柔弱些。之前春桃雖然不明白是什麼意思，可如今春桃也能領會白卿言對太子示弱，是為了減少太子的疑心。但既然做戲，那就必要做全套。

白卿言看著表情堅定的春桃，點了點頭，任由春桃扶著走下臺階。

銀霜一起來就找自己那包松子糖，乖乖巧巧坐在廊下等著大姑娘回來，好將松子糖給大姑娘，可是她好饞呀……好想吃一顆。

銀霜內心正在天人交戰要不要吃一顆時，就見春桃扶著白卿言從清輝院外跨了進來。

「大姑娘！」銀霜猛地站起身，又想起之前在宮裡被秦家兩位姑娘訓斥不懂禮數，給二姑娘丟臉的事，銀霜忙向白卿言行禮，太著急手裡的松子糖頓時撒了一地，「呀！」

銀霜驚呼一聲，忙蹲下身去撿地上的松子糖。

翠碧看了眼白卿言，趕緊奔過去幫銀霜撿地上的松子糖，一邊撿一邊道：「銀霜，這些糖都髒了，你乖啊！翠碧姐姐回頭再給你……」

翠碧的話還沒說完，就見銀霜已經捧著撿起來的松子糖朝白卿言跑來，喜滋滋將松子糖吹乾淨，捧給白卿言：「大姑娘……吃糖！」

白卿言看著只餘一隻眼睛，卻還對她露出燦爛笑容的銀霜，酸意沖上頭，銀霜這是為了錦繡和望哥兒的命，才沒了眼睛。

她垂眸望著銀霜手裡捧著的松子糖。

翠碧被嚇了一跳，忙站起身過去要阻止銀霜，怎麼能將髒的松子糖給大姑娘吃呢！

誰知，還沒等翠碧阻止，白卿言就已經撚了一顆松子糖放進嘴裡，笑著對銀霜道：「嗯，很甜！」

翠碧不可思議看著大姑娘，到嘴邊的話咽了回去。

銀霜咧著嘴，露出一口大白牙，笑得十分開心的樣子。

曾經青竹姐姐對她說過，大姑娘過的很苦，銀霜就想讓大姑娘高興。

白卿言抬手，摸了摸銀霜的腦袋，牽著銀霜往上房走，吩咐春桃：「去拿點心和酪漿來……」

帶著銀霜進了上房，春桃便讓人將吃食和給銀霜備的點心都送了上來。

看著銀霜吃了好多點心，白卿言笑著將帕子遞給銀霜讓她擦手，問：「銀霜，你以後願不願意跟著洪大夫？」

銀霜吞下嘴裡含著的蒸糕，接過帕子，頗為疑惑：「大姑娘不是說，要寸步不離守著二姑娘？」想了想銀霜又補充：「府裡不用，出門要跟著，銀霜都記著！」

白卿言點了點頭：「是啊！你做的很好，所以……才想問問你願不願意跟著洪大夫，隨我一起回朔陽？」

銀霜眼睛一亮，願意兩個字差點兒脫口而出，卻又咽了回去，問：「那……誰跟著二姑娘和望哥兒？要是銀霜不在，又有人踹二姑娘的肚子，又凶又狠的要用刀紮二姑娘怎麼辦？」

白卿言一顆心揪緊，白錦繡未曾向白卿言透露過在宮中遇險的細節，她知道錦繡是不想讓她擔心，但聽銀霜這麼說……白卿言就知道當時的情況有多麼凶險。

白卿言咬了咬牙，眸色越發深沉。

銀霜想了想道：「青竹姐姐說，我照顧好二姑娘能讓大姑娘放心，銀霜還是照顧二姑娘，還有望哥兒……」

翠碧聽到銀霜這傻乎乎的話，眼眶跟著一紅：「傻銀霜，我和你翠玉姐姐都能照顧二姑娘啊！」

「你沒有我厲害！」銀霜認真道。

「你一個人照顧不過來二姑娘和望哥兒，而且你現在貪睡和小貓兒似的！」翠碧笑著道，「萬一你跟著二姑娘出門睡著了怎麼辦？二姑娘遇到危險了還得設法護著你，你說是不是？」

銀霜想了想點頭：「那我聽大姑娘吩咐。」

「那就跟著洪大夫吧，過幾日同我一起回朔陽，離青竹也近一些。」

「好！」銀霜歡快點頭。

翠碧立在一旁，絮絮叨叨與白卿言說了不少那日宮宴的事。

那日白錦繡被救，生產之時，秦朗命人去接洪大夫，洪大夫到的時候，秦朗一把扯住洪大夫，極為認真同洪大夫說，若是真的只能二保一，求洪大夫一定要先保住白錦繡。

白卿言聽完心頭倒是一鬆，秦朗能如此看重錦繡便好，也不枉當初他們白家為秦朗出府鋪路。

沒過多久，蔣嬤嬤來清輝院請白卿言前往長壽院用膳，說是望哥兒醒來了，這會兒就在長壽院，熱鬧得很。

白卿言回來到現在還未見過自己這位小外甥，命春桃從未搬回朔陽的小庫房裡，找出了那枚十歲生辰時祖父送的玉佩，找個錦盒裝了起來，這才前往長壽院。

白卿言剛跨進清輝院的院門，便聽到上房傳來歡聲笑語，似乎是望哥兒尿了白錦瑟一手，急得白錦瑟忙喚乳娘，逗樂了大長公主和劉氏，白錦繡也低聲笑著。

上房內半敞開的窗櫺裡，亮堂的暖色燈火撒在廊廡的青石地板上，將長壽院映得暖澄澄的，卻不及這滿院的笑聲令人覺著溫暖。

白卿言立在院外，聽著笑聲、風聲……和樹葉的沙沙聲，眉目間盡是暖意。

白卿言剛要進屋，正巧秦府的奶娘抱著望哥兒要出來，準備帶望哥兒去暖閣換尿布和衣裳，見婢女高挑起門簾，忙側身退到一旁，屈身行禮。

奶娘懷裡的望哥兒因為濕答答的尿布，鬧脾氣正哭著，白卿言看了眼望哥兒……正如祖母所言，果真是白嫩可愛。

她側身讓開，笑道：「先帶望哥兒去換衣裳吧！」

望哥兒的乳母致謝抬頭，見白卿言滿目憐愛看著她懷裡的望哥兒，頓時愣住。

「長姐！」被望哥兒尿了一身，正要去更衣的白錦瑟看到白卿言，忙行禮。

望哥兒的乳娘早就聽聞鎮國公主貌美傾城，當初大樑的四皇子見過鎮國公主，以為鎮國公主便是大晉的第一美人兒柳若芙，立誓終身不納妾求娶，結果弄錯了人，讓南都郡主柳若芙成了滿晉國的笑話。

望哥兒的乳母之前與人閒話的時候，還在猜這鎮國公主該是怎麼樣的花容月貌，可今日一見，才當真知道什麼叫做驚豔逼人。

廊下燈籠映著面前女子肌膚瑩潤，眉目間帶著和煦溫潤的淺笑，完全不像傳說中那個戰場殺伐決斷，狠戾殘暴的殺神，周身瑩瑩暖光，竟是極美。

乳母愣神片刻，因望哥兒的哭聲回神，忙恭敬低頭彎腰抱著望哥兒去了暖閣。

「長姐來了！」白錦繡穿過垂帷，從屏風後繞了出來，笑著對白錦瑟道，「快去換身衣裳。」

「好！我馬上就來！」白錦瑟笑著行了禮，先行出去換衣裳。

見白錦瑟出了門，白錦繡這才壓低了聲音同白卿言道：「長姐剛才去太子府之時，派去監視信王府的人來報，說信王的貼身親隨前往皇后母家，鐘家去了，行事極為鬼祟。」

事出反常必有妖，自從回了大都城後就一直龜縮在信王府的信王，突然派人鬼鬼祟祟聯繫舅父家，定要出么蛾子。

可巧了，如今太子也正要查皇后，讓他們去鬥吧。

所幸，此次皇帝腦子還算清楚，在昏迷之前請回了譚老帝師和祖母，兩人一合計……怕皇后仗著信王回都，腹中懷有龍胎，太子又不在大都城，趁機生亂，便將信王的舅父鐘邵仲明升暗降，去了其禁軍副統領的位子，奪了他的兵權。

不過，鐘邵仲在禁軍之中的威望還是不可小覷。

「讓人盯著信王的舅舅鐘邵仲，這幾日鐘邵仲有什麼反常的，隨時來稟就是了，尤其要關注鐘邵仲是否與禁軍舊部來往。」白卿言說著同白錦繡一同繞過屏風跨進屋內，朝眾人行了禮坐下。

蔣嬤嬤親自端了紅棗桂圓茶上來，放在白卿言手邊的小几上，便立在大長公主一旁，笑盈盈看著換了衣裳和尿布被抱回來的望哥兒。

「我記得小八剛降生的時候，可是尿了阿寶一身！這望哥兒今兒個又是毫不客氣尿了小七一手。」大長公主開懷道。

到底是大長公主重孫輩的第一個孩子，大長公主喜歡的不得了，恨不能將最好的東西都給這個小東西。

白卿言從乳母手中接過望哥兒，約莫是因為有了抱小八白婉卿的經驗，白卿言抱起望哥兒來全然沒有了從前的手忙腳亂。

屋子裡因為望哥兒歡聲笑語越發多了起來，換了衣裳回來的白錦瑟想從白卿言手中接過望哥兒，誰知道還沒接過去望哥兒就哼哼著要哭了，白錦瑟輕輕點了點小不點兒的鼻子道：「你個小東西，長姐沒來的時候最喜歡七姨抱了！現在有了大姨就不要七姨了！」

「小七這話可沒胡說，阿寶回來之前，望哥兒最喜歡的……可不就是小七嘛！」二夫人劉氏用帕子掩著唇直笑。

白卿言讓春桃將玉佩拿過來，放在望哥兒懷裡玩兒了一會兒，望哥兒便在白卿言懷裡睡著了，小臉肉嘟嘟的，嘴角隱隱有口水，白嫩可愛。

耳邊是大長公主和劉氏還有白錦繡白錦稚的歡聲笑意，白卿言看著懷裡熟睡的小不點兒，倒是想起小八來。

白卿言輕輕摸了摸望哥兒手指蜷縮在一起的小手，跟水做似的，柔軟的能安撫人心。

「大姐兒將望哥兒，交給乳母吧……」蔣嬤嬤柔聲道，「晚膳備好了。」

白卿言點了點頭，小心翼翼將胖乎乎的望哥兒交給乳娘，起身扶著正要從軟榻上起身的大長公主，不緊不慢從垂帷屏風後出來，在外間擺著豐盛膳食的圓桌落坐。

今兒個的晚膳是劉氏安排的，菜色幾乎全都是白卿言喜歡的，劉氏笑著囑咐白卿言多吃一些。

劉氏換了一雙筷子，親自給白卿言夾了一筷子魚：「這是錦繡舅舅送來的，聽說是海邊捕著後，馬不停歇送來的，一百多條到大都就剩那麼十七八條，金貴得很，味道極為鮮美，阿寶嘗嘗！」

白卿言嘗了一口，的確是鮮嫩，笑著道：「嗯，的確很細嫩。」

「那就多吃點兒！」劉氏又忙給白卿言夾菜。

白卿言剛應聲，就聽門房來報說太子身邊的全漁公公來了，說太子讓他來傳話。

白卿言放下筷子，用蜜水漱了口，拿過春桃遞來的帕子擦了擦嘴，道：「祖母、二嬸，你們先吃，我去去就來！」

估摸著是太子和譚老帝師還有兵部尚書商量出了結果，特意讓全漁來同白卿言說一聲。

白錦瑟抬頭看著白卿言離去的身影，只覺長姐太累了些，長姐的眼底全都是紅血絲，一看就沒有休息好，她用力扒了一口飯，想要快快長大好替長姐分擔。

全漁被請入鎮國公主府喝茶，見白卿言過來連忙起身行禮：「見過鎮國公主。」

「公公請坐，不知道太子殿下有何吩咐？」白卿言明知故問。

「也沒有旁的事，太子殿下遣奴才前來是同鎮國公主說一聲，譚老帝師和兵部侍郎沈大人都覺不能縱容大燕北戎聯合滅南戎，已經派了柳如士柳大人前往北戎！」全漁說話時，身子跟隨著往正座方向走的白卿言轉動，「亦是下了軍令，讓登州刺史董大人帶安平大營和登州軍前往北戎邊界，以威懾大燕同北戎。」

果然，同白卿言預料一般，譚帝師和兵部侍郎沈敬中還是有遠見的。

見白卿言坐下，全漁從衣袖中拿出一瓶藥，彎著腰放在白卿言手邊紅木桌几上，又恭敬向後退了幾步道：「這是宮內的玉顏膏，聽說對新疤痕有奇效，公主不妨試試！」

全漁還惦記著白卿言耳朵上的傷，今日一回大都城，便想方設法弄來了這極為難弄的玉顏膏，聽說宮中除了皇后之外，也只有俞貴妃和最得寵的秋貴人有。

白卿言含笑道：「公公替我多謝太子殿下，小傷不敢再勞煩太子殿下惦記。」

全漁倒也沒有解釋這並非太子賞賜，只是笑著稱是。

白卿言將全漁放在桌几上描紅梅的白玉瓷瓶拿起來看了看，似無意道：「今日符老太君曾來我府上，說起太子正在查證之事，後來我請符老太君前去尋太子，卻忘了派人先去同太子稟報一聲，不知道太子殿下可曾見過符老太君了？」

全漁頷首：「回鎮國公主，符老太君的確是來了太子府，說是鎮國公主讓符老太君前來見太子殿下的，太子殿下這才見了符老太君。太子殿下同符老太君是密談，奴才等人都被支開不曾靠近。」

白卿言點了點頭：「既是如此，那我也能放心了，希望太子殿下能早日達成所願。」

「有鎮國公主相助，太子殿下必能如願以償！」全漁恭恭敬敬說完，便未再留下打擾，啟程回太子府去了。

等白卿言再回長壽院，一頓飯熱熱鬧鬧吃完，秦朗親自前來接白錦繡和望哥兒回府。

時隔幾個月再見到秦朗，秦朗不知是不是因為削瘦了不少的原因，五官棱角越發分明，顯得頎長和穩重了些，聽劉氏說秦朗這段日子埋頭苦讀，想要在明年二月拔得頭籌。

同大長公主和劉氏請過安，秦朗對著白卿言一拜：「鎮國公主。」

白卿言淺淺頷首。

見秦朗從乳娘手中接過望哥兒愛不釋手的模樣，想起秦朗在孩子和白錦繡之間選了錦繡之事，看向白錦繡眼眸間都是淺笑。

目送白錦繡一家三口離開，白卿言扶著大長公主回了上房，陪著大長公主說了會兒話，本想伺候大長公主歇息，大長公主心疼白卿言這回來一天都未曾消停，讓她早早回去休息。

疲累的白卿言剛從長壽院出來，就見挑著燈久候多時的盧平疾步上前行禮：「大姑娘！」

「平叔邊走邊說……」白卿言說完，轉頭示意春桃。

春桃會意，壓著挑燈的婢女等白卿言和盧平走出十步以後，才帶著婢女們不緊不慢跟在身後。

「是！」盧平挑燈跟在白卿言身側，低聲道，「符老太君從我們府上出去之後，便去了太子府，最開始太子不見符老太君，符老太君說是大姑娘讓她去尋太子的，太子府的人這才將符老太君請了進去。」

符老太君不傻，相反極為睿智，白卿言點了她去找太子，她便直接打了白卿言的旗號，是為了向太子示好。

「符老太君約莫半個時辰之前出來的，這會兒人已經去了大理寺獄中，想來是去探望符將軍的，大理寺獄一向守衛森嚴，我們的人進不去，便先回來報信了。」盧平說。

白卿言點了點頭，眉目間有幾分疲憊：「平叔辛苦了，早些回去歇著吧，看樣子我們還要在大都城多逗留幾日。」

想起今日白錦繡說，信王的人悄悄聯繫了信王的舅父鐘邵仲，白卿言腳下步子一頓看向盧平，眸色篤定道：「說不定，還有一場硬仗等著我們！」

盧平微怔之後，頷首：「是！」

符老太君得了太子的允准，進了大理寺獄，一顆心七上八下的，隨著獄卒一路向大獄深處走去。

跟著符老太君的老嬤嬤頭一次來這大理寺獄中，兩側燈火幽暗，只覺得越往裡走越陰森，潮濕的空氣裡帶著霉味，她脊背佝僂著，緊貼拄著烏木拐杖脊背挺直的符老太君。

「到了！就是這裡……」大理寺獄卒開了牢門，對符老太君恭敬道。

「多謝！」符老太君示意身邊的嬤嬤給了獄卒賞錢，笑道，「辛苦了，請您喝茶的。」

雙腿帶著鐐銬跪坐在稻草之中，丟了一隻手臂，滿臉髒汙的符若兮抬頭，藉獄中並不明亮的燈火看到自己母親肅穆的五官，符若兮擱在膝蓋上的手收緊，乾裂起皮的薄唇緊緊抿著。

那獄卒將裝著銀子的荷包掂了掂，笑咪咪揣進袖子裡：「符老太君這是說哪裡的話！太子有令我們這些做獄卒的怎麼能不遵從，您慢慢聊！小人先退下了！」
符老太君笑著同那獄卒頷首，注視著那獄卒離開之後，視線才落在牢獄中蓬頭垢面，少了一隻胳膊的符若兮身上。
符老太君眼眶紅得厲害，對身邊的老嬤嬤道：「有人來了提醒一聲。」
「是！」老嬤嬤頷首行禮，邁著碎步走到一旁候著。
符老太君從牢房外進來，通紅的雙眸目光如炬望著符若兮。
符若兮喉頭翻滾著，單手撐著稻草，腳下響起窸窸窣窣的鐵鍊聲，他垂眸不敢看符老太君銳利的雙眸，只重重朝著符老太君叩首。
看著兒子空了的袖管，符老太君險些忍不住淚水，她挺直脊梁緊緊握著拐杖，開口道：「為了皇后，你可真是什麼都敢啊！我這個老不死的你不在意，你的兄弟、侄子你不在意，你的妻室你也可以不在意，你的兩個兒子呢？為了皇后你也要他們死嗎？」
符若兮聽著符老太君憤怒哽咽的聲音，身子佝僂的越發低：「娘……皇后她，她懷孕了，是兒子……」
符若兮話還沒說完，符老太君舉起手中拐杖就朝著符若兮揮去，打得符若兮一聲悶哼。
符老太君淚水如同斷線一般，咬著牙又掄了一拐杖，一下接著一下，符若兮單手撐地跪在那裡，死死攥著膝下稻草，一聲不吭繃緊身子，任由符老太君打，險些跌倒在地。
不知道符老太君往符若兮身上掄了多少下，打得符老太君實在打不動了，拐杖從符老太君顫抖的手中滑落。
符老太君也跪地哭出聲來，緊攥著拳頭砸符若兮的肩膀：「你是失心瘋了是不是！你知不知道這話說出口咱們符家滿門，會是怎麼一個下場?!你真的是為了鐘邵榮那個女人，什麼都不管不顧了嗎?符家上下幾百人，你那兩個兒子……小的才六歲，他有什麼錯!要為那個女人丟了性命!你真的願意看到符家滿門上至八十歲老者，下至剛滿月的小娃娃，一同上斷頭臺，為那個女人前程鋪路?!」

符若兮想到自己幼子天真無邪的笑容，閉上眼，心中不忍。

「你想想當年簡從文一家子!簡御史那小孫子只有四歲，跟著一同上了斷頭臺，嚷著要吃酥糖的事情，你當時是如何說的……你可記得?旁人家的孩童你尚且不忍心，你的兒子才六歲!六歲啊!你怎麼對他狠得下心啊!」符老太君揪著符若兮的領口，放聲痛哭。

想到當年簡從文幼孫被捆了上斷頭臺，同他母親說回家要吃酥糖的事情，符若兮血氣沖上頭頂，頓時涕淚橫流。

那時，符若兮聽到四歲小兒之語，尚且不忍，險些想闖入宮中去求陛下放過懵懂幼童。可他被愧疚和情義沖昏頭腦，卻全然不顧自己老母親和妻室孩子。

「娘……」符若兮哽咽哭出聲來，「娘……孩兒，孩兒對不住娘，對不住兄弟和妻兒。」

符老太君哽咽難語，深深吸了一口氣，扣住符若兮的肩膀，鄭重對他道：「兒啊，你的命為娘是保不住了，可好歹能保住符家其他人的命，保住你兒子妻室的命!你將皇后想利用你逼宮扶信王上位的事情說出來，就說皇后用符家人的命逼你!太子便會保住符家其他人的命。」

「娘……太子的話，不見得能信!」符若兮說。

「太子不能信，鎮國公主難道也不可信?為娘先去找了鎮國公主，是鎮國公主指點為娘去找太子的!」符老太君咬了咬牙，壓低了聲音，「鎮國公主的意思，是救不了你，但是能保住孩子們，只要我們提前做好了準備，花點銀子讓孩子少受罪，等太子登基大赦天下的時候，孩子們也就能回來了。」

對於白卿言，符若兮還是信得過的。符若兮不是一個拎不清的人，他知道，那日白卿言斷他一臂沒有要他命，用大都符家人來點他，就是為了給大都符家留一條生路。

不然，他當時一死，便坐實了刺殺太子，不敢說九族……至少大都符家滿門都活不成了。憑這一點，符若兮便信白卿言。可捏造皇后用符家人性命逼迫，皇后還能活嗎？

「兒啊！不能猶豫了！」符老太君臉上縱橫的溝壑裡，都是淚水，焦心不已。

「娘，兒……大理寺卿呂大人來審時，兒……會如實相告，可讓兒誣陷皇后，兒……做不到啊！」符若兮哽咽。

「好！好！你可真是個好兒子！是個好丈夫！是個好父親！」符老太君搖著頭，踉蹌站起身，「符家人都不重要，就鐘邵榮重要！我可……真是給鐘邵榮生了一條好狗！是我對不起你媳婦兒你兒子……早知道我為何要為你娶妻室，害了人家好姑娘不說，還害了我的孫子……是我對不住親家，對不住兒媳啊！」

符老太君聲音虛弱無力：「親家母咽氣前將女兒交到我的手中，指望著我能護他們家幼女一世平安就好！我昧著良心，為遮掩你與鐘邵榮的事，讓你娶了兒媳，這些年……她打理中饋，侍奉婆母，盡善盡美！這麼好的兒媳婦兒，那麼好的孫子，竟然……因為我這個兒子捨不下對旁的女人的感情，去死……」

「娘……」符若兮拳頭緊緊攥著，已經泣不成聲。

「你別叫我娘！我不是你娘！」符老太君捶胸頓足，仰頭痛哭。

「老天爺啊！我怎麼生下了這麼個東西！他滿腦子都是鐘邵榮那個女人，全然不顧符家死活！」符老太君緊緊攥著自己心口的衣裳，垂著自己的心口，「我對不住老爺，對不住符家滿門，對不住兒媳，對不住孫子，更對不住過世的親家母！」

「娘……」符若兮膝行兩步，顫巍巍伸出手想要拽符老太君的裙擺，卻被符老太君狠狠甩開。

「我沒法看著兒子孫子被斬首，我這就……先行一步，先去向老爺，向親家母謝罪！」

符老太君說完，突然拼盡全力朝著大理寺獄的牆上撞去，頓時鮮血飛濺。

「娘！」符若兮驚恐睜大了眼，踉蹌奔過去，單臂艱難抱住直挺挺倒地的符老太君，「來人！來人啊！快來人啊！娘！娘……兒子錯了！兒子都聽娘的！娘！」

守在外面的老嬤嬤聞聲趕來，看到滿頭是血的老太君一驚，嚇得險些跌坐在地上，忙高呼道：「來人啊！出人命了！來人啊！」

很快，大理寺獄之中忙慌亂了起來，七手八腳將符老太君往外抬。

有獄卒偷偷摸摸從大理寺獄中跑出來，直直朝著離大理寺獄不遠的陰暗小巷之中跑去，對著被太子親衛護住的車駕行禮後道：「太子殿下，符老太君撞牆了。」

坐在馬車之中的太子摩挲著拇指上佩戴的扳指，唇角勾起：「好……呂大人到了嗎？」

「馬上就到。」

太子這才頷首，推開馬車車門，下了馬車，帶人朝大理寺獄中走去。

太子剛跨上大理寺獄的臺階，就見呂晉急匆匆趕來，腳下步子一頓：「呂大人……」

呂晉忙向太子行禮：「殿下！」

「何故如此匆匆啊？」太子揣著明白裝糊塗，做出一副不解的模樣。

「回殿下，殿下允准符老太君前來探望符將軍，可不知道怎麼回事兒，符老太君竟然在獄中撞牆，下官忙來看看！」呂晉喘著粗氣道。

「什麼?!」太子大驚，忙拎起長衫下擺，急匆匆往裡走去。

呂晉也跟在太子身後，急忙向大理寺獄中走。

此刻，獄卒已經將符老太君挪至外面，大夫也剛到不久，正在替符老太君止血包紮。

太子跨進泛著霉味和潮濕的陰冷大理寺獄中，急匆匆朝符老太君的方向走去，高聲問道：「符老太君怎麼樣了？」

太子陡然拔高的聲音，讓閉著眼的符老太君手指動了動，緩緩睜開眼。

今日符老太君來見符若兮，並非為了勸服符若兮，而是為了此時這一場戲。

符老太君這齣戲的最後一環，便是最後太子和呂晉來的這一場，也只有這一場戲在呂晉面前演好了，她的長子和幼子……還有孫子、兒媳，才罪不至死。

她的兒子被情字所困，被皇后玩弄，那她這個老不死的……就用命來為子孫鋪路，至少能保他們一命。

所以，符老太君硬是撐著那一口氣，睜開眼朝太子伸出手，聲音沙啞細弱：「殿下……」

「老太君！」太子忙疾步過去握住符老太君的手，又問大夫，「符老太君怎麼樣了?」

符若兮單手死死握著獄門，想要往外看，卻怎麼都看不到，痛哭高喊著：「娘！求大夫你救救我娘！救救我娘啊！」

這大夫也不過是民間大夫，哪裡見過太子這樣尊貴的人物，嚇得忙跪下，說話都不利索了：「回……回太子殿下，小民醫術不精，只能止血不敢斷症。」

「快去請黃太醫過來！」太子轉身朝身後的親衛喊道。

那太子府親衛抱拳稱是急匆匆離開之後，呂晉這才上前，見符老太君滿身的血，難掩震驚。

「殿下……」符老太君緊緊握著太子殿下的手，「殿下，老身對不住殿下啊！剛才……在牢中老身已經問清楚了，老身那不孝的兒子……是被中宮皇后，用老身和我符家全家的性命脅迫啊！」

「什麼?!」太子大驚。

呂晉也是變了臉色。

「不敢欺瞞殿下，皇后在嫁入宮中之前，與我兒有婚約，後來皇后設計博得先皇歡心，知道我兒傷心欲絕欲投軍，又假意讓我兒前去鐘家求娶，我兒不肯……皇后大哭大鬧，稱我兒欠她！」

符若兮全身寒毛都豎了起來，他的娘親他再瞭解不過，將此事都說出來，那便是鐵了心要將皇后整死，他高聲喊道：「娘！」

一旁獄卒吸一口氣，若這些事情是真的他們可就聽到了皇家醜聞了，都尋思著要不要趕緊退下避開。

太子對符若兮的呼喊聲故若罔聞，裝作一副吃驚的模樣望著符老太君，餘光卻將呂晉詫異的表情盡收眼底。

「前次，我兒北疆大勝歸來，陛下召見，從陛下書房出來後……皇后身邊婢女碰見我兒，求我兒不要出聲隨她前去救皇后一命！我兒因當年之事對皇后有愧，便去了，誰知……皇后竟然想要我兒帶著安平大軍擁護信王登基！」

呂晉藏在寬闊衣袖中的手收緊，眸色深沉。

「我兒一向忠心大晉，忠心陛下，奉勸皇后莫要如此行事，只要皇后安分守己，念在舊情，我兒便不揭發皇后。」

符老太君淚流滿面，哽咽之後又抬起頭道：「誰知，等陛下身體欠安將朝政交與梁王主理，皇后便派死士給我兒送信，稱她已給老身下毒，且陛下命不久矣，皇后要我兒舉兵回都，擁護信王登基！否則便要我死無葬身之地！」

符老太君聲音憤怒高昂，死死攥著太子的手瞪大眼，哭道：「皇后稱，若是我兒連我的生死都不顧，一心忠君，那她便會與我符家魚死網破，對天下人說，我兒在北疆大勝歸來陛下召見之後，對她用強！腹中之子也是我兒的，讓我符家九族皆滅！何其狠毒啊！」

在牢獄之中的符若兮聽帶到符老太君這話，瞪大了眼，話就在嗓子眼兒裡，卻一個字都說不出來。

說到此處，符老太君聽到符若兮腳下鐵鍊急躁的聲響，恨得雙眸充血。

「娘！求您別說了！」符若兮痛苦道。

符老太君置若罔聞，掙扎要起來，頭上的傷口迸裂，鮮血從細棉布中沁出來，暗紅的鮮血在這陰暗潮濕的牢獄中，宛如細蛇在臉上蜿蜒。

「殿下啊！我兒忠君，卻也是大都城出了名的孝子，不想老身死，更不想連累符家滿門，所以才會給皇后送了「伺機而動」四個字，想要穩住皇后不要對符家下手！他在眾將士都護著殿下的情況下對殿下揮劍，只求能一死！他以為……他死了，皇后就沒辦法利用符家會放過符家！」

符老太君哭出聲來：「殿下細想，我兒若真的是皇后同黨，想要行刺殿下，應當在旁人不在場時出手，方可奪殿下性命，何必在太子府親衛、鎮國公主和安平大營眾將士都在時，向太子揮刀啊？」

「老太君！老太君不要多言了……我們回頭再說！」太子拍了拍董老太君的手。

符老太君搖頭，含淚望著太子：「殿下！我那兒子太孝順……老身就是死，也不能讓自己的性命，成為兒子的拖累！讓他不敢直言實情！可我那孫子和兒媳無辜，還請殿下……一定要救救他們！饒他們一命啊！」

呂晉站在一旁，腦子飛快捋著符老太君所言。

「老太君！老太君放心！您的話……孤都聽進去了！正如您所言……若符將軍真的想要殺孤，不會在眾人都在時動手！符將軍是被皇后所迫，孤定然會保住符家滿門！老太君安心，醫治要緊！」太子說完，又回頭，喊道，「黃太醫還沒來嗎？」

符老太君雙手攥住太子的手，搖頭：「殿下……不必為老身費勁了！老身……老身……」

符老太君撐著將事情說完，已然撐不住，整個人都緩緩軟了下去：「老身……只求太子庇佑，我符家滿……滿門。」說完，符老太君緊緊攥著太子的手就滑了下去。

「老太君！」符老太君身邊的嬤嬤哭喊著跪了下來。

「大夫！快！」太子忙讓開一旁，喊著跪在地上直打哆嗦的大夫。

那大夫忙膝行上前，顫抖的手按住給符老太君脈搏，片刻之後又忙跪地叩首：「殿下……老太君去了！」

「娘！」符若兮驚慌失措，用身體撞著獄門，「娘！放我出去！讓我見我娘！娘！」

符老太君的毒是在太子府服下的，是一種慢性毒藥，為的就是用命栽贓嫁禍皇后。

符老太君知道，自己在這裡的這一番話，符若兮都能聽到，她這是用自己的命去逼著符若兮承認她所說這些事。除非，符若兮重視皇后，重視到可以在他親娘用命為符家兒孫，符家滿門博得出路之後，推翻親娘所說，將自己親娘的名聲……在死後致於汙穢之地。

符老太君是瞭解符若兮的，以符老太君的命，加上符老太君的名聲，還有符家滿門的生路，這分量太重，符若兮……的確不能！

符若兮是個心軟的人，以前他因為婚約對皇后愧疚，如今只會對丟了命的符老太君更愧疚。

「娘！」符若兮跪倒在地，失聲痛哭。

呂晉在心中將事情已經捋順，將符老太君的話……和整件事對起來，前因後果一目了然。

符老太君中毒之事，簡單……可以讓仵作驗屍。

可皇后腹中龍子，攀誣符若兮？這怎麼攀誣？

呂晉若記得沒有錯，符若兮回大都城被皇帝召入宮中是七月二十日，皇后是八月診斷出來懷孕，雖說這是宮中隱秘，可呂晉多少從她夫人那裡聽說了一點……

說是皇后的月信在月末，可到了八月中旬都不曾來，便傳了兩位太醫診脈，一位太醫稱診斷不出，而一直給皇后診脈的胡太醫說是喜脈，但因為懷象不好月份尚淺，所以摸不出來，等月份再大一點就能摸出來了。

難不成……皇后假孕？

「老太君深明大義，孤……必會保全符家！」太子說完，吩咐太子府親衛用自己的車駕，將符老太君送回符府去。

呂晉陪在太子身邊，立在大理寺獄門口，目送太子車駕送符老太君的屍身離開。

今日符老太君會死之事，太子早就知道，可是……如今看著符老太君的屍身被送走，想起符老太君在太子府那一番言語，不免對符老太君心生敬佩！

符老太君有這個勇氣和魄力，同他談條件，迫在眉睫，還能想出這種……隻身赴死，能助他達成所期，又能保全符家滿門的法子，這是多少男子都無法做到的。太子莫名想到了白卿言。

聽到呂晉的咳嗽聲，太子回神，語聲含悲道：「早知，孤便不允准符老太君前來看符將軍了，累得符老太君失了性命！可若符老太君不來，我們怕也不能知道皇后在其中起了什麼作用！」

沒聽到呂晉應聲，太子這才轉頭看向呂晉問：「呂大人，此事你怎麼看？你覺得符老太君所言，是真的嗎？」

「符老太君所言皆可查證，唯獨皇后的身孕……微臣需要符將軍出入宮禁的登記時辰，還有皇后的脈案，與陛下下榻於皇后處的記錄來比對。」

「或許還需要讓信得過的大夫……好好為皇后把把脈，確定皇后懷孕的時辰，甚至是確定皇后是真有孕還是假有孕，呂大人方能下結論。」太子聲音徐徐。

「正是！」呂晉朝太子長揖行禮。

「符將軍出入宮禁的登記冊子，就在孤這裡……」太子負手而立望著呂晉，「回頭，孤讓人給呂大人送來！皇后的脈案……孤也可讓太醫院配合呂大人！還有父皇下榻皇后處的記錄，孤也算是能幫上忙！」

太子眉頭緊皺，歎氣望著腳下大理寺獄燈籠映在地上的光斑：「可唯獨為皇后診脈……皇后是孤的嫡母，孤不能不敬嫡母！」

呂晉知道太子的難處，只道：「或許，等陛下醒來便可詳查此事！」

「也只有如此了！」

說完，太子突然轉身朝呂晉抱拳行禮，嚇得呂晉直接跪下。

「太子殿下，您……您這是何意啊？」呂晉慌得頭都不敢抬。

太子也被呂晉這毫無徵兆，乾脆俐落直挺挺的一跪，嚇了一跳，怔愣片刻，他忙上前去扶呂晉。「呂大人請起！」太子扶起呂晉後又道，「此事關乎皇家顏面，孤只是想請呂大人在查清楚之前，不要宣之於口，隱秘行事，還有剛才的那些獄卒……還請呂大人管束！」

呂晉鬆了一口氣，連連應聲：「這是自然！這是自然！」

「那，此案就拜託呂大人了！」太子朝呂晉頷首之後，走下高階。

太子府親衛牽來馬，太子上馬後，深深看了呂晉一眼。

呂晉忙長揖行禮，直到聽見太子和太子府護衛軍快馬離去，這才不緊不慢起身拍了拍雙膝上的塵土，直起身來。

符家符老太君呂晉可知道，雖是後宅女流之輩，卻是個極有城府和魄力的人物。

今日之事，全都是出自符老太君之口，符若兮倒是未曾開口……

可符老太君一死，死前幾乎算是當著符若兮的面兒指證了皇后，符若兮幾次喚符老太君想要打斷，可都沒有能說出更多。

單憑這一點，呂晉便知道……真相是如何已經不重要，因為從符若兮這個最重要的人證口中說出來的，必定同符老太君一般無二。

因為符若兮，不能對不起符家滿門的性命，不能對不起符老太君的性命，更不能對不起符老太君這一輩子的好名聲。

大理寺獄中，獄卒小跑了出來，行禮後對呂晉道：「大人，符將軍瘋了似的撞牢門，說要見符老太君！」

呂晉抿唇瞇了瞇眼，半晌才道：「去燙一壺酒，準備兩個小菜，我親自去看看符將軍。」

「是！小的這就去準備！」

獄卒退下後，呂晉立在大理寺獄門口遲遲未動。心中歎了口氣，總覺得大都城如今明面不顯，暗地裡卻是風起雲湧。

春桃端著盛了酪漿的小銀盞進來，挑開已經放下的天青色垂帷進來，就見已經拆了髮髻的白卿言披著一頭鴉羽般的長髮，合衣坐在臨窗軟榻上，背靠薑黃色隱囊，手握鎮國王白威霆曾批註過的兵書詳讀，膝蓋上搭著個薄薄的細絨毯子。

春桃邁著碎步上前，將小銀盞和銀製調羹擱在白卿言面前，柔聲道：「大姑娘累了這麼些日子，好不容易回了大都城，早些歇下吧！」

「眼下怕還歇不了。」白卿言端起手邊熱茶抿了一口，抬眸看向同樣神容憔悴的春桃，「你去歇著吧，不用在這裡伺候了。」

「奴婢在這裡陪大姑娘。」春桃隨手把黑漆托盤放在一旁，動作俐落將留了條縫隙的窗櫺關上，又去挑燈芯，怕燈光太暗傷了白卿言的眼睛。

白卿言將書擱在膝蓋上，對忙的和陀螺般的春桃道：「你若是累倒了……誰來照顧我起居，我再看一會兒就睡，今夜不用人在這裡守夜，聽話！」

春桃還想再辯，可正如大姑娘所言，要是她倒下了誰照顧大姑娘起居，佟嬤嬤又不在。

春桃點了點頭，對白卿言行禮退下。

子時剛到，白卿言便聽到窗外傳來極為輕微的動靜，她合書，抬手將窗櫺推開了些。

室內黃澄澄的光線，從窗櫺內透出來，暗衛忙跪下，道：「主子，符老太君在大理寺獄中，撞牆身亡，死前見過了太子和大理寺卿呂晉，呂晉大人下令讓大理寺獄卒將符老太君死前所言藏在腹中，又下令今夜值夜的所有獄卒即日起不許離開大理寺獄，屬下無法詳探。而今……隨符若兮從安平大營回大都的眾將領，皆已經被請入大理寺中。」

白卿言擱在膝上的手微微收緊，心沉了下來，安平大營眾將領被請入大理寺不足為奇，呂晉要詳查此案，必要招他們前去詢問。

可她實在是沒有料到，符老太君……會撞牆身亡。符老太君並非是那種遇事撐不住，或者能以性命要脅符若兮的人，那麼……符老太君便是在用命做局，救符家滿門。

白卿言閉了閉眼，符老太君在太子和呂晉面前說了什麼白卿言不知道。

可白卿言能猜到，不論符老太君與太子和呂晉說了什麼，皇后此次怕是要無翻身之地了。

皇后找上符若兮，連累符家滿門，符老太君既然要死……定是要拖上皇后的，也只有拖上皇后……太子才會出手相助。

白卿言相信，以符老太君的睿智，定然已經當著眾人的面，逼著太子不得不許諾保住符家滿門了吧！

符家多年雖然算不上是大都城鼎盛的簪纓世家，可也是世代都有將才，世代忠於晉國，後來出了一個符若兮……旁人都說是符家祖上積德，能夠光大符家之人！

沒想到卻深陷情字，險些害了符家滿門。

符老太君為了子孫，已經拼盡全力了！之所以，符老太君不得不用自己的命為太子的目的布局，是因符老太君見過太子之後就會知道，太子和皇帝都是一樣的。

他們這樣的人，即便是符家表了忠心，可這忠心之人若是不能為他肝腦塗地拿命鋪路，他也是不會耗費一絲精力去保符家的，所以她只能在相助太子的謀劃中，為符家搏生機。

白卿言用力攥住蓋在腿上的絨毯，這才穩住聲音，道：「知道了，將這個消息傳到信王耳中去。」

暗衛應聲稱是，燭火一晃，便消失在了廊廡之下。

她看著琉璃罩子裡搖曳的朦朧燭火，想起符若兮來，不知道……符若兮親眼看著母親自盡在他的眼前，他還能否如從前那般護著皇后。

她刻意讓人將這個消息傳到信王耳朵中，皇后定然會坐不住，此時……太子回大都，皇后和信王本就處於下風，皇后最擔心的便是符若兮將事情合盤托出，說不準會派人去了結符若兮。

而信王……只會加緊催促他的舅父鐘邵仲聯繫舊部。

如此，大都城的這一鍋水，才算是真的煮沸了。

白卿言將書放在手邊的黑漆小几上，疲憊掐了掐眉心。

卯時，天剛將將透出一絲光亮，皎皎明月還在高空之中懸著，星辰疏疏朗朗綴在空中，隨著春桃一聲大姑娘起了，春暉園上房的燈全都亮了。

彎腰立在廊廡之下的婢女捧著銅盆、帕子、熱水、痰盂魚貫而入。

婢女將垂帷拉開，用纏枝鎏金銅鉤勾在兩側。

春桃試了試冒著熱氣的水溫，命婢子再兑些涼水，這才疾步穿過垂帷動作輕柔將帳子掛在床榻兩側，見白卿言起身，又忙蹲跪下身子為白卿言穿鞋。

「今兒個一早，符府送來信，說符老太君過身了。」春桃低聲道。

這事情，白卿言昨晚就知道了。

白卿言站起身，接過婢女送來的漱口水：「祖母那邊兒知道了嗎？」

「二夫人剛才親自去長壽院伺候大長公主起身，應當會說。」春桃接過婢女遞來的帕子，見白卿言掩著唇吐了漱口水，忙將帕子遞上去，「二夫人說，昨夜便有人家得到了消息，大都城清貴人家都遣人出去打探，有誰家要去弔唁，有幾家子打探到了咱們府上。」

白卿言覺著，二夫人劉氏眼下約莫也是拿不定注意，才去大長公主那裡求主意去了。

白卿言將手浸入銅盆之中，彎腰淨面，問：「二夫人給府上管事透露準話了嗎？」

春桃從方盤裡拿起帕子，送到白卿言手邊，搖頭：「好像暫時還沒有。」

白卿言頷首：「我去祖母那裡用膳。」

春桃稱是，替坐在妝奩前的白卿言梳頭。

二夫人劉氏此時亦正在長壽院伺候大長公主洗漱，見蔣嬤嬤正替大長公主梳頭，劉氏接過婢女送來的參茶遞與大長公主：「大嫂不在，這事兒媳沒經過，兒媳本意是想去弔唁，可都說符若兮此次對太子揮刀，符家難逃大難，再加上……當初咱們白家辦喪事，也不見符家來弔唁，兒媳心中總是有些不痛快，所以才來煩勞母親。」

二夫人劉氏一向是一個風風火火敢愛敢恨的性子，當初符家未曾來，此次……符家喪事她是不想去的！但……一想到符家恐怕也少有人前去弔唁，二夫人便回想到自家，又難免覺得不忍。

滿頭銀絲的大長公主坐在雕花鏤空的黃花梨木銅鏡前，垂眸飲了一口參茶，抬頭透過銅鏡看著立在身後眉頭緊皺的劉氏，笑道：「母親知道你是個心善的！想到咱們家大喪符家當初未遣人來心裡有氣，可想起咱們家那時辦喪事的冷清情景，又感同身受。」

劉氏點頭：「母親說的正是。」

大長公主眼底笑意更濃，對蔣嬤嬤道：「你瞧瞧……旁人家此時是在權衡利弊，我這兒媳婦兒，顧的是自家感受。」

劉氏不是一個愛耍心眼子的，聽大長公主這麼一說，以為去了對白家不利，攥緊了手中絲帕，忙問：「母親，是不是此時去了，對我白家不利？」

「那倒不至於，你也別焦心了！如今阿寶在外人的眼裡已經歸入太子門下，一會兒你遣人去問問阿寶，去或不去會不會對阿寶有什麼影響也就是了！」大長公主道。

劉氏鬆了一口氣，也不拿架子，頷首：「成，那兒媳一會兒去問問阿寶。」劉氏話音剛落，就聽外間婢女稟報，說大姑娘過來了。蔣嬤嬤也替大長公主將頭髮梳好，笑著將翠玉梳子放下，道：「剛說到大姐兒，大姐兒就來了。」

「阿寶這麼早過來，怕是沒用膳，讓人傳膳吧！」大長公主扶著蔣嬤嬤的手臂起身道。

「哎！兒媳這就去讓人傳膳。」劉氏笑著從上房退了出來。

劉氏打簾從上房出來時，白卿言剛剛跨上臺階，朝劉氏行禮：「二嬸兒。」

「你祖母已經起了！」劉氏吩咐立在廊下的青書去傳膳，同白卿言一同進了上房，這才開口，「阿寶，你說這符家派人來傳了喪訊，咱們家去是不去？」

白卿言腳下步子一頓，轉頭望著劉氏，道：「阿寶以為，二嬸不必介懷當初符家也如大都城旁的人家一樣……不曾早來弔唁。白家家風向來清正，至少要在百姓眼裡……白家是寧天下人負我，我不負天下人的！」

早先白家還未曾舉家遷回朔陽之時，白卿言有意將白家盛名推至頂峰，便曾有此言，所以……不論是論情，論理，或者是……論利弊，白家都應當去。

劉氏點了點頭：「那行，一會兒我親自去一趟。」

「我同二嬸一同前往。」白卿言說著便同劉氏繞過屏風進來，朝大長公主行禮。

大長公主看著睡了一夜，比昨日看起來精神好了不少的白卿言，問：「你護太子一路回來，累了這些日子，怎麼不多睡一會兒？」

「想著來給祖母請安後，去符家弔唁符老太君，符老太君……是位女中豪傑，孫女兒真心敬佩。」白卿言道。

大長公主聽到白卿言這話，唇瓣微張有片刻失神。

昨日，符老太君來見過白卿言之後去了太子府，再後來符老太君便傳來在牢中的死訊，大長公主又怎麼會猜不出，或許符老太君是同太子達成了什麼交易，捨命保符家滿門安危。

今日白卿言如此說，大長公主便更能肯定。

符老太君為了符家滿門，捨命……而她自己，則算是眼睜睜看著自家兒孫喪命南疆。

大長公主眼眶陡然一紅，人也露出些許萎靡之態，視線朝著白卿言看去，心裡揣測她的孫女兒是否還在怪她。

但，見白卿言目光澄澈清明，便知是她想多了。

約莫是於心有愧，所以才會時時想起吧，大長公主將手邊熱茶放在一旁，點了點頭：「只要不影響太子對你的看法，用過早膳之後，你同你二嬸但去無妨。」

很快白錦瑟和盧姑娘也前來長壽院請安，一杯茶的功夫，早膳便擺在了外間圓桌上。

盧寧嬅每日都起的早，已經用過早膳，而白錦瑟想著要向盧姑娘請教幾個昨日醫書上看不懂的問題，便隨盧寧嬅一同離開。

大長公主並非那種喜歡磋磨兒媳婦的婆母，這些年也從未叫哪個兒媳婦在跟前立規矩伺候過早膳，便讓劉氏一同坐下用膳。

用膳時，劉氏不知怎麼說到了白卿言的大舅父，鴻臚寺卿董清平的家事來。

「九月初，這董家的庶女剛剛同符家長房那個嫡長子訂了親，交換了庚帖，我聽黃家夫人說八字合出來是極好的，如今符家出了如此大的事情，也不知道董家會不會為女兒退了這門親事……」

此事，白卿言還未曾聽說，若說九月初兩家交換了庚帖，那時因著白卿言陪在太子身邊，同白錦繡的消息斷了，那昨日她回來……錦繡為何沒有將此事告知於她？

她想到自己昨日剛回來沒得一刻清閒，應當是錦繡心疼她所以有些事便未同她說。

但，符若兮的兄長只有一個嫡子，且怎麼說也是符家的長子嫡孫，大都城有過嫡次子娶庶女為妻的先例，但還從未有過嫡長子娶庶女為妻的，就連續弦也沒有。

見白卿言抬起頭來，眼神錯愕，劉氏忙道：「這事兒阿寶還不知道吧？說來……這不算是光彩的事，事關董家女孩子的名聲，想來錦繡昨日也未曾對你提起。」

大長公主點了點頭，用帕子沾了沾嘴，對白卿言道：「你舅父家那個庶女董葶芳落水，被符家長房的嫡子所救，後來……約莫是為著姑娘家的清譽，所以兩家訂了親，已經交換庚帖了。」

大長公主的話點到即止，白卿言也聽明白了是什麼意思。

見大長公主起了話頭，從別家夫人那裡聽來些隱秘消息的二夫人劉氏，頓時憋不住話，朝著白卿言的方向湊了湊，便壓低聲音道：「話雖然是這麼說，可我聽旁的夫人都說，這董家姑娘回去後，一條白綾脖子就套進去了，說是被符家嫡子抱了，為保董家其他姑娘清白，但求一死，後來董夫人宋氏沒辦法了……這才請兵部侍郎沈家夫人去符家說親的！」

大長公主清了清嗓子，可劉氏正說在興頭上，眉飛色舞的。

「還有人說，符家長房這嫡子都已經在和親舅舅家的表妹議親了，出了這事兒……沒辦法硬是推了這門親上加親的親事！有人說，董家庶女的心機太重，這董家的這位庶女一向同符家長房嫡子正議親的表妹親近，定然是動了符家長房嫡子的心思，設局落水，又以死相逼……逼得嫡母不得不捨下臉面去同符家說親，不過也有說……這董家庶女是個貞烈的！」

「二夫人……」蔣嬤嬤笑著上前給劉氏盛了一碗粥，笑道，「夫人，再不用，就涼了。」

劉氏這才回神，小心翼翼看了眼皺眉的大長公主，用帕子壓了壓唇角，尷尬道：「總之……這說好的少，說壞的多！阿寶你還未嫁……多留些心，今日若是見了那庶女，面子上過得去就行了，免得被連累聲譽。」

「阿寶記下了，多謝二嬸兒提點。」白卿言對劉氏頷首。

劉氏也不敢應聲，垂眸喝粥，心裡暗歎自己怎麼總是管不住這嘴。

用完早膳，劉氏換了一身素淨衣裳，稍作休整，於巳時，同白卿言和白錦瑟一道出門，前往符府。

符府門前已經換上了寫著奠字的白綢燈籠，朱門敞開，白縞素絹掛在符府高翹的房檐、長廊和門前，隨風飄搖。滿府的下人已經換上了白色衣裳。立在朱門外候客的下人們許是知道，今日必不會有賓客上門，神色多有懶怠。

如今符家的主子正跪在符老太君的靈柩兩側，或哀戚慟哭，或嚎啕失聲，有的為符老太君哭，有的……為自己前路生死未卜而哭。

符若兮的長嫂更是緊緊攥著心口的衣裳，哭著對符若兮的妻室羅氏謾罵。

都說夫妻一體，符若兮做下的事情連累滿門，羅氏一聲不吭替符若兮受著，只是將懷裡還在因為失去祖母痛哭的幼子雙耳捂住，垂著通紅的眸子，對兒子笑了笑，試圖安撫兒子，可眼淚卻止不住。

老遠，符家門房下人看到有青帷馬車緩緩而來，待看清楚來的是白家車駕，忙遣人進去同主子稟報，說是白家來人了。

靈堂裡謾罵聲和哭聲頓時止住，羅氏脊背挺直朝著門口的方向望去，下人說是白家人來了，不知道鎮國公主來了沒有。

昨夜符老太君的屍身送回來之前，符老太君的貼身侍婢曾回來給羅氏送過口信，讓羅氏要相信鎮國公主。除此之外，一句多餘的話也沒有說。

後來，符老太君的屍身被送回來，伺候了符老太君多年的婢女大吃一驚，對羅氏叩首，稱自己無父無母是符老太君養大的，如今符老太君去了，她也要跟著去……

若非羅氏身邊婢女眼疾手快，符老太君的貼身侍婢此時怕也是一具屍體了。

很快，羅氏就見身著素衣的白家二夫人劉氏，身後跟著鎮國公主白卿言，還有白家七姑娘白錦瑟一同進來。羅氏眼淚頓時嘩啦啦如同斷線一般，心中百般滋味。

當初，白家蒙難之時，婆母符老太君原本想前去弔唁，是她和大嫂一同設法攔住了符老太君，滿大都城的清貴人家都不曾前去弔唁，他們湊上前……被陛下知道了，怕給遠在安平大營的符若兮帶去災禍。

可如今，符若兮對太子揮刀，罪責定然是無法免逃，符家也落得無人敢前來弔唁的下場，就連符老太君的母家侄子都不敢來，可白家人竟然來了。羅氏難過，又愧疚。

「是鎮國公主！」符若兮的兄長挺直脊梁，垂眸跪在那裡低聲道，「都跪好！」

鎮國公主四個字，讓符家其他人如臨大敵……

符若兮長嫂剛才還氣場十足怒罵羅氏，此刻喉頭翻滾，跪在一旁，連哭也不敢哭出聲來。

滿大都城的人誰不知道，鎮國公主已入太子門下，此次符若兮對太子揮刀險些要了太子的性命，便是鎮國公主斷了符若兮一條手臂，救下太子的。

可一轉念，符大夫人想到自己的嫡長子已經和鎮國公主的表妹訂親，忙扯了扯自己兒子的衣袖，示意兒子一會兒和鎮國公主說說話，希望鎮國公主念在表妹與自家兒子議親的分兒上，跟太子說說情，不求保全符家……只求不要連累他們長房。

畢竟符家已經分家，長房分了出去，符若兮做下的事情，他們二房自己擔著就是了。

長房嫡子眉頭緊皺，一副不樂意的模樣，低著頭裝作沒有感覺到，將身子往一旁挪了挪。

符家長房的夫人還想去拉兒子，就見二夫人劉氏已經跨入門檻，只能先同賓客行禮。

劉氏上了香，用帕子沾了沾眼睛，同符家長房的夫人和符若兮的夫人羅氏寒暄了兩句節哀，便被符家三夫人請到後面去喝茶。

白卿言上過香，注視著符老太君的牌位，誠心鞠了三躬。

她指點符老太君去找太子時，的確沒有想過符老太君會走到這一步。

見白卿言行禮之後要走，符家長房夫人忙站起身喚了一聲：「鎮國公主！」

白卿言轉頭看向符家長房夫人。

符家長房夫人起身想拽自己兒子起來，她兒子眉頭緊皺撤回自己的胳膊，朝正在上香行禮的白錦瑟還禮，絲毫不給母親留面子。

符家長房夫人尷尬笑了笑道：「這是我們符家長房的嫡子，與鎮國公主的表妹……鴻臚寺卿董大人之女訂了親，也算是鎮國公主的妹婿了。」

白卿言看了眼垂眸紅著眼眶，真心傷心的符家長房嫡子，點了點頭，隨符家三夫人前去弔唁賓客的歇息處。

符若兮的兄長是男子，不方便送白卿言去後面歇息，本指望著自己媳婦兒去，卻見自己媳婦兒只顧著壓低了聲音訓兒子，眉頭一緊，不吭聲跪在一旁。

符若兮之妻羅氏，望著白卿言的背影，等白錦瑟上了香還禮之後，見再無人登門，藉口要去更衣起身，去找白卿言。

劉氏端起茶杯，眼瞅著冷冷清清的符家，想起白家辦喪事時只有董家上門之事，歎了一口氣，不免在心中感慨世態炎涼。

符家辦喪事，竟是門可羅雀，清靜的讓人心裡不是滋味。

劉氏還聽說，護送太子回大都城的安平大營眾將領，昨夜都被請入了大理寺，想來那些將領還在大理寺未曾出來，否則符家也不會如此冷清。

他們白家多虧了世代忠義的盛名顯赫，鴻儒關雍崇和崔石岩老先生都登門弔唁，後來也是因為白家還有大長公主在，有阿寶在，白家這才沒有倒下。

但符家此次，能逃過滿門抄斬都是幸事，也難怪沒人登門了。

劉氏想著約莫再過一會兒董家就要來人了，董家和白家是姻親關係，和符家……雖然還未過門，交換了庚帖也算是姻親吧，定然會來的。

想到這裡，劉氏看向正徐徐往茶杯中吹氣的白卿言，只希望白卿言離她那個表妹遠著一些，別沒得被她那庶表妹累得壞了名聲，他們阿寶還沒成親呢！

雖說阿寶子嗣艱難，可誰說艱難就一定沒有呢？她還想著好好給阿寶說一門好親事，讓那些拿阿寶子嗣艱難說嘴的人，都消停了。

劉氏喝了口熱茶，剛放下茶杯，就見一身孝服的符若兮之妻羅氏跨進門檻，同劉氏頷首之後，對白卿言行禮：「鎮國公主，可否借一步說話？」

「符夫人……」劉氏忙起身走過來，將白卿言護在身後，笑盈盈道，「不知符夫人有何事？」

劉氏這是怕羅氏用符老太君的死扮可憐，求白卿言幫忙為符若兮求情，再弄出什麼白卿言不答應就不起來的事情，這不是讓白卿言為難！

所以，劉氏乾脆起身替白卿言擋了，絕了羅氏求情的可能。

白卿言知道劉氏這是護著她，起身扯了扯劉氏的衣袖：「二嬸兒，沒事兒的！」

劉氏聞言，倒也不裝著笑臉了，只同羅氏道：「符夫人，符老太君過身之事，還請節哀，但……也請符夫人不要難為我們大姐兒一個孩子，她雖說是鎮國公主，但也只是一個名號罷了，不是真的皇家公主，說的話也沒什麼分量。」

羅氏忙朝著劉氏行禮：「白二夫人放心，今日白家能登門弔唁，符家上下銘感於內，又怎能再厚顏無恥，難為鎮國公主。」

有羅氏的保證，劉氏這才讓開身，叮囑白卿言少說幾句就回來。

白卿言頷首，隨符若兮的妻室羅氏來到偏僻處。

羅氏一到偏僻處，便跪在白卿言面前，淚流滿面：「鎮國公主，昨日我婆母屍身送回來之前，曾讓忠僕送口信回來，只說讓我信鎮國公主，之後婆母便去了。如今夫君關在大理寺獄中，昨天夜裡……聽說呂大人未從夫君口中得到供狀，便將跟著夫君回來的安平大營眾將領也請入了大理寺，我是六神無主，不知道該怎麼辦，求鎮國公主告知，如今我能做些什麼！」

「符夫人快快請起！」白卿言將羅氏扶起身，「符夫人如今什麼都不用做，好好替符老太君辦好喪事便是了，太子定會護住符家諸人，你安心。」

羅氏忍著心痛點頭，泣不成聲：「謝鎮國公主！謝鎮國公主……」

前頭符若兮的嫂子見羅氏不見蹤跡，猜到羅氏定然是去找白卿言求情，心裡頓時火冒三丈，羅氏還真是好大的臉，算起來……那鎮國公主和他們長房才是親戚，羅氏竟然搶在她的前頭去找鎮國公主求情。

這可不行！符若兮的死活她管不上，可一定要保住他們長房！

符大夫人怕羅氏利用他們長房和鎮國公主那點子親戚情分……求鎮國公主保住符若兮，萬一太子不允，他們長房怎麼辦？她得快點兒去找鎮國公主，為長房求情才是！

否則，長房怕是得隨符家這艘船一起沉了。

怎麼說長房和符若兮的二房已經分家，鎮國公主願意搭把手，還是能救一救長房的。

長房符大夫人正要起身，就聽外面稟報，董家前來弔唁。

符大夫人心中一喜，伸長了脖子往外看，果然看到鴻臚寺卿董大人帶著家眷來了。

董大人可是鎮國公主的舅舅，那董夫人宋氏是鎮國公主的舅母，一會兒她親自帶宋氏去後面喝茶，便可順理成章同鎮國公主搭上話，也好叫鎮國公主知道……他們長房才是董家的姻親，要求情照顧……也應當是照顧他們長房才是。

董清平上了香，符家諸人還禮之後，符若兮的兄長起身親自引董大人往後堂男客喝茶歇息處走，難免與董清平感慨世態炎涼，又不斷向董清平和鎮國公主致謝，感謝他們能在符家處於風口浪尖的當口，來符家弔唁老太君。

白卿言也來了符家，全然在董清平意料之中，白家家風歷來耿直如此。且今日，董清平叮囑了宋氏，見到白卿言無論如何都要邀白卿言去董府一趟，他還有要事要同白卿言說。

等宋氏帶著董葶妤上完香，與符大夫人和符三夫人道了節哀，符大夫人就連忙拽著自己兒子給宋氏請安。

見自己兒子繃著臉不情不願的模樣，符大夫人忙請宋氏往後面女客歇息處走。

因著沒見董葶芳，符大夫人特意問了一句：「葶芳怎麼沒來，鎮國公主和白家二夫人還有七姑娘也都來了，我原還想著葶芳許久不見鎮國公主，這次見了能好好說說話呢。」

宋氏心裡知道符大夫人那點子心眼，臉色略有些難看，笑了笑道：「葶芳三天前就病了，今兒個沒見好轉反倒更嚴重了，便不曾帶過來，還請符大夫人見諒。」

符大夫人對這位原本十分不滿意的兒媳婦兒，倒是關心了起來：「最近大都城這天兒晨起和夜裡風涼，晌午熱，葶芳體質本就弱，應當小心著點兒才是。」

宋氏點頭：「符大夫人說的正是呢。」

符大夫人帶著宋氏過來時，白卿言已經回來，見宋氏進門起身行禮：「舅母……」

按理說，宋氏見了白卿言論尊卑應當先行禮，可見白卿言對宋氏如此尊重，符大夫人那點心眼子又活泛了起來：「鎮國公主和董夫人如此親近，又重視姐妹關係，等葶芳過了門，鎮國公主大可將我們符家長房當做自己家，常來常往才好啊！」

白卿言含蓄地笑而不答，董葶妤上前朝白卿言行禮：「表姐。」

「董夫人……」白二夫人劉氏上前，同董夫人宋氏見禮，「許久不見。」

宋氏笑著同劉氏還禮：「是許久不見了！」說完，宋氏扭頭對還出杵在這裡的符大夫人道：「符大夫人今日事忙不用如此客氣招呼我們，我們自己在這裡坐坐說說話也就是了。」

符大夫人視線不住朝白卿言望去，見也沒有旁人，便朝著白卿言的方向跪了下來，雙眸含淚：「鎮國公主，我知道鎮國公主是太子面前的紅人，此次符若兮對太子揮刀罪無可恕，可我們長房早已經分家分出去了，還請鎮國公主念在我們與董家是姻親的分兒上，向太子求求情，符若兮做下的孽和我們長房無關，求太子殿下饒過我們長房啊！」

宋氏被嚇了一跳，劉氏當機立斷擋在了白卿言的面前，說是扶……幾乎是將符大夫人給扯了起來，皮笑肉不笑道：「符大夫人，這萬事都有理有法，我們家大姐兒雖說與太子算得上是表兄妹，此次護太子乃是護國本，為國盡忠，國事政事之上是萬萬插不上嘴的！符大夫人與其在這裡求我們大姐兒，不如去求太子殿下更合適！」

「是啊！」宋氏也被符大夫人這突如其來的舉動弄得尷尬的不行，拽著白卿言的細腕，將人護在她的身後，笑著道，「鎮國公主怎麼說也只是一個女兒家，晉國萬事有國法，哪輪得到鎮國公主在太子面前置喙，符大夫人還是莫要難為小姑娘了！再說了……符大夫人也說了，長房已經分了家，大理寺卿呂大人斷案又怎麼會不詳查？符大夫人總不至於覺得呂大人會斷案不公，刻意為難符家長房吧？」

原還指望著宋夫人替長房說話的符大夫人怔愣片刻，見白卿言被宋氏和劉氏扎扎實實擋在後面，只能低低應了一聲，轉身去了靈堂。

舅母宋氏和二嬸兒劉氏都護著她，白卿言眼底笑意越發深：「舅母和二嬸兒不必這般護著的，符大夫人我還是能應付的。」

宋氏轉頭攥著白卿言的手，上下打量了一番，又拉著白卿言坐下：「昨日你回來你舅舅本就讓我去白府看你，可舅母想著你剛回來得好好歇息歇息便沒有過去，可看你這樣子是還沒緩過來，眼下烏青烏青的。」

「是表姐生得太白皙，所以這烏青才明顯了些！」董葶好低聲道。

宋氏摸著白卿言的手，眸中含笑帶悲，卻什麼都不曾說，董長瀾身死的消息傳入大都，因著怕影響董長元明年二月的春闈應試，董清平和宋氏勒令董家上下不許談論此事。

董葶芳和符家嫡子的事情鬧得人盡皆知，如今人人都戳董家的脊梁骨，董葶芳懸梁自盡以正清白，在旁人眼裡就更是心計深沉了。

宋氏身為嫡母，雖然不曾用心教導，但也不能眼睜睜看著董家姑娘蒙冤，連累自己的嫡出女兒董葶珍和董葶蘭，只能屈尊解釋……卻成了為董家遮掩。

董家自從董葶珍和梁王的事情險些鬧到不可收拾之後，便一事接著一事，宋氏也是疲憊不已。

符家辦喪事，大都城除了白家和董家來了人略坐了坐之外，符若兮夫人羅氏的母家兄弟也趕在下午來了一趟，符家人也算是真正體會到了，何為人情冷暖。

符大夫人一心只顧著保全長房，想同鎮國公主攀交情。

符家二夫人羅氏，是真的為婆母過世傷懷。

可她又不知該如何同婆母那般堅強，撐起這個家，滿心憂傷。

這會兒，羅氏還能跪在靈堂裡，完全是為了自己的兩個孩子，在硬撐著。

白卿言不知若是符老太君在天有靈，看到這樣的場景，心中該有多難受。

她也慶幸，白家出事之後，白家上下一心，這才共同渡過大難。

宋氏得了丈夫董清平的吩咐，今日務必要將白卿言請到董府，這不剛從符家出來，宋氏便請二夫人劉氏和白卿言，還有七姑娘白錦瑟一同去董府坐坐。

劉氏念著白卿言與舅舅太久未見，便應下，笑著稱前去叨擾。

宋氏拉著白卿言同她上了一架馬車，同白卿言說是董清平要她過府去有要事要同她說，又問了董長瀾的喪事，問了登州大戰，和董老太君的身體，最後才問起自己在朔陽的親生女兒董葶珍，是否給白卿言添了麻煩。

「舅母放心，葶珍一向懂事，且我母親有葶珍陪伴，日日心情都好，所以還想同舅舅、舅母再說一聲，能否讓葶珍多留些日子。」白卿言笑道。

「好！都好！葶珍在你母親身邊，我放心的很！只要她不給你們添麻煩就好……」宋氏輕撫著白卿言細如玉管的手，摸到白卿言掌心的厚繭，又難免心疼。

可宋氏知道如今白家得靠白卿言撐著，讓白卿言歇歇這樣安慰又無用的話，她便沒有說出口，只輕輕拍了拍白卿言的手背。

「舅母，葶芳之事……是否有什麼誤會？」白卿言試探問。

「都說董家庶女心計深沉，葶芳雖然不是自幼在我膝下長大的，也的確是心思深，但卻是斷斷不敢做出此等事情的，符家大夫人娘家的那個侄女與葶芳一向要好，她不願意嫁給符家長房的嫡子，這才有了這麼一齣！」宋氏提到此事心裡就不痛快，「這下倒好，倒成了咱們家的姑娘不知廉恥了！葶芳前些日子，去參加菊花宴，被人冷嘲熱諷，連帶著葶蘭都受了冷待，也幸虧葶蘭年紀還小，頭日回來哭了一場，隔日也就忘了……」董葶芳並非是宋氏肚子裡爬出來的，可作為嫡母，宋氏是相當和善的，從來沒用過什麼陰私手段折磨庶女。

真正讓宋氏生氣心疼的，是她的嫡女董葶珍和董葶蘭……都要被此事連累，以後說親定會被人拿此事出來說嘴，氣得宋氏不知道扯爛了幾條帕子，偏偏董葶芳尋死覓活，她還不好重罰。

「舅母，葶芳是一直都不想嫁，還是符家出了事之後，才不想嫁的？」白卿言問。

白卿言琢磨著，董葶芳和符家長房嫡子被設計，或是董葶芳順水推舟而為……

總要弄清楚了董葶芳心裡到底如何想的，才能知道如何妥當處理此事。如今登州董家上至外祖母下至長瀾、長茂，皆為將來大局謀劃，白卿言也願盡己所能……為董家排憂解難。

若董葶芳真的非符家長房嫡子不嫁，白卿言也願意出面在太子面前保一保符家長房，給符家長房足夠的面子，將來董葶芳嫁過去腰杆子也能硬一些，女兒過得好……舅舅便能更放心一些。

白卿言這麼一說宋氏就明白了白卿言的意思，她捏了捏白卿言的手，搖頭道：「葶芳要嫁過去，就不能由始至終都不想嫁！董家要想不被人戳脊梁骨，葶芳就不能想嫁！」

白卿言點了點頭，原來舅母心中全都明白，不過是……想方設法的全董家顏面，便要連自己也哄得相信董葶芳是被設計的。

那麼如今，符家蒙難……董葶芳約莫是不想嫁到符家長房去了吧。

「舅舅和舅母心中有章程，我便不多言了。」白卿言對宋氏笑道。

宋氏點了點頭：「你舅舅的意思，是既然已經同符家長房訂了親，便不能在符家蒙難之時退親，如此才能挽回董家女兒家的名聲，將來你葶珍妹妹和葶蘭妹妹議親，才不會受影響。自然了……若是此次符家長房也受連累，人在……這親事就還在，若人不在了，親事作罷旁人也說嘴不到董家頭上，就端看符家長房的造化了！」

宋氏這等於是同白卿言交底了，董清平和宋氏早有應對，也是在點白卿言不必為了董家真的去向太子求情。

董葶芳自己選的路，要自己走下去，就如同當初董葶珍……她若是真的想要同梁王走到一起，董家也就當沒有她這個女兒了，嫡女尚且如此，更遑論庶女。

關於登州的事情，既然舅舅董清嶽和外祖母董老太君，未曾在信中同大舅舅董清平明說直言長瀾未死，白卿言也沒提起。

一到董府，董清平便讓人將白卿言請到書房來，陪他下棋，問起登州的事情。

董清平因為侄子董長瀾驟然離世的事情，鬢邊多了些許銀絲，將手中棋子落下之後，道：「接到消息長瀾出事，你祖母在信中吩咐不讓回去，說怕長元知道，影響長元明年春闈。」

登州戰報傳來後，董清平就將董長元拘在家裡不許出門，讓其苦讀……下人的嘴巴也都讓閉緊，誰都不許告訴董長元登州之事，所以到現在董長元還被蒙在鼓裡。

「舅舅，長瀾的媳婦兒容姐兒已經有了身孕，舅舅不必太過傷懷。」白卿言垂眸落子。

董清平視線落在門外的長隨身上，吩咐長隨去更換一壺熱茶。

待人走之後，董清平才同白卿言壓低聲音道：「我聽吏部尚書說，在皇帝墜馬昏迷之前，曾與他密談，有意藉左相李茂曾與二皇子謀逆之事，廢除左右丞相之位，將呂相晉升為太子太傅，仿效魏國，設立內閣，加強集權、皇權，後來李茂那封信被證實是偽造的，但……皇帝遲遲沒有讓李茂回朝，再後來……便發生了皇帝墜馬之事。」

白卿言眉頭一挑，倒是沒有想到沉迷丹藥和女色的皇帝，竟然還有心思辦正事。

皇帝有意仿效魏國，廢丞相位，而設立內閣，這對晉廷上下可是一個不小的變動。

她還記得上一世，到皇帝駕崩也沒有廢除丞相之位。

從古至今，皇帝一旦欲加強集權、皇權，就是要變法變革，即便不是變法變革……也定是要做大事。

可這位皇帝如今年邁昏聵，沉迷追求長生不老……難不成是想要為後來者鋪路？

至於舅舅所說皇帝墜馬之事，她一直對這件事心存疑惑，但因為宮內無人，並不知曉皇帝墜馬的詳情。

「在左相與二皇子親筆書信被御史呈上去之前，朝中可是發生了什麼事，才讓皇帝意圖廢除丞相之位？」白卿言又問。

白錦繡畢竟不在朝中，知道的事相當有限，但董清平不同，董清平是朝臣，自然清楚一些。

董清平對白卿言政事的敏銳度極為讚賞，他點了點頭道：「皇帝要為那位國師……建九重台，祈求國運昌隆，朝中眾臣皆附和，稱皇帝英明，唯獨呂相勸阻，且勸阻的十分委婉，言語上也未曾有過激或冒犯，只稱如今晉國國庫吃緊，當以百姓生計和邊塞將士的糧草輜重為主，皇帝已經修葺行宮，耗資巨大，可以再緩幾年修九重台，否則當下就動土……怕是要惹得民怨沸騰。後來太史丞觀天象……請即刻建九重台，被呂相同御史台參了一本，指其收受賄賂。」

果然……皇帝不會平白無故的要廢丞相位，沒有了祖父白威霆，皇帝日漸本性顯現，愈發不耐煩有人勸阻妨礙他的事，撤丞相位設內閣，加強集權，進一步加強皇權，並非為了變法變革，更不是為他日登位之新君鋪路，皇帝這是要晉國天下萬事……他一人說了算，不再被人掣肘。

他要晉國上下不敢有人再忤逆他，凡他所命……無人敢不從。

呂相此人十分圓滑，最擅長便是明哲保身，可呂相心中仍有底線，並非不管不顧……只一味逢迎皇帝，討皇帝開心為先，所以勸阻之言定然是將皇帝放在了第一位，可即便如此皇帝還是容不下了。如今的皇帝，愈發的不知收斂了。

她抿了抿唇，想到天師，她便想到梁王。

天師是從梁王府出去的，但少有人知……這位天師是被李茂之子，李明瑞尋得的。

白卿言想起之前白錦繡同她說，御史參奏李茂與當年二皇子謀逆案有關，後來查清楚了信件是偽造之後，李茂也不曾回朝，甚至在梁王請李茂回朝之時，李茂還上表乞骸。

當時白卿言便在想，是否是梁王要利用李茂左相職權……為其謀利，李茂不能推諉，所以才稱病不朝。如今看來，李茂倒像是在為皇帝廢除丞相之位，減少阻礙。

可這於李茂又有什麼好處？又或者……李茂如今僅僅只是想順皇帝心意而為？

白卿言摩挲棋子的手一頓，陡然生了一個荒唐的猜測。

她抬頭看向董清平：「昨日太子回大都，今日……是否有人重提修建九重台之事？」

董清平知道白卿言已經領會他的意思，落子頷首：「正是！太史丞稱觀天象，需開始動工建九重台，陛下才能甦醒。」

「荒唐！」白卿言將手中棋子丟入棋盒之中，心口起伏劇烈。

堂堂晉國皇帝，竟拿一國朝政當兒戲！將事情全部連起來，白卿言總算是看明白了，她還真是太高看了這個皇帝……以為他是要加強集權、皇權，要做什麼大事，到頭來……竟然就是為了建一個九重台！

皇帝約莫起先是想要用強權，撤了丞相之位，集權手中，然後便無人能阻他修建九重台，李茂窺見其意便退避三舍，不願意如呂相那般當出頭鳥，惹皇帝不快，又不願和以往一般，竭力附和皇帝。

畢竟此事勞民傷財，萬一此事最後辦的不好，皇帝拿他開刀不說……還要落得身後罵名，所以李茂便乾脆在家中躲清閒。

而皇帝呢，則是發現撤丞相之位，官員結構變革，推進極其困難，他修建九重台又心切，便來了一個墜馬，將太子急召了回來，想著太子孝心定然會為他建九重台。

白卿言氣得手心發抖。她不用再去查證也知道這九重台，應當是皇帝用來求長生不老藥的。為了一個九重台，一國皇帝假作墜馬昏迷，險些釀成大禍！

若當時白卿言不在登州，符若兮真聽從皇后所言，帶兵前往大都擁立信王登基，皇帝還求什麼長生不老，怕是符若兮帶兵入城那日便是皇帝的忌日。

皇帝如此行徑，與當年的周幽王又有何異?!

董清平垂眸撿起棋盤上的棋子，丟入棋盒，發出長歎：「若是晉國再讓這樣的皇帝主政幾年，氣運……怕是要到頭了。」

「不對……」白卿言看著被董清平撿起黑子的棋盤，突然開口，「皇帝昏迷之前請祖母回宮理事，皇帝的寢宮祖母守的水泄不通，若皇帝是假作昏迷，祖母……不可能未曾察覺。」

她端起手邊茶杯，此事……心中已有大致輪廓。

但，她仍需去見一趟符若兮，方能肯定。

「舅舅，等符若兮之事了結，我便要回朔陽，之後朝中若有事發生，還請舅舅設法……將朝中之事告知於二妹錦繡，錦繡自會傳信於我！」白卿言鄭重對董清平長揖行禮。

白錦繡到底是後宅婦人，加之前一陣子身懷有孕，又遇險早產，消息難免有疏漏之處，可若有舅舅相助，那便大不一樣了。

今日董清平既然叫白卿言過來，說了這麼許多，便有日後傳信給白卿言的意思，他頷首：「好，舅舅知道了。」

從董家出來，白卿言去往太子府，準備向太子求個恩，去獄中看看符若兮，以正自己心中所想。畢竟如今符若兮是重犯，未得太子首肯，怕呂晉也不會讓她見。

誰知白卿言剛到太子府門前，便遇到了剛出太子府的全漁。

全漁一見白卿言，忙迎上前行禮。「見過鎮國公主，可巧了……太子殿下正要派奴才去請鎮國公主，鎮國公主便到了。」全漁笑著道。

白卿言下馬，將烏金馬鞭丟給身後白家護衛，理了理衣袖問：「太子殿下，可是有吩咐？」

「那倒不是，是蕭先生剛剛到太子府，太子殿下這才派奴才前去請鎮國公主過府。」全漁彎著腰，恭敬對白卿言做了一個請的姿勢，「鎮國公主請……」

蕭容衍突然來了大都，白卿言大致能猜到……是因大燕和戎狄聯合攻打南戎之事。

蕭容衍是大燕的九王爺，自然是萬事以大燕的利益為重，此時登太子府的目的並不難猜，該是希望如今主政晉國的太子，可以作壁上觀，不要插手大燕和戎狄攻打南戎之事，好讓他們大燕順利取得南戎，將晉國夾裹其中，為來日吞下晉國做準備。

但不巧，白卿言的舅舅董清嶽在南戎有謀劃和布局，更別提阿瑜還在南戎，白卿言此次……

怕是不能讓蕭容衍如願了。

他們二人曾經有言在先，所以今日對立……白卿言也絕不會容情。

太子和蕭容衍在正廳相談甚歡，全然沒有料到白卿言會來的如此之快，聽到全漁稟報白卿言到時，太子滿目驚訝……讓速速請白卿言進來。

今日蕭容衍一到，太子便讓全漁去請白卿言，為的便是讓蕭容衍和白卿言見面，一會兒用完晚膳，也可以託付蕭容衍送白卿言回去。

這一來二去，白卿言和蕭容衍接觸多了，總是要生出些男女之間情愫的。

再說，蕭容衍雖說是個商人身分，但乃是天下第一富商，又可謂是才華橫溢風流倜儻，且已經表明對白卿言有情，白卿言會不動心？

太子總覺得長此以往下去，白卿言和蕭容衍的事情必定能成，屆時蕭容衍才能成為自己正兒八經的錢袋子，而非今日來與自己談的這般，只給自己分一半的利。

蕭容衍頭戴玉冠，穿著牙白色的窄袖長衫，腰繫暖玉腰帶，腳下一雙精緻的鹿皮靴子沾了些灰，體態修長挺拔，立在那裡一副讀書人的儒雅溫文，氣度非凡。

聽到白卿言到了，蕭容衍略微錯愕，笑著起身，朝正進門的白卿言長揖一拜：「衍，見過鎮國公主！」

白卿言淺淺頷首，朝太子行禮：「見過太子。」

「孤剛讓全漁去喚你，你就來了……」太子抬手示意白卿言坐。

白卿言坐下後道：「言前來太子府，是聽說昨日大理寺卿呂大人未能從符若兮口中得到供狀，今日來請太子殿下恩准，讓言見符將軍一面。早日將此事了結，言……也好安心回朔陽。」

白卿言的話說的在情在理，說完之後又抬頭道：「且，我舅父家的庶女已與符家長房嫡子訂親，此事不了，符家長房也是惶惶不安。」這就是說，白卿言去見符若兮也有私心，想早日了結此事不要連累符家長房……她未來的表妹婿。

太子頷首，將昨日符老太君在獄中撞牆身亡之事說與白卿言聽後，歎氣道：「符老太君是個女中豪傑，為了不讓皇后用己身威脅兒子，竟然撞牆而亡，仵作也去驗過符老太君屍身，的確是中了慢性毒。」

「後來，孤走後，呂大人原想打鐵趁熱從符若兮那裡得到證詞，可符若兮不知是因為太過傷心，還是有意維護皇后，拒不開口。若是鎮國公主能讓符若兮開口，那再好不過，一會兒孤讓全漁陪你去。」

「多謝太子殿下！」白卿言起身一拜，坐下後竟主動看向蕭容衍，「蕭先生是剛到大都城嗎？」

蕭容衍笑著看向白卿言，點了點頭：「正是……」

「哦？」白卿言目光直視蕭容衍，眉目含笑，對給她送茶上來的全漁頷首致謝，端起茶杯道，「蕭先生是有什麼急事嗎？到了大都城一身風塵僕僕便來了太子這裡。」

說著，白卿言的視線朝蕭容衍的鹿皮靴子看去。

太子順著白卿言視線看去，果然看到蕭容衍腳下鹿皮靴子上沾了灰，這可同蕭容衍平日裡塵不沾身的整潔模樣大不相同。

蕭容衍接到任世傑的消息一路馬不停蹄趕回大都，期望能夠以重利阻攔太子遣使去往戎狄，就算不能阻止大晉遣使，可能拖上半個月也好。

半個月的光景……他不敢說有信心讓謝荀將南戎拿下，卻也能拿到大半。

太子忍不住笑出聲來，打趣蕭容衍：「就為了點生意上的事情，你至於這麼著急嗎？孤這太子府還能跑了不成？」

出於對白卿言的信任，太子在白卿言面前，倒是未曾設防，生意之事脫口而出。

「生意？」白卿言放下手中茶杯，似是非常有興趣看向蕭容衍，「不知道蕭先生要同太子殿下說什麼生意？不知可否給白卿言一個機會？眼下朔陽剿匪練兵正是銀錢吃緊的時候，若是能跟著天下第一富商做一筆生意，想來也夠給朔陽新兵發一陣子餉錢了。」

蕭容衍眸中笑意不見，他深知白卿言並非是個對生意上心的人，突然如此咄咄逼人怕是已經知道了他的來意，這是來阻止他的。

也是，那鬼面將軍可能是白家公子，白卿言定然是欲讓白家公子把控南戎，以此來同大燕形成對立，以白卿言的心智……她定然不會讓晉國被大燕夾裹其中。

今日之事要成，蕭容衍要想達成目的，需打起十二萬分精神，畢竟他們曾有言在先，對立……則不論私情。

「也不是什麼大生意，鎮國公主若是缺銀子，說個數……衍必定如數奉上。」蕭容衍對白卿言笑著，語氣十分真誠。

正在喝茶的太子眉心一跳，越發覺得若是將白卿言和蕭容衍撮合成了，自己的錢袋子就穩了。

「無功不受祿，萬不敢當蕭先生慷慨饋贈！言倒是對蕭先生的生意興趣頗濃……蕭先生若是不拿言外看，不妨同言說上一說……」白卿言唇間淺笑，眉目裡卻是寸步不讓的堅定。

蕭容衍還在心中斟酌措辭，太子瞧出蕭容衍似是不想說的模樣，怕白卿言以為蕭容衍輕看女子不能插手生意事，對蕭容衍生了介懷，便忙道：「也不是什麼大事，就是如今大燕和北戎要為大燕明誠公主復仇一同攻打南戎，容衍對此事早有耳聞，便高價在各國收了糧食，準備以大價錢賣給大燕和北戎……」

白卿言直笑不語，看向蕭容衍：「那想來，蕭先生應當賺了不少啊！言在此向蕭先生道一聲恭喜。」

太子擺手：「容衍這錢還沒拿到手，這糧食還在路上，容衍的意思是要路過晉國，讓孤給行個方便！不過孤剛才已經告訴容衍，晉國已經遣使前往大燕北戎，讓他們即刻停止攻打南戎。」說著，太子看向蕭容衍淺淺笑著：「容衍這會兒正在憂愁，怕大燕、南戎、北戎不打了……這高價收來的糧食真不知道賣給誰，所以想求個情，讓……晉國使臣緩幾日，好讓他先把糧食運過去，銀錢拿到手再說，孤以為……倒也不是什麼大事。」

蕭容衍這藉口……還真是合情合理的不行，暫緩遣使……並非讓太子朝令夕改，再許諾分予太子重利，她若不來太子怕已經答應了吧！

可白卿言和蕭容衍兩人心知肚明，只要蕭容衍能從太子這裡拿下這片刻之機，大燕定然舉全國之力覆滅南戎，將晉國夾裹其中。

「殿下可是應了？」白卿言面色一沉，看向太子。

見白卿言面色沉下，不似將才笑意滿滿，頗有些疑惑，只道：「還未曾，孤原想著拖個把月等容衍交接了糧食，也不是不可，鎮國公主可是覺得有不妥之處？」

「倒不用個把月，半月足以……」蕭容衍忙道。

「半月也足夠大燕和北戎，將南戎拿下，使燕國對我晉國形成東西夾擊之勢！」白卿言神色鄭重。

「鎮國公主未免太過高看大燕和北戎，大燕國破民窮，衍不是沒有去過，都窮瘋了！當初戎狄內亂，戎狄精銳悍兵都在南戎，更別說南戎如今出了一位鬼面將軍，驍勇無敵……就連那大燕猛將謝荀都不是對手！」

蕭容衍聲音徐徐，從容又溫潤，很是具有說服力。

見太子頷首點頭，白卿言起身朝著太子鄭重一拜，「殿下，大燕絕不可小覷，早些年大燕可以說是國破民窮，可這些年大燕暗自圖強，早已不是我們所知道的那個大燕，若大燕真的窮如蕭先生所言，自保尚且不足，何能收服南燕？何敢發兵助北戎？」

蕭容衍握著座椅扶手的手微微收緊：「鎮國公主又焉知大燕不是強弩之末？若大燕真的已經強盛，又何須將嫡子質於晉國？」

「如今禮崩樂壞，人心不古，早已非古時尊禮重信的世道，大燕說送來的是嫡子……那便是嫡子了？」白卿言抬眉，「此刻在大都的這位皇子……是否是燕帝嫡子，全然是燕國說了算，又有誰……能指證這在大都城的燕帝嫡子，便是真的慕容瀝？」

太子聽了白卿言的話陷入深思。

「當然，這或許是言小人之心度君子之腹，可殿下……將來這偌大的晉國，陛下定然是要交到殿下手中的！若今日殿下為情義允准了蕭先生！半月之後大燕北戎占據南戎，難不成殿下要再派兵征討？屆時……所耗費的糧草輜重，怕是蕭先生此間得利百倍千倍都不足以支付？」白卿言長揖到地，「殿下定要三思，莫因為太過重視情義，應下此事，將來卻要我晉國付出百倍艱辛，凡事……還是要以國事為重才是！」

太子點了點頭，顯然是被白卿言說服。

「殿下，鎮國公主所言未免危言聳聽……太將大燕當回事，而輕看南戎了。南戎襲擊登州之時……登州城打得不夠慘烈嗎？就連登州刺史董大人的嫡長子……長瀾兄都是在此戰之中喪命，憑大燕和北戎怎麼能在短短半月內拿下南戎？」蕭容衍還是那溫雅從容的模樣，音韻平緩，措辭卻犀利。

「所以，蕭先生所言……便是要以你和我們太子的情義，拿我們晉國的前途去賭？今日……若蕭先生是我晉國人，此番言語或可聽一聽，可蕭先生乃是魏人，此番言論……言不免要懷疑蕭先生，這是利用我晉國太子重情重義之心，損晉國而利母國。」

白卿言言詞鋒利，太子忙出聲打圓場：「好了好了，咱們就事論事，不可誅心！鎮國公主一心為國，這點孤從來不曾懷疑，蕭先生是生意人對國家大政不瞭解，才會有此請，不至於損晉國而利母國。」

太子指望著白卿言和蕭容衍湊成一對，可不能讓兩個人針鋒相對起來。

蕭容衍手心收緊，只笑道：「鎮國公主快人快語，衍自是知道的，但到底還是要為己身辯白一二，衍是魏人，魏國國土與晉國不相鄰，百年來從未發生過戰事！且與晉國相鄰的大燕、西涼，也都與我魏國相鄰，衍……若是真有利母國之心，自當是希望晉國與大燕、西涼發生戰事，鄰國弱……則我國強，此方為正道。」

白卿言低笑一聲，卻不接蕭容衍的話，只看向太子：「殿下方才還說蕭先生是生意人，對國家大政不瞭解，蕭先生此言……可並非是對國家大政不瞭解啊！」

原本想和稀泥的太子心裡很是惆悵，這兩人怎麼就不能彼此退一步，都讓一讓和和氣氣的呢？

「衍就事論事罷了！」蕭容衍還是那副溫文爾雅的模樣。

白卿言煞有其事點了點頭：「那我便與蕭先生就事論事，蕭先生難道不知燕國已盡然把控北戎天然牧場了嗎？且晉國地勢東臨戎狄，西鄰大燕，如今大燕藉機復仇，實則是為了強占南戎，好將晉國東西兩側鎖死？屆時戎狄矯健駿馬被大燕所控……大燕便會兵強馬壯，從東西兩側蠶食我晉國，無戰馬……我晉國哪裡會是大燕的對手？」

白卿言對蕭容衍冷笑：「我所言這些，蕭先生並非不知，無非……蕭先生並非晉人，不關心晉國生死……只在乎個人利益罷了！」

太子扶在座椅兩側的手輕輕撫著座椅扶手，白卿言此話……太子是能聽進去的。是啊，蕭容衍是商人，且還是個魏國人，他可千萬不能被眼前這點兒蠅頭小利迷了眼。

只有等蕭容衍入贅白家，成為晉人，讓蕭容衍的前途繫於他的身上，蕭容衍的話才能聽啊。屆時，只要讓蕭容衍知道他留在晉國，要比留在母國魏國能得到更多，蕭容衍才能全心全意為自己效命。此時……蕭容衍所言所求，太子的確是該三思才是。

「好了，此事孤原也不準備應下的，你們不必在此吵得如此激烈。」太子笑了笑道，「容衍，此次孤的確是無法幫你，別說使臣已經派出去了，就算是還未曾派遣使臣，孤也得為晉國長遠謀劃，你是孤的朋友，能幫的孤一定幫，但孤坐在太子這個位置上，當以晉國為先，你可明白！」

太子話說到這個地步上，蕭容衍便知道自己不能再說下去，只能笑著起身朝太子行禮：「殿下乃是一國儲君，要為晉國數萬百姓籌謀，衍這是自家生意……無非就是賠些銀錢罷了，自是不能同晉國大事相提並論，如今殿下寬宏沒有讓人將衍攆出去，已經是給了衍天大的顏面，衍自是心知肚明的！」

「容衍這話就外道了，孤視你為友啊……」太子笑著看向白卿言，「一會兒鎮國公主要去大理寺獄見符若兮，容衍要是無事……不如相陪？」

蕭容衍笑著對太子和白卿言行禮：「那，煩請太子殿下和鎮國公主稍後片刻，衍讓護衛回去傳個信，通知下面的人，不要將糧食往戎狄運送，還得吩咐下面管事，趕緊將這批糧食出手。」

「糧食出手之事，言倒是能幫上蕭先生一忙，如今朔陽練民剿匪，前來投奔的生民眾多，正是需要糧食的時候，也算是……白卿言替太子之友解決一樁麻煩事！」白卿言看向太子，笑道，「全了太子同蕭先生的情義！」

如今紀庭瑜劫了朝廷招收的新兵，白卿言正是需要糧食的時候，蕭容衍這批「糧食」真的有或者沒有，她都要蕭容衍給她送來。

白卿言這話，倒是說得太子心花怒放，自覺白卿言果然是已經被他收服，全然忠於他。

太子巴不得兩個人有機會多多接觸，忙道：「如此甚好，容衍……你可要好好謝謝鎮國公主啊！」

「衍說句冒犯的話，可此次糧食數目巨大，衍怕鎮國公主接手儲存不當會生霉，不如衍先送過去一半。」

白卿言對蕭容衍淺淺笑著，全然不見剛才言語鋒利的姿態：「蕭先生不必擔憂，蕭先生不論怎麼說都是我白家恩人，在白家能力所及……很願意為蕭先生解決麻煩，且我敢應承下來，自然能夠儲存得當。」

「即是如此，衍……多謝鎮國公主。」蕭容衍又朝著白卿言長揖一禮，「那，我便先去吩咐護衛送信，讓下面的人直接將糧草送入朔陽！」

「有勞蕭先生！」白卿言對蕭容衍頷首道謝。

看著蕭容衍退出正廳，太子才挪了挪身子，靠向白卿言的方向，壓低了聲音同她道：「你呀！難道不知道容衍傾心於你，何苦對容衍咄咄相逼！你同孤好好說話，孤能不仔細聽嗎？」

剛才白卿言對太子表了忠心，太子此刻同白卿言說話的語氣極為親近，彷彿全然為白卿言著想。見白卿言要開口，太子率先抬手示意白卿言聽他說：「趁著容衍還未回來……你同孤說說，覺著容衍如何？如今白家只餘下你們這些女兒身，你就沒有想過……招婿入贅之事？」

白卿言忙起身行禮：「殿下……」

太子卻打斷了白卿言的話，示意白卿言坐下：「孤是你的表哥，自然是要為你打算，孤知道你並非普通女子，說起婚嫁之事便羞臊不已，孤實是覺著這蕭容衍論樣貌氣度都不凡，除了是個商人的身分之外，沒有什麼不好，又心悅於你，之前孤同他說起你子嗣緣分淺薄，他說……他是求妻並非求子，孤真是覺得蕭容衍是個良配。」

「殿下，言知道殿下對我關懷備至，可如今言還不想想這些事情，只求……妹妹們能平安長大。」白卿言笑著道。

太子已經在白卿言這裡開了口，讓白卿言心裡有個數就好，暫時不好將白卿言逼得太緊，便也沒再說了。

眼見蕭容衍進來，太子坐直了身子，對蕭容衍笑著：「吩咐好了？」

蕭容衍笑著對太子長揖之後，又對白卿言道：「諸事處理妥當，蕭容衍送鎮國公主去大理寺獄，就當為剛才言語上衝撞鎮國公主致歉。」

白卿言起身亦是朝蕭容衍還禮：「蕭先生本就是白家恩人，白卿言為國……在言語上不得不多有冒犯，還望蕭先生海涵！」

「鎮國公主為國謀劃，不避私情，衍心中敬佩不已！再者鎮國公主已然替衍解決了糧食之事，衍心中十分感激。」蕭容衍對白卿言長揖道。

太子見兩個人此刻正和和氣氣的彼此致歉，心裡大大鬆了一口氣，笑容更深了些。

看著同他辭行的蕭容衍和白卿言，太子不想讓全漁打擾他們相處，便對全漁道：「全漁你先去同大理寺卿呂大人說一聲，就說孤讓鎮國公主去審一審符若兮！」

立在太子身旁的全漁連忙應聲稱是，對白卿言行禮後先去傳令。

白卿言同蕭容衍從太子府出來，兩人都未曾騎馬，蕭容衍命隨從將馬留下先行離開後，白卿言亦是從白家護衛手中接過韁繩，吩咐白家護衛先回去。

兩人於太子府高牆外這條無人敢往來的路上並肩而行，白卿言對蕭容衍致歉：「抱歉。」

「為何要說抱歉，你為晉國……我為大燕，你未曾怪我，我又怎能怪你？」

蕭容衍眉目間帶著淺笑：「再說，你我說過對立之時，不容私情！」

聽蕭容衍如此說，白卿言眼底有了笑意，她道：「我致歉，是因剛才在太子面前那麼咄咄逼人，可我們這位太子……我若是溫溫吞吞，不咄咄逼人，他不會明白此事要緊之處，就如同當初我曾勸諫太子出兵助戎狄，諫之語太過溫和，太子便未曾放在心上！」

「我明白……」蕭容衍前後看了看，見無人，這才攥緊了韁繩，朝著白卿言靠近幾步，深邃幽沉的眸子注視著面前女子白皙姣好的五官，乾燥有力的大手攥住白卿言的細腕，拇指摩挲著她的細腕，低聲道，「阿寶若真覺得剛才對我太凶了些，可否補償一二。」

蕭容衍視線落在白卿言受傷的那只耳朵上，將不設防的白卿言扯得踉蹌一步，到他面前來，白卿言面泛紅潮，忙握住蕭容衍扶住的手臂退出一步，怕被人看到，語聲略帶警告：「蕭容衍！」

「別動……」蕭容衍朝白卿言靠近一步，拇指蹭掉了白卿言耳朵上為遮掩傷痕的一層粉，眉頭微緊，鬆開白卿言從袖口拿出一個小瓷罐，將罐打開挖出一點藥膏，輕輕擦在白卿言的耳朵上。

白卿言便聞到了馥鬱的幽香氣息，十分好聞：「這是什麼？」

「這是大燕皇廷的秘藥，鮫人脂……對疤痕有奇效，但最初味道十分難聞，我母親便將鮫人脂改良成她喜歡的味道，反覆折騰過數百次，才得到了既不影響其功效……又香氣怡人的鮫人脂。」蕭容衍用指腹將膏脂化開，輕輕抹在白卿言的耳朵上。

這是蕭容衍專程讓人快馬回了一趟大燕，從皇兄那裡討來的。

風過，從牆內探出枝蔓的高樹枝葉，沙沙作響。

「以後萬事都要小心，你受傷……我很是揪心。」

他醇厚的嗓音，在這風聲之中，格外動人。

白卿言耳朵越來越燙，不知該如何回應，唇角不自覺淺淺勾了起來。

白卿言垂著眸子，視線所及是蕭容衍腰間繡工精湛的玉腰帶，忙撇開視線，應聲：「嗯！」

蕭容衍擦完藥，白卿言將帕子遞給他，抬眸對視那瞬，心跳便陡然有些快了起來。

「多謝……」蕭容衍接過帕子，將小瓷罐子蓋子合上，遞給白卿言，「早晚各擦一次。」

「謝謝……」白卿言接過小瓷罐，見蕭容衍用帕子擦了手，疊好放進他自己袖中，她抬頭瞅著蕭容衍。

「就當，是阿寶剛才咄咄逼人的致歉禮。」蕭容衍笑著牽起韁繩，「走吧！」

蕭容衍看著他和白卿言被拉長的影子，低聲道：「此次雖然沒有能從太子這裡阻止晉國使臣入戎狄，但也並非沒有他法，若我能成事……阿寶可不要怪我。」

白卿言點了點頭，他們兩人之間各憑本事。

蕭容衍同白卿言同行，偶爾有人快馬而過，蕭容衍又是那副一本正經的模樣，問道：「此次白大姑娘是為了替我解圍，還是真的缺糧？」

「為太子排憂解難罷了！」白卿言對蕭容衍笑道，「以免，蕭先生同太子說此次所得之利悉數歸於太子，只求保本，若是太子心動蠅頭小利，對晉國無利。」

白卿言應承接下蕭容衍口中高價所得的糧食，一來堵了蕭容衍再去找太子的藉口，二來……也能解紀庭瑜糧食短缺的燃眉之急，一石二鳥。雖然兩人有情不假，可紀庭瑜劫新兵之事，暫時還不到能同蕭容衍明言，私情……公事，白卿言分的清楚。

蕭容衍笑著頷首：「若是大姑娘再晚來一步，太子必定會應允。」

「所以啊，大燕想要吞下這天下……或許還欠些運道。」白卿言語氣似是玩笑，負手同蕭容衍朝大理寺獄的方向前行。

此次蕭容衍與白卿言在太子面前交鋒，的確不占優勢，他在太子面前始終是他國人，白卿言與他同時開口，所說又南轅北轍之時，太子定然是會偏重白卿言的。

蕭容衍只能求，在晉國使臣到達之前，謝荀與北戎將領，能多奪過來一些土地，至少能夠把控大半個戎狄吧，如此……天然馬場，大半數便握在了燕國手中。

或許是因為有言在先的緣故，兩人即便是剛才針鋒相對，此時心中倒也沒有芥蒂。

「大燕和北戎聯合攻打南戎，謝荀……這是從傷痛中站了起來，要為明誠公主復仇了？」白卿言問。

「戰場之上，生死是常事，明誠遠嫁和親北戎，南戎坐立不安是自然，與其說謝荀是從傷痛中站起來復仇，不如說……謝荀是從傷痛中站起來要興兵強國，要大燕強大到再也不需要女子前去和親來求得安穩！」蕭容衍此言倒也不是敷衍。

白卿言沒想到謝荀竟還有這分心胸，不免感慨：「大燕，英主強臣，何愁國家不振。」

聽到這話蕭容衍腳下步子一頓，轉頭朝白卿言望去：「若大燕有鎮國公主這樣的文能治世，武能安邦的能臣，必將無人能敵。」

白卿言搖了搖頭：「蕭先生抬舉了。」

走至人跡漸多之地，白卿言和蕭容衍便默契的說起其他話題，閉口不談大燕。

第六章 撥亂反正

不遠處剛從馬車上下來的柳若芙用團扇擋著臉，一眼便注意到並肩而行的白卿言和蕭容衍，隨柳若芙一同來花影閣挑選首飾的呂寶華咦了一聲，笑道：「那不是……鎮國公主嗎？」

花影閣是大都城有名的首飾鋪子，花影閣的首飾就連清貴人家的女眷，都要提前半年來訂製，否則只能買到花影閣量產的首飾。

可清貴人家誰願意同旁人戴一樣的頭面首飾，這不……柳若芙即將要同梁王成親了，她外祖母出資……讓她來訂製些莊重的首飾，以備他日之用，也是為了讓柳若芙出來散散心。

柳若芙聽到鎮國公主四個字，銳利的視線朝白卿言方向看去，當初就是因為白卿言才讓她顏面掃地，在國宴上丟了那麼大一個臉，都成了全大都城的笑柄了。

「這鎮國公主果然是容色勾人，先前有大樑最受寵愛的皇子……拜倒在她的石榴裙下，如今又與那個天下第一富商並肩遊街，生怕旁人不知道她會勾男人似的。」

柳若芙咬牙切齒，每個字都迸發恨意。

呂寶華眉頭緊了緊，不贊同柳若芙的話，好言勸道：「當初是那個大樑皇子弄錯了人，又不是鎮國公主故意讓你丟臉，事情過去了也算了，你看……如今你不用遠嫁，留在大都城，我們兩個人也是個伴兒，多好啊！」

大樑皇子雖然不是良配，可那梁王……柳若芙都不想拿正眼瞧。

若非是懷了身孕，柳若芙才不會嫁給梁王那樣的懦夫。

想著，柳若芙抬手覆在了自己腹部，她父王閑王說，她和梁王……是太子設局，梁王也是不小心著了道，可此事……焉知不是白卿言出的主意？

如今，父王已經準備妥當，南都眾將士皆以赴婚宴為由，陸續到大都，很快大都就是她的天下了，她此刻已經不願意再忍。

見白卿言身邊不過是魏國一低賤商人，柳若芙便想出口氣，拎起裙擺朝白卿言的方向走去，呂寶華沒能拉住，只能帶著婢女忙追了上去。

白卿言看到氣勢洶洶而來的柳若芙，腳下步子一頓，蕭容衍亦是停下腳步。

「鎮國公主……」柳若芙皮笑肉不笑朝著白卿言行禮。

白卿言負手而立，倨傲頷首：「南都郡主有事？」

「鎮國公主！」呂寶華忙上前，規規矩矩朝白卿言行了大禮，伸手去拽柳若芙。

「鎮國公主生得國色天香，裙下之臣果然是多不勝數，他國皇子……到他國富商，鎮國公主倒是來者不拒啊。」柳若芙如今腹中懷著梁王的骨肉，她就不信白卿言敢對她動手。

雖然白卿言封了一個公主，卻也並非是真正的皇家血脈，還敢傷她腹中天家骨肉不成？

再說了，如同父王所說，只要此次……趁著太子同皇后撕鬥之時，梁王成事……將來柳若芙腹中骨肉就是太子，梁王本就比較好拿捏，這晉國天下便是她柳若芙說了算了，她用得著怕白卿言這個不能生的賤婦！

呂寶華聽到柳若芙這話瞪大了眼，柳若芙瘋魔了不成？

呂寶華忙對白卿言笑道：「鎮國公主恕罪，南都郡主剛才同我吃了點酒，許是醉了！還請鎮國公主不要放在心上。」不論怎麼說，白卿言都是陛下親封的鎮國公主，柳若芙哪怕是要嫁給梁王，成親之前也只是個郡主罷了。

白卿言負手而立，望著柳若芙的目光像是看著一個傻子，正欲開口，就聽蕭容衍笑著道：「郡主，小心動了胎氣。」蕭容衍語氣十分真誠。

柳若芙臉色頓時一白，忙護住腹部，呂寶華一怔，厲聲訓斥蕭容衍：「蕭先生，雖然你是商人，可與太子交好，我也視你為君子，你怎可大庭廣眾之下，汙南都郡主名節！」

「那南都郡主便可在大庭廣眾之下，不分尊卑以下犯上，冒犯公主……誣衊公主？」蕭容衍唇角帶笑，眉目間全是冷戾，寒氣如同小蛇……悄無聲息攀上呂寶華的腳踝，讓她脊背僵硬，逼得將呂寶華下意識向後退了一步。

白卿言輕飄飄看了呂寶華一眼，只道：「郡主要切記，這個世上沒有不透風的牆，既然自己已經滿身把柄……就切莫再招惹是非，當心反噬。」

「你以為你還能得意幾天?!」柳若芙咬牙切齒。

白卿言負在身後的手微微一緊，從柳若芙這話中聽出些別的意味來。

呂寶華聞言轉頭看向面色氣得煞白的柳若芙，頓時明白蕭容衍所言竟然是真的，瞪大了眼看著柳若芙。難怪最後柳若芙嫁給了梁王，原來是有了身孕……

未婚先孕，這樣的事情要是傳了出去，柳若芙名聲全完了不說，這段時間柳若芙客居王大人府上，王家的女兒家也就全完了。

蕭容衍見柳若芙神色，便知道柳若芙不敢再挑釁，對白卿言做了一個請的姿勢：「公主請……」

呂寶華知道事情輕重，緊緊抿著唇，握緊了柳若芙的手，讓開路。

柳若芙死死咬著牙，眸色泛紅，咬牙切齒朝白卿言和蕭容衍的方向瞪去，卻不知何時蕭容衍亦是回過頭來……

柳若芙滿是殺意的眸子，對上蕭容衍深沉沉靜的眸子，喉頭翻滾了一下，心底沒由來咯噔一聲，收回視線。

呂寶華二話沒說，拉著柳若芙上了馬車，壓低了聲音問：「你別瞞我……你真的，有孕了？是梁王的？」

柳若芙眉頭緊皺，眼淚吧嗒吧嗒往下掉，這種事她該怎麼說出口，難不成要和呂寶華如實說，是太子設計了她和梁王？

「是梁王對你用強？梁王不像是敢用強之人啊！你們兩情相悅？」呂寶華急急追問，可一細想又覺得柳若芙之前的表現也並非心甘情願。

柳若芙被呂寶華逼得緊，心裡越發的恨白卿言和蕭容衍，尤其是剛才將她懷有身孕之事戳穿的蕭容衍。不過一個魏國商人，太子給幾分顏面，還真的當自己是個人物了！

等兩天后，太子淪為階下囚的時候，看蕭容衍還有什麼資本囂張。

至於這個白卿言……父王也說留不得，只剩兩天而已，她就是殺了白卿言又有何妨?!

柳若芙緊緊攥住拳頭，周身殺意。

「還有一個消息，我本是想等送你到大理寺獄門口再告訴你……」蕭容衍說話時，聲音裡帶著不屑一顧的笑意，「梁王找到了上墨書齋，想要大燕九王爺替他殺了你，稱……你是他登上帝位的阻礙！」

「嗯……」白卿言應了一聲，「這話倒也沒有說錯，我絕不會讓他登上帝位。」

「上墨書齋回說要請示九王爺，打算就這麼拖著，可你人在大都，我擔心梁王還會有所動作，你要小心些。」蕭容衍提醒道。

「我自會小心，你放心……」白卿言抬頭，難得朝蕭容衍笑了笑。

看到白卿言這女兒家的恬靜笑意，美得讓蕭容衍只覺心中怦然，若可以……蕭容衍想守住白卿言這笑容，護她無憂無慮。

可蕭容衍深知，他所傾慕的女子，非尋常女兒家，她的志向遠大，並不在男女情愛之上，倒是他……顯得兒女情長了。

蕭容衍將白卿言送到大理寺獄門口時，全漁和呂晉已經在大理寺門口候著了。

一見白卿言到了，全漁連忙走下高階相迎，呂晉也趕緊跟在全漁身後，行至白卿言面前行禮。

「蕭先生就送到這裡吧！」白卿言笑著對蕭容衍道。

蕭容衍私心裡還是想同白卿言多待一會兒，但也知白卿言若是審問符若兮，怕不知道要在大理寺獄中停留多久，只能先行告辭。

呂晉忙讓獄卒將白卿言的馬牽走，問白卿言：「鎮國公主是要單獨審符若兮嗎？」

見蕭容衍上馬離開，白卿言同呂晉、全漁一邊往大理寺獄高階上走一邊道：「一會兒，呂大人可在隔壁牢房候著，不必同我一同去見符若兮。」

白卿言之所以如此說，是為了避嫌。

若她避開呂晉與符若兮單獨見面，難免旁人會猜忌已經認主太子的白卿言……對符若兮威逼利誘，故意讓符若兮攀誣皇后。

呂晉頷首稱是，緊跟白卿言身後，態度恭謹。

符若兮昨夜親眼看著母親撞死在自己面前，此刻整個人如同廢了一般，雙眸通紅靠在大理寺獄潮濕發霉的牆壁上，望著透進光亮的狹小視窗，眼淚已經流乾了。

聽到門鎖鐵鍊響動，符若兮滿是乾結血漬的手指動了動，卻還是那副頹然的模樣望著窗外漂浮著微塵的亮光，如同雕塑一般。

白卿言看著沒有了往日意氣風發的符若兮，也不嫌這牢獄髒汙，就在符若兮對面稍微乾淨一些的稻草上跪坐下，如要同符若兮促膝長談一般。

她開口道：「昨日符老太君在大理寺獄中自盡於你面前之事，已經傳遍大都了，今日前去符老太君靈前弔唁，還未進家門……便聽到符家長房夫人當著符將軍兩個嫡子的面，用盡尖酸刻薄之語謾罵符夫人。」

符若兮聽到這話手指緊了緊，想到曾經母親來信稱白家大喪之時，未曾登門心中愧疚之事，繼而想起安平大營之時，白卿言斷他一臂未要他命……便是為了幫他保全符家。

符若兮這才用單臂撐起身子，朝著白卿言的方向跪下，叩首：「鎮國公主安平大營留我一命，救符家滿門，符若兮在此謝過鎮國公主！」

「符將軍倒不必謝我，此次或許我多此一舉……也還是救不下符家滿門，還讓符老太君以如此慘烈的方式離世，讓符夫人受辱。」白卿言幽深如碧水靜潭的眸子望著符若兮，「白卿言，已悔。」

提到符老太君，符若兮終於忍不住再次淚流滿面。

「白卿言有一問，皇后送往安平大營脅迫符將軍的信，是否稱……陛下已命不久矣，請符將軍相助，擁護信王登基？」白卿言也未同符若兮繞彎子，問了自己最想問的。

符若兮擱在膝蓋上的手收緊，緊抿著唇不語。

「難不成符老太君用一條命，都沒有能讓你醒悟，你還想著要維護皇后？」白卿言說話極為不客氣，「你被皇后以符老太君脅迫，不得已才對太子殿下揮刀，可以說……你是為了全了孝！太子與我都敬你是個孝子！」

「可今日之你，讓人瞧不起！」白卿言定定望著符若兮，語聲波瀾不驚，「符老太君為護滿門平安，不惜以命相搏，你卻因情字，拒不開口將此事前因後果說清楚，陷符家滿門於危難之中！這對拿命為符家博得出路的符老太君來說，你是不孝！」

「因情字……讓妻兒被人怪罪指責，甚至可能要同你共赴黃泉，你妻兒何辜？你的兩個孩子人生才剛剛開始！你對妻對子都是不義！」

「還是因為情字，你對陛下瞞報皇后曾請你帶兵逼宮擁護信王登基之事，這是不忠！」

「皇后已為陛下之妻室，你亦為人夫為人父，對陛下之妻存情，這是無恥犯上！符若兮……這般不忠、不孝、不義，又無恥之人，手下留情饒你一命，我後悔得很，還不如當時砍了你的腦袋，今日也讓符家上下走得乾淨些。」

符若兮手死死攥著膝前衣衫，仰頭痛哭。

白卿言語調平淡緩慢，卻顯得擲地有聲，一字一句剝開符若兮那僅存的一絲尊嚴，符若兮幾乎撐不住。

「符若兮你可知皇后要擁護信王登基，為何找你……而不找自家兄長？」白卿言深覺剛才說出的話不夠殘忍，不夠擊垮符若兮對皇后的情義，冷笑道，「因為若是你帶兵逼宮謀反，敗了……與鐘家無關，滿門抄斬的非鐘家……而是符家，這……便是皇后對你的情義。」

符若兮喉頭翻滾，不可能三個字就在符若兮喉嚨裡翻滾著，卻遲遲說不出口，只睜大了眼目眥欲裂。

「你可知……為何皇后會著急推已經被廢的信王上位？」白卿言抬手指了指符若兮背後那堵牆，又指了指耳朵，才道，「皇后腹中懷了嫡子，不到十月之後……有一半的可能會誕下一位皇子，出身乾淨的嫡子不比信王更適合登上龍位嗎？只要嫡子出生，太子稍有差池，朝中有的是人擁戴嫡子入主東宮的朝臣，皇后為何如此等不得？因為皇后……是假孕，生不出孩子來。」

符若兮雙眸充血通紅，拳頭緊緊攥著。

「退一萬步說，那孩子就算並非是陛下的，如皇后曾要脅你那般，就當是你的，那至少也是真有孩子揣在肚子裡，只要孩子出生是男嬰……陛下已經年邁，太子犯錯，嫡子順理成章入主東宮，皇后垂簾聽政，不很好嗎？皇后能脅迫符將軍造反逼宮，符將軍覺得……皇后會是一個甘心推兒子上位，便頤養天年之人嗎？」

「所以，皇后對你，從始至終都是利用！你卻為了這樣一個……將你符家滿門性命算計其中的女人，連為你收拾爛攤子而捨了命的符老太君都不顧了！這樣的孝子之名……也當真是讓我刮目相看了。」

白卿言在這空曠潮濕又陰冷的牢房內，說話語調始終沒有什麼太大起伏。

一席話說完，白卿言又問：「這是我最後一次問你，符家滿門的性命，全在你這張嘴上……皇后送往安平大營脅迫你的信中，是否曾稱陛下命不久矣？你可願意如實道來？」

「你懷疑……陛下墜馬，是皇后所為？」符若兮聲音哽咽沙啞。

白卿言冷笑一聲，站起身來，拍了拍自己腿上的稻草：「我以為，你會問我是否能保住符家滿門，沒想到你一顆心還在皇后身上！罷了……今日我本是可憐符老太君才走了這麼一趟，就當我白來了。」

說著，白卿言轉身就往外走，符若兮著急膝行一步，險些被困住雙腳的鐵鍊絆倒，單臂撐著身體，高聲哭喊道：「有！皇后在信中……稱陛下命不久矣，讓我帶安平大營速回大都城，擁護信王登基！」

隔壁牢房之中，呂晉回頭看著跪坐在几案燈前……正奮筆疾書記錄符若兮所說之語的主簿，見他將符若兮所言一字不漏記在竹簡上，點了點頭，朝全漁看去。

全漁拳頭緊緊攥著，早已經對白卿言欽佩的五體投地。只要符若兮開了這個口，後面再審就容易多了。

白卿言點了點頭，今日在董府存於心中的疑竇，也解開了。

皇后提前得知皇帝命不久矣，所以此次……皇帝假裝墜馬，定然是皇后動了手腳，將假墜馬變成了真墜馬。

而皇帝墜馬請太子回大都，以孝道逼得太子不得不應承修九星台的主意，應當是梁王出的。

梁王最善於揣摩皇帝心思，上一世對白家除了要復仇之外，也是揣摩到了皇帝的心思，所以才模仿祖父筆跡坐實白家謀反之事，且此事像是梁王的行事作風！

白卿言本來只有七分肯定，也許梁王只是對皇帝獻計，如今便是十成把握了。

梁王為皇帝獻計之後，又與皇后聯手……唆使皇后將計就計，讓皇帝真的墜馬昏迷。

梁王出手布局，太子被方老規勸按兵不動，又突然被皇帝遣去登州，梁王見太子沒能同信王皇后針鋒相對起來，自然是著急難耐，總得弄出點動靜，讓皇后和太子不得不鬥起來。

此次，若是真讓皇后調動了符若兮，一個是被廢的嫡子，一個是皇帝立下的儲君，兩相爭鬥……兩敗俱傷，梁王屆時再依靠岳丈閑王起兵，便可穩坐他想要的位置。

兵行險招，梁王此舉，能最大程度將自己避於險事之外，而取大利。

為登位，梁王甚至不惜讓晉國大亂，甚至……梁王還欲與敵國王爺合作。

看來，梁王對晉國帝位是勢在必得。

白卿言陡然想到剛才柳若芙那句……你以為你還能得意幾天之語，頓時了然……

難怪閑王願意將柳若芙嫁給梁王，原來是打算攪混了大都城這一潭渾水，然後替梁王逼宮奪位，將來好扶自己的外孫登位！

畢竟，梁王在外可是軟弱好拿捏的名聲，女兒懷了天家骨肉，閑王焉能不動這個心思。

錯綜複雜的消息，陡然被白卿言理順，豁然開朗。

也是她大意，小看了梁王，也小看了李明瑞。

她心中，暗暗發笑。好……好得很，原本白卿言此次是想自己辛苦一些，藏著鋒芒不出手，以點撥的方式讓太子立功，解決皇后和信王，雖然麻煩了點兒，可至少能在皇帝這裡暫時穩住太子的位置不被梁王輕意動搖。

可既然梁王這麼急趕著去投胎，不成全梁王，白卿言都覺得對不住梁王如此大費周章。

也罷，梁王、信王、皇后、閑王一死，太子一人獨大，以太子但求安穩不求進取的個性，至少……可以安穩一兩年。

只有大都的局勢穩，遠在南疆的阿玦和白家軍才能安心練兵，無後顧之憂。

白卿言想了想，梁王和柳若芙的婚禮，是在本月十五，還有什麼比這機會更好的？

南都那邊兒，藉著來賀南都唯一的郡主柳若芙大婚，陸續前來大都城送嫁，有何問題？

千里迢迢從南都來，帶著護衛軍又有何問題？

如此，閑王的人便可光明正大的入大都城，梁王這個安排……簡直是不能再妙。

今日已經十三了，還有兩天……相信梁王一定會想方設法，讓皇后和信王在兩天之內動手，亦會想方設法讓太子和她察覺。

好啊，梁王這麼上下折騰，倒是給她省了事！

螳螂捕蟬黃雀在後，梁王要做那個黃雀，白卿言……便做黃雀之後的那條白蟒。

此次，就讓梁王去辛苦吧。她便……配合梁王，將戲做全套，請梁王入甕就是了。

白卿言看著符若兮，開口道：「既然符將軍願意開口，便是願意保全符家滿門的性命，餘下的話……便對呂大人說吧！只要符將軍交代清楚，的確是被迫無奈，陛下和殿下……定然會從輕發落符家。」

說完，白卿言從符若兮的牢中出來，見呂晉已經立在門口，朝白卿言長揖行禮：「此次多謝鎮國公主伸出援手。」

白卿言亦是對呂晉行禮：「還請呂大人念在符老太君捨命護符家的分兒上，多多照顧。」

「自然！這是自然！太子殿下也交代過了！」呂晉忙道。

其實對白卿言這位白家嫡長女，呂晉心中還是相當敬佩的。

「還有一事，如今符老太君在大理寺獄中自盡之事大都城人盡皆知，符將軍是出了名的孝子，皇后恐會擔心符將軍……因符老太君之死將事情合盤托出，派人前來獄中滅口，呂大人要多多防備才是。」白卿言見大理寺獄的獄卒並不多，又道，「切莫讓符將軍像當初的忠勇侯秦德昭一般，被滅口。」

「鎮國公主放心，下官一定嚴加看守。」呂晉鄭重說完，又直起身道，「如今已經算是從符將軍這裡拿到了證供，下官這就派人去請譚老帝師，在事情徹底查清楚之前，宮禁……恐怕需大長公主協助，畢竟陛下昏迷之前，是將後宮託付給了大長公主。」

還跪在牢獄之內的符若兮瞳仁輕顫，他知道……呂晉這個意思，就是要軟禁皇后了！

當皇后信中所寫……被符若兮脫口而出之時，符若兮便知道會有這個結果，可他心底裡不願意相信皇后會派人來滅口。

白卿言回頭深深看了符若兮一眼，抬腳朝大理寺獄外走去，全漁也向呂晉告辭，跟在白卿言身後出了大理寺獄。

此時，大都城的天已經黑了，大理寺門前兩盞高高吊起的燈籠，被風吹得左搖右晃。

這大理寺周圍平時白日裡都無人敢靠近，更別提這夜裡，灰色高牆，冷清寂靜中偶爾傳出審訊的慘叫和哭聲，著實讓人覺得毛骨悚然。

白卿言朝那黑暗深處望去，自打她從太子府那條巷子出來之後，有人就一直跟著她，但那人只敢遠遠跟著，並不敢靠近。

「鎮國公主，不如奴才送您回府？」全漁對白卿言恭敬道。

「全漁公公還是即刻回東宮，告知太子我此刻便回白府請祖母入宮主持大局，宮中有祖母坐鎮，想來祖母在皇后必不敢妄動。」

白卿言說完，轉身面向全漁又說：「勞煩公公回去轉告太子，符將軍稱皇后在信中稱陛下命不久矣，看來陛下墜馬之事應當同皇后脫不開關係！如今符若兮被關入大牢之中，皇后與信王……最怕的應當是陛下真的清醒過來，或許會讓其兄長鐘邵仲聯繫舊部謀反逼宮，殿下應當早早派人監視，以防不測！其餘諸事，太子可與譚老帝師商議後一同下令，如此方能服眾！」

譚老帝師乃是陛下昏迷之前託付朝政之人，加上儲君太子，這樣的分量……才更讓朝臣信服，不會讓朝臣以為太子這是要逼宮造反，早日登上大位。

全漁脊背僵直，連連點頭：「鎮國公主這些話，全漁定一字不落告訴太子！」

見全漁一臉害怕的模樣，白卿言又道：「不過，太子殿下也無須太過憂心，至少大都城外還有從安平大營帶回來的兩萬將士，皇后等人不會硬拼，只會智取，只要護好太子殿下安危，提前做好防備，便萬事不懼！」

聽到白卿言這麼說，全漁鬆了一口氣，忙行禮道：「公主放心，不論如何，全漁也會誓死護住太子殿下。」

「辛苦了！早些回去吧！」白卿言說完，見獄卒已經將她的馬牽來，走下高階一躍上馬離去。

全漁忙長揖恭送，直到聽不見馬蹄聲，這才抬起頭來，隨太子府護衛一同回了太子府，將白卿言所言告知於太子。

此時，方老在魏忠的暗中協助之下，已經查到了當年符府和皇后母家鐘府被發賣出去的老僕，證實了當年皇后和符若兮的確是有婚約，且皇后曾到符府，逼迫符若兮在先皇賜婚聖旨下來之前，先去鐘府提親。

不僅如此，因方老有心拿信王的身世做文章，故而查到了當年皇后剛剛嫁給陛下時，在皇后身邊伺候……但因犯錯被打斷了腿趕出太子府的宮婢。

這位宮婢對皇后恨之甚深，已經被方老說動，願意出面指證信王並非陛下之子，且當年皇后是因為妊娠之期已滿，才陷害太子生母如今的俞貴妃推她，遮掩妊娠之期已到之事。

說來也巧，當年皇后還是太子妃……有孕之後，便一直是當時的太醫院院判紀秉福給請脈的，而紀秉福早年舉發簡從文……害得簡從文全族被誅，自己也早已身故，其子嗣如今不知所蹤。

即便是紀秉福的子嗣還在大都城，方老也不懼，畢竟從鎮國公白威霆為簡從文翻案之後，紀秉福已經成陷害忠良的罪臣，他的子嗣又焉敢出來為皇后作證？即便是敢出來……構陷忠良的罪臣子嗣，證詞又可信嗎？

所以，這一局，方老有信心可以替太子扳倒皇后和信王這兩個絆腳石。

太子打算去一趟大理寺獄，與譚老帝師商議，秘密拘禁父皇墜馬後鐘邵仲曾接觸過的禁軍將領，另外還想暫時將禁軍交至白卿言手中，以防有變。

「此事辛苦方老了，還有一事……之前我們只顧著盯著信王府，卻忘了皇后的母家鐘家，皇后的兄長鐘邵仲曾是禁軍副統領，得派人盯緊了鐘邵仲！以免他聯絡舊部，意圖造反！」

太子揚起脖子，讓全漁為他繫衣裳盤扣，面色凝重，他心裡已經確信，皇帝墜馬之事，便是皇后動手。

「殿下放心！老朽這就派人去盯著鐘邵仲和鐘府，不過……我們也得及早防備才是！」方老道。

太子扶著座椅扶手坐下後，全漁跪在太子腳下為太子穿靴。

太子看向方老說：「有從安平大營帶回來的兩萬大軍在城外，帶兵之事……鎮國公主比我等在行，也是鎮國公主讓全漁回來提醒孤的，鎮國公主定然心中有數！孤要去大理寺親自見譚老帝師……與譚老帝師一同下令，暫時將禁軍交至鎮國公主手中。」

方老聽到這話，手指捏了捏衣擺，又面色凝重道：「殿下不可，老朽以為……若是將禁軍交至鎮國公主手中，難免打草驚蛇！老朽知道殿下是擔憂皇宮內俞貴妃的安全，此次……倒是可以將殿下安插在禁軍之中多年未動用的人，用上一用，護俞貴妃周全。」

太子眉頭緊皺，理好衣袖領首：「有理。」

方老見太子接納了他的建議，又上前開口：「殿下，這鎮國公主……身體似乎一日好過一日了！鎮國公主是領兵打仗的一把好手，心智也實為出類拔萃！這樣的人……太子殿下要用，但還是要防！切不可因為眼下鎮國公主看似忠心不二，就放鬆警惕！」

太子眉頭一緊，不贊同方老的話正要開口，就聽方老接著道：「能帶兵且城府心智深沉之人，成為太子殿下心腹，若有朝一日反水，便可在太子心窩處插刀啊！若是病弱還好說，可若是身體一日強過一日，日子久了……難免就居功自傲了。」

太子聽了方老這話，凝視搖曳燭火的眸子陡然抬起，他想起白卿言那卓絕的身手，可這一路長途奔襲，卻比他看著要精神些的模樣，心頭一顫。

「鎮國公主當初最讓太子殿下放心的，不就是因……她是女兒身，身體孱弱，不知何時便會一命嗚呼嗎？不止太子殿下……怕是陛下也是如此！」方老語重心長，「可如今，鎮國公主雖然看似還同以往一般孱弱，可這卓絕的身手……怕不是一個病秧子能有的。」

「方老說的……」太子聲音頓了頓，「孤記下了！」

方老忙起身對太子一拜：「太子殿下心中有數，老朽也就放心了。」

全漁不著痕跡朝方老看了眼，躬身垂眸隨太子一同出了門，去往大理寺，想著路上同太子說一說鎮國公主的忠心。

白卿言快馬回府，便直奔大長公主的長壽院，問起大長公主皇帝昏迷之後的情況。

確定皇帝是真的昏迷之後，便將符若兮在大理寺獄中所說……皇后信中稱皇帝命不久矣之事，還有猜測梁王當初為皇帝獻策假作墜馬，請太子回朝建九星台，挑唆皇后藉機逼宮之事，全部告知於大長公主。

大長公主氣得臉色鐵青，將手中念珠重重拍在小几上：「荒唐！一國皇帝，竟然拿國事、己身兒戲，就為建一個九星台！」

「孫女兒也是反覆想過，以陛下的為人，若非已經深思熟慮過，為何會在墜馬第一時間……便請譚老帝師回朝，祖母回宮？陛下……可不像是個臨危之際，還能鎮定安排朝政後宮之人。」

白卿言道。

大長公主只覺心口憋悶幾乎喘不過氣來，用力攥著自己心口的衣裳，慈善的眉目間如今全是戾氣，她當初怎麼就覺得皇帝能當大任，怎麼就在先皇問詢她誰能當太子大任之時，推薦了當今陛下！

「祖母，如今符若兮已經開口，呂大人想必此時已經從符若兮口中得到證供，譚老帝師也趕了過去，祖母怕是需要進宮一趟，坐鎮後宮……將皇后及其宮人禁足，以免皇后把控皇宮，甚至做出……下旨讓各家命婦入宮，以家眷威脅朝臣的事情發生。」白卿言對大長公主說話極為直白。

既然當初皇帝將後宮託付於大長公主，如今又有符若兮證供在，大長公主更是長輩……將皇后禁足宮中也是理所當然。

大長公主頷首之後揚聲吩咐了蔣嬤嬤一聲，又同白卿言道：「光是禁足皇后怕是不成，還得將鐘家和信王看管起來，否則難免他們藉機生事！雖說……梁王後日便要迎娶柳若芙，大婚在即怕也沒有旁的心思，但還是要盯緊了！讓太子萬事都要與譚老帝師一同下令，否則……怕會被人質疑。」

「祖母放心，孫女兒已經叮囑過太子！祖母放心入宮……禁軍方面太子定會提前安排，必會保證祖母安全。」如今太子要依靠大長公主鎮住皇后，當然要防止鐘邵仲把控禁軍，給皇后方便……反倒拘禁大長公主。

蔣嬤嬤已經準備妥當，進來行禮後同大長公主道：「大長公主，已經預備妥當，隨時可以進宮。」

「祖母，萬事小心！」白卿言扶起大長公主，又同蔣嬤嬤道，「讓魏忠不得離祖母半步，務必護好祖母。」

入宮大長公主不能帶白家護衛軍，魏忠是個太監……且本來就是宮中出來的，倒是無妨。

蔣嬤嬤應聲：「大姐兒放心，有老奴和魏忠在，就是死也絕不會讓大長公主有任何閃失！」

蔣嬤嬤的忠心，白卿言從不懷疑。

白卿言親自送大長公主上了馬車，離開之後，負在背後的手輕輕握成拳。

皇后一旦被禁足，信王和鐘邵仲便必然會沉不住氣，這應當就是梁王和閑王最想看到的。

如今她將魏忠也遣走，是該辦正事的時候了。

白卿言眸色沉沉，轉身回府，讓人將盧平喚了過來，吩咐盧平悄悄走一趟秦府，讓白錦繡將手中暗衛全部召來，她有大用，另外叮囑白錦繡近三日守好秦府，無事不要外出。

在大都城的白家護衛軍白卿言不能用，太容易牽連白家。

而曾經，白卿言將祖母給的皇家暗衛分成兩隊，分別給了白錦桐和白錦繡。

這暗衛，卻是旁人不知道的，白卿言要辦極為隱秘之事，還是用這些皇家暗衛的好。

白卿言藉口練槍，將清輝院中下人全都清走，只留一個春桃在身邊伺候。

不到半個時辰，在白錦繡處的暗衛悉數被調回，被盧平帶著出現在清輝院中。

白卿言將手中銀槍插入軟土之中，從春桃捧著的黑漆描金托盤裡拿過帕子，看著規規矩矩跪在院中對她見禮的暗衛。

她擦了擦臉上的汗後，端起茶杯道：「今夜我要你們守在大理寺外，若見有人闖進大理寺獄中殺符若兮，趁殺人者與大理寺獄卒撕鬥之時，你們務必將符若兮劫出，悄無聲息送到我跟前來。」

「是！」暗衛應聲消失於月色皎白的清輝院中，只餘風過樹葉婆娑，沙沙作響。

不過須臾，雲翳閉月，陡然起風。夜梟嘶鳴，樹影幢幢。

「大姑娘起風了，今夜不如就不練了，早些歇著吧！」春桃柔聲道。

大都大亂在即，今夜……白卿言怕是難以安眠。

夜黑風高，正是殺人的好時候。今夜必會有人去殺符若兮，就算不是皇后，信王也會沉不住氣動手，即便信王沉得住氣……梁王也會想方設法讓信王沉不住氣。

尤其是……今日那個監視她的人，那人見她從大理寺獄中出來，便悄然離開，定然是去同自家主子通風報信。

「大姑娘這是……要救符若兮？」盧平問。

「不是要救，而是要用。」白卿言視線朝城東的方向看去，幽邃的讓人看不出喜怒，「城東外駐紮了兩萬安平大營將士，能振臂一揮讓將士們誓死跟從的，除了符若兮……沒有第二個。」

「大姑娘。」盧平眉心緊皺，隱約察覺到白卿言要做什麼。

大都城要亂了，原本白卿言想強壓穩住局勢……至少穩住大都三年，可如今信王、梁王都正為登上那至尊之位，要在近日拼死一搏。

與其將這些人放著日後徒生變數，不如趁著此次機會，順理成章將這些變數清除。

白卿言不是沒有擔心過，此次她若鋒芒太過外露，會被太子懷疑。

但，白卿言並非全然無退路，梁王不是想要刺殺她嗎？

既然梁王已經有了這個念頭，難不成大燕九王爺不相助……梁王就辦不成此事。

對了，還有一個人希望她死，那便是李茂……和李茂之子李明瑞。

李明瑞……可是個人物啊！天師、九星台，這兩件事同他脫不了關係。

此件事了，鎮國公主白卿言重傷回朔陽養傷，臥榻不起，總能讓太子少些戒心。

「平叔今日辛苦，回去歇著吧，後日……怕是就無法歇息了。」白卿言道。

盧平對白卿言所言向來深信不疑，之前他們家大姑娘便說，要有一場硬仗要打，想來此刻大姑娘已經確定了，硬仗就在後日。

盧平沒有強撐，應聲離開，他帶來的精銳太少，只有休息好了才能在後日護大姑娘安危。

丑時。隨白卿言一同坐在正院的春桃陡然見大都城南面，火光沖天。

「大姑娘！城南著火了！」春桃道。

白卿言起身，估計約莫是大理寺，想來皇后與呂晉的人已經鬥了起來，就看那些皇家暗衛身手如何，能否將符若兮平安帶出來。

快到寅時，清輝院院門被敲響。跟著白卿言坐在院中的春桃嚇得一個激靈，朝白卿言看去。

「去開門！」白卿言吩咐。應該是暗衛將符若兮帶回來了。

春桃上前將門拉開，回來的是之前帶頭的暗衛，他一身還未來得及換掉的大理寺獄卒衣裳，架著已經暈過去渾身帶著難聞臭味的符若兮進門，將符若兮放在地上後，跪地行禮：「稟主子，符若兮帶回，其餘人已將大理寺獄卒引開。」

「目前可有傷亡？」白卿言問。

「回主子，我等假扮成獄卒，傷亡較小，只死了兩個兄弟。」暗衛道。

白卿言點了點頭：「辛苦了，下去歇著吧！」

「是！」

那暗衛頷首剛剛離開，睡了沒多久……顯然剛剛被叫醒的盧平便到了清輝院，他原是得到了皇后母家鐘府有異動的消息，特來給大姑娘稟報的，誰知進門就看到睡在地上，蓬頭垢面，斷了一隻手臂的符若兮。

盧平一臉錯愕，睜大眼：「大姑娘？」

「春桃，你去喚洪大夫過來，平叔你先把符若兮扶到偏房。」白卿言道。

春桃和盧平齊齊應聲，忙活了起來。

盧平將符若兮架起來放在偏房的床上，安置妥當，這才對白卿言道：「大姑娘，鐘府有異動！派去盯著鐘府和鐘邵仲的暗衛分別回稟，一個半時辰之前……鐘邵仲穿了一身鐘府家僕的衣裳從鐘府偏門出來，去了城中一家花樓，我們的人在外面守著，不到一柱香的時間……曾經在鐘邵仲手下的禁軍將領，陸陸續續都去了，不過我們的人沒有敢打草驚蛇，因為太子的人也守在花樓外。」

白卿言垂眸凝視著桌上搖曳的燭火，這原本就在白卿言的預料之中。

既然太子的人已經知道鐘邵仲私會禁軍舊屬，若是太子足夠聰明……肯聽秦尚志之言，就不應該讓鐘邵仲一行人平安從花樓裡出來。

盧平見白卿言面色鎮定，又道：「還有梁王府，聽說在大理寺出事之前，梁王府人曾去了信王府……」

意料之中的事情，梁王十五大婚，皇后不動手，梁王必會挑唆信王動手。

白卿言點了點頭：「有消息隨時來報，讓太子、信王和梁王自己去折騰吧！」

很快春桃替洪大夫背著藥箱，一路小跑來了清輝院。

洪大夫也是臨時被叫醒，老人家並未嫌棄符若兮身上過分難聞的味道，坐在燈下為符若兮診脈後，道：「沒什麼大問題，應該是被人打暈了。」

說著，洪大夫從藥箱之中取出裝著金針的牛皮袋子攤開，抽了一根金針，用床榻旁小几上放置的燭火烤了烤，找準符若兮的穴位輕輕紮了下去。

符若兮陡然張開眼，深深吸了一口氣，映入眼簾的並非是大理寺獄中那又高又黑的高頂，陡然一驚，轉頭就看到了負手立在床邊的白卿言。

符若兮單手撐著床榻，視線掃過白卿言身邊的盧平還有婢女，又落在正在收拾金針的老大夫身上：「鎮國公主……」

大理寺獄之中，皇后派來的人分明要取他性命，難道不是嗎？是鎮國公主？

偏房搖曳燭火之下，白卿言神情冷漠，幽邃沉靜的眸子望著符若兮，慢條斯理開口：「你不用猜，皇后的人的確是去了大理寺獄中要你性命，才給了我的人機會……將你從大理寺獄中救出來。」

符若兮大驚：「可……鎮國公主救我出來，我符家滿門……怕就罪無可恕了！」符若兮要從床榻上起來，就跌倒在床邊，扶著床沿朝白卿言跪著叩首：「求鎮國公主送我回去！」

「不錯，還知道想著符家滿門，也算符老太君沒有白死。」白卿言抬腳走至符若兮面前，彎腰將符若兮扶了起來，道：「既然符將軍惦記著符家滿門，我便給符將軍一個戴罪立功的機會，或許……此次不僅能救你符家滿門，還能救你自己一命。」

符若兮瞳仁一顫，僅剩一隻的手悄然在身側握緊，咬緊了牙，幾乎沒有猶豫，道：「鎮國公主吩咐！」

「十月十五，梁王與南都郡主成親，南都閑王手下的兵將已經悄無聲息入了大都城，為的就是挑唆皇后、信王與太子撕鬥，疏於防範這個懦弱名聲的梁王，梁王欲趁此機會逼宮篡位……」

白卿言口中分明說的是謀逆之事，可神色和語氣都極為冷靜，冷靜到若非此事是她這位鎮國公主所言，符若兮都要以為只是玩笑。

「此時，不論是太子出城，還是我出城去見安平大營軍的兩萬將士……目標都太大，且容易被梁王防備，眼下要做的……是讓梁王自己跳出來，然後將他一舉拿下！」白卿言看著震驚不已的符若兮，「只要你能帶兩萬安平大營將士，平息梁王作亂，便是功臣，不止符家……就連你都可以免死，符將軍可明白？」

「梁王?!梁王怎麼可能……」符若兮不可置信，梁王那個任人欺負懦弱無能，只知道哭的皇子，怎麼敢生了謀逆之心?!

「梁王再無能他也是皇子，從給皇帝進獻丹藥……到用孩童之命煉丹，進獻的煉丹師被封為國師，再到皇帝修九重台，墜馬昏迷，這裡面……哪一件事能和梁王脱得開關係，符將軍可千萬不要再用曾經的目光去看待梁王，如今……梁王身後可是手握兵權的閑王！」

白卿言看著被這個消息震得半晌緩不過神來的符若兮，在一旁小杌子上坐下，靜了片刻才問符若兮：「機會就只有這麼一次，你若做，你便來做……」

符若兮拳頭緊了緊：「鎮國公主將安平大營兩萬兵力交與我，就不怕……我還是會助皇后？」

盧平聽到這話，手指抵住劍柄，寒芒幽暗。

若是符若兮不能為大姑娘所用，盧平便不會留符若兮給大姑娘添麻煩。

白卿言聽到這，眸子裡蒙上淺淺一層笑意，手肘搭在桌几上，手指點了點：「我敢讓你去做此事，便自有……你無法控制之時的收尾辦法！此事雖是險招……可我白卿言從不做不留後路之事。」

「我願意信符將軍，也願意看在符老太君的面子上給你一次生機，可你若是帶兵反水，想想被扣在大理寺獄之中的其他安平大營將領，他們以你為首！但這些將領的親眷可都在大都城內，你說……他們是不是會和符將軍一般，為了皇后，連自家親眷的命都不要了？」

白卿言輕描淡寫：「若是這些將領出面，稱符若兮謀反，讓安平大營眾將士即刻將你拿下！你說……安平大營的將士是信你這個對太子揮刀，被押回大都城的逆賊，還是會相信安平大營其餘將領？」

符若兮目光鎮定望著眼前，曾與他浴血同戰的白卿言，眼底盡是敬服。

「我曾說過，若有人能在安平大營之中一呼百應，此人非你符若兮莫屬，可這全然是沒有人掣肘的情況下！而今……被關在大理寺獄之中的安平大營眾將領，便是最能掣肘你的人！更別說還有符家滿門！」

「這世間萬事，並非只有一種解決方式，可對你來說只有這個方法……能給你和符家一條生路，是你最好的選擇，而對我來說……除了這個方法，還有其餘解決方法，不過是稍微麻煩一些，但並非不能用！」

「擒賊擒王，抓了梁王和皇后、信王，你還能如何？再比如……此時鐘邵仲已經開始聯繫禁軍舊部，我可請太子和譚老帝師即刻下令……將鐘邵仲見到的將領悉數扣押，重新派自己人接管。有了禁軍……只要守住大都城城門，殺了皇后和信王，你又如何？是麻煩了些……你以為就不能平息這場亂事？」

白卿言深如幽譚的眸子鋒芒畢露：「所以符若兮，我這是在給你機會，並非請你幫忙。」

符若兮單膝跪地對白卿言道：「鎮國公主謀略之深遠，符若兮敬服！符若兮不為別的……即便是為了我虧欠甚深的妻和子，也必不會做出什麼愚蠢之事，此次……符若兮糊塗，鎮國公主出手援助數次，救了符若兮這條爛命和我符家滿門，今日之後符若兮便聽從鎮國公主差遣，鎮國公主凡有所命，符若兮若有不從……讓我母親死後魂魄不寧！符若兮滿門不得好死！」

盧平聽到符若兮這話，這才鬆開抵著劍柄的手指。

幾個時辰之前，白卿言在牢獄裡同符若兮說的那些話，符若兮都聽進去了。

皇后對他早已經沒有了情義，只剩利用，正如鎮國公主所言……皇后要人支持，為什麼不找她自家兄長，鐘邵仲在禁軍之中……位居副統領，又在大都城內！

把控了禁軍，就是把控了皇城，這樣的便利她不用，非要用遠在安平大營的他！

皇后是要害他符家滿門，可鎮國公主卻救了符家滿門，該聽誰的……符若兮要是還看不明白，他的母親符老太君就白死了。

符若兮眼眶通紅，心中對皇后的愧疚隨著今日皇后讓人來殺他消失殆盡之後，更多了恨意！恨皇后，更恨自己！若非他蠢，一心相信皇后，母親又怎麼會以那樣悲烈的方式離世？

他還記得母親曾經說過，還要等著幾個孩子都成親，看到小重孫出生……符若兮遠在安平大營，她就替符若兮教孫子孫女，不求他們有什麼大出息，只求能護著那些小樹苗都長成堂堂正正之人。

堂堂正正……這是符若兮小時，符老太君每每耳提面命的。

可長大之後，符若兮做的並不好！

他對不起母親，對不起妻室羅氏，更對不起自己的兩個兒子，對不起符家滿門。

白卿言頷首，俯身扶起符若兮：「符將軍請起，那麼……城外的兩萬安平大營將士，便交給符將軍了，我會讓盧平以鎮國公主府往朔陽送平安信為由，送你出城，該怎麼同將士們說……符將軍自行斟酌。」

「鎮國公主放心。」符若兮點頭。

見符若兮已經下定了決心，聽從自己所言，白卿言這才道：「平叔，你先帶符將軍去歇息，明日一早設法送符將軍出城，安頓好符將軍平叔再來一趟，我有事吩咐。」

「是！」盧平應聲將符若兮帶走。

不過多時，盧平便回來了。

白卿言朝盧平走近了幾步，壓低了聲音道：「平叔天亮之前，我要一具斷了右臂的屍體，穿上符若兮的衣裳，被人斬頭，平叔能否做到？」

大姑娘這是要偽造符若兮的屍身了，這個比較麻煩，符若兮斷了右臂，而且右臂還是剛斷沒有多久。盧平咬了咬牙，十月十五符若兮就會回來，所以不過是要糊弄過去兩天罷了，也並非絕無辦法，他抱拳應聲：「大姑娘放心，天亮之前盧平一定辦妥！」

盧平離開後清輝院再次安靜下來，靜的只剩下風聲。

春桃看著立在廊廡燈下眉頭緊鎖的白卿言，柔聲開口：「大姑娘，睡吧……」

「嗯！」白卿言應聲，是該睡了，養足精神，明日……才是重頭戲。

今夜不止白卿言未睡，太子和譚老帝師還有呂晉同樣是不能安眠。

太子和譚老帝師剛剛拿到符若兮的供詞，大理寺就突然起了火。

呂晉當即反應過來有人來殺符若兮，所有人都全心全意對付前來殺符若兮的暗衛，又忙著救火時，呂晉命前來增援的獄卒先將符若兮轉移走，可後來……符若兮就不見了。

除了那些死士的屍體之外，呂晉這才發現多了兩個獄卒的屍體，經下面獄卒的指認，稱這兩個人根本就不是他們大理寺的獄卒，呂晉驚得差點兒跌倒。

太子和譚老帝師也是面色凝重，只覺皇后和信王的人簡直是神通廣大，越發謹慎，立即吩咐清點大理寺獄卒。

「既然符若兮的證供已經到手，殿下不必再猶豫……抓了信王便是。」譚老帝師當機立斷，「再讓巡防營滿城搜捕符若兮，活要見人……死要見屍！」

太子藏在身後的手卻緊了緊，一副垂眸細思的模樣，並未吭聲。

他是要徹底扳倒皇后和信王，可如今只有符若兮的證供，沒有物證，若是將來信王和皇后等父皇醒了，說符若兮攀誣他們，以父皇曾經對信王的喜愛來說，很可能還是高高舉起輕輕放下。

還有方老說買通了曾經在皇后身邊伺候的宮女一事，畢竟關乎皇家血脈……父皇細查下來，要是查到是他太子府搞的鬼……

辯。

太子忍不住抖了抖，他就成了陷害弟弟的太子，說不定父皇會廢了他。

太子瞭解他的父皇，只有……信王威脅到他的皇權帝位，他的父皇才可能要了信王的命。

所以，要想讓皇后和信王永無翻身之地，除非讓皇后和信王真的舉兵逼宮，證據確鑿不可再辯。

大都城亂了最好，亂了……父皇才知道皇后和信王是真的要謀反，才知道他是個好兒子。

好在城門外還有兩萬安平大營軍隊，巡防營統領范餘淮也是他的人。

「譚老帝師，如今咱們手上只有符若兮的證供，卻沒有皇后寫給符若兮的信件，不足以證明符若兮所言是真的，若是冒然扣押信王，怕是父皇醒來之後要怪罪。」太子眉頭緊皺，「信王雖然被廢為庶民，可到底是父皇的嫡子，處理這件事上……孤若是拿捏不好分寸，會被人非議的。」

譚老帝師垂眸思索，正要開口說什麼，就見全漁急匆匆從大理寺府衙外進來，繞過黑漆檀柱走至太子身旁，單手掩著唇，將鐘邵仲在花樓見舊部的事情告知於太子。

果然，鐘家要反了。太子沒敢耽誤，連忙告訴譚老帝師：「老帝師……鐘邵仲在花樓召集禁軍舊部，怕是要生亂啊！」

譚老帝師握著符若兮供狀的手一緊，道：「殿下，為避免大都城生亂，派人將鐘邵仲一行人全都抓起來才是！」

太子聽譚老帝師如此說，連連頷首，吩咐全漁下令讓巡防營過去抓人。

只要能將鐘邵仲等人抓一個現形，這就由不得皇后、信王抵賴了。

花樓內。鐘邵仲見能信得過的舊部都到了，竟然撩開衣衫下擺抱拳朝曾經的下屬跪了下來。

鐘邵仲舊屬忙跟著跪地，各個驚慌不已：「大人！鐘大人這是何意啊！」

「各位，今日鐘邵仲請各位前來，是受皇后所托來請各位救陛下的！」說著鐘邵仲便朝各位舊部一拜，含淚道，「不瞞各位，上面對外稱陛下為替我晉國祈福，要沐浴齋戒七七四十九日，其實……是因陛下墜馬，到如今都昏迷不醒！」

禁軍各將領大驚。

這天下沒有不透風的牆，皇帝墜馬昏迷之事，他們有些人多多少少都聽到了一點風聲。

鐘邵仲緊緊咬著牙：「此事，乃是太子所為！太子見皇后腹中又懷有嫡子，陛下又將信王召回大都城中，深覺自己的太子之位受到威脅，這才對陛下動手，意圖栽贓皇后和信王，想要一石二鳥，除了皇后和信王，也能讓陛下身死……他作為太子好名正言順登基！」

「可……可這不對啊！我聽聞陛下墜馬的時候太子人還在登州……」有禁軍將領道。

「這就是太子的高明之處！」鐘邵仲早有對策，似是難受的眼淚都流了下來，「太子遠在登州，誰也懷疑不到太子，甚至會懷疑是皇后和信王對陛下出手，想要趁著太子不在大都城之中，藉機生亂擁護信王登基！」

「可諸位想想啊！」鐘邵仲抱拳朝著皇宮的方向，「陛下一死，最能得利的是誰！是太子啊！陛下一死……太子登基順理成章！」

鐘邵仲舊屬忙眉頭緊皺，左右看了看自己的同僚，先開口：「大人，我還聽說，符若兮此次被押回來，就是因為聽從了皇后之命要刺殺太子！」

鐘邵仲鄭重看向自己的舊屬：「符若兮刺殺太子，若是奉了皇后之命，為什麼到現在太子那裡都拿不出證據？」

「諸位！」鐘邵仲表情鄭重又堅定，「諸位細想，皇后是信王的母親不錯……難道就不是腹中嫡子的母親了？皇后如今腹中又懷嫡子，若真有不臣之心，也應當是等到腹中嫡子產下，若是嫡女並非嫡子，再如此行事逼宮才是啊！何以連腹中骨肉都不顧，設計陛下墜馬，又讓人刺殺太子，擁護已經被陛下廢棄的信王登基？」

見眾人皺眉深思，鐘邵仲將兩手拍的啪啪直響：「這於情於理都不合，也難以向天下人交代！這不是……明晃晃的告訴天下人，信王是謀逆篡位弒父弒兄的賊子嗎？皇后這麼蠢嗎？」

禁軍各位將領聽到鐘邵仲如此說，紛紛點頭，深覺有理。

「當初大長公主為了防範有人在太子回來之前加害陛下，將陛下寢宮守得嚴嚴實實，可如今太子回來了……大長公主夜裡又進宮嚴防死守，各位就沒有想過是為什麼嗎？」鐘邵仲緊咬著牙，「是因為大長公主也看出了太子要害陛下！若陛下一死，太子就可以登基了！」

鐘邵仲說到這裡已經哽咽難語：「陛下一死，這個弒父的小人登基，皇后……和皇后腹中嫡子，還有信王怕是都沒有命了！皇后是我的妹妹，信王和皇后腹中的天家嫡子，更是我的外甥！所以……鐘邵仲在這裡懇求諸位，救救陛下，救救皇后和信王……還有皇后腹中嫡子！」

說完，鐘邵仲對著眾人叩首一拜。

鐘邵仲舊部你看我我看你……「誓死跟隨鐘大人，護衛陛下！」有人對鐘邵仲一拜。

見有人應聲，其他人陸陸續續跟著抱拳：「誓死跟隨鐘大人，護衛陛下！」

「諸位快快請起！」鐘邵仲挨個將曾經的舊屬扶起，又將桌上的酒杯斟滿酒，舉杯，「諸位……陛下和皇后，還有皇后腹中嫡子的安危，就託付諸位了！」

「鐘大人言重了，我等身為大晉臣子，自然要為陛下盡忠，既然如今太子意圖弒君謀反，我等也絕不能聽之任之！」有人端起酒杯激昂慷慨道。

鐘邵仲頷首，將杯中酒飲盡，道：「太子勢強，皇后式微，我此次約諸位前來，卻也是口說無憑，諸位還願意信我，我實是銘感於內，等救出陛下，陛下甦醒之後……我同皇后定然會為諸位請功！絕不食言！」

「鐘大人，既然您說……大長公主已經進宮，為的是防備太子暗害陛下，那是否……鐘大人應當去一趟鎮國公主府，請鎮國公主幫忙？我聽聞大長公主進宮之時，還是鎮國公主送上馬車的，如此看來……鎮國公主應當也知道了太子的齷齪心思。」

有人會提出這個問題……鐘邵仲也不是沒有想過，理由鐘邵仲也已經想的十分完善。

鐘邵仲歎了一口氣道：「鎮國公主再厲害也只是一個女子，且現在手中也沒有兵權，幫不上忙！冒然去請鎮國公主……怕還會給鎮國公主帶來麻煩，更容易打草驚蛇！再則……當年信王那孩子不知輕重，自己畏死逃了，卻還誣衊鎮國王白威霆剛愎用軍！」

鐘邵仲滿臉悔恨閉了閉眼：「大長公主是皇室貴女，武宣皇帝的嫡女，當今陛下的親姑母，自然是向著皇家，希望江山安穩的！可鎮國公主已經是太子門下，甚至此次若是太子贏了，便可以殺信王為鎮國王白威霆報仇，又能得到重用！我不敢去找鎮國公主啊！」

「鐘大人所言有理，鎮國公主不會出賣大長公主……因為大長公主是她的祖母！可皇后的嫡子信王當初的確是陷害了鎮國王！按照行軍記錄來說，白家滿門男兒，也算是被信王逼到了絕路，此仇……鎮國公主又怎麼會忘？」

「可鎮國公主忠勇之心天地可鑒啊！南疆、北疆……哪裡有戰事，那裡就有鎮國公主！我覺得鎮國公主不是這麼不講道理的人！」也有人說。

「算了吧！這次的事情成則罷了，若是不成……我等都得人頭落地，何苦帶上鎮國公主！或許鎮國公主根本不想攪和進這件事裡！畢竟……是個女兒家！」又有人道。

那人話音剛落，鐘邵仲安排在外面把風的人便匆匆進門道：「大人，巡防營的范餘淮統領帶人往這邊兒來了！」

鐘邵仲手心一緊，卻也還算鎮定，果然還是如他所料，他被太子的人監視了，所幸該說的他都說完了。

「鐘大人！」有人扭頭看向鐘邵仲，「這可如何是好，不然我們先走吧！」

「此時再走恐怕來不及了！」鐘邵仲說完，吩咐進來報信的人，「讓這花樓的媽媽帶著姑娘們進來！」

鐘邵仲早有防備，即便是太子派范餘淮來拿他們又怎麼樣，誰還能不許人來喝個花酒了？

「一會兒，范餘淮來了，咬死了……就說我因高升之事，所以請你們來這裡喝花酒慶祝慶祝！旁的一概不要說！畢恒……你去後面床下躲著，以免我們都被帶走，你也好回禁軍大營帶人來救！我們決計不能讓人一鍋端了，否則還有誰能救陛下！救皇后！」

「可若是畢恒藏在床下，被發現了……該怎麼辦?!」

「我們都在這裡坐著，他們不會明目張膽搜的，都脫衣服……喝酒！」

鐘邵仲說完，在主位上坐下，神色很是從容鎮定，脫了外袍，解開中衣系帶，倒讓其他人的心也都安穩下來，乾脆坐於自己席位上，也將衣袍脫去，等著花樓媽媽帶姑娘們進來。

范餘淮帶著巡防營的人闖進花樓時，鐘邵仲一行人，一人懷裡一個姑娘，欣賞穿著單薄的花樓姑娘輕歌曼舞。

看到身著甲冑，帶兵闖入的范餘淮，衣襟敞開的鐘邵仲忙放下酒杯起身：「范大人?!你怎麼來了？」

鐘邵仲一邊繫著中衣系帶，一邊笑著朝范餘淮方向走來，一副喝多了酒的模樣搖搖晃晃，到范餘淮面前還打了一個酒嗝：「這麼晚了，范大人這是……追捕逃犯?!」

范餘淮用手搧了搧撲面而來的酒氣，目光凝視著鐘邵仲，皺眉頭退後一步。

見其他人也都喝的七葷八素，范餘淮心想這太子讓他來拿謀逆犯，可人家在這裡喝花酒，什麼也沒幹，該怎麼拿？

進退兩難間，范餘淮喚來了花樓媽媽，問道：「鐘大人是什麼時候來的？」

花樓媽媽看了鐘邵仲一眼，如實回答了。

「來的時間也並不長啊，怎麼諸位大人就喝成了這副樣子？」范餘淮朝其中一個全身打哆嗦的姑娘看去，指著她道，「你……說說看，這幾位大人喝了多少酒！」

「哎呀！范大人！」鐘邵仲笑著將范餘淮的手按下去，身體擋在范餘淮身前，帶著醉意道，「你何苦為難人家漂亮姑娘，有什麼……范大人同我說就成了！」

「您是國舅爺，下官不敢為難！只不過下官接到舉報，有人在這裡密謀謀逆之事！既然國舅爺如此大度讓下官同您說，不如……國舅爺和諸位大人，隨下官去見太子和譚老帝師，說清楚了為宜！」

說完，范餘淮態度強硬：「將國舅爺和諸位大人請回大理寺醒醒酒，順便……再將這花樓的嬤嬤和姑娘們也帶回去，問問清楚……給國舅爺和諸位大人喝了什麼酒，竟然這麼短短時間就能將國舅爺和一眾大人喝得酩酊大醉！」

「好吧好吧！范大人讓我等去見太子殿下，我等自然要去，只不過……范大人能不能不要弄得人盡皆知，我這高升了，心裡高興……這才請舊日下屬來熱鬧熱鬧，可有人家裡管的嚴，要是知道來了這煙花柳巷怕同家裡不好交代！范大人……您多擔待擔待！別弄得這麼興師動眾的！我們自個兒去還不成嗎？」

鐘邵仲說完又笑盈盈扯了扯自己的衣裳：「你看……我們這還穿著中衣，范大人不會讓我們就這麼出去，顏面盡失吧！」

「好！那下官就在樓下等著國舅爺和諸位大人！還請國舅爺和諸位大人不要讓我難做！」范餘淮笑著轉頭對自己的屬下道，「將這些姑娘和這位媽媽，全部帶走！再弄幾輛馬車過來，供國舅爺和諸位大人乘坐！」

「是！」

巡防營眾人應聲行動，在花樓內姑娘們尖叫哭喊聲中，花樓的媽媽驚慌得湊到范餘淮面前。

「范大人！范大人……您行行好高抬貴手，這些姑娘們可都嬌貴，怎麼能去大理寺那種地方！」花樓媽媽忙從袖口掏出銀票，背著人往范餘淮手中塞，「這算是我請諸位大人喝茶的！求您一定高抬貴手，我這些女兒們都吃不了苦的！」

范餘淮接過花樓媽媽的銀票，轉身遞給立在自己身後的屬下：「這是賄賂本官的罪證！拿好了！」

旁。

「是！」

花樓媽媽驚得一張臉煞白，還要上前求情，卻被范餘淮身後擠進來捉拿姑娘們的兵士擠到一旁。

禁軍諸位將領也都不幹了，拍案而起，將花樓姑娘們護在身後。

有人一腳踹翻面前几案，瓷盤瓜果摔了一地，高聲道：「范餘淮！你這是什麼意思！我們來花樓吃個花酒，犯了大晉哪條律例，讓你如此大陣仗抓人！好大的官威啊！當我們禁軍都是軟柿子，隨你捏嗎?!」

范餘淮朝著那禁軍將領看去，眸色陰沉，道：「范某這是奉太子和譚老帝師二人之命，前來請諸位將軍回大理寺協助調查，若有得罪之處……事後再向諸位請罪，可當下……別說是踹桌子，就是拆房子，我也得將諸位好好的請去大理寺！」

說完，范餘淮轉過頭高聲道：「太子與譚老帝師有命！若有頑抗者……斬無赦！抓！」

范餘淮威風凜凜說完，便朝花樓樓下走去。

那花樓媽媽，正癱坐在地上痛哭，眼看著嘴裡不住喊著「媽媽」的姑娘，被那些粗手粗腳的巡防營兵漢子拽著胳膊往外拖，想要攔一攔，誰知連她也被人一把拎著後衣領拽了起來往外拖。

「哎喲！哎喲官爺手下留情啊！我這老身子骨經不起折騰啊！」那媽媽嚇得臉都白了，慌忙求饒。

鐘邵仲見范餘淮一副軟硬不吃的模樣，咬了咬牙，轉身對他的舊部下道：「罷了罷了！咱們就去一趟大理寺，不做虧心事不怕鬼敲門！做了虧心事才會專門盯著旁人窺探，咱們去一趟……譚老帝師也不是那不講道理的人，咱們說清楚也就是了！」

鐘邵仲這番話可算是暗指太子了。

他朝禁軍眾將領拱了拱手：「諸位，都怪今日鐘某約諸位來了這花樓，諸位都是被我連累，鐘某只能厚顏懇請諸位不要同巡防營的將士發生衝突，隨鐘某去一趟！」

鐘邵仲將話說到這個地步，其他人雖然心裡多有不服，也都頷首稱是，說願同鐘邵仲走一遭。

很快房內的姑娘們都被抓走，巡防營帶頭抓人的那副統領笑著道：「勞煩國舅爺，諸位大人請速速穿好衣裳，下官就在門外候著，有什麼需要諸位大人吩咐！」

說完，那巡防營副統領將門關上。

「這范餘淮一向只忠於陛下，什麼時候成了太子的走狗？」有人啐了一口。

被鐘邵仲命令藏在床下的畢恒也從床下爬了出來：「鐘大人，如今該如何是好？」

「范餘淮聽從陛下之命不錯，可如今陛下昏迷，自然是聽國儲的，如今……算是半個太子的人吧！」鐘邵仲道。

也有人擔憂，靠近鐘邵仲壓低了聲音開口：「大人，這太子著急將鐘大人和我等扣住，怕是已經知道我等保駕的意圖，要先下手為強了！大人……」

鐘邵仲咬緊了牙，他又何嘗不知道？

「就怕我等進了大理寺，太子等到殺了陛下登基為帝之後才放我等出來啊！」又有人說。

「看起來，鐘大人說太子有了不臣之心……的確如此！否則為什麼要監視我等！著急著將我等帶入大理寺獄！」

「譚老帝師一向穩重，怎得如今也和太子湊在一起，同流合汙？」

「譚老帝師應當是被太子蒙在鼓裡，畢竟……太子是一國儲君！國君出事……最要依仗的可不就是太子了！」鐘邵仲道。

鐘邵仲越是不全力以赴抹黑太子身邊所有人，他的話……旁人便越是會多信幾分，紛紛點頭。

「原本我想在梁王大婚之時舉事，怕是不行了！諸位……擇日不如撞日，今日我們便殺進宮中，救陛下！救皇后！」鐘邵仲下定決心，滿目皆是狠色。

有人走至窗前，輕輕推開窗櫺朝樓下看了眼，見巡防營將花樓圍得水泄不通，道：「可眼下巡防營的人將花樓圍困，我們就這麼幾個人怎麼殺出去?!」

「畢恒將軍……」鐘邵仲看向自己最信得過的舊下屬，道，「我等下樓之後，你想辦法離開花樓，帶禁軍來大理寺……逼迫呂晉要麼放人，要麼說清楚為何扣人！」

「是！大人放心！」畢恒抱拳稱是。

「陛下和皇后的安危，全繫於畢將軍一人了！」鐘邵仲用力握了握畢恒的手。

不多時，鐘邵仲一行人穿好衣裳從花樓正門出來。

范餘淮也正如同剛才承諾的那般，叫來了幾架馬車，雖說簡陋……卻比沒有強。

鐘邵仲笑咪咪看了范餘淮一眼，和禁軍將領們分別上了馬車。

范餘淮一躍上馬，高呼道：「走！」

白卿言剛瞇了一會兒，聽到窗外極輕的腳步聲，睜開眼，披了件外衣迅速起身。

守夜的春桃被驚醒，站起身，正要拿起床尾的燈盞喚她，白卿言卻做了一個悄聲的姿勢。

「主子！」

聽到這聲，白卿言這才示意春桃將燈盞拿給她，將窗櫺推開了些。

她手中黃澄澄的燭光，勾勒著精緻的下顎輪廓，燭火映入她幽黑不見底的眸子，絲毫不見暖色。

那暗衛單膝跪在窗下，低著頭：「主子，鐘邵仲一行人被巡防營統領范餘淮請去了大理寺，可范餘淮帶人走後，屬下親眼看到有人從鐘邵仲包的雅間兒裡出來，飛簷走壁離開了花樓，屬下見太子的人也看到了，可奇怪的是……太子知道巡防營抓回去的人少了，卻什麼都沒有說，便回府了。」

「好，我知道了，你退下吧！」白卿言應聲。

那暗衛離開後，白卿言將窗櫺放下。

春桃邁著碎步上前：「大姑娘，可是又有大事發生？」

逃了一條漏網之魚，太子卻沒有發作，看來……太子是想要坐實信王謀反之事，不打算給信王留生路了。如此，太子和信王衝突不可避免，此次或許會是巡防營同禁軍先打起來，而後梁王便會登場。

白卿言攏了攏肩上的衣裳，對春桃道：「睡吧！」

還不是白卿言出手的時候，她要養精蓄銳……防著梁王派人來刺殺她。

第二日天還未亮，禁軍圍困大理寺，質問大理寺為何無緣無故強扣禁軍眾多將領，要求大理寺立刻放了他們禁軍將領。巡防營趕來，與禁軍對上。

大都城內百姓哪裡見過這樣的陣仗，大都城內賣早點的兩夫婦一看，這當兵的要鬧事，早點攤子也不擺了，連忙拾掇拾掇，推著獨輪車又走了。其他攤販見這對風雨無阻擺早點攤子的夫婦走了，心裡不安，有的也跟著趕緊拾掇回家去了。

禁軍統領聞訊，匆忙趕去大理寺前，命禁軍不可胡鬧，速速回營，可禁軍卻分毫不退，要麼放了他們的將領，要麼……說出扣押緣由。

畢恒更是高聲道：「總不至於是逛了個青樓，就將朝中禁軍多位將領扣於大理寺中，這是何道理，難不成我們禁軍是軟柿子，誰都能捏一捏嗎?!總之……今日不給個說法，我們禁軍就是受罰也絕不離開！」

「就是!就是!我們要說法！放了我們將軍！」禁軍在大理寺外鬧哄哄吵著。

大理寺內，呂晉坐立不安，太子和譚老帝師早就走了，呂晉已經派人前去請示，應當如何處置鐘邵仲他們。

大理寺著火，如今禁軍幾位將領還在府衙裡關著。譚老帝師的意思是，只要將準備鬧事的人聚起來，等陛下醒來一切便迎刃而解，可卻萬萬沒有料到禁軍會來鬧事。

呂晉手指在几案上敲了敲，喚人來吩咐道：「準備好早膳，給禁軍的幾位將領送去，然後請鐘大人過來，就說本官要循例問詢，等問過之後確認幾位大人沒有問題，便可請示太子送幾位大人回府。」

「是！」

那人離開後，呂晉擺出要問詢的架勢讓人做準備。

大理寺外禁軍叫喊聲愈演愈烈，畢恒高聲喊道：「太子為何讓人抓了禁軍眾將士，莫不是做賊心虛了！知道皇后懷了嫡子，又見信王回大都，便生怕嫡子出生太子之位不保，明著遠赴登州……實則安排人害陛下墜馬，嫁禍皇后和信王，一石二鳥！」

「畢恒！你瘋魔了不成！」禁軍統領厲聲訓斥道。

「我是不是瘋魔，在場的禁軍將士們都知道！陛下根本就不是為國祈福閉關，而是墜馬！大都城中早有傳聞！這全都是太子的陰謀！統領……你若不信，讓呂晉將鐘大人放出來，便什麼都知道了！」畢恒手握劍柄，喊得臉紅脖子粗，「他們之所以不敢放鐘大人，不就是擔心鐘大人將真相公布於眾嗎?!否則為什麼禁軍這麼多位將領困在大理寺內，就是因為那幾位將領全都知道真相，他們怕那幾位將領進宮救駕！」

禁軍將士們你看我我看你，沒想到這其中還有這樣的秘聞。

「你胡說八道什麼！給我閉嘴！」禁軍統領高聲喊道。

大理寺內，鐘邵仲被人請往明堂，心中激動不已，他等的就是畢恒帶禁軍前來這一刻。

鐘邵仲在正要跨過門檻之時，陡然轉身朝著大理寺外的方向跑，一邊跑一邊喊：「畢恒！不用管我們死活！速速請信王帶兵進宮……救陛下！救皇后！」

坐在明堂之上的呂晉沒有料到鐘邵仲會扯著嗓子朝外喊，驚得站起身來：「把鐘邵仲給我拉回來！」

鐘邵仲的聲音從大理寺牆內傳來，讓外面的畢恒雙眸發紅，禁軍全身緊繃。

「禁軍將士們！」畢恒聞聲後，拔劍高聲怒吼，「太子謀逆，設計謀害陛下，使陛下墜馬！

我等身為禁軍，當誓死護衛陛下，護衛皇后！有敢死隨我進宮護駕者……即刻前往皇城救駕！護駕有功者，論功得金得爵！」

畢恒高聲大喊之後，一躍翻身上馬，率先一夾馬肚衝了出去。

高舉搖曳火把的禁軍，各個熱血沸騰，紛紛吶喊跟在快馬而去的畢恒身後，一路狂奔。

「畢恒！你給我站住！」禁軍統領推開圍在大理寺門前的禁軍將士，對著畢恒高呼，可只見身邊的禁軍，幾乎皆跟隨畢恒而去，禁軍統領大怒，「去！給我把他們攔住！若有敢擅闖皇城者以謀逆罪論處，格殺勿論！」

大理寺內，被押回明堂的鐘邵仲唇角勾起，似笑非笑望著呂晉，大事已定。

鐘家他已經安排妥當，他三日前……便開始陸續讓忠僕將鐘家家眷，從宅子裡的密道帶出去，出了大都城。

若此次成了，便將鐘家滿門接回來，那便是享不盡的榮華富貴，若是此次敗了，也不過他一人性命。滿族榮耀和子孫富貴，同他一條命來比自然是重要得多。

他鐘邵仲是什麼人？能不知道太子派人盯著他？

如今守皇城的禁軍，他早已經安排好，太子聽聞畢恒帶禁軍前去皇城「救駕」，再聽說畢恒在大理寺鬧的這麼一齣，又怎麼會猜不到……畢恒明為救駕，暗是逼宮？

再等太子聽說，守護皇城的禁軍和畢恒所帶領的禁軍對峙，難道不會趕緊搶先進宮去？

只要太子跨入皇宮大門，不論是從武德門之外的哪個門入，已經悄悄入宮的信王便會第一時間得到消息，在皇城之內帶禁軍射殺太子，稱太子帶兵入宮謀逆。

屆時，信王對外稱……太子為登基不擇手段謀逆，於宮中殺了陛下和大長公主，畢恒和信王帶兵護駕卻已來不及。

皇帝和太子駕崩薨逝，梁王懦弱不堪大用，其餘皇子還太小，他們便能擁立信王登位。即便是目下無法擁立信王登位，也可以推幼子登基，去母留子，讓皇后垂簾聽政，如此政事還是掌握在皇后手中，可以讓信王先憑藉護駕大功，重新封王！

大不了等過一兩年，對外說小皇帝人小福薄並非天命所歸，一命嗚呼……信王登基便理所應當了。一切，都是鐘邵仲算好了的。

呂晉的下屬將鐘邵仲押入明堂，對呂晉抱拳：「大人……」

明堂內搖搖曳曳的燭火，映著呂晉沉著鎮定的五官，眸色深沉的讓人看不到底。

「不用審了，押入大牢關起來！」呂晉眸裡映著滿堂黃澄澄的燈火，聲音卻極為冷漠，「速速去稟報太子與譚老帝師。」

「我還以為，呂大人會問問我，昨晚花樓拿人的事情。」鐘邵仲笑道。

事情已經到了這個地步，呂晉反倒是沒有那麼著急了，他緩緩在正堂之上坐下：「看來，昨夜花樓抓人的漏網之魚……便是帶頭鬧事的那位畢大人，鐘大人會乖乖同范餘淮大人來這大理寺，等的就是這一刻，讓禁軍對太子想要謀害皇帝登基深信不疑。」

鐘邵仲立在正廳中央，一派沉穩的模樣：「怎麼，呂大人不信太子害了陛下……意圖提前登基？畢竟……陛下死了，太子才是最得利的。」

「可太子，並非是那種大逆不道，弒君殺父之人。」呂晉說完，擺了擺手示意其他人出去。

見呂晉將其他人都遣了出去，鐘邵仲便明白呂晉有事要問他。

「昨日花樓被擒，是你有意為之？」呂晉問道。

鐘邵仲知道，呂晉一向沉穩精幹，更是將滿腹才華藏於腹中，不輕易顯露鋒芒。

「失手被擒罷了！誰能想到我找了個喝花酒的名頭……竟然還會被請入大理寺扣住，但如今禁軍攻皇城已經是勢在必行，皇城眾人還未曾反應，可……禁軍已經做好了準備！」

沒有到最後一刻，鐘邵仲決計不能對旁人說實話，他唇角勾起道：「呂大人，你若是棄暗投明，放了我等前去救駕，等陛下醒來……我一定會向陛下為你請功！」

鐘邵仲視線環繞這大理寺正堂，笑著道：「這大理寺卿的位置呂大人也坐了多年，此次立功便能再進一步！」

呂晉眸色沉靜如水，絲毫沒有被鐘邵仲所言打動，只道：「鐘大人向來是一個謹小慎微，喜歡留後手的人，能在這裡與我侃侃而談說這麼多，想來……除了設計讓禁軍攻城之外，還留有後招。」

「呂大人高看鐘某人了。」鐘邵仲笑著道，「今日我人已經被困在這裡，還能有什麼後招後手的，倒是呂大人，太子設計害陛下墜馬，等陛下醒來……太子必死無疑，呂大人何苦跟著太子，害了自己的前程，也害了呂家滿門！」

「鐘大人這話就言重了，我不過是盡忠職守，陛下昏迷前將朝政託付於譚老帝師，我自當……聽從譚老帝師吩咐做事！」呂晉不慌不忙對鐘邵仲說，「可是鐘大人，你有沒有想過，你藉口救陛下讓禁軍攻城，等到你與太子兩敗俱傷之後，或許有人要做黃雀了。」

鐘邵仲負在背後的手一緊，又笑著緩緩鬆開，道：「呂大人難不成是說……城外的安平大營兩萬將士？不巧……我已派人將安平大營眾將領全部被關入大理寺的消息，送到了那兩萬將士那裡！而此刻大都城城樓之上也已經換成了我的人，安平大營的將領出不去，呂大人說吧……誰能領兵？派鎮國公主去嗎？」

「可惜了……」鐘邵仲失笑，「安平大營的將士們都知道是鎮國公主將符若兮抓回大都，昨夜大理寺火光沖天，如今符若兮生死不明，安平大營眾將領被抓，你覺得安平大營的將士們最怪的會是誰？他們還會不會聽從鎮國公主的號令？」

呂晉望著鐘邵仲，輕輕搖了搖頭：「我說的，是梁王……」

梁王此刻坐於几案前，面前亮著一小盞幽暗的燈光，因一夜未睡下顎冒出些鬍渣，眼窩也越發顯得深邃，目光不似平常人前那般怯懦，反倒透著股子殺伐決斷的狠戾。

「閑王親自去驗屍了嗎？」梁王問。

跪在地上的紅翹頷首：「正是，奴婢遠遠的看著，見閑王鬆了一口氣的模樣，那被斬了頭顱的屍身，約莫就是符若兮，畢竟符若兮斷臂……這點無疑，且也沒有湊巧到旁的斷臂之人死在這個時候！」

「身上的衣裳呢？你細看了嗎？」梁王又問。

「閑王的人守得十分緊，奴婢沒法細看，不過……依奴婢看來，應當是符若兮沒錯！」紅翹說得十分肯定。

梁王長長呼出一口氣，此次只要大事一定，他登基後首要的……便是讓白家滿門身敗名裂，死無葬身之地。

「殿下，還有一事，昨夜郡主意圖讓人去刺殺鎮國公主，卻被閑王攔住，發了好大一頓脾氣。」紅翹道。

梁王一想就知道，柳若芙這位閑王獨女被閑王寵壞了，又有大晉第一美人兒的盛譽，在南都的地界兒上……要風得風要雨得雨，比公主還尊貴！上一次在宮宴之上，大樑皇子認錯了人讓柳若芙丟了天大的顏面，柳若芙怪罪不上大樑皇子，自然是要對白卿言恨入骨髓的。

紅翹抬頭看了眼若有所思的梁王，叩首道：「奴婢要在郡主醒來之前趕回去，奴婢這就先行告退了。」紅翹對著梁王叩首。

因著梁王明日就要同柳若芙成親的緣故，紅翹早早被柳若芙要了過去，讓紅翹同她講一講梁王府的事情，主要……柳若芙還是喜歡紅翹梳頭髮的本事，有紅翹在總能為柳若芙梳出別緻又好看的髮髻。

「你去吧！」梁王說完又壓低了聲音叮囑紅翹，「這幾日……藥有沒有給柳若芙用？」

紅翹頷首，鄭重道：「殿下放心，藥奴婢每日都混在梳頭的香露油裡，郡主腹中胎兒必定會在足月之前落胎，即便是那胎兒能夠挺到足月生產，產下來的子嗣也必定會是殘胎，殿下放心！」

梁王點了點頭：「辛苦你了紅翹，如今……本王身邊就只剩下你了！」

紅翹去到柳若芙的身邊，是梁王設計……

梁王可不會讓柳若芙肚子裡的孩子平安出世，因為……一旦男胎落地，閑王野心勃勃，怕就會對他動了殺機。

「殿下萬萬不可如此妄自菲薄，殿下是真龍天子……應當登上皇位，這天下都是殿下的！」紅翹此話說得真心實意。

紅翹走後，梁王起身喚人來更衣。穿戴齊整，梁王從雕花隔扇中跨出來，立在廊廡下，望著這才將將透出一絲亮光的天，卻見隱隱有黑雲翻滾，要變天的預兆。

梁王唇角勾起笑意，當初二皇兄沒有做成的事情，他要替二皇兄做成！

當初白家加在佟貴妃和二皇兄身上的痛，他要白家百倍償還。

前來報信的小太監跨進院門，看到梁王立在廊廡下，忙行禮道：「殿下，閑王派人來請殿下悄悄過府一趟，馬車已經在偏門候著了。」

原本，閑王不派人來請梁王，梁王也是要去的，他點了點頭：「好，我們從偏門走！」

閑王也是一夜未睡，信王和鐘邵仲出手的時間，要比閑王預料的早一天。

閑王當時預估，鐘邵仲和信王定然會在梁王大婚之日，趁亂動手。

可就在剛剛，閑王得到消息，鐘邵仲手下最忠誠的那個叫畢恒的禁軍將領，已經帶著禁軍前往皇宮，打著救駕的旗號，要攻皇城了。

且閑王的人前去探知，畢恒的人準備得十分妥帖，攻開武德門只是遲早的事情。

畢恒所帶禁軍與皇城禁軍已經廝殺起來。

除此之外，畢恒命部分兵力前往太子府，捉拿謀逆篡位的太子，如今太子府被巡防營護著，還不知道下一步動作，可閑王已經坐不住，決定先將梁王悄悄接到府上，等巡防營、禁軍相互搏殺，信王和太子的人都消耗的差不多……且人困馬乏之時，就是他們藏於大都城內的南都兵出其不意做黃雀之時。

但，閑王若想要名正言順，還需要身為皇子的梁王來正名。

屆時，可稱……信王殺了太子和皇帝，梁王欲撥亂反正，救駕去遲。

即便是信王還未殺太子，他們南都軍將太子和信王還有皇帝、皇后一同送上西天，誰又敢說梁王不是正統？不能登基？

雖然說，若是明日婚宴之時，控制大都城各家前來道喜的官眷，方能萬無一失。可事出突然，既已生變，那他們就必須隨機應變。

柳若芙今日起的早，沒有見到紅翹已經發了一通火，又聽說禁軍和正在守皇宮的禁軍打了起來，柳若芙立刻命人更衣前往前院去找閑王。

「父王！」柳若芙拎著裙擺跨入廳中。

正在與南都軍眾將領商議此次大事的閑王看到女兒進來，忙停住話音，迎了出來，訓斥柳若芙一旁的婢女：「你怎麼回事兒？不知道扶住郡主？」

那女婢嚇得一個激靈，忙上前扶住柳若芙的手臂。

「見過郡主！」南都眾將士對柳若芙行禮。

在廳中這些將領，可以說都是看著柳若芙長大的，對柳若芙來說如同親人一般，她一點也不拿架子：「見過各位叔叔伯伯！」

閑王笑著對柳若芙道：「這天還未亮，你怎麼就起來了？」

「我在房中都聽到喊打喊殺聲了，咱們府上護衛來來往往的，女兒怎麼睡得安生？」柳若芙說完之後又道，「父王，如今大都城亂了，女兒現在可以趁亂派人去要了白卿言的命了吧？白卿言現在在太子門下，要是不除……帶著城外的安平大營兩萬將士入城，父王的打算可就要落空了。」

閑王輕輕拍了拍女兒的手：「你現在要好好保養身子，準備當你的皇后就是了，白卿言交給父王處置，父王定會讓你滿意！」

「父王，你可不要以為女兒只記恨私仇，所以才要讓父王此時分兵力去殺白卿言！女兒是真覺得怕白卿言會亂父王大計，更重要的是……此時要是白卿言一死，那大長公主定會將帳算在信王的頭上，不會懷疑我們，對我們百利而無一害。」

閑王還不瞭解自己的女兒嗎？分明就是為了報私仇。

「好了好了，此事你不必操心，父王已經派人盯住了鎮國公主府，今兒個一早鎮國公主府除了派人回朔陽送平安信之外，白卿言並未出城，你放心！若是白卿言有異動，父王定然替你了結了她，可此時對白卿言動手，萬一要是讓白卿言僥倖逃脫，於我們大計無益！讓你坐上皇后之位才是我們的目的，大局為重！」閑王語重心長同柳若芙道。

柳若芙咬著唇，皺眉。

閑王的親隨小跑進正廳院子，同閑王抱拳後道：「王爺，梁王已經到了！」

柳若芙聽到梁王兩個字就厭惡不已，甩了帕子轉身離開，不願見梁王那懦弱的樣子。

閑王對女兒背影搖了搖頭，道：「快請梁王來正廳。」

柳若芙走過轉角，腳下步子一頓，掩著唇對自己的貼身婢女道：「去將小王將軍請來！」

「是！」柳若芙貼身婢女應聲後匆忙離去。

那婢女心知肚明，小王將軍是王將軍的長子，自幼便傾心郡主柳若芙，原本想要立了軍功就求親，誰知道……柳若芙最後卻要嫁給梁王。

之前王將軍帶著小王將軍來大都城，說要參加柳若芙婚禮的時候，小王將軍曾私下見了柳若芙一面，稱梁王懦弱配不上柳若芙，想要帶柳若芙遠走高飛。

後來，小王將軍得知閑王將南都軍分批安排進大都城，為的便是扶梁王登位讓柳若芙做皇后，這才歇了要和柳若芙私奔的念頭。

如今柳若芙又找小王將軍，想來是要讓小王將軍替她去殺鎮國公主。

果不其然，等小王將軍到了之後，柳若芙便說了讓小王將軍瞞著她的父王，帶兵去鎮國公主府……務必要將鎮國公主殺了。

小王將軍雖然鍾情柳若芙，可也並非全無頭腦，擔心會壞了閑王大計猶豫不決，柳若芙卻道：「你可別忘了，城外還有兩萬安平大軍，鎮國公主可是帶兵的好手，這幾次大戰皆是以少勝多，父王輕視女子，可我不能讓此事出紕漏！若是真的出了紕漏，死的不光是父王、我還有梁王，更有忠於父王的將軍叔伯們，這些自小看著我長大如同我親人的叔伯！」

柳若芙說著雙眸發紅，用帕子沾了沾眼角，定定望著小王將軍：「所以，此事我只能請你幫忙辦！你若是不願意我也不勉強，我便只管去和白卿言同歸於盡，也好……讓這腹中的孽障，無法降生。」

「郡主不可！」小王將軍清秀的五官頓時煞白，忙道，「屬下聽從郡主所言，定會將此事辦妥，郡主放心！」

柳若芙這才收了眼淚，朝著小王將軍福身行禮：「那一切就拜託小王將軍了！」

小王將軍回去後，倒是沒有著急帶兵前去鎮國公主府，反倒去前廳……趁著閑王將梁王喚去書房商議正事，把柳若芙所托告知了自己的父親。

王將軍想了想，便允准了兒子：「為父知道你對郡主有情，但切記將這分情藏在心裡，往後郡主便是皇后了，你替郡主解決了麻煩也好！日後的路……會比為父走得更穩一些！去吧……小心點兒！一定不能讓鎮國公主府的人逃出去！」

「兒子初來大都城，面生，所以……兒子想假冒信王的人行事，如此便不會暴露閑王，就算是鎮國公主府有人逃出去了，也與我們大計無礙！」小王將軍說。

「我兒思慮妥當，去吧！」王將軍拍了拍兒子的肩膀，「那鎮國公主一把射日弓，箭無虛發，你可要小心，切莫因為鎮國公主是女子便輕敵了！那白家護衛軍可都是從白家軍退下來的，不是好對付的！」

「兒子明白！」

小王將軍應聲之後，轉身朝院外走去。

第七章 出謀獻策

今日畢恒帶著禁軍攻皇宮之事，大都城人盡皆知，百姓都躲在家裡不敢出門。

清貴人家女眷男丁湊成一團，不敢輕易出府。

要上早朝的官員，換好了官服，卻都龜縮在府中，讓護院將院門守好以防不測，又將家中女眷小兒聚在各家院落最深處，甚至有人家已經將孩子藏入密室之中。

鎮國公主府二夫人劉氏聽到動靜驚醒，原本想要去長壽院，一聽說大長公主昨日夜裡進宮，誰都沒有通知，一時心裡拿不定主意，便來了清輝院。

巧的是七姑娘白錦瑟，也一同來了白卿言的院子裡。

二夫人劉氏心裡不安：「這怎麼好好的，就開始攻打皇宮了？」

「信王稱是太子設計害了皇帝，想要殺皇帝登基，太子稱……信王設計害了皇帝，想要殺皇帝再殺了太子登基，兩方就打了起來！」白卿言儘量將事情說的讓二夫人劉氏能夠聽懂。

「這……這會不會波及到咱們？不如將錦繡和望哥兒還有秦朗接到咱們府上來吧！人都湊在一起，也能壯膽啊！」劉氏揪著帕子，心裡慌得厲害。

「二嬸兒，你不必擔憂，我已經讓平叔吩咐錦繡不要出府，此次信王和太子廝殺是為爭大位，不會在大都城中濫殺無辜，畢竟……現在的臣子忠的都是他們林家，他們誰願意登上大位前便落一個殘殺官眷的殘暴名聲？」白卿言安撫劉氏。

白卿言的話是有道理，劉氏也能聽得進去，可女兒外孫和女婿都不在身邊，又出了這麼大的事情，她怎麼能放心他們的安危。

「況且……」白卿言眸中暗芒熠熠，「我們府上，怕要比秦府更危險！還是不要讓望哥兒和錦繡回來的好！」

「信王或許會想到城外兩萬安平大軍，怕長姐出城帶軍增援太子……而派人殺長姐？」白錦瑟拳頭一緊，陡然脊背發涼。

「信王有這個可能，旁人也並非沒有，比如南都郡主柳若芙，南都眾將士……可是為了賀他們南都唯一的郡主大婚，舉家來大都城了！」白卿言淺淺笑了笑，「況且柳若芙，可是個睚眥必報之人啊！」

「閑王這是要……螳螂捕蟬黃雀在後嗎？」白錦瑟臉色頓時變得十分難看。

劉氏聽不懂，可看七姑娘白錦瑟的表情，便知道事情不妙，卻又聽不明白兩個孩子這是打什麼啞謎，更緊張了：「你們倆到底是在說什麼呢？」

「二嬸兒、小七，你們不用擔心，若是一會兒有人來鎮國公主府，小七你便帶人護著二嬸兒去祖母的長壽院躲著，不論發生什麼事都不要出來！知道嗎？」白卿言說完，轉頭吩咐春桃，「讓廚房將早膳送過來，我和二嬸兒、小七在這裡用！」

「是！」春桃應聲，打簾出門吩咐婢女去傳早膳。

白卿言用完早膳，安撫好劉氏和白錦瑟，剛將兩人送出清輝院大門，盧平便回來覆命了。

「大姑娘，屬下已經將符若兮平安送入安平大營，與符若兮約好，大都城東門上方三發煙花為信，他便帶兵直入東門！」

盧平話音剛落，便有暗衛來報：「主子，閑王府有異動，有人從閑王府出，前往城西柳懷巷，至少帶三百兵士往鎮國公主府這裡來了！」
春桃心都提到了嗓子眼兒，緊緊揪著帕子。
白卿言鎮定吩咐道：「命暗衛分為兩路，一路護在大長公主長壽院外，一路去秦府護住二姑娘，我們白家護衛軍大部分都在朔陽，分出多半守白府正門內，其餘人著重守長壽院！春桃速去通知二夫人和七姑娘，讓她們前往長壽院躲避，守好長壽院院門，我不回來，絕不能出院子半步！二夫人和七姑娘我便交給你了！」
「是！」春桃應聲小跑出清輝院。
「平叔留在府內守護二夫人和七姑娘，派十個好手隨我出府……」白卿言道。
白卿言要在南都的兵快到白府門前時出門，將南都兵引開。
畢竟南都軍的目標是白卿言，他們也怕白卿言會出城，率那兩萬安平大營將士前來護太子和皇帝，如此白府裡的二嬸和七妹才能安全。
「大姑娘這是要引開南都的兵?!」盧平立時便明白白卿言的意思，「大姑娘不可！南都兵明裡暗裡在大都城藏了不少，大姑娘只帶十人出府，府內倒是安穩了，可大姑娘的安危呢？至少讓我跟在大姑娘身邊吧！」
「平叔放心，我帶著他們繞個彎子，就去太子府了！太子府有巡防營護著，我不會有事！去安排吧！」說完，白卿言便回清輝院上房，解開身上的沙袋，換甲。
昨夜和今晨白卿言未曾練槍，這一夜雖然消息陸續送來，可後半夜她睡得還算安穩，此刻精力充沛。等白卿言一身戎裝從清輝院正門出來時，盧平已經帶著挑選好的十個護衛，高舉火把，立在清輝院門前。

見白卿言出門，盧平幾步上前：「大姑娘，人我已經挑好了，屬下還是跟著大姑娘吧！」

「平叔在白府，我才能無後顧之憂，二嬸兒和七妹還有勞平叔守護！」白卿言一邊調整護腕，一邊對盧平道，「我要做的事情還很多，不會讓自己出事，放心。」

盧平欲言又止，只能點了點頭，將白卿言送到門口。

「咚咚咚——」白卿言一行人剛走至正廳，便聽到有人敲正門。

盧平與白家護衛立時拔刀，將白卿言護在身後。

守門護衛從門縫往外看了眼，外面月拾長揖到地，道：「蕭容衍蕭先生請見鎮國公主！」

白家守門護衛認識那護衛，的確是蕭容衍身邊的人，再往遠看……那位蕭先生正立在鎮國公主府隨風搖曳的燈籠之下，身姿挺拔，風骨傲岸。

守門護衛忙小跑過來，行禮道：「大姑娘，是蕭先生！」

白卿言微怔，蕭容衍怎麼這個時候來了？

「請進來！」白卿言道。

守門護衛開了半扇門，將蕭容衍請了進來。

蕭容衍對白家護衛軍頷首致謝，幽邃的目光朝一身戎裝的白卿言望去，眉頭緊皺，眼底盡是擔憂。

今日大都生亂，白卿言必將首當其衝。不論信王也好，還是梁王也罷，頭一個要殺的便是白卿言這位支持太子……又用兵如神的殺神白卿言。

蕭容衍如何能不知道白卿言這性子，白家護衛軍大多數都在朔陽，剩下的她必定都用來護自己的親人！果真，蕭容衍見白卿言身邊連盧平算在內，只有十一個人，臉色十分不好看。

鎮國公主府的門再次闔上，盧平等人才收了劍，側身讓到一旁。

蕭容衍拎著直裰下擺，從高階上走下來，快走到白卿言面前時，才朝白卿言行禮：「白大姑娘！」

「蕭先生！」盧平頷首。

「蕭先生怎麼這個時候過來了？」白卿言問。

「白家護衛軍大多都已經回了朔陽，蕭某想著大都白家或許人手不夠，帶人前來幫忙！」蕭容衍指了指身後的月拾，「月拾白大姑娘知道的，是蕭某人的貼身護衛，身手極高！蕭某人常年行走列國，身邊有一批暗衛，也是各個身手卓絕！行動間悄無聲息，全部可借於白大姑娘！」

盧平望著蕭容衍滿心感激，又看向自家大姑娘，希望大姑娘不要拒絕。

白卿言知道蕭容衍這是擔心她，眉目淺笑，點了點頭：「那白卿言……就在此，謝過蕭先生了！」

「此刻大都亂成一團，蕭先生就不要再隨意走動，先在白府避一避，蕭先生的暗衛留下守護蕭先生和我二嬸兒、七妹！月拾……我帶在身邊！」白卿言道。

蕭容衍眉頭一緊：「蕭某會留在白家護二夫人和七姑娘周全，還請白大姑娘將暗衛和月拾帶走，蕭某可以性命擔保，絕不會讓二夫人和七姑娘傷一根寒毛！」

見白卿言還欲開口，蕭容衍朝著盧平一拜：「盧護衛，我想與大姑娘單獨說兩句！」

盧平朝著自家大姑娘看了眼，見白卿言頷首，他便帶著護衛向一旁退出十步之外。

蕭容衍靠近白卿言，幽邃的眸子凝視白卿言素淨精緻的五官，壓低了聲音道：「我知道你是想將來白府的南都兵全都引開，所以你的處境定會比白府更加艱難，多些人手保護，你就多一些安全，不論是我還是你二嬸兒還是七妹都安心些，你若是不帶夠人手，受了傷……難不成你二嬸兒和七妹能安心？」

不給白卿言開口的機會，蕭容衍又道：「你若信我，將暗衛帶走，我定會護你二嬸和七妹安全，若他們有絲毫損傷，我拿命來償！」

白卿言欲將閑王的人引開，白府的危機便會小一些這一點白卿言心裡明白，將人留在白府也不過是為了以防萬一。

如今蕭容衍都這麼說了，白卿言也不好再拒絕：「讓暗衛在暗中跟著我，你和月拾留在白府，有任何情況，讓月拾或者是平叔速速來告知於我！」

「你放心！」蕭容衍很是想將白卿言擁入懷中，可這會兒盯著他們的人如此之多，眾目睽睽之下，蕭容衍不能做出任何逾矩的行為，壞白卿言名節，他只能後退一步，朝白卿言長揖到地，「白大姑娘，萬望小心，衍……一定會為白大姑娘，守好白府！」

蕭容衍從未如此掛心過一個人的安危，他也從未想過，自己心儀之人，會在沙場衝鋒陷陣，他要在後方提心吊膽。

白卿言亦是朝蕭容衍長揖行禮：「那白府……白卿言就託付蕭先生了！」

蕭容衍頷首。

「平叔……」白卿言朝盧平看去。

盧平立刻應聲快步上前：「大姑娘吩咐！」

「今日白府上下，聽從蕭先生調遣，蕭先生所命便是我所命，不得有違！」白卿言道。

盧平略感意外朝蕭容衍看了眼，沒想到白卿言會將白府安危託付給蕭容衍，但蕭容衍是白府恩人，且盧平觀蕭容衍行事極有章法，再加上蕭容衍行走列國，定然遇到過許多危險，如今能平安立在這裡，想來是有本事的。

「盧平領命！」盧平對蕭容衍拱了拱手，「蕭先生，今日白府就拜託蕭先生了。」

蕭容衍對盧平還禮。

很快，又有人來報，說南都一位將軍帶兵快要到鎮國公主府這條巷子了。

今日的大都城上空，天陰沉沉的，烏雲滾滾，看著就讓人極為壓抑。

白卿言回頭看了眼高舉著火把的十位白家護衛軍，立在高階之上，抱拳：「今日便辛苦諸位，同白卿言出生入死。」

「誓死跟隨大姑娘！」

「誓死跟隨大姑娘！」

白卿言頷首，握住腰間佩劍，沉著開口：「開門！」

鎮國公主守門護衛將白府連山朱漆金環的大門打開，手執火把的白家護衛軍率先出府，一躍上馬，白卿言這才不緊不慢跨出府門。

立在院中的蕭容衍手心收緊，凝視白卿言披風翻飛，一顆心懸在嗓子眼兒。

馬蹄和兵士鎧甲、步履發出如悶雷般的聲響，在這空曠的長街顯得格外齊整，懾人。

月拾聽到動靜，朝牆外看了眼，又看向步伐堅定的白卿言，擔憂不已。

蕭容衍拳頭緊握，望著白卿言挺拔而略顯單薄的身影，咬著牙：「關門！」

鎮國公主府兩扇大門緩緩閉上，蕭容衍轉頭望著盧平，聲音沉穩，又急又快吩咐道：「勞煩盧護衛……命府上僕從將鎮國公主府全部存酒全部搬來以防不測，護衛軍中但凡弓箭不錯的也即刻調來一半！擅長近身搏鬥的，護在二夫人和七姑娘所在院外，身強力健的僕婦，守在院中，關好院門，弓箭手立在牆上！此時不要顧什麼男女大防，屋內留幾個身手卓絕的護衛，將門守好！」

盧平聽蕭容衍這般有條不紊的布局安排，層層疊疊，井然有序，心中陡升幾分疑竇。

小王將軍騎馬在最前，遠遠看到鎮國公主府外有護衛手舉火把騎於高馬之上，那一身戎裝鎧甲，背挎射日弓的銀甲女子，銀甲在隨風亂竄的火光映照之下，泛著瘮人的寒光。

小王將軍心中暗道不好，抽出腰間長劍故意高呼道：「信王有命，斬殺鎮國公主者，賞百金得爵！千萬不能讓鎮國公主跑了！殺呀！」

這話一出，南都將士們頓時如同打了雞血一般，喊殺聲震天。「殺呀！」

「斬殺鎮國公主！殺啊！」

白卿言聽到重兵靠近，要斬殺她的話音，絲毫不慌，取下射日弓，單手扯住韁繩一躍上馬的同時抽出羽箭，搭弓拉箭，回頭……目光淡漠平靜朝著帶頭的小王將軍看去，人未靠近，殺氣已至，視線如春寒料峭，又如結了冰的碧水幽潭。

她沉穩放箭。不待小王將軍反應過來，箭鏃穿過白家軍手中高舉的火把，帶著火星四濺，直直穿透鎧甲，貫穿小王將軍的鎖骨。

小王將軍痛呼一聲，用力扯緊韁繩，怒馬長嘶，揚蹄而立，險些將小王將軍甩下去，他雙手用力扯住韁繩，將胯下戰馬穩住之時，再抬頭白卿言一行人已經揚長而去。

小王將軍顧不上鎖骨處疼到半身發麻的箭傷，只知道絕不能讓鎮國公主出城，高呼道：「追！絕不能讓鎮國公主出城！一半人隨我去追，一半人在東門處截殺！」

語罷，小王將軍率先衝出去。南都軍向來訓練有素，立時分為兩撥，一撥跟隨小王將軍去追白卿言，一撥直奔大都城東門，指望著在大都城東門截殺白卿言。

小王將軍所帶兵將，只有將領騎馬，多數步兵，又怎麼追的上騎馬的白卿言和白家護衛軍？

白卿言側頭吩咐自己身旁的白家護衛：「繞過前面的巷子後，悄悄去東門盯著，若有情況立刻來報！」

「是！」那護衛應聲，在轉彎之後，棄馬一躍翻入別家院牆。

立在鎮國公主府院中的蕭容衍，聽聞牆外的腳步聲，急急追著白卿言離去，消失在鎮國公主府門前的巷子裡。蕭容衍身側拳頭緊了緊，轉頭對盧平長揖一禮道：「還請盧護衛，即刻派人暗中盯住皇宮四門，這四門若有異動……及時去報於白大姑娘知曉！」

盧平算是看出來了，這蕭先生恐怕十分不簡單，但這蕭先生此次是為了白家，又深得大姑娘信任，盧平沒有遲疑應聲稱是。

小王將軍帶兵一路追，追了幾條巷子之後才意識到，白卿言這並非是要出城，而是要去太子府！太子府周圍都是巡防營的人，他們跟過去殺不殺得了白卿言還是未知數不說，恐要耗損自家兵力。

反應過來之後，小王將軍忍痛勒馬抬手示意兵士停下，只要鎮國公主不出大都城，手中無兵便無威脅。現在重要的是，守好大都城四個城門，千萬不能讓鎮國公主出去，這一點他明白，信王的人更明白。既然眼下沒有辦法殺白卿言，不如趁現在還未暴露，先回去保存實力，等信王和太子兵力消耗的差不多了，再動手！

小王將軍捂著簌簌往外冒血的箭傷，咬了咬牙道：「派人傳令，讓前往東門的將士撤回。」說著，小王將軍調轉馬頭往回走。

今日的大都城街道寂靜無人，百姓紛紛躲在家裡，以免遭受無妄之災。平日裡熱鬧非凡的長街，如今連個鬼影都沒有，這天還未亮……屋內更是漆黑，尋常百姓與商戶皆不敢點燈。

尤其是繼皇宮方向傳來殺喊聲和兵器碰撞聲後，東門竟也突然殺聲震天，多少平頭百姓帶著老婆孩子，一家老小湊成一團，嚇得大氣都不敢喘，生怕弄出點兒動靜，被那些當兵的遷怒。

大都城這天……怎麼說變就變了？誰也不知道是誰在舉兵鬧事，更不知道等分出勝負之後，得勝者會不會大開殺戒，連普通老百姓都不放過。

小王將軍因為失血面色蒼白，還未將兵帶回去，就聽說……他派去在大都城東門堵白卿言的南都軍，和守城軍廝殺起來，請小王將軍前去增援。

原本，閑王得到的消息是信王的人已經把控了大都城四門，畢竟……信王要防著那兩萬安平大營將士，所以，小王將軍派去的人偽裝成信王的人。

可萬萬沒想到，太子的人早已經悄無聲息將信王的人替換，一聽說是信王的人在這裡堵截鎮國公主，那守城將領沒有吭聲，帶兵下樓，一刀就砍了小王將軍副將的腦袋，讓東門守城軍拿下叛賊，東門立時打了起來。

小王將軍一聽，心裡暗道不好……萬一有南都軍被活捉，定然會有軟骨頭的供出閑王，小王將軍咬緊了牙，帶了一百弓箭手朝著東門狂奔而去。

遠遠看到東門城下，殘肢斷骸，屍橫遍地，金戈碰撞，火花四濺，殺聲慘叫聲混雜在一起。見南都軍被守城軍逼近包圍圈之中，小王將軍咬緊了牙關喊道：「弓箭手準備！」

弓箭手立刻停下腳步，有序搭箭拉弓，朝向東門處……

守城將軍也不是吃素的，剛才見那些兵將來者不善，便已經有了戒備，這會兒見來者搭箭拉弓，大有將他們一鍋端了的架勢，忙高呼：「退！重盾準備！弓箭手準備！」

「將軍！」小王將軍身邊的將士驚呼，「那裡還有我們南都軍兄弟！」

小王將軍充耳不聞，雙眸充血，高聲道：「放！」

救不回來就全部射殺，絕對不能留下活口讓人拿住把柄，提前暴露了閑王的計畫。

守城軍撤的快，南都軍見小王將軍來了，以為是來救他們，守城軍一退，立刻朝小王將軍的方向狂奔，誰知迎接他們的……是自家同袍的箭鏃穿胸。

沒來得及躲至重盾之後的守城軍也有被射中的，倒地後忙忍痛爬回重盾之後。

南都軍第一批弓箭手放箭之後，第二批拉好弓箭上前……小王將軍終於還是忍不下那個心，高高舉手，拳頭緊握，對愣在那裡不敢上前的南都軍喊道：「還愣著幹什麼！撤！」

南都軍這才緩過神來，慌忙朝著小王將軍的方向跑來。

重盾之後弓箭手蹲著身子，箭已搭弓……

守城將軍望著小王將軍，卻沒有認出來那位是禁軍之中的哪位將軍，高聲道：「放箭！」

一聲令下，弓箭手猛然從重盾之後站起身，朝向逃奔的南都軍方向射箭。

慘叫響徹大都城上方……陰沉發黑重雲翻滾的天際。

小王將軍見狀，調轉馬頭：「所有人，全都跟上！跑！」說完，便率南都軍朝小巷內逃竄。

城樓之下，有人問守城將軍：「將軍，我們要追嗎？」

守城將軍搖了搖頭：「我們的首要任務，便是守住東城門，信王的人跑了，一會兒說不定還有一場硬仗！派一隊人去清理戰場，看看還有沒有人活著，有活著的抓起來，這便是信王謀反的證據！其餘人上城樓，準備弓箭！」

「是！」

白卿言到太子府時，巡防營將太子府四周圍的水泄不通，誓要守護太子平安的架勢，范餘淮手握腰間佩劍如同門神一般就立在太子府門口。

聽到馬蹄聲由遠而近，范餘淮立刻吩咐弓箭手準備。

在看清楚，那被圍護於九位高舉火把的護衛中間的，是一身戎裝的白卿言時，范餘淮立刻讓人收了弓箭，從高階上走下來，對白卿言長揖行禮：「見過鎮國公主！」

范餘淮深覺太子府門口不是說話的地方，更知道白卿言如今已經算是太子的心腹，大都出事時，是白卿言將太子從登州一路護送回來的。范餘淮將白卿言請入太子府。

太子臨行前，已派人去白府通知白卿言立刻從東門出城，帶兩萬登州軍入城救駕，范餘淮這麼快便在這裡看到白卿言，想來是和太子派去傳令的人錯開了。

白卿言一躍下馬，握著烏金馬鞭的手朝范餘淮拱了拱：「白卿言請見太子殿下！」

一進太子府，范餘淮才壓低了聲音同白卿言道：「太子殿下已經進宮了！」

白卿言腳下步子一頓，視線朝范餘淮看去，那目光看得范餘淮莫名心虛，忙道：「太子殿下接到消息，禁軍叛賊畢恒打著救陛下和皇后的旗號，已經帶禁軍逼宮了，正與守皇宮的禁軍在武德門激戰。」

「譚老帝師擔心反賊久攻不下皇城，便會轉頭來攻太子府，太子殿下便會陷入危機之中，所以帶著太子和太子妃在巡防營護衛下先行進宮！」

見白卿言轉過身來面對他，范餘淮接著道：「臨走前，太子殿下和譚老帝師已經命人去鎮國公主府……傳令鎮國公主從東門出城，帶兩萬安平大營將士，在皇宮外消滅反賊！鎮國公主放心……東門已經盡數被太子殿下的人控制了。譚老帝師還命下官暫時帶巡防營守住太子府，給信王等人營造太子還在太子府的假象，等太子入宮的消息傳來，再即刻前往信王府捉拿信王！」

「信王府這麼多日子都沒有動靜，若是我猜的不錯，信王人並不在信王府，早就進宮了！」白卿言臉色沉沉，「這個時候太子入宮，是羊入虎口！且信王若是殺了陛下……還可順理成章栽贓給太子殿下！稱他才是入宮救駕的功臣，太子便無可辯白！」

范餘淮臉色大變，忙道：「算時間……此刻派人快馬去追應該還來得及！」

太子府高掛在廊下的燈籠搖曳，昏黃的光線映著白卿言白皙驚豔的五官，她抬眸沉靜的目光望著范餘淮：「范大人莫慌，非常時期，絕不可莽撞行事！今日守皇城的禁軍將領是誰？」

范餘淮稍作回想之後道：「好像是一個小將……叫閔什麼？哦……對了！是閔中新！」

「閔中新和畢恒一樣，都和鐘邵仲有著過命的交情！」白卿言閉了閉眼，道，「看來，他們做戲攻城，就是為了引太子殿下入宮，好讓太子殿下背負上弑父的罪名！」

范餘淮看著冷靜自持的白卿言，有些沒把握：「閔中新不過一個小小末流將軍，能和鐘邵仲有來往？或許這個閔中新是心裡存了大義，知道信王與鐘邵仲謀逆所以……」說完，范餘淮拳頭緊了緊：「即便是有這個可能，也不能拿太子的安危冒險，我這就派人將太子喚回太子府！」

范餘淮不知道此事情有可原，經歷過上一世的白卿言，心中自然是清楚的。棋局往往就是如此，別看那小小一個不起眼的棋子，有時候早早布局，也會有翻天覆地的大威力。

白卿言搖頭：「鐘邵仲心思縝密，做事總留餘地和後手，敢鬧出這麼大的動靜，依仗的定然不僅僅只是禁軍！信王和鐘邵仲除了派暗衛盯著太子府各門的動靜之外，不可能不知道太子殿下的動靜，更有可能鐘邵仲早在多年前就已在太子殿下等……有可能爭皇儲之位的皇子身邊，埋了暗線，就等如今日這樣的危機時刻用！」

「若是太子返回……定然會在半路被截殺，太子一死，他們便殺了陛下，將弒君的罪名扣在太子頭上！閔中新屆時對外稱太子原本就在皇宮之中，成王敗寇……陛下太子已死，誰還會在意，到底是不是太子弒君的！」

范餘淮一頭冷汗：「我這就帶巡防營前去護衛太子回府！」

白卿言還是搖頭：「這其中關鍵在於閔中新……到底是不是鐘邵仲的人，若是！那麼……你若帶巡防營護送太子回府，信王在宮中殺了陛下，閔中新反口稱太子殺了陛下被信王發現，逃出宮去，與畢恒一同圍剿太子，屆時不僅太子……連帶著巡防營都成了謀逆之徒！」

這天下的是非對錯往往都是勝利者說了算的。成王敗寇，便是這個道理。

鐘邵仲這局設的高明，左右都要太子背上殺父弒君的罪名，推信王榮耀登基。

可惜啊，再高明……都是為他人作嫁。

「所以此次最重要的，便是誓死守住陛下安危！那麼……范大人所率的巡防營就必需進宮！若是閔中新得到的命令是放太子殿下進宮的話，倒也好辦！范大人現在就帶巡防營全部人馬追上太子，同太子殿下一同進宮，告訴太子……若守城將士不讓巡防營進宮，那太子便在城外候著絕不進宮！等候白卿言帶兩萬安平大營將士趕來，一同殺入宮去！」

「若是你們順利進宮，想必閔中新便會稱太子謀逆弒君，同畢恒一同入宮捉拿太子！范大人不要遲疑，不必護太子掉頭，直奔陛下寢宮，不論如何一定要帶巡防營寸步不離守著陛下和太子殿下！白卿言必會儘快消滅反賊，救陛下與太子！」

白卿言說完，對范餘淮抱拳，沉著道：「范大人若是信得過我！便即刻帶巡防營還有府上剩餘的太子親衛，追上殿下！」

范餘淮幾乎沒有猶豫，憑藉白卿言南疆、北疆之戰留下的戰功，范餘淮信白卿言：「鎮國公主放心，范餘淮和巡防營誓死守衛陛下和太子殿下周全！」

說完，范餘淮握緊腰間佩劍，高聲讓人傳令，巡防營隨他速速去追太子殿下！

目送范餘淮帶著巡防營飛速朝皇宮方向狂奔而去，白卿言負在身後的拳頭緊了緊……

太子入宮之後，閑王在得知太子入宮後，必然會等太子和信王的人纏鬥的差不多了，才會讓南都兵出手。若真是如此，在宮中的太子和皇帝就危險了。

雖然對白卿言來說，他們的安危不重要，可白家如今的安穩都繫在太子和皇帝身上，除了太子……不論是梁王還是信王誰登上大位，對白家來說都不是好事。

白家眼下最需要的，便是時間和安穩，來徐徐圖強。這便是白卿言假意歸順太子的因由。

白卿言想到剛才范餘淮說，東門已經盡數被太子的人控制，剛才帶兵去往鎮國公主府的那位將軍說……信王有命，能殺她的賞百金得爵，裝的倒是挺像，雅言純正。

可是……跟隨而來的將士應聲高喊要斬殺她之語，卻那麼湊巧都充滿了南都方言土話的味道。

此時，假冒信王麾下的南都軍前往東門，必定會與太子的人對立……甚至是打起來，或者需要她想辦法讓他們打起來，最好能抓住幾個活口，將消息傳到閑王那裡，閑王定然就坐不住了。

遠處一人騎快馬而來，不等馬停穩便一躍而下，道：「大姑娘，大都城東門打起來了，那帶兵去我們府上的將領，竟然讓人射殺他們自己人，看樣子是不想留活口，後來狼狽逃走，屬下跟了一路，看到那些兵回了城西柳懷巷。」

白卿言負在背後的手收緊，看起來倒是不需要她來費神讓他們打起來了，如今誰最關心大都城的動靜，那一定是坐等當黃雀的閑王和梁王，城東門那麼大的動靜，閑王不可能不知道，必會派人出去打探，看看有沒有被抓的活口。

她思索片刻，開口道：「你去盯著柳懷巷，若有人出來探聽消息，設法將……信王的人在東門抓到了活口的消息送過去，就說……那些被活捉的兵士稱他們是南都軍，奉上命假冒信王的人，打算謀反擁護女婿梁王登基，消息傳到立刻折返東門。」

剛回來的護衛應聲稱是，又快馬離開。

白卿言又看向另一位白家護衛：「你去盯著閑王府，一樣的……若是有人出來探聽消息，將信王麾下大都城東門守城兵抓到活口稱是南都軍，閑王擁護梁王的消息給他們！消息傳到後暗中監視閑王府，若有異動，即刻折返東門。」

「是！」白家護衛應聲上馬離去。

白卿言視線又落在剩下八名護衛身上，開口：「你們八人分為四隊，分別在皇宮四門外守著，靜待閑王帶兵強闖皇宮，便立刻來報！」

白家護衛軍你看我我看你，一人上前道：「我們都走了，大姑娘的安危誰來護？在宮門外靜候動靜……一人足以！」

「有蕭先生帶來的暗衛，你們不必擔心。」

「大姑娘我等隨大姑娘出來前，盧大人再三叮囑，就是死也要護大姑娘周全，屬下哪能將大姑娘安危交於旁人！屬下必要跟在大姑娘身邊，絕不離開寸步！」

白家護衛軍紛紛跪地懇求白卿言身邊留人。

「大姑娘信我等，我等曾為白家軍，所以盧大人才會挑我們護在大姑娘身邊，我們各個身經百戰，就算是死……也會將宮門前的動靜送到東門！但大姑娘身邊絕對不可離人！」

白卿言知道，白家軍忠勇，由生至死皆是如此！她點了點頭，彎腰將護衛扶起：「好，你們四人前去皇宮四門，其餘四人隨我先去大都城東門。」

四名護衛應聲上馬，快馬離開。

白卿言立在空無一人的太子府門外，回頭看了眼太子府，一躍上馬，不緊不慢朝東門去了。

閑王欲做黃雀，又怎麼能提前讓人知道他這隻黃雀在後等著，消息只要傳到閑王耳中，為穩妥閑王難道不會先行集合軍隊，以免被人在柳懷巷包了餃子嗎？

軍隊集合，目標就大了。閑王不是不懂得遲則生變的道理，他只能兵行險招，與梁王帶兵圍困皇宮，以救太子和陛下為名……先同巡防營裡應外合絞殺禁軍，然後便要對太子揮刀。

不論如何，消息只要送到，就是逼著閑王動手，那麼安平大營便可以進城候命，等著做黃雀之後的蟒蛇了。

一如白卿言所料，小王將軍帶傷回到閑王在大都城的府邸時，閑王已經知道東門之事，也得到了消息……信王派去守在東門的守城兵抓到了南都軍的活口，並且知道他打算擁護女婿梁王登基。

梁王立在閑王身邊，裝成一副儒弱懼怕的模樣道：「岳父……信王哥哥都知道了，要不然……要不然還是算了吧！」

閑王咬著牙，狠狠瞪了眼捂著箭傷，面色蒼白的小王將軍，若非這蠢貨的父親是他身邊的猛將……又是大戰在即閑王害怕亂了軍心，一定讓人把他拖下去砍了！

「雖然此次是郡主的命令，可你……壞了梁王殿下和本王的大事！」閑王聲音帶著幾分狠戾，「此次若是能大獲全勝便罷了，若是不能你就洗淨脖子以死謝罪吧！」

「是！」小王將軍連忙抱拳應聲。

「可是岳父！他們……他們都知道了！」梁王瞳仁輕顫，臉色都嚇白了。

閑王看著如此懦弱的梁王，心中倒是舒坦，這樣的梁王登基……才好被他把控。

閑王拍了拍梁王的肩膀道：「就算是信王知道了也不要緊，信王要防著城外的安平大營兩萬將士，又要對付已經隨太子進宮的巡防營，顧不上我們！」

閑王握住梁王的手，轉頭看著大廳內的南都各位將軍，高聲道：「既然信王已經知道了！那麼……就讓梁王帶著我等，前往皇宮……誅殺逆臣信王，與巡防營裡應外合剿滅已經反叛的禁軍！」

說完，閑王又用力捏了捏梁王，轉頭看向梁王：「等滅了信王，再絞殺毫無防備的巡防營，斬殺太子……順理成章將罪責推到信王頭上！梁王……不過是救駕去遲了而已！」

梁王心臟撲通直跳，只覺那大位就近在眼前，「我……我都聽岳父的！」梁王怯弱弱開口。

「讓藏於大都城中各處的南都軍於武德門前集合！」閑王握著腰間佩劍，高聲喊道，「我等……即刻進宮！護駕！」

立於正廳的南都將士紛紛抱拳稱是，氣勢如虹，彷彿已勝券在握。

臨出門前，閑王吩咐暗衛一定要守好閑王府。

立在閑王身邊的梁王略所思索後小心翼翼上前，用蚊子似的聲音道：「岳父，您看要不要將鎮國公主府的二夫人和那位七姑娘抓了？這鎮國公主用兵如神，萬一……萬一她要是真的有長翅膀的能耐，飛出信王派人守住的四個城門……帶來了安平大營的兩萬將士怎麼辦？」

說著說著，梁王就哭了起來，用衣袖抹眼淚：「岳父……我好怕！要不然……要不然算了，若芙懷了我的孩子，我不想孩子還沒出生就沒有了父親！岳父……」

閑王咬了咬牙，忍住想要吼著梁王將哭聲收回去的衝動，細思了梁王的話，卻也覺得梁王說的在理。白卿言雖然如今手下無兵，可誰知道白卿言會不會設法調來安平大營兩萬將士，此女行軍打仗是個好手，又和白威霆、白岐山一般，心機深沉，不得不防。

為以防萬一……還是將白家女眷攥在手心裡的好。

閑王想了想，又派人帶五百人，前去白家捉拿白家女眷。

梁王聽到這話，低垂著眼眸，退到旁人看不見的偏僻角落，那眼神就如同……整日處在陰暗發霉終日不見日光的地窖之中，嘶嘶吐著蛇信的毒蛇。

東門內那條街道，商鋪門板上屋簷上，全都是羽箭，地上鮮血混著殘肢斷骸還未來得及全部清理乾淨，可見剛才戰況慘烈。

東門守城將軍見有人前往東門，立刻戒備，弓箭手箭指白卿言。直到看清楚快馬而來的是白卿言，東門守城將軍連忙小跑下城牆，朝著白卿言長揖行禮：「末將見過鎮國公主！」

太子殿下和方老安排他悄無聲息殺了信王的人，務必控制住東門之時，便交代過，要把控東門……任何人都不能出入，除非見到了鎮國公主，可見太子對鎮國公主的信任程度。

「剛才東門大戰，可抓住活口了？」白卿言坐於高馬之上，聲線冷沉問道。

「回鎮國公主，抓住了二十六個！」守城將軍道。

白卿言下馬，將手中烏金馬鞭丟給白家軍護衛，抬腳朝城牆臺階上走：「審了嗎？」

「還未曾……」守城將軍抬頭看了眼白卿言，立刻跟上，「鎮國公主難道不立刻出城，帶安平大營兩萬將士前來救駕嗎？」

閑王還未動，白卿言心裡並不著急。

「把人帶上來，我有話要問。」白卿言回頭看了眼那守城將軍，「我比你更關心太子殿下的安危！」

那守城將軍不敢再言，立刻應聲，讓人將抓到的二十六個活口帶上來。

城牆之上，白卿言朝遠處安平大營駐紮的方向看了眼，便聽見守城將士將活捉的南都軍帶了上來。

南都軍被押上城樓，看到今日在白府門前一箭射穿他們小王將軍肩胛的白卿言，再想起白卿言殺神之名，頓時雙腿發軟。

白卿言看著被押跪於面前的南都將士，開口：「你們是南都軍？」

守城將軍詫異朝著白卿言望去，卻見白卿言面色冷清平靜，他用力握住自己腰間佩劍。

幾個人都不吭聲，白卿言朝跟隨她而來的白家護衛軍望去，白家護衛軍頷首，抽出腰間佩劍，手起刀落……血霧噴濺，一個南都軍頓時人頭落地。

其餘南都軍看到滾落在前方的人頭，發出絕望慘叫，那人頭……滿臉驚恐，眼睛都沒有合上。

白卿言眸色波瀾不驚，慢條斯理開口：「我再問一次，你們是南都軍，還是信王的人？」

「南都軍！我們是南都軍！」有南都軍哭喊道，「求鎮國公主別殺我！」

突破一個口子，其他南都軍忙驚慌失措將自己知道的往外倒。

「我們奉命喬裝進了大都城，藏於大都城各處，我們是藏於城西一條巷子裡的，可我們也不知道那巷子叫什麼！」

「我知道！我知道！好像叫什麼懷巷，我們是南都王江海王將軍麾下……」

白卿言又問：「你們南都軍來了多少人？」

「回鎮國公主，南都的兵……應該是都來了！」

「閑王這是要造反嗎？」白卿言沒指望能從這些兵士口中聽到答案，這話也不過是說給城東太子派來的守城將領聽的。

「我們也不知道閑王要做什麼，我們很早就來了，卻被關於巷子內不允許出入，大傢伙兒猜測紛紛，我們將軍猜測說……閑王可能是要利用明日梁王郡主大婚，藉機發難，擁護梁王登基。」

守城將領一想頓時就明白閑王意欲何為，閑王分明就是想讓太子和信王兩敗俱傷之後，漁人得利！

白卿言看著那惶惶不安說話的南都兵，道：「帶下去吧！」

「公主饒命啊！公主饒命啊！」

南都軍被押下城樓，求饒聲遠去之後，白卿言才看向守城將軍：「如此……將軍還以為，我應當立刻出城帶安平大營進城嗎？此時進來……難不成是讓南都軍包餃子？」

「可也不能放著殿下不管啊！」那將領焦心不已。

白卿言眉頭一緊，便打算給這位守城將軍找些事來做：「太子已經帶巡防營進宮，你派幾個人分別去四個宮門口，和閑王府守著，若閑王有動靜立刻來報！」

「可是，屬下接到的命令……」

白卿言鋒芒凌厲的眸子朝那守城將軍看去，風淡雲輕：「你自認能耐勝我，能帶兵救駕？可自去傳安平大營兩萬將士！」

「屬下不敢！」守城將軍惶恐不已，連忙抱拳，「只是屬下的確接到命令，讓鎮國公主出城帶安平大營軍隊馳援！」

白卿言朝那守城將軍走進一步，拇指抵住佩劍手柄，寒芒閃爍：「我的話就是軍令！不需要你來指教，白家治軍之嚴……你若想領教，我成全你！」

守城將軍噤聲，後退兩步吩咐人去守在皇宮門外，可心裡為太子捏了一把冷汗。

按照道理說，他一個守城的低階小官，別人稱一聲將軍，他也沒有那個本錢和鎮國公主論長短，但他全家的命是太子無意救下來的，他必須……為太子盡忠！

很快，白卿言派去給閑王府送消息的護衛先行到達城樓處，稱閑王同梁王已經從府上出來，帶著眾將領似乎是要去皇宮武德門的方向。緊隨其後的，便是去柳懷巷送消息的白家護衛，稱柳懷巷的南都軍動了，看架勢也是前往武德門的方向。

白卿言聞言點了點頭，垂眸細思。白卿言視線看向殺聲震天的皇宮的方向，不吭聲。

守城將軍敢怒不敢言，緊緊握著拳頭，立在白卿言身旁。

大都城皇宮方向前所未有的熱鬧，殺聲、慘叫聲、金戈聲，還有撞門時震人心肺的悶響，混雜在一起。

這平日裡熱鬧非凡的大都城，像驟然失聲了一般，除了皇宮的武德門，四下寂靜，鳥蟲無蹤。

半個時辰之後，皇宮方向的殺聲又陡然增大，守城將軍再次沉不住氣，跪在白卿言面前：「鎮國公主再耽誤下去，陛下和殿下危矣啊！」

藏匿在武德門前的白家護衛快馬回奔東門，稟報道：「大姑娘，閑王和梁王帶兵稱……信王謀反，帶兵進宮救陛下與太子！」

好冠冕堂皇的理由。只希望太子身邊的譚老帝師和方老，能明白……閑王若沒有不臣之心，哪裡來的兵進宮救駕，讓巡防營小心防備，可別真信……閑王救駕的說法。

「閑王和梁王……是進宮救駕的！太好了！閑王曾經就是救駕有功的功臣，此次也定然會救陛下和殿下！」守城將軍喜出望外，終於不用將太子和陛下的安危繫在白卿言一人的身上。

白卿言轉頭高聲吩咐白家護衛：「去大理寺告訴呂大人，我請安平大營眾將領來大都城東門，放三發煙火，召安平大營將士……」

守城將軍冷冷看著白卿言，這會兒知道著急喚安平大營的將士了，剛才他跪地請求……白卿言都不為所動，現在聽到人家閑王和梁王前去救駕，大約怕是被搶功……這才著急了吧！

等到此事平息之後，他一定要將此事告知太子，讓太子好好犒賞閑王和梁王，千萬不要助長白卿言這種……只顧自己得功，不顧太子和陛下死活的心思！

見安平大營駐紮處，片刻之後似有塵土飛揚，白卿言知道符若兮帶安平大營眾將士回來了。

她回頭就見那守城將軍正冷笑看著她，能猜到守城將軍的心思，不願多做理會。

倒是那守城將軍身邊的副將說了一句：「將軍莫不是真以為，閑王和梁王是去救駕的?!」

守城將軍被自家副將問住，一怔陡然反應過來，忙拍了一下額頭，跟上白卿言。

他這也是被急糊塗了，竟然以為閑王和梁王當真是去救駕的！閑王提前將南都軍藏在大都城中……這可不是會救駕的表現。「對不住鎮國公主，是末將小人之心了！」

符若兮帶兩萬安平軍疾馳飛奔，遠遠便看到白卿言單人匹馬立在大開的大都城正門外候著他。

符若兮單手攥著韁繩，一夾馬肚飛快朝白卿言飛奔而來。

城樓之上那守城將軍看到遠處率先騎馬而來的，竟然是失去一條手臂的符若兮，大驚失色，高呼道：「鎮國公主！快快回城！是符若兮！是叛賊符若兮！」

那守城將軍神經緊繃，高聲呼喊道：「弓箭手準備！」

白卿言抬手，示意守城將軍不要驚慌。

可守城將軍心跳速度極快，手緊緊扣著城牆：「鎮國公主！」

直到見符若兮一人率先行至白卿言面前下馬，單膝跪地，手撐住膝蓋，向白卿言行禮，那守城將軍的心跳速度還是沒有慢下來。

白卿言下馬，將符若兮扶起：「符將軍辛苦了！」

「鎮國公主給我符家滿門生路，符若兮又怎會不知？兩萬安平大營將士，聽命鎮國公主吩咐！」

已經辰時，可大都城還未完全放亮，上方滾滾黑雲似龍盤踞翻滾，狂風大作，大有要下暴雨的勢頭。一直抱劍蹲跪在鎮國公主府正門屋脊之上的月拾，猶如鷹隼，警戒著四方。

他陡然看到步伐齊整的軍隊，那架勢似乎是朝鎮國公主府的方向來了，他悄悄挪動身子，將自己隱在屋脊之後，粗粗看了眼，轉頭對蕭容衍高呼道：「有兵將朝鎮國公主府的方向來了，約莫五百人左右！」

鎮國公主府內掛在高翹簷角的羊皮燈籠四下搖晃，身姿挺拔的蕭容衍立於廊下，眸色深邃，風淡雲輕。原本，蕭容衍就猜測閑王和梁王或許會動拿下白家女眷來威脅白卿言的心思，沒成想他還真的派人來了。

盧平還記得白卿言走時候的吩咐，若是鎮國公主府有事，定要派人通知她，忙側頭下令：「去告訴大姑娘！」

穿堂風呼嘯而過，如泣如訴，透著股子陰沉。只聽蕭容衍語聲鎮定，將人喚住：「站住！」要走的白家護衛腳下步子一頓，隨盧平一同轉頭看向五官棱角冷硬的蕭容衍。

只見蕭容衍從腰間抽出軟劍，挽劍而立，殺氣凜凜，令人生畏。

他沉著臉，語聲擲地鏗鏘：「你們家大姑娘在前方涉險，是要做大事的，你們若是要助大姑娘，便不要亂她心志！為她守住白家，護住白家家眷，千萬不要拖了她的後腿！」

盧平一向聽從白卿言吩咐辦事，除了他們家鎮國王、鎮國公和大姑娘之外，盧平還是頭一次見到氣場如此逼人，威儀非凡之人。

很快，整齊的腳步聲逼近。

盧平拳頭一緊，不得不承認蕭容衍所言在理，他回頭朝著白家護衛點頭，抽出腰間佩劍，高聲喊道：「我等……曾都為白家軍，或多或少是因為受過重傷，鎮國王和鎮國公憐惜我們，才讓我們回白府為護衛軍！今日……有人欲攻我白家！諸位……我等必當，誓死護衛白家！」

「提酒上梯子隱蔽，不要出聲，等那些叛軍靠近，用酒罈子砸死他們狗日的！」有護衛軍小隊長高聲呼喊。

白家護衛軍一人拎了一個酒罈子爬上靠立在牆邊的梯子，隱蔽著，各個緊咬著牙，靜候那些想要攻下白家的叛軍，只要叛軍走進這條巷子，他們便用烈酒將叛軍澆一個透，再上火箭。

所幸，白家因之前男子都不在家中，後來又守孝的關係，酒窖裡藏酒是十分多的，且院牆夠高至少能夠抵擋一陣子。

「弓箭手準備！」盧平高聲喊道。

立於梯子下的弓箭手立刻拉弓搭箭，彎腰靜候，整個白家安靜的連風聲似都停了。

白家護院軍都是從白家軍退下來的，訓練有素，各個都是不懼死的勇士，哪怕是重傷之後在大都城中養尊處優這麼多年，但那一身本事誰也沒有落下來過，都指望著有朝一日能夠重回白家軍。

越是在這種時刻，越是能看到白家僕從和旁人家的不同之處。

若是旁人家僕從這會兒就算不哭哭啼啼，也定然是大氣都不敢喘慌得不成樣子，腿軟到站不起來。可白家的僕從卻抄起趁手的傢伙兒守在院中，還有的嚷嚷著誓死守住垂花門，看起來都殺氣騰騰，頗有一股子誓死守衛白府的架勢。有這樣的護院和家僕，誰能攻破白家?!

馬嘶聲陡然在高牆之外響起，沉悶如雷的齊整腳步聲已經到了鎮國公主府正門口。

率領白家護衛軍彎腰貓在高牆梯子上的小隊長高聲道：「砸死他們狗日的！」

彎腰藏身在梯子上的白家護衛軍陡然直起身，將手中的酒罈子朝院外排列齊整的兵卒砸去。

酒罈碎裂的聲音，和慘叫聲此起彼伏。

「酒！是酒！」高牆外驚呼：「小心啊！是酒！小心他們用火！」

早已經搭好羽箭的白家護衛軍弓箭手聞聲，見扔酒的護衛軍已經下了梯子來拿酒罈子，迅速將箭頭在火光亂竄的火油桶裡一蘸，三步並作兩步踩著梯子而上，箭頭帶藍色火苗，直直朝著巷子中驚呼出聲的兵卒發射。

烈酒碰上火，再遇著風，幾乎就是隨風勢而漲，白家高牆之外陡然火光沖天，慘叫哀嚎連連。

「他媽的！把撞門木抬過來！撞門！快！」帶頭的將領已經至白家正門高階之上，決計不能眼睜睜看著自己手下的兵將被白家的酒和火箭給折在這裡，「你去搬救兵！快！」

那將領操著一口十分純熟的南都土話，急吼吼命人撞門。

一直半蹲在門前的月拾起身拔劍，回頭朝著蕭容衍看了眼，見蕭容衍頷首，瞅準了時機一躍而下，寒光撲朔從天而降，直取那南都軍將領的頭顱。不過手起刀落的功夫，領頭的南都將軍頭顱滾至白府高階之下，人的身子還立在那裡，按在劍柄上的手，到底還是沒有能拔出佩劍來。

「開門！」月拾高呼。

盧平神容緊繃，按照蕭容衍將才吩咐行事：「弓箭手準備！開門！」

抬著撞門木的南都軍看到自家將軍被斬了頭顱，正正好滾到了他們腳下，護在他們將軍身邊的護衛也被那一身黑衣的護衛殺了個乾乾淨淨，怔愣片刻，竟不敢再向前。

而白家那六扇被白家世代鮮血染紅的朱漆金環大門，他們以為得用最沉的木頭才能撞開，可不等他們扛著木頭走上白府正門高階，那門……便徑自開了。

門內，燈火搖曳，白家護衛軍井然有序列陣而立。

高牆梯子之上，弓箭手交替射箭，不曾停歇。

重盾之後的弓箭手，搭弓拉箭，一觸即發。

其後是手握長劍的白家護衛軍，各個眼神鎮定沉著。

立於正廳門前的蕭容衍握緊手中泛著寒光的軟劍，周身的傲然風骨，擋不住一身內斂駭人的凌厲殺氣，那通身威勢絕非平日裡那個溫文爾雅的商人。大都城天空黑雲翻湧，白府外火光沖天慘叫連連，可白府內……卻沉靜鎮定的，讓人只覺驚心動魄。

月拾慢條斯理收了手中滴血長劍，如門神一般立在門外，俯瞰抬著撞門木的一眾叛軍，冷笑一聲轉身往白府內走去。

南都軍群龍無首，白家又是嚴陣以待，闖進去是送死。行軍拼命，最忌諱的便是軍心渙散！白府剛才扔酒罈子點火，一下子就打散了南都軍的氣焰，領頭將領一死，這群被火燒了個半死不活的南都軍還能成什麼勢？上兵伐謀，攻心為上！

天地間，似乎靜止了那麼一瞬，南都軍中的五品武將衝出來，高聲喊殺，命人往白府內闖。

箭矢聲呼嘯，高牆之上射箭的小隊長見從火箭中活下來的南都兵士已經闖進來一半，高聲喊道：「關門！」

人數上白家護衛軍不如南都軍，所以……蕭容衍要將南都軍分而吞之！

先放進來一部分，關門打狗，趁著外面攻門的時間，殺的一個不留，再反殺周邊。

總之，蕭容衍絕對不能讓南都軍過了垂花門。

蕭容衍制定這個策略，是按照來兵一千以上算的，他要來白府的所有南都軍有來無回，如此才能為白卿言減輕壓力，沒成想……也不知道是閑王太輕視白家護衛軍了，還是真的再勻不出兵力來白家抓人，竟只派來了這麼點兒人。

長壽院內。穿堂風呼嘯而過，前院隱隱傳來喊殺聲和撞門的「咚咚」聲。

二夫人劉氏如同犯了心悸的毛病一般，這心咚咚咚地跳，讓她坐立不安，手心裡的絲綢帕子都被汗漬弄汙了。

盧姑娘和年邁的洪大夫也被護在長壽院內。

洪大夫還好，到底是曾經和鎮國王白威霆血戰過沙場的，他坐在長壽院上房外間喝茶，圓桌上放著一把劍，若是賊人真的攻到了長壽院，洪大夫就是豁出這條老命，也絕不會讓人碰二夫人和七姑娘一根寒毛。

盧姑娘也是頭一次見這樣的陣仗，隱隱見前方有火光，心跳得也極快。

倒是白錦瑟，小小一個丫頭，膽子大的很，嬤嬤婢子們將她人護在長壽院上房內，她卻脫了鞋跪在軟榻上，趴在窗口將窗櫺推開。外面殺聲更清晰的傳了進來，她一瞬不瞬望著隱隱閃動火光的前院，咚咚的撞門聲……在這沉寂無聲的情景下，清晰了不少。

劉氏手指猛然攥住衣角，害怕到雙腿發軟沒法從椅子上站起身，此刻她害怕的不是自己要面對什麼危險，而是白錦繡和望哥兒。

害怕的，是如果前院白家護衛軍守不住，她該怎麼將白錦瑟送出去。

也害怕阿寶此時會不會已經遇到什麼危險，或是受了傷。

劉氏只是一個後宅婦人，她最先想到的……是這叛軍闖進來之後會不會如禽獸那般凌辱女流之輩，她是白家的媳婦兒，自然是死都不能受辱的，大不了一根金簪插入心口了事。

可……小七呢？

劉氏視線落在正往前院眺望的白錦瑟身上，她該把孩子藏在哪兒？哪怕先送到別人家也好。

可與鎮國公主府相鄰的清貴府院內想必早已聽到，如今人人自危……人人尚不知可否自保，誰又能顧全鎮國公主府？

劉氏目光游離到處亂看，多希望大長公主這屋子有什麼密室暗道，哪怕只能夠藏小七也好。

冷風迎面撲來，白錦瑟抬頭望著天上的黑雲，不多時雨就落了下來，起先沒入青石地板很快便消失不見，後來豆大的雨珠子接連不斷，越下越大……

白家護衛軍和那些孔武有力的婆子守在院中，神情緊繃。

不多時，前院的喊殺聲似乎小了一些。

直至喊殺聲消失後不久，一個白家護衛軍從遠處狂奔而來，立在長壽院外高聲喊道：「賊人被殺盡了！蕭先生讓我先來稟報二夫人和七姑娘一聲，二夫人和七姑娘盡可安心！」

這句話，就像是熱水入了油鍋一般，讓長壽院諸人鬆了一口氣的同時炸開了鍋，紛紛歎著太好了。

「蕭先生?!」二夫人驚得站了起來，扶著羅嬤嬤的手湊到窗欞旁，「放人進來！」

長壽院院門打開，二夫人劉氏也跨出了上房的門，白錦瑟、洪大夫和盧姑娘都打簾出來。

那白家護衛軍進門跪地抱拳，道：「二夫人，七姑娘，賊人被盡數殺盡了！一個未留！」

二夫人劉氏心頭頓時一鬆，忙問：「你說蕭先生？哪位蕭先生？」

「回二夫人，就是之前咱們白府辦喪事時，出手救下四夫人的那位蕭先生，今兒個一早天還未亮，蕭先生就帶他那個護衛來了，聽說還帶了暗衛，但蕭先生擔心大姑娘安危，讓暗衛跟著大姑娘走了！說要守住白家讓大姑娘放心，大姑娘臨走前吩咐我等聽候蕭先生吩咐，這位蕭先生十分厲害，帶著我等將那些賊人殺得一個不留，這會兒蕭先生正帶人修補府門，以防賊人又來犯。」

那白家護衛軍口齒清晰，將事情說的明明白白。

劉氏眼眶子都紅了，錦上添花易，雪中送炭難，這樣的道理……劉氏怎麼能不懂？

蕭容衍三番四次出手救白家，如今更是在這樣人人自危的光景下來白家幫忙，可見此人對白家當真是情真意重。

「好！好！」劉氏用帕子沾了沾眼角，「等此事過後，我必親自拜謝蕭先生！」

那護衛頷首：「夫人，屬下還要去前方守門，以免賊人來犯。」

「好！去吧！萬事小心！辛苦你們了！」劉氏道。

護衛起身再拜後，冒雨跑出長壽院。

長壽院門再次闔上，劉氏才長長呼出一口氣，可一想起還不知道怎麼樣了的白錦繡和望哥兒，還有白卿言，劉氏的心又揪了起來。

白錦瑟仰頭望著劉氏，輕輕拽了拽劉氏的衣袖：「二嬸兒，你放心……二姐那裡決計沒有事，他們只會朝著白家來！否則我們應該能聽到旁的人家傳來的喊殺聲！梁王和閑王約莫是想要抓了二嬸和我脅迫長姐用！可南都帶來的兵到底有限，他們分不出兵力再去秦府抓二姐！」

劉氏低頭看著白錦瑟，只見白錦瑟眸色鎮定竟比她這個長輩還沉得住氣：「而且，剛才蕭先生讓護衛來傳信，說……將賊人殺得一個不留，就說明不會有人回去對閑王和梁王通風報信，在沒有得到白府消息之前，閑王和梁王更不會分兵去秦府！他們有更大的事情要做……在那皇宮之中，而並非和白家糾纏。」

劉氏看著眼前總是圍著她說說笑笑的小不點兒，莫名的就想到了白卿言，此時白錦瑟的語氣神態，竟如她的長姐白卿言一般。作為長輩，劉氏還要一個小娃娃來安撫她，心裡多少有些慚愧，可不得不說……聽完白錦瑟說了這些之後，她的心安了不少。

望著這漫天嘩啦啦的大雨，劉氏下意識揪緊了胸前的衣裳：「你這麼說我是放心不少，可皇宮那裡……阿寶可別出事啊！」

「長姐身經百戰，論打仗……沒有人是長姐的對手！長姐更不會有事！」白錦瑟這話不知道是說給劉氏聽的，還是說給自己聽的，語氣比剛才那些話更堅定，聲音也更高些。

皇宮之內，范餘淮已經按照白卿言所言，同太子進宮之後直奔皇帝寢宮。

皇帝寢宮的雕花隔扇敞開著，大殿內燈火通明，垂帷幔帳隨風搖曳，燈影擺動。

絳紅色帷幔之後的龍床上，躺著呼吸聲沉重的皇上，太醫戰戰兢兢守在一旁，也不知道自己能不能在這場宮變裡活下來，只有黃太醫還算穩得住，正立在燈下替皇帝嘗藥。

滿頭銀絲，暮氣沉沉卻深有威嚴的大長公主，坐在正中央的一把楠木椅子上，手握虎頭杖，嚴防死守不允許任何人接近寢宮，魏忠和蔣嬤嬤一左一右守在大長公主身側。

好歹大長公主在宮中還有一些根基，再憑藉白家的名聲，還是有將士願意跟隨大長公主誓死守衛皇帝的。

其實對於這個皇帝侄子，大長公主已然不想救了。可是，現在不到這個皇帝死的時候，至少……要讓皇帝撐到此次大亂結束，太子獲勝，能夠順利登基才是。

太子如今倚重自己的孫女兒白卿言，白卿言又是女子之身，手無兵權，想必……將來太子登位，定然會以最緩和的方式，杯酒釋兵權，讓白家滿門得以存活吧。

可大長公主私心裡也心痛，看看這如今風氣敗壞的朝廷，早已不是父皇在世和皇兄在世時的那番景象了。

文臣極盡阿諛奉承，武將紛紛怯戰。曾經雄霸列國的強國晉國，最大的依仗便是鎮國公！父皇在世時，曾說……鎮國公府便是，大晉國的脊梁！鎮國二字，並非一個普通世家能夠承擔得起的。如今……晉國再無鎮國公，再無願意為晉國捨命的白家將軍和白家軍鎮守。南疆、北疆已經到了需要她那孫女奔波支應才能勝的地步。

若是再沒有了她的孫女兒，晉國必然是要頹敗，甚至百年之後……是會滅亡的。

大長公主陡生出窮途末路的悲涼之感來。可她能怎麼辦？她難不成為了林家皇權要逼著自己的孫女兒，成為下一個鎮國公，成為下一個被君王忌憚，被朝臣攻訐的活靶子？

她已經黃土埋到了脖子，只能是在她閉眼睛之前盡力為父皇和皇兄守住這大晉江山，等她閉眼之後……也算是有顏面去見父皇和皇兄了！

至於她身後，晉國如何變……她就不能再管了，哪怕……她的孫女兒要反了林氏皇權。

大長公主閉著眼，手中撥動佛珠，聽著外面不斷沖刷宮殿高階的激烈雨聲，和混在雨聲風聲之中的喊殺聲。

突然有禁軍護衛從高階之下衝上來，跪在殿外對大長公主抱拳道：「大長公主，巡防營范餘淮護著太子殿下入宮護駕！巡防營正與信王所帶禁軍拼死搏鬥！」

大長公主聞訊站起身來，很快又有禁軍疾步衝上高階，抱拳跪在大長公主面前：「稟報大長公主，守武德門的禁軍將領閔中新，稱太子率巡防營逼宮欲殺陛下，已經打開宮門同叛軍一同朝陛下寢宮來了！」

大長公主緊緊攥著手中的龍頭拐杖，急急朝外走了幾步，混濁的視線看向遠處……只見范餘淮背上背著面無人色……被雨水沖刷的張不開眼的太子，全漁背著太子妃，在巡防營斷後護衛之下直直朝著高階之上衝。

年邁的譚老帝師也被身強力壯的兵士背著，就連那位方老也被顛的七葷八素，雙臂緊緊環繞著將士的頸脖，嘴裡一個勁兒叫嚷著快。

「讓弓箭手準備，策應太子入殿！」大長公主高聲道。

大殿之內突然傳來高德茂尖銳驚喜的哭聲：「陛下醒了！陛下醒了！」

太醫忙慌慌跪在皇帝榻前，給皇帝診脈。

大長公主回頭，朝著人影搖曳的垂帷幔帳內望去，眸色冰冷……這個時候醒來還不如不醒來！等皇帝聽說梁王與他的嫡子和皇后勾結，設計他墜馬，挑唆信王和皇后謀逆，自己要做黃雀，怕是恨不得就這麼一睡不醒吧！

落湯雞似的太子被氣喘吁吁的范餘淮背上高階，放下時，險些腿軟站不住。

剛才信王那箭……堪堪從自己耳朵上擦過去，若非他命大，被這大雨一澆屍體怕都涼透了。

全漁剛將太子妃放下，太子妃就跌倒在地，兩股打顫，手捂著腹部直喊肚子疼。

「快！快將太子妃扶進去暖和暖和，請太醫診治！」大長公主忙道。

太子這才回神，對大長公主頷首：「大長公主……」

譚老帝師從將士背上下來，朝大長公主行禮：「大長公主！」

「太子殿下，進去看看陛下吧！陛下醒來了！」大長公主轉頭吩咐蔣嬤嬤，「去給太子和太子妃還有譚老帝師拿乾淨的衣裳過來！」

太子聽到這話，忙推開扶著他的范餘淮，哭喊了一聲「父皇」，便急匆匆飛奔進大殿之中。

聽到大殿內太子哭哭啼啼對皇帝說著信王謀反，他好不容易才帶巡防營進宮護駕之事，大長公主視線落在同樣是落湯雞的范餘淮身上，頷首道：「辛苦范大人了！范大人將巡防營帶過來……倒是還能撐上一陣子！」

范餘淮用手抹去臉上的雨水，朝著大長公主行禮：「大長公主放心，鎮國公主交代過了……微臣一定會誓死守住大殿，在鎮國公主率安平大營兩萬將士來救駕之前，絕不會讓叛軍入大殿半步！還請殿下和大長公主、譚老帝師，先行進大殿內躲避。」

聽到鎮國公主四個字，大長公主眼眶一熱，用力攥了攥拐杖點頭。

范餘淮抱拳對大長公主和譚老帝師一禮，轉身衝入雨簾，手緊緊握著腰間佩劍，氣勢大盛，高聲朝臺階下喊道：「巡防營的將士們，今日我等與禁軍為陛下為太子而戰！誓死護衛大殿，絕不能被人攻破！鎮國公主已經出城率安平大營兩萬將士前來救駕！就是死……我們要用屍體為牆！將那些叛賊死死攔在大殿之外！都說……鎮國公主乃是鎮國王府嫡長女！由我晉國從無敗績的鎮國王白威霆親自教養長大！南疆、北疆戰無不勝！」

「可我們巡防營和禁軍是吃素的嗎？不是！我們也是吃肉的！我們要在鎮國公主來之前，多殺幾個反賊，免得被鎮國公主和安平大營的兄弟們笑話咱們！以為咱們巡防營和禁軍在這大都城養尊處優慣了，連殺敵都不會！」

越是緊張的時刻，作為將領便越要輕鬆面對，如此才能讓手下兵將不懼。

范餘淮話音一落，高階之下禁軍和巡防營將士高舉手中兵器，三呼……

「殺敵！」「殺敵！」「殺敵！」

還在與斷後的巡防營糾纏的信王手握滴血利刃，被這大雨澆了一個透澈。

聽到武德門戰火聲陡然停止，他隔著雨簾，抬起陰沉的視線，朝著皇帝所在寢宮的方向看了眼，道：「撤！先去同畢將軍和閔將軍匯合！」

舅舅費盡心力給他鋪了這麼一條路，他已經沒有回頭的餘地，且此戰必勝！

等大事塵埃落地，他要將太子一刀一刀剁成碎泥，看他還怎麼同自己爭皇位。

護在信王身邊的將軍高聲喊道：「撤！」

大雨中，安平大營眾將領從大理寺出來，聽說鎮國公主讓他們前往東門，略一想……知道安平大營的兩萬將士就在東門，如今大都城發生這麼大的事情，鎮國公主應當是讓他們帶兵救駕。

他們一行人上馬，在連個鬼影都沒有的長街急馬狂奔，朝向東門方向。

大都城氣勢宏偉的城門敞開著，白卿言手握射日弓騎馬緩慢入城，雨水在她銀色戎裝鎧甲上砸出極為細小的水花，身後跟著斷了一臂的符若兮，還有浩浩蕩蕩的兩萬安平大營將士，頗有一股子佛擋殺佛的如虹氣勢，竟無人敢逆其鋒芒。

剛從大理寺出來的安平大營將領急速勒馬，烈馬揚蹄立定。安平大營四品武將柳平高緊緊扯住轡繩，烈馬轉了個圈才穩穩停下，他睜大了眼看向遠處……

那走在最前，烈馬銀甲的女子，周身凌厲而內斂的殺氣逼人，那女子分明瘦弱，可她的強大是無數次從屍山血海生死一瞬中磨礪出來的，她的強大是從骨子裡透出來的，厚重且氣勢磅礴，讓人無法逼視。不知是不是因為被大雨澆透渾身發冷的緣故，竟然起了雞皮疙瘩，他高聲喊道：「是鎮國公主和符將軍！是符將軍！」

隔著雨簾，安平大營將領們看到符若兮，頓時心緒沸騰。「果真是符將軍！」安平大營將領朝著符若兮的方向高呼出聲，「將軍！一定是鎮國公主救了符將軍！」

「如今信王逼宮造反，鎮國公主讓符將軍帶著安平大營救駕！功過相抵……那咱們符將軍是不是能活了?!」

「走！我們過去！」柳平高一夾馬肚飛速朝正在進城的大軍方向飛奔。

柳平高一行人見白卿言抬手，示意隊伍停止行進，不等馬停穩便一躍下馬，單膝跪地抱拳行禮：「見過鎮國公主，符將軍！」

「將軍！」有安平大營將領熱淚盈眶。

白卿言看著跪在雨中目光紛紛看向符若兮的安平大營將領們，便想到了白家軍……

這個世上，除了血脈之情外，同生共死過的同袍之情便是人與人之間最深的羈絆。

曾經，在劉煥章背叛了祖父之後，有那麼一段時間，白卿言懷疑過祖父這句話的對錯，但在見到白家軍眾將士之後，又覺祖父是對的。

如今再看安平大營眾將士對符若兮忠心耿耿絕無二心，白卿言倒是覺得，自己不能因為一個劉煥章……便懷疑起同袍之情，這個世道有如沈昆陽、衛兆年、谷文昌、沈良玉，還有安平大營柳平高這樣忠勇重情之人，自然也有劉煥章這樣的小人。忠勇重情之人，總是大於小人的，否則白家軍中……為何只出了一個劉煥章，其餘將軍皆死戰護國，捨命護白家少年將軍。

符若兮輕輕一夾馬肚上前，與白卿言並肩：「今日安平大軍上下，皆需聽鎮國公主吩咐，遵從鎮國公主之命，追隨鎮國公主，進宮救駕！」

「是！」安平大營眾將領應聲高呼：「誓死追隨鎮國公主！」

守城將軍見白卿言下馬，心又提了起來，這鎮國公主不趕緊奔赴皇城救駕，怎麼還下馬了。

符若兮也跟著下了馬，緊隨白卿言身後。安平大營眾將領也湊近白卿言。

白卿言不急不躁，彷彿越是緊迫便越是冷靜自若，語速又快又穩道：「柳平高柳將軍率兩千將士，控制東門，潘建磊潘將軍率兩千將士，控制西門！我與符若兮將軍帶兵從南武德門入，正面對戰叛軍！」

柳平高點了點頭問：「那北門呢？」

「皇宮坐北朝南，巡防營范餘淮將軍定然會帶著禁軍和巡防營將叛軍阻隔在皇帝宮殿之前！叛軍絕無可能從北門逃離！」白卿言語氣篤定，「東、西二門，便託付給兩位將軍了！」

柳平高與潘建磊抱拳稱是。

眾人一躍上馬，浩浩蕩蕩朝皇宮方向行進，半點不見救駕的焦心著急。

白卿言是在等，等打著救駕旗號的閑王梁王帶領南都軍和信王所率禁軍打得差不多了，再將他們一舉拿下，也好減少些安平大營將士的傷亡。

第八章　黃雀在後

武德門。此時，閑王的人已經接管被攻破的武德門，沉重古老的城門被砍撞的傷痕累累，一側門扇已經被撞得歪斜，閉合不上。

皇宮門前，全都是插著羽箭的屍體，紅色的血水混著雨水，從宮門內流淌出來，嘩啦啦往溝渠流淌，血水上漂浮著碎木屑和殘肢。就連雨中倒地的登聞鼓，鼓面都被染成了紅色。

雨水沖刷不完這個皇城內還在流淌的鮮血，怎麼都洗不乾淨這沖天的血腥氣。

正在清理城牆的南都軍將禁軍屍體高高拋下，落地便是血肉模糊。

那冒雨巡視的南都軍將領，遠遠看到暴雨之中隱約有黑壓壓的軍隊如同潮水壓來，馬嘶聲、腳步聲還有甲冑摩擦之聲，在這嘩啦啦的暴雨聲中，如同滾地悶雷，讓城牆上的南都軍只覺腳下城牆都在顫抖。

那將領幾步上前，掌心緊扣著這古老的皇宮城牆，睜大了眼，慌張高聲喊道：「備戰！備戰！弓箭手準備！快！派人去同閑王稟報……有重兵來襲！去……用重物將城門擋住！」

正在清理城牆上禁軍屍體的南都軍慌張拿起弓箭，搭弓拉箭對準城樓之下。

可是……在南都軍看清楚那黑壓壓的一片軍隊，聽到那軍隊撼地震瓦的腳步聲，便知道來的軍隊至少上萬，而閑王留於武德門鎮守的不過區區不到五百兵力，如何抗衡?!

還未見到，南都軍已經心生怯意，還如何禦敵？

當那南都將領隱約看清楚，帶兵前來的，是一身銀甲纖瘦身影，頓時想到了鎮國公主。

鎮國公主若來，必然帶著東門城外的兩萬安平大營將士！

兩萬……這數字，守城將領腿一軟，扶著皇宮城牆才堪堪站住，心中頓生兵敗如山倒之感。

南都軍送入城的不過萬人，閑王本以為信王與太子兩敗俱傷之後，萬人拿下皇宮綽綽有餘。誰成想，鎮國公主竟然將安平大營外的兩萬將士帶來了！

那撼天動地的腳步聲越來越近，南都守城將領，額頭青筋凸起。

鎮國公主是誰?!那是百年將門鎮國公府的嫡長女，是被晉國國之脊梁鎮國王白威霆稱作天生將帥之才的女子。這樣的人物即便是女子，只要她身上留著忠義的白家之血，便足已讓人尊敬。更別提鎮國公主戰無不勝，南疆、北疆兩次大戰，扭轉乾坤，力挽晉國兵敗之頹勢，打得西涼和大樑跪地求饒，怎能讓他們這些心有熱血的武將不心存敬意和懼怕?!

「將軍！」南都軍鞠躬搭箭的手微顫，心生怯意。

剛才他們攻武德門時，人多勢眾，眾人視死如歸將城門攻了下來，可如今他們只有不到五百人守城，來的卻是安平大營的兩萬人，且城門也已被毀的差不多了，攻守互換，誰心裡能不怕！

他們入城時，可是不留禁軍活口，見人就殺的，此刻輪到他們，他們已有將要被屠的預感。

氣勢磅礡的安平大軍在白卿言帶領下走向皇城，只見那銀甲女子抬手……近兩萬安平大軍令行禁止，動靜如出一轍，令人心神震盪。

城樓上南都軍喉頭翻滾，舉箭的手都在顫抖，內心只剩恐慌和混亂，全無勝算。

騎於白馬之上的白卿言，手指摩挲著韁繩，回頭示意身邊的白家護衛。

那護衛騎馬上前，胡亂從懷裡摸出一塊玉牌，假稱是太子令，高聲道：「鎮國公主奉太子命率安平大軍入宮救駕，見玉牌如見太子！速開城門！」

閑王和梁王是打著救駕的旗號進去的，若此時白卿言率軍攻進去，閑王和梁王大可稱自己是護駕。但白卿言篤定，城樓之上的南都軍得到的命令是死守武德門，若是這南都將領見太子令都不放行……說南都軍不是謀反，誰信？

不是想像中直接撲上來，而是讓速開城門。

南都將軍反倒猶豫了，回頭道：「派人去稟報閑王了嗎？」

「回將軍！已經去了！」

「再派兩個人去！快！」南都將軍喊道。

白家護衛騎在馬上，胯下戰馬踢踏馬蹄，他用力扯住韁繩，馬兒踢踏著轉了一圈，甩了甩鬃毛上的雨水，只聽那白家護衛又道：「鎮國公主奉太子命率安平大軍入宮救駕，見玉牌如見太子！爾等南都軍不速速開門，難不成是要反嗎?!」

城樓之上的南都軍小將不敢吭聲，不住回頭往殺聲震天的皇帝寢宮方向看去，心急如焚，隨即應聲道：「鎮國公主稍等，末將已經派人前去請示閑王……」

「這皇宮難不成是他閑王家的嗎？見太子玉牌不開門，反倒要請示閑王，怎麼閑王和梁王這是打著救駕的旗號殺進宮謀反，意圖殺了太子和信王扶梁王登基嗎？」符若兮高聲喊道。

白卿言也不廢話，抽出羽箭搭上射日弓，不等那南都小將再開口，沉眸，拉滿弓放箭……

箭矢穿雨而過，帶著呼嘯之聲，立時洞穿那南都將軍的喉嚨，入牆羽箭……帶血的箭尾顫動，如同此時城樓上南都軍顫抖的心。

城樓之上南都軍大亂：「將軍！」

白卿言收弓，調轉馬頭，高聲道：「閑王、梁王明為救駕，實為謀反，陛下、太子危在旦夕，若陛下、太子身死，讓信王此等視百姓為芻狗的殘暴之人登上帝位、或讓梁王這等懦弱無能成他人傀儡之人登上帝位，晉國百姓、江山，如何安寧?!安平將士們！敢隨白卿言捨生護我晉國太平者，殺！」

白卿言語聲遒勁厚重，鏗鏘有力，帶著讓人熱血沸騰的力量。

「殺！」

「殺！」

「殺！」

近兩萬安平大軍熱血澎湃，三呼「殺」聲，雄渾蓬勃，聲裂九霄，震得人心驚目眩。

符若兮拔劍，劍鋒直指宮門：「衝啊！」

頃刻，安平大軍急先鋒衝向宮門。

托南都軍的福，武德門的宮門已經被他們撞得搖搖欲墜，宮門內巨大的門栓已經被他們撞斷，近五百人……就算是全部都去堵門，又怎麼能是安平大軍的對手？

暴雨滂沱，如同密織的巨網，讓人眼睛都睜不開。

皇帝寢宮高階之外，信王所率禁軍被巡防營同南都軍兩面夾擊，節節潰敗。

信王胸前已中兩箭，口中不斷吐著鮮血，畢恒卻還是將其攙扶住，持劍護著，眼見包圍圈不斷縮小，他們大勢已去，畢恒還在想把信王護送出去。

信王抬眸，就看到高階之下，他那緊貼著閑王的弟弟梁王……

暴雨之中，已經全身濕透往下滴水的梁王拎著自己直裰下擺，臉色還是那般蒼白，可抬眼視線裡卻全然不見以往懦弱無能的蠢鈍模樣，那目光陰毒的就像是一直處在陰暗處伺機而動的毒蛇。

信王睜大了眼死死盯著梁王，看到梁王唇角噙著的那抹笑意，信王腦中嗡鳴，天地之間彷彿只剩下這嘩啦啦的雨聲，還有他鮮血沸騰的聲音。

是梁王說……哥哥，自古以來都是有嫡立嫡，可父皇卻為了太子廢了哥哥，愚弟無能當初沒有辦法救哥哥，可如今……既然父皇想要建九星台假裝墜馬，哥哥倒是可以假戲真做，稱太子意圖謀害父皇，將其一同拿下，名正言順登基，等哥哥登基之後就再也沒有人同哥哥搶了。

是梁王說……哥哥，如今符若兮被發現，再不動手等父皇醒來就來不及了。

還是梁王說……哥哥，弟弟命如草芥，只希望哥哥嫡子正統，能得到應得的皇位，護弟弟一生平安就好。

好一個一生平安，信王現在明瞭了，原來母后說的對……他不是梁王的對手，不是母后高看梁王，而是他小覷了梁王，成了被梁王利用的刀刃。他輸在了自傲，輸在了蠢！

信王又噴出一口鮮血，支撐不住雙膝朝著地上跪去。可他死的不甘心！不甘心啊……

「殿下！信王殿下！」畢恒忙單膝跪地，用劍撐住他們兩個人的身體。

可信王已經氣絕，身體軟塌塌的完全使不上一點力氣。

巡防營的刀……卻已經架在了畢恒的脖子上，讓他再無法起身。

前有范餘淮和巡防營，後有閑王和南都軍，他們已經上天無路入地無門。

畢恒認命般閉了閉眼抬頭，雨順著他的睫毛嘩啦啦往下流，他們的人……已經剩下不多了！

還有禁軍見大勢已去，棄械投降。

范餘淮走至畢恒面前，深深看了眼畢恒和陡然倒地已無生機的信王，氣如洪鐘，高聲喊道：「陛下已醒！信王已死！繳械者不殺！」

天地間彷彿靜默了那麼一瞬。

譚老帝師急速從宮殿裡衝出來：「范大人！小心閑王、梁王！」

范餘淮回頭，朝大殿上方的譚老帝師望去。

閑王握緊了手中利刃，大雨中勾起唇角，抬眸露出勝券在握的眼神，高聲喊道：「信王謀逆殘殺陛下與太子，我等護駕來遲，必將叛賊殺盡一個不留，為陛下太子復仇！」

閑王話音剛落，帶血寒刃便直直朝著范餘淮砍去。

「大人小心！」巡防營將士睜大了眼，一把抓住還未來得及回頭的范餘淮用力往後一拽。

范餘淮回頭難以置信的睜大眼，眼睜睜看著原本要直取他頭顱的寒刃從他眼前劃過，左眼猛然被猩紅之色覆蓋，尖銳的疼痛之感自左眼急速蔓延至半張臉。

范餘淮單手捂著眼睛慘叫出聲，刀鋒碰撞的喊殺聲再次響徹皇宮。

閑王所率南都軍，與范餘淮所率巡防營、禁軍，拼死搏殺。

被下屬拖到後方護住的范餘淮，單手捂住不斷往外冒血的眼睛，一把推開下屬，單手握刀，高聲喊道：「閑王、梁王謀反！護駕！」

燈火通明，燭苗搖曳的大殿內，已經醒來的皇帝目眥欲裂，雙眸充血，吃力地抬手指著大殿之外，急促喘息著，胸口發出憋悶的呼哧痰鳴聲，卻一個字都說不出來。

他怎麼能相信，被自己疼愛著長大的嫡子信王，竟然想要弒父殺兄篡位！

他怎麼能相信，當初為了他……連子孫根都沒有了的閑王會謀反？

是了……是了！閑王獨女腹中懷了天家骨肉，所以閑王也動了這分心思，想要他們林家的江山！

皇帝一張臉憋得發紫，凹陷下去的兩頰和眼窩，在搖曳燈火映襯下顯得有些瘆人。

「父皇！父皇！」太子膝行跪在皇帝身邊，眼淚不住的流，「父皇你要保重啊！」

大長公主隔著雕花隔扇朝外看了眼，便拄著拐杖朝內室走來，高德茂連忙命戰戰兢兢的小太監將兩側帷幔撩起，掛在金製的纏枝銅鉤上，又拉開明黃色紗帳。

見大長公主拄著拐杖進來，皇帝瞳仁顫了顫，想開口說話，又扶著心口咳嗽了起來，目光直直盯著大長公主。

太子連忙接過高德茂遞過來的唾盂，膝行靠近皇帝：「父皇！」

皇帝擺了擺手，用手肘撐著床，緩緩靠在隱囊上，急促的呼吸逐漸平靜下來。

「陛下！」大長公主對皇帝略略頷首。

皇帝鎮定下來，真心對大長公主道謝：「姑母……辛苦姑母這些日子守著朕！」

「陛下放心，白卿言已經去帶安平大營將士前來救駕，陛下安心！白家世代守護我晉國江山，哪怕僅剩一人也會捨生忘死護陛下和太子殿下周全。」大長公主垂著眸子，又朝著皇帝微微欠身。

皇帝望著帳子旁綴著的香囊，抿了抿唇。

白家……世代守護晉國江山的白家。

莫名的，皇帝想起白威霆，想起白岐山。甚至，想起他兒時見到過的……白威霆的父親。

那時他不過六歲，白家軍東征凱旋，那位滿頭銀絲，戎裝騎於高馬之上的蒼老男子威嚴顯赫，就是二皇兄同他所講述的英雄威武模樣。

數百年來，鎮國公府就像是一把擎天重劍，歷經風霜卻仍屹立不倒，威名天下皆知。

皇帝身側拳頭緊了緊，若是此次……白卿言真的能如此忠心，帶兵救他和太子。

那麼，皇帝願意給白家留一條活路，就讓白卿言好好的效忠太子。

大殿之外，兵甲與佩劍碰撞的聲音和慘叫，從大殿之外傳來，聲越逼越近，大殿內寂靜無聲，人人膽戰心驚。

范餘淮且戰且退，閑王、梁王被護於重盾之中，在重盾兵「呼哈」聲中，穩紮穩打，冒雨一步一步往臺階上逼。

身配重甲的閑王似乎是怕梁王性子孬，看到這血流成河殘肢斷骸的場面會嚇到腿軟，一手扯著梁王的手臂，一手持劍，抬腳往臺階上走，眼看著離宮殿正門越來越近，閑王眸中勝券在握的目光執著到近乎瘋狂：「快！就在眼前了！」

就在眼前……他會一躍成為國丈，等到女兒誕下皇子，他就殺了梁王，這天下便是他柳家的天下了。閑王滿腦子都是柳家日後榮耀，腳下沒注意踩上一條斷臂，腳下打滑，卻被一隻強而有力的手穩穩扶住。

閑王詫異回頭看著自己身旁的梁王。

梁王低垂著眸子，聲音沉穩又鎮定，那樣子不畏懼，也不惶恐：「岳父小心……」

不等閒王細思這突如其來的詭異感，後方突然傳來震天的喊殺聲。

閑王猛然回頭。

白卿言騎於駿馬之上，做急先鋒快馬疾馳，馬踏南都叛軍雨中一躍而起，雨水順著駿馬鬃毛嘩啦啦往下掉。她咬緊牙關，如鷹隼般銳利沉著的目光瞄準表情錯愕的閑王，穩住，手臂繃緊，搭箭拉弓，拼盡全力，弓身吱呀作響。

梁王只看到大雨中，那一身銀甲的女子坐下駿馬一躍而起，陡然一股寒意從腳底竄上頭頂，來不及驚呼出聲……

箭矢穿雨破空而來，快到梁王只感覺耳邊一陣罡風刮過，閑王被一股子力量帶得整個人陡然朝後倒去。

梁王回頭朝閑王看去，只見倒地不起的閑王睜大了眼，大雨中緊緊捂著頸脖，鮮血簌簌往外冒，一張嘴鮮血就不斷往外湧。

「閑王！」

「王爺！」

護在閑王身邊的南都軍將領驚呼，突然失去主心骨，方寸大亂，軍心渙散。

南都王將軍見狀，面無人色，知道此次兵敗，他們怕是要賠上全族了。

他一把將兒子小王將軍扯到身邊來，高呼：「快！保護王爺！保護王爺！」

安平大營兩萬士氣澎湃的將士如同黑色潮水，從南都軍後方湧來，加入混戰之中，與巡防營和禁軍兩面夾擊，南都軍頓時大亂，心生懼意，顧此失彼，戰敗就在眼前。

梁王臉色頓時慘白，手心緊緊攥著衣擺，知道閑王一死……南都軍必然方寸大亂！

白卿言坐下駿馬穩穩在高階之上落下，她扯住韁繩，駿馬揚蹄嘶鳴，踢翻了一眾舉著長槍的南都軍，急速朝高階之上衝……

捂著一隻眼睛的范餘淮，看到那雨中銀甲冷戾的清瘦身影將射日弓挎在身後，彎腰從一叛軍手中奪過長槍。

范餘淮睜大了眼，頓時熱血沸騰，激昂喊道：「鎮國公主！是鎮國公主帶著安平大營的兄弟們來了！」范餘淮咬緊了牙扯下頭上的髮帶，纏住一隻眼睛，拔劍高呼：「兄弟們！鎮國公主帶著兩萬安平大營的兄弟來了！我眾敵寡，此戰必勝！兄弟們……殺啊！」

看到白卿言快馬飛馳而來的那一瞬，巡防營和禁軍也看到了希望！像是有無數力量從且戰且退的巡防營和禁軍將士腳底湧上來，陸生剽悍赴死也要殺他個片甲不留的決心。

「兄弟們！殺啊！宰了這群狗日的南都叛軍為死去的兄弟報仇！」

「殺啊！來啊！狗日的南都軍，讓你嘗嘗爺爺的刀有多硬！」

大殿之內，皇帝也聽到了外面喊鎮國公主到了的聲音，也聽到了將士們激昂戰意十足的罵聲。忍不住用手肘撐起自己的身子，往緊閉的窗外望去，可是他只能看到一些虛虛實實的影子，只能聽到越發激烈的喊殺聲。

趴在門縫往外看的全漁看到白卿言，激動地哭出來，轉頭幾乎聲嘶力竭喊道：「鎮國公主來了！鎮國公主來救駕了！陛下……殿下！是鎮國公主來救駕了！」

皇帝深吸一口氣，心跳速度極快，眉目間難見露出喜意。

跪在皇帝床邊的太子脊背挺直，高興喊道：「父皇！鎮國公主來了！是鎮國公主來了！」

大長公主拄著拐杖上前兩步，走至窗前，想要透過窗縫往外看，卻又擔心看到自家孫女兒受傷，只能快速撥動著手中佛珠，祈求上天保佑孫女兒平安無事，哪怕讓她折壽十年、二十年，即刻死去也無所謂！

白卿言駿馬疾馳目光直直鎖定閑王和梁王的方向，隔著雨簾梁王對上白卿言鋒芒畢露的沉穩目光，思緒飛快……

眼前，梁王只有兩條路選，要麼……他撿起閑王的刀，拼死一搏，說不定還有機會能夠登上寶座。要麼，他現在一如既往認慫裝弱，向父皇求饒，就說是閑王脅迫他的，他原以為閑王是要進宮救駕，誰知道閑王殺了信王之後，突然說信王殺了父皇和太子。

梁王裝了一輩子懦弱，此次好不容易有這個機會，他視線……落在閑王手邊那把寶劍上，咬了咬牙上前一步，正要去拿那把寶劍……

突然圍在閑王周圍的重盾軍一聲驚呼被飛馬踏倒，一杆銀槍帶著冷戾殺氣凌空而至，插入被南都將軍們圍住的閑王心口，嚇得梁王跌倒在地。

致命一擊，閑王還來不及睜大眼，圍在閑王身邊軍心渙散的南都將領還來不及拔劍，只覺空中一道黑影掠過，南都王將軍被馬蹄踏倒吐出一口鮮血。

「爹！」小王將軍驚呼。

白卿言一把攥住銀槍，將銀槍末端抵在自己腰間盔甲之上，嘶吼著，用盡全身最大的力氣將閑王挑了起來。

身著甲冑的符若兮帶著安平大營的將領，同白家護衛軍立時護在白卿言身邊，一躍下馬手起刀落，長劍所到之處……南都重盾軍人頭落地。

白卿言用銀槍挑著閑王的手臂在發抖，幾乎要耗盡她全身的力氣，震懾敵軍不敢再動！

白卿言用銀槍將南都閑王挑起來這樣的動作，幾乎是一瞬就擊潰了所有南都軍再戰的心。

大雨之中，南都軍和梁王都仰著頭，睜大眼看著被白卿言銀槍穿胸挑起來的閑王，滿目不可置信，無法想像白卿言一個弱質女流怎麼能做到如此彪悍驍勇。

震撼的人頭皮發麻。這……就是白家武功全失，體質虛弱的嫡長女嗎？若是白家男子還在……

那該是怎麼樣的強悍?!

白卿言緊緊咬著牙，如炬目光掃過高階之下血流成河，屍體成山的生死戰場，高聲喊道：「南都閑王已死，頑抗者死！繳械者不殺！」

符若兮亦是單手舉劍，高聲喊道：「南都閑王已死，頑抗者死！繳械者不殺！」

閑王身死，頑抗死，繳械活的話音，延綿不絕，在這被暴雨沖刷的皇宮之內此起彼伏。

閑王的屍體，就像是旗幟……南都軍投降的白旗。

南都軍全然沒有了再戰的底氣，紛紛丟下手中的刀、槍、盾、劍。

梁王閉了閉眼，知道就算是他現在拿起閑王的寶劍，這群南都軍的心散了，就再無取勝的可能。

他看向還舉著閑王屍體的白卿言，心中越發思念他的幕僚杜知微……

杜知微說的果然不錯，白卿言乃是天生將才，他真的應當想方設法將白卿言收為己用，可是……經過他陷害鎮國王白威霆通敵叛國一事，怕是再也沒有這個機會了。

梁王反應速度極快，突然朝著皇帝寢宮的方向跪地，高聲哭喊：「父皇……父皇救我！兒子也不知道閑王要謀反啊！進宮前閑王明明是說要兒臣同他一同進宮救駕的，兒臣也不知道為什麼閑王會要謀反啊！他就那麼抓著兒臣的手臂，拖著兒臣往父皇寢宮走，兒臣……兒臣怕極了！」

白卿言聽到梁王的哭聲，將插著閑王屍體的銀槍丟下，手臂抖得不像樣子，她裝作鎮定自若的模樣下馬。

符若兮離白卿言極近，自然看到了白卿言不受控制顫抖的手臂，他心頭一緊，壓著嗓音靠近白卿言：「鎮國公主！可是受傷了?!」

白卿言自然而然負手而立，將顫抖的手臂藏在身後，對符若兮搖頭，目光凝視已經繳械跪下的南都軍，神色如常鎮定。

已經沒了一隻眼睛的范餘淮見南都軍叛亂已平，聽到梁王的哭聲回過神來：「把梁王先扣起來！」

「父皇救兒臣啊！兒臣冤枉啊……兒臣真的是來救父皇和太子哥哥的！閑王謀反兒子真的什麼都不知道啊！」

梁王如此小人行徑，原也在白卿言的預料之中……

哪怕此次皇帝心軟，太子也必不能放過梁王，白卿言並不擔心。

范餘淮走到白卿言身旁抱拳：「鎮國公主！」

白卿言見范餘淮被雨水沖刷的臉上全都是血水，視線落在范餘淮沒了的一隻眼睛上：「范大人可還好？」

「不礙事！」范餘淮此時眼睛疼痛難忍，可比起丟了一條命來說，眼睛受了傷已經是萬幸，若是剛才他的兵沒有拽他一把，此時他已經是閑王刀下亡魂了。

范餘淮看到守在白卿言身邊的符若兮，壓低了聲音問白卿言：「鎮國公主，這……符若兮……」

「此次救駕，符若兮當居首功！」

白卿言只說了這一句，范餘淮便明白了，他頷首：「即是如此，清理戰場就交給我們巡防營了，鎮國公主和符將軍，速速進殿，同陛下和太子殿下和大長公主說一聲，以免陛下和太子殿下，還有大長公主懸心。」

白卿言頷首，看向符若兮……大雨之中，符若兮握著劍的手收緊，亦是看向白卿言。

「走吧！」白卿言對符若兮說完，轉身朝著高階之上走去。

安平大營眾將領望著符若兮，只希望此次救駕之功能夠換他們將軍一命。

柳平高也上前同符若兮道：「將軍，同陛下和太子好好認錯！陛下定能看在將軍此次救駕之功上，從輕發落！」

符若兮將佩劍交給柳平高，頷首，轉身追隨白卿言沿著巡防營和禁軍讓開的一條路，朝大殿正門的方向走去。

白卿言立在緊閉的大殿門口，單膝跪地，高聲道：「白卿言、符若兮救駕來遲，叛軍已降，還請陛下、太子殿下開門！」

「罪臣符若兮救駕來遲，叛軍已降，還請陛下、太子殿下安心！」符若兮跟隨白卿言高呼道。

「符若兮?!」太子轉頭看向方老，畢竟符若兮可是之前要殺他的人。

方老亦是拳頭收緊，可是一想到大長公主也在，便也不那麼擔心了。

大殿之內，大長公主一顆心落地，聽到皇帝開口：「請鎮國公主和符將軍進來！」

拄著拐杖的大長公主疾步朝門口走來：「快！快開殿門！」

殿內的幾個太監，連忙將大殿的雕花門打開。

大殿門開的那一瞬，如此大雨都洗刷不淨的血腥氣……伴隨著濕涼的風竄入大殿中，大長公主看到跪在殿門外的白卿言，她全身濕透，分不清那一身銀甲上鮮血到底是她的還是旁人的，大長公主險些站不穩，頓時熱淚盈眶，喉頭翻滾著。

「大長公主！」蔣嬤嬤連忙將大長公主扶住。

大長公主將拐杖遞給蔣嬤嬤，扶著大殿門框跨出正殿，將白卿言扶起來，上下打量著，用手去抹白卿言銀甲上沒能被雨水沖刷乾淨的鮮血，又將白卿言濕漉漉貼在鬢角的碎髮攏在耳後，哽咽詢問：「哪裡傷到了？」

不等白卿言回答，大長公主便摸到了白卿言不住顫抖的手臂，手一顫，臉色煞白小心翼翼將白卿言手臂拉出來，問：「傷到哪兒了？太醫……太醫！」

「祖母！」白卿言另一隻手握了握大長公主的手，「祖母，只是用力過猛！不必驚動太醫。」

雨下的太大，她的聲音傳不了多遠，為了震懾南都軍止戰，將傷亡降到最低，白卿言只有將閑王給挑起來，讓南都軍看到……讓南都軍懼怕，讓南都軍慌亂才行！

可即便白卿言成日裡捆著鐵沙袋，將閑王挑起來對她來說還是十分勉強，那一瞬極為猛烈的爆發力之後，手臂便顫抖的一點力氣都使不出來，跟廢掉一般。

就連白卿言將手臂負在身後，都覺吃力。若是父親還在……怕是又要訓斥她胡鬧了。

大長公主發自內心的關切，白卿言看得明白，她身為大長公主不能在這宮殿前訓斥為何白卿言要如此拼命，只能緊咬著牙關克制眼淚：「陛下還在等著你！進去吧！」

全漁也立在門口，看著跨進大殿的白卿言雙手垂在身側，並未跟隨走動而自如擺動，頓時眼眶濕紅，邁著小碎步回到太子身邊，壓低了聲音道：「殿下，鎮國公主手臂好像受傷了！」

皇帝轉頭看向那一層擋住了濕寒風氣的垂帷，道：「將垂帷拉起來……」

高德茂連忙命太監將明黃的垂帷紗帳拉起來，就見大長公主拉著白卿言的手進來，身後跟著少了一條手臂的符若兮，兩人戎裝皆染血，全身濕透一身的狼狽。

來之前，白卿言已經交代過符若兮了，只要符若兮按照符老太君死之前的說法，同皇帝陳情……

皇帝念在此次符若兮救駕有功的分兒上，定然會寬恕符家和符若兮。

皇后派人去大理寺獄中殺他，便是等於斬斷了他們之間的情義，符若兮從此之後也就再不欠她。

符若兮心中暗暗下定決心，若此次還有命活著，他一定按照符老太君交代的，回去善待妻兒……

符若兮視線看向那朝著皇帝跪下的清瘦挺拔的身影，若是此次能夠僥倖得一命，他定然跟隨白卿言赴湯蹈火。

他知道，白卿言是如同已故的鎮國王白威霆一般，有著極大抱負和志向之人。

他若是能做白卿言實現抱負路上的一塊墊腳石，也算是沒有辛苦白卿言從安平大營開始……就明裡暗裡護他符家的恩情。

「白卿言見過陛下、太子殿下，救駕來遲，讓陛下和太子殿下受驚了！請陛下、殿下恕罪！」

白卿言單膝跪下，手臂抬不起，只能單手撐著膝蓋，垂頭行禮。

符若兮垂眸凝視被擦的黑亮的青石地板，視線落在前方白卿言留下……鮮血混著雨水的腳印子，也跟著白卿言單膝跪下，啞著嗓音道：「罪臣符若兮救駕來遲，請陛下、殿下恕罪。」

因著白卿言和符若兮被召進來，大殿門已經打開，外面范餘淮雨中吼著讓巡防營立刻關押南都軍，和反叛禁軍的聲音極為清晰。

安平大營將領同范餘淮說著，他們是從東西二門殺進來的，鎮國公主和符若兮是從南門武德門殺進來，按照鎮國公主吩咐……繳械扣押，反抗立斬，東西二門應當沒有叛軍了。

但范餘淮還是不放心，派人帶著將士們再搜一遍，以確保陛下的安危。

「陛下，范大人為護駕受了重傷，還請陛下喚范大人進來讓太醫先行包紮傷口，看看有沒有傷到眼仁。」白卿言對皇帝道。

見皇帝撐起身子，太子連忙上前扶住皇帝，又往皇帝身後墊了一個隱囊，低聲道：「父皇您慢點兒……」

皇帝點了點頭，緩緩靠在隱囊上，剛才聽到白卿言在殿外稱救駕來遲，他的神情便已如釋重負，此時皇帝蠟黃的面色緩和了過來，又是那副高高在上的皇帝模樣，開口道：「鎮國公主辛苦了！黃太醫……你找個太醫去給范餘淮看看。」

黃太醫頷首，吩咐太醫院一位極為年輕，醫術卻很是高明的太醫背著藥箱去給范餘淮瞧傷。

皇帝視線又落在符若兮的身上，開口道：「譚老帝師已經將皇后要脅你之事告訴朕了，對太子揮刀你實屬無奈，你已經斷了一條手臂，此次更是救駕有功，朕便留你一命，去了你官職，讓你留於大都城為符老太君守喪可服氣？」

符若兮忙重重叩首：「陛下能容罪臣一命為母守孝，已經是天恩，罪臣銘感於心，此生誓死效忠陛下，效忠太子！」

「孤還以為，昨夜……符將軍被皇后派去的人殺了，沒成想還能活著前來救駕，真的是……太好了！」太子慶幸符若兮還活著的話不假，若是符若兮死了，皇后要是說太子一行人為了攀誣她，所以來了一個死無對證，太子還真沒有辦法。

符若兮心中警鈴大作，以為太子是懷疑他如何出城。

符若兮不論如何也不能連累白卿言，只能道：「罪臣被皇后的人從大理寺獄之中劫出來，本也以為自己要死無葬身之地，可皇后的人卻將罪臣劫出城，稱……罪臣對太子揮刀已經是罪無可恕，若是能帶兩萬安平大營將士助信王一臂之力，符家和罪臣便能活……」

符若兮一邊想說詞，一邊說。他想起白卿言發射的三發煙火之事，知道不能完全將白卿言排除在外，否則這三發煙火無法解釋，只能接著道……

「罪臣打算將計就計前往安平大營兩萬將士駐紮之地時，鎮國公主府上的護衛軍便趕到救了罪臣，稱鎮國公主前往太子府護衛太子殿下了，請罪臣即刻帶安平大營兩萬將士救駕！因罪臣手中無兵符，亦無陛下和太子殿下的手諭，只能跪地以符家滿門，以我母親亡靈起誓，請安平大營諸位將士隨我進宮救駕，安平大營將士們才陸陸續續隨罪臣前往大都城，直到……在大都城門前，眾將士看到鎮國公主，這才相信……罪臣是真的救駕，而非謀逆。」

符若兮此言，說的合情合理不說，也洗脫了……他作為安平大營統帥，即便沒有官職也可一呼百應之能，減輕皇帝和太子的猜忌、疑心。

殿外雨聲和梁王哭著求見皇帝的聲音極大，皇帝的視線忍不住朝外看去，說不出來那神色是生氣還是痛恨。

方老不動聲色握緊了拳頭，他這段日子正在忙活的，便是要指控皇后和符若兮有私情，甚至連信王也並非皇帝之子的事。可方老朝太子的方向看去，卻見太子看著符若兮的眼神帶著幾分感激，想來……如今信王這麼一死，皇后想來也是活不成了，太子必然不會再揪著符若兮不放。

皇帝點了點頭，視線又落回在手臂垂在身側的白卿言身上：「你又是怎麼知道皇后的人會救符若兮的？」

「回陛下，白卿言沒有猜到皇后會救符若兮，只是猜到皇后會派人去將符若兮滅口，特意叮囑了呂大人嚴加看管，可回到鎮國公主府後，白卿言依舊覺得心神不寧，便派人前去盯著大理寺，以防陛下還未提審符若兮，他便遭遇不測。畢竟皇后乃是國母，要定罪與否也應當是……陛下提審符若兮後決定，事關皇家顏面，小心謹慎總沒錯。」白卿言道。

皇帝盤旋在心頭的疑雲消散，他輕輕呼出一口氣：「黃太醫，給鎮國公主看看手臂上的傷！」

「陛下，白卿言身上的是小傷不礙事！」白卿言垂著眸子，不露神色，「當下還有更重要的事情要做，祖母以護皇后和龍胎之名，將皇后軟禁在寢宮中，但未免皇后得知信王死訊做出什麼不可挽回的事情，還請陛下立刻請太子前去，親自請皇后過來，正好符將軍也在……有什麼都可以當面對質，也好還符將軍清白。」

事關皇家顏面，白卿言知道皇帝怕是不會真的叫皇后來對質，這一次信王是實打實的謀反，即便是皇后有天大的冤情皇帝也不會信一個字，甚至皇帝會連皇后的面都不見，便直接讓高德茂一條白綾送皇后上路。

太子嘛，自然也是不想讓皇后再見到皇帝，萬一要是皇后巧舌如簧，讓皇帝念起舊情來，饒皇后一命……中宮皇后若在，即便是太子的母妃俞貴妃統領後宮，也不能那麼名正言順，太子也不會讓這樣的事情發生。

白卿言心有成算，將話說得義正言辭，彷彿符若兮真的蒙受極大冤屈。

符若兮聽到這話，身側的手收緊，知道白卿言是為了救他。

和皇后對質，符若兮還是有些心虛的，可越是心虛便越是不能表露出來，否則……該如何對得起自己已經過世的母親，該如何對得起白卿言費心救他。

他閉了閉眼，皇后派人來殺他的時候，他就已斷了情，這些年他被皇后利用過那麼多次，也算是還清了曾經欠她的。如今符若兮為了護住妻兒，為了護住符家滿門，就只有對不起皇后了。

「咳咳咳咳……」皇帝聽到皇后二字突然沉重咳嗽了起來，太子忙起身為皇帝順氣，高德茂捧著唾盂跪在皇帝面前，黃太醫也忙湊上前要為皇帝請脈。

皇帝連連擺手，深呼吸調整著，胸口起伏漸漸平靜下來，看向太子，問道：「太子的意思呢？」

「事情父皇已經知道了，父皇也相信符將軍的清白，至於和皇后對質……我想父皇還是隨後我等晚輩不在時，單獨和皇后談談才是。」太子轉頭看了眼皇帝，見皇帝頷首表示贊同他的話，太子忙上前動作輕緩將白卿言扶了起來，壓低聲音道，「事關皇家顏面，這總是關起門來咱們自家的事情，符若兮是個外人……攪和在其中不太好！」

太子將此事說成「咱們自家」，為的是同白卿言拉進關係，讓白卿言知道他不拿她外看。

「太子所言有理！」白卿言後退一步，恭敬朝太子頷首。

太子視線落在白卿言顫抖不止的手臂上，忙道：「還是先讓太醫給你看看手臂！此次你護駕立了大功，父皇一定會好好賞你，看完手臂……早點兒回府歇息！剩下的就交給旁人來做！」

皇帝也看向自己滿頭銀絲，面頰溝壑縱橫的姑母，心中陡生軟意，開口道：「朕倒下了這麼些日子，多虧譚老帝師和姑母，昨夜又是姑母捨身入宮護住朕的，當真是辛苦姑母了，姑母和鎮國公主回去歇著吧！」

大長公主與白卿言應聲稱是。

外面梁王的哭喊聲再次傳來：「父皇……父皇兒臣真的什麼都不知道啊！」

梁王到底是皇子，用劍抵著脖子不肯和巡防營先走，就站在大雨中哭求要見皇帝，被請到廊下由太醫包紮傷口的范餘淮，見狀左右為難，只能跪在大殿門外請示皇帝：「陛下，梁王用劍抵著自己的脖子，稱要見陛下，微臣應當如何處置？」

大長公主眸色冷清，她從前倒是看走眼了……這梁王倒是能屈能伸的很。

也是梁王自小是在夾縫中長大的，知道什麼叫蠖屈鼠伏，比一般人捨得下尊嚴，更捨得下氣節，知道什麼時候該屈膝跪地，哪怕已經勝券在握，不到大獲全勝登至尊之位時……絕不會翹尾巴，給自己留下向高位者搖尾乞憐的餘地。

這一點上，梁王要比皇帝，還有他這幾位兄弟都優秀太多。梁王此人，對白家恨意甚深，大長公主絕對不能讓這樣的人登上晉國至尊之位，否則還能有她白家人的活路？

大長公主轉頭看向皇帝：「陛下，梁王口口聲聲稱閑王之事他不知情，用劍抵著脖子求見陛下，可閑王帶領南都軍與范餘淮大人所率巡防營廝殺之時，也沒有見他用劍抵著脖子求閑王住手啊！若是梁王真有捨命救駕的勇氣，為何不在當時舉劍以命要脅閑王？畢竟閑王手中若無梁王，那便是名不正言不順，即便閑王仗著女兒腹中懷有天家骨肉，可陛下……並非沒有其他皇子。」

譚老帝師也點了點頭。

大長公主聲音頓了頓之後，才鄭重對皇帝道：「如此看來，梁王怕是對這至尊之位，也並非全然沒有想法。」

太子垂著眼，眸底有喜色，若梁王一死，他便可以高枕無憂了。

皇帝聽了大長公主這話，眸色越發陰沉，又忍不住劇烈咳嗽了幾聲：「高德茂，傳令……將那逆子給朕關入大牢，他若要自刎……便隨他去吧！朕眼不見心不煩！」

高德茂連忙頷首應聲，疾步朝大殿門外走去，將皇帝的話原模原樣轉述給范餘淮，又忙道：「范大人還是將事情交給旁人處理，您快快歇著吧！」

高德茂看著臉上身上全是血，已經被太醫用細棉布纏住一隻眼睛的范餘淮忙道。

范餘淮頷首：「多謝公公關心！」

范餘淮話音剛落，就見白卿言扶著大長公主，與譚老帝師從皇帝寢宮出來，范餘淮忙長揖行禮：「大長公主、鎮國公主、譚老帝師。」

已經重新包紮了傷口的范餘淮，紗布上沁出些許鮮血，另一隻眼也充血發紅，被大雨澆透的鎧甲衣衫緊緊貼在身上，整個人看起來很是狼狽。

「辛苦范大人了！范大人受傷當早些回去歇息！陛下已經命人前去喚劉宏劉大人過來接手，好讓范大人好好歇息！」大長公主說完又道，「陛下不會忘了范大人拼死救駕之功，隨後定有重賞！范大人……前途無量。」

范餘淮聽到這話，忙對大長公主長揖到地，激動的身體輕顫。

為官者，誰不想平步青雲？誰不想登高位？

巡防營副統領已經衝入雨簾，高聲對梁王喊道：「陛下有旨，將梁王押入大牢，梁王若是要自刎，便隨梁王所願。」

梁王聽到這話臉色一白，手中握著的劍陡然從手中滑落，雙腿一軟便跪了下來，涕淚橫流，將那沒有骨氣的小人模樣做了一個十足十。

「父皇！兒臣冤枉啊！兒臣真的不知道閑王是要謀反啊！兒臣只是怕死還怕閑王一刀砍了兒臣的腦袋，兒臣知道給父皇丟臉了！」

巡防營副統領看著梁王這軟弱的模樣，眸中露出幾分輕蔑來，擺手：「帶走！」

巡防營將士立刻架起雨中哭得上氣不接下氣的梁王，將他從皇帝寢宮高階之上拖走。

「父皇！父皇您饒了兒臣吧！兒臣真的只是怕死！可兒臣就算是死也從未想過要害父皇和太子哥哥啊！」梁王雙腿亂蹬，朝著皇帝寢宮方向歇斯底里哭喊著。

白卿言想，或許梁王這樣的之所以能夠活得如此之久，便是因為他的心裡……並沒有尊嚴感和氣節這兩樣東西，所以那雙膝才會隨時隨地折的那麼快。梁王已成不了氣候了……

既然梁王有這個運氣在這場亂戰之中存活，白卿言倒覺得此時冒險殺了梁王，還不如讓梁王眼睜睜看著自己想要的東西卻始終不能得，讓他永遠脫不下這懦弱無能的皮囊。

白卿言視線凝視慌張失措，痛哭流涕的梁王，一時間……竟有些記不起上一世梁王意氣風發的模樣。上一世，梁王身邊有杜知微，有她，一步步甩脫懦弱之名，成為一代戰神，何等威嚴。

她接過蔣嬤嬤手中的傘，撐在大長公主頭頂，對大長公主道：「祖母，我送您上馬車。」

「你當真不隨我回白府？你不為自己的身體，也不掛心白府嗎？」大長公主握著白卿言的手。

白府一直沒有傳來消息，在白卿言看來……沒有消息便是好消息。

蕭容衍的能耐，白卿言上一世便領教過了，只要蕭容衍親口說會守住白府，他就必然會守住白府，所以她不擔心。

況且，她此時還不能走，禁軍至少有一大半都隨鐘邵仲信王叛亂，相繼與南都軍、安平大營將士大戰之後又折損不少，在旁人看來是個爛攤子，可白卿言倒是覺得這是往裡安插自己人手，收買人心的好時機。此時白卿言要是走了，就白白錯過這個機會了。

何況，此次白卿言鋒芒太露，這一刻……皇帝和太子因為感激白卿言進宮救駕，不會多思多想，可保不齊以後想起來，又會對白家忌憚，說不準會將白卿言留在眼皮子底下管束。

如今皇帝論功行賞的聖旨還未下，誰知會不會給她指婚，將她送入太子府，這可不是她想要的。

白卿言已經吩咐蕭容衍的暗衛，要演一場遇刺之後……命不久矣的戲碼，好平平安安回朔陽養傷。若是有人「行刺」之時祖母在，怕是會傷到祖母，這並非白卿言願意看到的。

將大長公主送走，黃太醫給白卿言診治了手臂，說白卿言這手臂雖然未傷到骨但傷到了筋，得需要好好將養才能恢復。

白卿言道謝後，在偏僻殿宇暖閣裡，換了高德茂派人送來的乾淨衣裳。

隔著雕花隔扇，白家護衛壓低了聲音同白卿言道：「大姑娘，劉宏將軍已經到了，他命人繳械，將叛軍南都軍和禁軍押出皇城，聽意思……除了梁王和幾個重要將領留著凌遲之外，其餘兵卒皇帝不打算留活口，要全部絞殺。」

白卿言單手穿衣極為不方便，聽到這話手一頓：「一共多少人？」

「回大姑娘，至少不下一萬八千人。」白家護衛軍道。

一萬八千人，全部絞殺?!雖說叛軍死有餘辜，可這裡面有多少只是聽從將令，身不由己的普通兵卒！並非白卿言婦人之仁，只是歷來皇帝遇到此等事情，為了顯示寬厚仁義，都只會殺雞儆猴，嚴懲其首，輕罰其從……

白卿言咬著牙將衣裳穿好，單手拉開門出來，凝視廊廡下的雨簾，問：「劉宏將軍現在在哪兒？要將人帶到哪裡去？」

「回大姑娘，屬下剛來報之時，劉宏將軍已經帶兵動身，似乎要從東門出……」

東門？永定門！若是白卿言猜的不錯，皇帝這是要劉宏在永定門，將這些叛軍全部射殺！

白卿言心一緊，抬腳走進雨簾之中：「速去永定門！」

「大姑娘要去救人？」護衛忙追上。

白卿言眸子暗芒銳利，如是說道：「是去救人，也是去收攬人心……」

一夜大雨未歇，雨勢不但未停，還有越見洶湧之勢。

呂相身著官服彎腰從馬車內出來，長隨忙撐傘上前將呂相從馬車上接下來。

呂相垂眸，見眼前紅色的血水立時打濕了他的官靴，又看向跌倒在地的登聞鼓，和被撞歪的武德門，心中已能感受到這武德門血戰有多激烈。

不多時，大理寺卿呂晉的馬車也到了武德門門口，隨後，兵部尚書沈敬中、戶部尚書楚忠興也趕到，雨中朝呂相行禮，探問情況。

今日一早，眾朝臣還未起身便聽到武德門震天喊殺聲之後，紛紛派出家中護衛前來武德門探情況，先是得到消息禁軍畢恒帶兵圍攻武德門，後又聽說太子與譚老帝師率巡防營入宮護駕，再就是……閑王與梁王帶著不知道從哪裡冒出來的南都軍，也說要進宮救駕。

一眾朝臣都換好了官服在家裡坐著，放出去打探消息的家僕一波一波的，還有乾脆直接登呂相府，請求呂相拿主意的。

呂相這邊兒最先得到消息，說鎮國公主白卿言去了大都城東門，心裡略略思索之後，便讓湊在呂府的官員都回家去等消息，守好宅邸。有白卿言在，呂相相信這場亂事用不了多久便能平息。果不其然，就在半個時辰之前，呂相府中暗衛回府稟報呂相，皇宮內已經聽不到喊殺聲了。

呂相琢磨著定然是大勢已定，交代好家裡守好門戶，便動身前來武德門。

其他官員當然也都聞訊而來。就連一直稱病在家的李茂，此次竟然也一同來了武德門。

只是，武德門外重兵把守，絲毫沒有放官員進宮的意思。

不多時，武德門突然打開……

呂相見大長公主規制的馬車從武德門內出來，忙走到一旁讓開路，朝著大長公主的馬車長揖行禮。

李茂也忙疾步走至呂相身旁，對著大長公主的車駕長揖，趁著彎腰垂眸的間隙，李茂對呂相說了一聲：「大長公主安然無恙出來，看來……宮內大勢已定。」

呂相沒有吭聲，李茂卻在心裡暗暗猜測，也不知道鎮國公主這次……是護駕有功，還是得了從龍之功。

架著馬車的魏忠回頭對馬車內的大長公主說了一聲。

大長公主閉著眼，撥動藏在袖中的佛珠，聲音裡是掩不住的疲乏：「不必停車，譚老帝師的車駕就在後面，讓譚老帝師同百官解釋吧，我們回府。」

大長公主是累了，不知是年紀大了體力不支……心，更是疲憊至極。

譚老帝師的馬車緊隨其後，宮內的太監撐傘將譚老帝師從馬車之上扶下來，呂相連忙上前：「老帝師，陛下可還好？」

「老帝師！陛下怎麼樣啊？」李茂也忙湊上前，想知道皇帝到底有沒有死。

不過眨眼的功夫，圍在武德門外的官員便將譚老帝師團團圍住。

「諸位！諸位……」譚老帝師蒼老的聲音遒勁有力，高聲道，「諸位安心，多虧鎮國公主與符將軍救駕及時，陛下和太子平安無事！今日武德門大亂，陛下請諸位大人先行回府，明日早朝。」

符若兮?!李茂眉頭挑了挑。

「是！」呂相誠懇長揖稱是。

「呂相、李相，兵部尚書沈敬中沈大人，大理寺卿呂大人，陛下身體不適，即日起會將朝政交與太子，太子有命……請四位前往太子府，宮中事畢，殿下立刻回太子府，與四位大人商議此事善後……」譚老帝師又道。
「微臣領命！」呂相忙道。
「臣領命……」李茂和兵部尚書沈敬中，還有呂晉話音剛落，關押著此次謀逆主犯的囚車便被重兵押解從武德門內出來。
禁軍將領有的對著畢恒罵，不知道自己救駕為何會變成了謀反，畢恒卻閉口不言，只緊緊捂著不斷冒血的胸口，靠坐在囚車內面色灰敗。
南都將領……有的視死如歸，有的如霜打茄子，…只求此次不要牽連九族。
梁王也被丟入這架囚車之中，哭哭啼啼喊著他是被閑王欺騙，什麼都不知道。
囚車剛從武德門出來，梁王便看到緊緊跟在李茂身後的李明瑞。
梁王忙從囚車裡伸出手喚著李明瑞的名字：「明瑞！明瑞你救救我！求你去同父皇說一說，我真的什麼都不知道，我真的以為是要進宮救父皇和太子哥哥的啊！明瑞你信我！我就是有天大的膽子也不敢謀反弒父啊！明瑞……你我相交甚深，你知道我的為人啊！」
低垂著頭的李明瑞手心一緊，大庭廣眾之下，不論怎麼說……梁王都是皇子，以皇帝那個心性，若是他當眾不理會梁王，回頭皇帝就會讓他的父親李茂好看。
李明瑞忙朝著梁王的方向長揖：「殿下寬心，陛下英明神武，若殿下真是冤枉，陛下定然會還殿下公道！」說完，李明瑞便再次朝著梁王長揖。
「呸！」那視死如歸的南都將領朝著梁王啐了一口唾沫，「孬種！閑王為扶你登基舉兵進宮的時候，你不是還很贊成？難道不是你擔心鎮國公主會將城外的安平大軍帶回大都城，讓閑王分兵去白府抓了白府的女眷……以防不測來威脅鎮國公主？這會兒閑王為你死了，你倒把罪責全推到閑王頭上?!作你的春秋大夢!你也不看看我們南都軍答不答應!呸!孬種!」

「兄弟們!」那南都將領咬緊了牙，視線掃過南都的將軍，「就算是死!咱們也要死的像個男人!當初同閑王一同舉事，就知道成得爵封侯，敗家破人亡!不過是搏命罷了!咱們賭輸了……也要輸得起!輸的……有骨氣!別學這個梁王，真他娘的孬種!」

小王將軍也在這架囚車之內，他視線看向還在哭喊著自己什麼都不知道的梁王，不免想到了柳若芙，沒想到他們的郡主竟然要嫁給這樣一個窩囊廢!

此時他們舉事失敗，但願閑王的人已經聞訊將柳若芙送出大都城避難!

若是沒有……小王將軍看向涕淚橫流的梁王，要是梁王真的不知閑王謀反，皇帝能留梁王一命，自然會看在柳若芙懷了天家骨肉的分兒上，也饒了柳若芙一命。

否則，柳若芙和她腹中孩兒，怕是都活不了了。

極大的囚車之內，除了小王將軍，其餘將領義憤填膺，將死之人也顧不上梁王還是皇子，將梁王這見風使舵滿嘴謊言的小人罵了個痛快。

直到聽到梁王的哭聲和南都將軍的謾罵聲走遠，李明瑞才直起身來，藏在官袍中的手收緊。

梁王剛才說，他們相交甚深，這是威脅……意思是他手中有當年父親和二皇子的親筆書信。

李明瑞咬緊了牙，當初梁王府一把火……也沒有能將那書信燒乾淨。

且到現在為止，一個鎮國公主，一個梁王，都口稱手中攥有書信。

如今看來，不能再這樣存著僥倖心理慢慢找尋了，李明瑞決定要親自同鎮國公主白卿言見一面，只要能確認父親的親筆信真的在鎮國公主手中，他們李家就是投入太子門下也不算是壞事。

李明瑞朝著武德門望去，等這件事平息吧!

他們李府的謀士蔡子源去了朔陽認錯後，便徹底失去了消息，也不知這個蔡子源去了哪兒。

永定門。劉宏立在高牆之上，身邊弓箭手已經準備妥當，他看著立在高牆之下四處張望，等待永定門開的叛軍降俘，身側的手不住收緊。

皇帝下令，讓劉宏將這一萬多叛軍悄無聲息斬殺於宮門之內，再悄然處理乾淨。

劉宏求了情，可皇帝卻說……一次不忠百次不容，用不了的兵活著便是浪費晉國糧餉。

原本劉宏還想再求情，可皇帝態度堅決，聲嘶力竭地喊殺，太子又在一旁幫腔，讓劉宏不要再忤逆陛下，劉宏只能從大殿內出來。

然，真的讓劉宏親自下令殺這將近兩萬將士，他是真的開不了這個口。

皇帝說此事絕密不許外傳，但這麼大的動靜，旁人怎麼可能真的毫無知覺？

此次，殺繳械叛軍，與白卿言甕城焚殺西涼降俘有所不同，白卿言那是為保晉國疆土，以少勝多之下的無奈之舉。

而劉宏只要手一揮，萬箭齊發……殺得可是晉國的自家將士。

將來史官記載，劉巨集這個名字怕要遺臭萬年了。

高牆之下，南都叛軍和禁軍擠在一起，見身後二重宮門已關，永定門卻遲遲未開，將他們困在這四方天地之中，仰頭朝高牆之上望去，可是雨太大什麼都看不清。

「劉將軍，不可猶豫了！」劉宏的下屬低聲在劉宏耳邊提醒，「再遲疑下去，一會兒有人生疑，一萬八千人不是小數目，若是有人察覺怕會出亂子！快刀斬亂麻啊！」

劉宏閉了閉眼，緊緊咬著後槽牙，抬手，高聲道：「弓箭手準備！」

劉宏下屬聞聲亦是高呼：「弓箭手準備！」

大雨無法湮滅劉宏和劉宏下屬的聲音。立在高牆之上的弓箭手立刻上前，帶著寒芒的箭鏃對著高牆之下已經棄械投降，脫甲白衣，手無寸鐵的南都軍和禁軍。

「他們這是要幹什麼?!」

「他們要殺了我們！」

有禁軍反應了過來。「什麼?!他們要殺了我們?!」

高牆之下近一萬八千多白衣將士頓時慌成一團，對著高牆之上喊道。

「鎮國公主說了，繳械不殺！我們已經繳械投降！你們怎麼能殺人！」

「操他祖宗！狗日的說話不算話！」

大雨之中，一個面色慘白的禁軍十夫長強迫自己鎮定下來，朝永定門望去，聲嘶力竭呼喊：「兄弟們！眼前就是永定門了！在這裡等著就是死路一條，撞開這永定門，我們還能死中求活！撞啊！」那禁軍十夫長話音一落，率先朝永定門衝去，用肉身去撞被封死的永定門。

下面一萬八千多被暴雨澆透的白衣將士如無頭蒼蠅，紛紛跟隨用肉身去撞那數百年來……堅實厚重挺立在那裡的永定門。

前赴撞門兵士跌倒在雨水裡，頃刻被後繼將士踩住，從其肉身之上踏過去，慘叫聲瘮人。

「將軍！」劉宏的下屬見下面已經亂了，連忙轉頭催促劉宏，「將軍不可再猶豫了！」

劉宏緊緊咬著牙，看著下面的亂象，看到白衣降俘被活活踩死，最先撞門的人被後面擠門之眾擠死……今日，明明永定門安寧無戰事，可竟也流血不止。

與其讓這些人如此死去，不如讓他們死的有尊嚴些，似乎有淚淌過劉宏的面頰。

「娘的！快撞啊！不然我們都要死在這裡！」樓下有降兵高聲喊道。

白卿言同白家護衛剛剛衝上城樓，便看到劉宏紅著眼，將手高高抬起……

「箭下留人！」白卿言高聲喊道，「箭下留人！」

舉箭拉弓的禁軍聞言，連忙轉身朝白卿言行禮：「鎮國公主！」

「大姑娘！」白家護衛抬手，睜大眼指向正要落下手的劉宏，驚道，「太遠了！劉將軍聽不到喊聲的！」

白卿言轉頭看向身旁搭箭拉弓瞄準城樓之下禁軍兵卒，奪過兵卒手中弓箭的同時單手撐住城牆，一躍而上……忍著手臂劇痛迅速搭箭拉弓，風雨中穩住顫抖的不像樣子，已經提不起來的手臂，朝著遠處的劉宏發箭。

箭矢破雨，一眨眼就到了劉宏眼前，擦著劉宏即將要落下的手部護腕而過，又跌落了下去。

劉宏震驚轉頭，就見已經渾身濕透的白卿言手握弓箭立在城牆之上，濕透的衣角被風吹得飛揚，劉宏忙收了手，心跳如悶雷一般，眼底不免露出喜意，急速朝著白卿言的方向跑來！

弓箭手紛紛收箭，朝著白卿言的方向行禮。

正在撞門的降兵突然看到立在城樓之上的纖瘦身影，頓時睜大了眼，抬手指向城樓之上：「看那樓上！是鎮國公主！」

「樓上弓箭手好像收箭了！」

「鎮國公主是來阻止他們殺我們的嗎?!」

「應該……是吧！鎮國公主說了繳械不殺的！」

城牆之下的禁軍和南都軍漸漸安靜了下來，仰頭朝高牆之上望去，等候他們最後的會是何命運。

白卿言見劉宏朝她的方向而來，忍痛咬住牙，將手中的大弓丟給禁軍，躍下城牆，險些跌倒。

「大姑娘！」白家護衛軍扶住白卿言，只覺他們家大姑娘全身都在打顫，慘白的臉上不知是汗水還是雨水……不斷向下滴。

白卿言高舉閑王屍體那一下本就傷到了手臂，此時更是拼盡全力勉強射出一箭，手臂疼到呼吸頓挫。「無事！」白卿言拳頭緊緊握住，忍住劇痛，步伐穩健帶風，朝著劉宏的方向走去。

劉宏知道此次救駕功在白卿言，且他聽聞白卿言殺了閑王之時，曾言……繳械不殺，既然白卿言這個時候冒雨趕來，定然是來阻止殺戮，來救人的！

劉宏本就不願意殺這些禁軍和南都軍，此時看到白卿言如何能不高興！

「鎮國公主！」劉宏忙長揖行禮，「可是陛下讓箭下留人！」

白卿言搖了搖頭：「我怕先去求陛下旨意會來不及，先來阻止劉大人，這就要去陛下寢宮求聖旨了。」

劉宏聽到這話，眼底那點子光芒漸漸有所渙散：「我已經勸過了，陛下……執意如此，就連太子爺……」

「繳械不殺，是我說的，這些兵將……我便要護住！」白卿言對劉宏道，「言定會從陛下那求來聖旨，在言回來之前，還請劉大人務必保住這些降兵的性命，一切罪責白卿言一人承擔。」

劉宏不是不知道皇帝心中對白家，對白卿言忌憚，皇帝連他的話都不聽，又怎麼會聽白卿言的，可白卿言願意一試……總還是有那麼點希望。

白卿言新換的一身衣裳已經濕透，本應顯得狼狽，可白卿言身姿筆挺立在這裡，瞳孔冷肅漆黑又深幽。一身盡是連男子都不敵的鐵血氣魄，威嚴又肅穆。

「鎮國公主放心去求聖旨，在聖旨下來之前，劉宏定然會護住這些降兵！」劉宏朝白卿言拱手語氣堅定。

白卿言頷首：「拜託劉將軍了！」

白卿言本想朝劉宏拱手，可手臂實在是已經抬不起來了，她轉頭看了眼城樓之下仰頭望向她的降兵，轉身朝城樓下走去。

一萬八千將士，他們也不過是遵循上命而已，上位者博弈……都是拿他們的命在鬥！既然是將士，他們應當死在戰場上，應當為保家衛國而死！

將士……是一個國家，最不該成為陰謀詭計犧牲品的人。

皇帝不要這些人，她要！這一萬八千將士，讓他們去南疆也好……去北疆也罷！甚至去東陲，去西域，去和敵軍拼殺！總之……決計不能死在這皇城的永定門！不能死在……梁王和信王奪嫡的漩渦之中，不能死在皇帝的憤怒之中。

「怎麼走了?!」有人看到高牆之上白卿言似乎要走，大聲呼喊。

「鎮國公主！是你說繳械不殺的！」

「鎮國公主！」

「呸！他娘的……都是騙咱們的！」

聽到樓下傳來騷動聲，劉宏怕生亂，朝著樓下的降兵喊道：「鎮國公主已經去請旨，求陛下寬宥了！弓箭手已經收箭！稍安勿躁！」

劉宏下屬見狀，也跟著喊道：「鎮國公主要護住你們，定然就能護住你們！」

劉宏轉頭朝著下屬看去，原本這話劉宏不想對下面這些將死的降兵說，畢竟皇帝殺人之心有多堅定他知道。

那屬下見劉宏看向他，忙後退一步，長揖請罪：「將軍，若不這麼說，任由這些將士繼續撞門，稍有差池……您對陛下無法交代啊！」

劉宏拳頭緊了緊，只希望白卿言真的能說服皇帝吧！一萬八千將士，南都軍便不說了，光是訓練這些禁軍花費了多少銀錢，又花費了多少年。這一萬八千將士真的殺了，損失的是晉國啊。

太子剛剛伺候皇帝服了藥，遞上茶杯讓皇帝漱口，就見高德茂邁著碎步進來，低聲道：「陛下、太子殿下，鎮國公主有要事求見。」

皇帝用手掩著唇將漱口水吐進唾盂裡，接過太子遞來的絲帕擦了擦嘴，開口：「讓白卿言進來吧！」

高德茂應聲出去傳白卿言。

見已經更衣，卻又渾身濕透的白卿言，太子頗為意外將皇帝用過的絲帕，放進宮婢跪舉的描金黑漆方盤中：「鎮國公主這是……」

白卿言對皇帝行大禮叩拜之後，道：「陛下，白卿言是來求陛下開恩，求陛下饒那一萬八千降兵不死。」

背靠明黃隱囊的皇帝睇了睇眼，眼底戾氣翻湧，靜靜看著白卿言：「怎麼，你覺得朕做這決定太過殘忍？」

「大半數禁軍、南都軍叛國，攻皇城意圖逼宮篡位，死不足惜！但……去歲南疆一戰，今年北疆一戰，眼下晉國正是缺兵的時候，新招的新兵沒有至少半年的歷練，不足以上戰場！」

白卿言來的路上，已經想好了該如何同皇帝說，同皇帝說什麼情義是沒用的，得觸及到皇帝的利益才行。

皇帝收回視線，凝視著不遠處搖曳的燭火，細思白卿言的話。

「白卿言明白陛下之怒……之恨！陛下也不敢再用這些背叛過陛下的將士們！陛下可以將他們派去南疆……北疆，或是鎮守我晉國與戎狄邊界，或是鎮守晉國與大燕邊界！」白卿言抬頭看了眼皇帝，見皇帝若有所思，接著道，「此次武德門之亂，已經讓晉國元氣大傷，若陛下命劉將軍殺自家一萬八千將士，他國密探得知，保不齊會蠢蠢欲動，晉國危矣！」

白卿言並未給皇帝具體建議，以免皇帝有所懷疑，關於這一萬八千派遣去哪裡的建議只能經太子的嘴同皇帝說。

「陛下，他們都是晉國的兵卒！既然入伍從軍，若是要死……也應該是死在戰場敵軍的兵刃之下，而不是自家同袍的箭矢之下！」白卿言重重對皇帝叩首。

皇帝撐在床榻上的手微微收緊，而不是死在自家同袍的箭矢之下……

皇帝陡然就想到白家死於南疆的滿門男兒，心中竟有了一絲絲動容。

白卿言所言，不無道理。只是不殺光這些叛主的狗東西，難泄皇帝心頭之憤。

太子見白卿言抬眸朝他看來，示意他同皇帝說情，太子垂眸細思了一瞬，想起遠在南疆的白家軍。如今白家軍已經算是太子的人了，有什麼好處……他自然是要念著白家軍的。

「父皇，兒臣覺得鎮國公主說的有理，不論怎麼說……既然是晉國的兵卒，領父皇的軍餉，吃父皇的軍糧，就算是要死也應當死得其所！父皇若是真的不放心將他們再放在身邊，大可派到南疆去，若是西涼再蠢蠢欲動，可讓他們做先鋒，也算是……父皇這些年沒有白白養著他們！他們也定然會感激父皇的恩德！從此改過自新。」

皇帝看了眼跪地俯首垂眸的白卿言，又看了眼眉目含笑的太子，對於這個兒子……經歷過這一次宮變，皇帝更信任了。

太子原本可以不入宮的，可是他還是入宮來救自己，可見孝心。

或許是皇帝老了，又失去了嫡子信王，心也跟著柔軟了下來，對太子點了點頭：「朕已經將朝政都交與太子了，此事便由太子作主吧！朕乏了……」

太子忙扶著皇帝躺下，又替皇帝蓋好被子，低聲道：「父皇好好休息，兒臣一定會處理好政事，若有拿不定的便來請示父皇，不讓父皇憂心。」

伺候好皇帝，太子同白卿言一同從皇帝寢宮出來，太子讓全漁給白卿言取了一件披風披上，道：「你也太不知道愛惜你的身子了，明知道自己身體不好，換了乾淨衣裳怎還去淋雨。」

白卿言聽太子這話裡似乎有試探的意思，便道：「殿下放心，這些日子以來言的身體好了不少。」

「哦？」太子笑意不達眼底，「身體好了不少？可是……用了什麼靈丹妙藥？」

白卿言搖了搖頭：「倒無什麼靈丹妙藥，洪大夫說……應當是得益於隨殿下征戰南疆之時，一路步行有強身健體之效，故而身體比以前強了不少！」

她隨太子一邊走一邊說：「且這段日子，言沒有敢落下鍛鍊，只求上天能多給言幾年時間，讓言能跟隨殿下多走幾年，讓言……能教好幾個妹妹，若來日言不在了，又無後繼戰將為殿下效命，她們也好頂上一段時間。」

白卿言並未對他隱瞞身體轉好之事，還說……想要多活幾年將幾個妹妹教好，為他所用，太子陡然覺得自己之前和方老似乎是小人之心了。

「孤還是希望，你能好好的……陪著孤走得更遠！」太子對白卿言露出溫和的笑容，語氣真誠，「孤……還希望看到你成親生子呢！」

白卿言只笑不語。

劉宏在城牆之上來回走動焦心無比，城牆之下不知一會兒是生是死的降卒們，也都等的焦躁不已。

降俘中已經有聰明人湊在一起商量對策，他們認為與其在這裡等待鎮國公主來救他們，不如自己謀求生路。以人的肉身去撞門，顯然是以卵擊石，人牆往城牆上爬倒是可行，可……雨太大太滑，誰又願意做站在最下面的?!可除了往上爬又想不出更好的辦法。

大雨逐漸轉小，劉宏發現城下降卒盯著城牆議論紛紛，似乎有異動。

劉宏的下屬，也察覺出不對勁，正打算懇請劉宏不要再等以免生變之時，就見太子同白卿言一同而來。

劉宏見狀高興不已，明白太子一來，猜到定然是鎮國公主說動了陛下：「這永定門內的一萬八千降卒，活命有望了！」

他興沖沖說完，忙快步迎上前，單膝跪地：「劉宏見過太子殿下，鎮國公主！」

太子對劉宏頷首，走至城牆前，望著仰頭朝他看來的這一萬多降卒，開口道：「你等背主叛國，本應死罪！但……孤認為我晉國將士就算是死也應當死的有尊嚴，死在戰場上為國捐軀，而非死在自家人的箭矢之下！」

太子聲音剛勁有力，鏗鏘激昂：「所以，孤給你們這次機會，讓你們去南疆……保家衛國，守護我晉國邊界疆土，建功立業，你們可願意?!」

城牆之下的降卒一聽，太子容他們活命，讓他們去南疆戍邊，哪裡能有不願意的?!反應迅速的降卒，在雨中高聲呼喊：「我願意！」

說著，那降卒在血水中跪了下來，高聲呼喊：「太子殿下！我願意！」

「我們願意！叩謝太子殿下天恩！」

「謝太子殿下寬恕！」更多的降卒向太子跪下，高聲呼喊著願意，喊著叩謝太子天恩。

劉宏望著雨中一個接一個跪地高呼的降卒們，心中情緒翻湧，轉頭看向白卿言挺拔又清瘦的身影，她負手而立表情鎮定又從容，眸色幽沉平靜，瞧不出喜怒。

劉宏沒有想到白卿言真的能說服皇帝，他心裡清楚，太子這番話……怕是白卿言用來說服皇帝的，可白卿言絲毫沒有介意太子用這番話賣人情給下面這些將士。

太子見永定門內降兵全部臣服，跪地高呼謝恩，心底有志得意滿的情緒翻湧。

每日對太子叩首跪拜的人很多，可這是太子這輩子頭一次有這種居高臨下……統領眾人的感覺，滋味十分美妙。難怪，那麼多人都想要爬上至尊之位，受天下敬仰。

太子負在背後的手收緊，緊緊攥著。「劉將軍，孤會吩咐兵部尚書協助，儘快安排這些將士前往南疆，這段時間……這些降卒就先交由劉將軍負責。」太子轉頭對劉宏說。

「殿下放心！」劉宏拱手領命。

太子又回頭看了眼城樓之下對他跪地俯首的降卒，心底萌生慷慨激昂之感，故作從容道：「孤還有事，這裡便交給劉將軍了，鎮國公主……我們走吧！隨孤一同出宮。」

白卿言頷首，側身讓開路，讓太子先行，她回頭朝劉宏看去，見劉宏對她頷首示意她放心，這才跟上太子離開。

太子隨白卿言一邊走一邊道：「正好，兵部尚書這會兒應當已經到太子府了，我讓他們儘快安排，將這些人送往南疆！」

「殿下可以派人提前同沈昆陽將軍通個氣兒，好讓他知道……這些將士是殿下收服的可用之軍，讓他好好為殿下訓練。」白卿言又道。

聽到白卿言說那一萬八千將士是他收服的，太子眉目間笑意更深，心裡有幾分沾沾自喜的得意。

「孤會讓人給沈昆陽將軍送信的，你放心……」太子說著，視線又落在白卿言垂在身側無法抬起的手臂上，「最近你就不要再為這些事情操心了，好好休息養傷！走吧，坐孤的車駕！孤送你回鎮國公主府！」

不等白卿言開口，太子便一本正經板著臉說：「這麼大雨，你可不能同孤客氣推辭。」

白卿言原本就有此意，笑著頷首：「那就勞煩太子了！」

「你與孤本就是表兄妹，何須如此客氣！」太子心情極好，笑著吩咐人給白卿言撐傘，便昂首闊步朝高牆下走去。

白卿言被扶上奢華的太子車駕，全漁也跟隨跪坐在車內，為白卿言和太子泡茶。

因武德門剛剛經過一場血戰，而永定門又緊緊關著，太子車駕從里安門出，要繞皇宮大半圈才能到鎮國公主府。路上太子同白卿言說起梁王，咬牙切齒：「梁王慣會做那哭哭啼啼的做派，你看著吧……這一次父皇怕還是會放過梁王，說不定貶為庶民也就算了！」

「不論如何，梁王之後便再無登頂的可能，太子殿下和梁王雲泥之別，不用多費心力在他身上。若太子真的不放心，倒是可以將梁王交與方老暗中看管……方老老成持重做事又謹慎，定然不會出什麼紕漏。」白卿言說道。

太子點了點頭，想起方老提醒他小心白卿言的事情來，心中頓感愧疚，抿了抿唇後幽幽開口道：「方老是老成持重，就是有時候太過謹慎了些。」

「謹慎是好事，陛下身體不適，一股腦將政事全都交與太子殿下，殿下日無暇晷，許多事情難免難以顧及，有方老這樣謹慎之人在殿下身邊……替殿下留心防範，言就算是回了朔陽也能放心了。」白卿言唇角勾起淺淺的笑意。

太子聽聞身側的手微微收緊，方老一味讓他防範白卿言，可白卿言卻在他面前為方老說好話，高下立見啊！跪在一旁為太子和白卿言奉茶的全漁心裡替白卿言著急，方老一個勁兒在太子面前說要太子防著白卿言，白卿言卻為方老說話……鎮國公主還是太心善了，找個機會他還是要提醒鎮國公主一二才是！

第九章　風雲突變

正想著，突然馬車猛地一停，外面突然馬嘶人驚。

太子連忙抬手用力扣住馬車車窗，這才勉強穩住身體。

跪在車內的全漁身形不穩一頭撞在木板上，頓時頭暈眼花。

剛剛經歷過宮變的太子，陡然聽到護著車駕的親衛發出慘叫，臉上血色盡褪，今日大都生亂，百姓們都藏在家裡不敢出來，長街靜的連個鬼影都沒有，這車駕突然停下，怕是中埋伏了。

馬車之外刀劍碰撞之聲四面八方傳來，太子府親兵高呼護衛太子的聲音還未落，便聽到乘風破雨呼嘯而來的箭矢「砰砰砰」狠狠插入馬車木板的聲音，太子嚇得雙腿發軟。

剛剛還風平浪靜的長街頓時沸反盈天，刀光劍影，殺聲駭人。

「箭頭帶火！太子殿下小心啊！」外面高呼。

白卿言轉頭見馬車青羅幔帳陡然被火箭點燃，隱約嗅到了火油的味道……火箭上纏著布條，淋了油，雨水一沖……順著雨水往下流，所到之處盡是幽幽暗暗的火苗，火苗在雨中緩慢吞噬著這架馬車。

「火！殿下是火！」全漁睜大了眼驚呼。

「這麼大的雨！火沒用的！不能出去！」太子聲音顫抖著。

白卿言已掀開馬車簾幔朝外看去，看向冒雨立在屋頂朝著太子車駕射箭的暗衛，鎮定頷首。

那暗衛立時直起身子舉箭，朝向馬車的方向瞄準……

太子透過白卿言挑起的簾幔縫隙……看到隨雨水蜿蜒的幽暗火苗附在馬車車廂外，遇雨不滅，又非負隅頑抗，雨流到那裡……火就到那裡，眼看著成條成條的火如同繩子纏在馬車車廂上。

帶火箭矢不斷！白卿言視線往外一掃，當機立斷，喊道：「去將那商鋪撞開！快！」

太子府親衛聞聲，立刻衝到街邊商鋪撞門。

「咻——」白卿言猛地側頭閃躲，利箭破雨直直從馬車外射了進來，她顧不上君臣之別，一把拽住太子將其頭按下來護住。

羽箭插入車廂內榆木板，箭尾顫動，火油滴在車廂坐墊之上，火苗頓時一竄老高。

一天兩次生死徘徊，太子的心都快從嗓子眼兒跳出來了。

「殿下！我護你下馬車！現在馬還能控制，可箭矢不斷，萬一要是射中了馬，車廂著火，再無法停下，那才是到了絕路！」白卿言語速極快。

危機之時，太子目前能信的就只有白卿言，用力點頭。

「全漁公公！」白卿言看向全漁。

全漁鼓起勇氣：「鎮國公主放心，奴才一定會護好殿下！」

說走就走，全漁在前，深吸一口氣打開馬車車門……

白卿言壓著太子的頭顱和全漁將太子護在中間跳下馬車，疾步朝親衛撞開門的酒樓跑去。

剛跑出沒幾步，太子猛地聽到一聲淒厲的馬嘶聲，回頭就見駿馬被箭射中，凌空揚蹄發瘋似的搖頭擺尾，拖著帶火的車廂急速衝了出去，將沿途的太子府親衛踩倒，直愣愣撞翻了路旁未出攤的早點攤子，馬車翻倒在地，頓時火光沖天。

太子呼吸凝滯，剛才若非白卿言當機立斷拉他下了馬車，這會兒是個什麼結果他都不敢想。

白卿言單手揪著太子的後衣領，幾乎是將雙腿發軟的太子拖上了臺階，朝酒樓內衝。

雨中全漁踩到了太子府親衛的屍體，慌忙間滑倒，箭雨呼嘯，他嚇得手腳並用慌張往臺階上爬，突如其來的箭風從他耳邊呼嘯竄過……全漁抬頭就見白卿言一把推開了太子，雷霆之勢而來的羽箭狠狠貫穿白卿言的心口，力道大得讓白卿言向後趔趄兩步，被門檻絆倒……

疼痛，疼到白卿言腦子裡只剩下尖銳的嗡鳴聲，彷彿周遭所有的聲音和人都變得緩慢，意識險些在那一瞬被拉入黑暗之中。可她沒有忘記，此事是她設局，她才是其中關鍵……她若是暈過去了，這局就白設了，蕭容衍捨命陪她設套的人也就白死了。

她拳頭緊緊攥著，指甲嵌入掌心嫩肉，睜大充血的眼仁，緊咬牙關撐住。

「鎮國公主！」全漁驚恐睜大了眼。

被白卿言推倒到一旁又被親衛扶起來的太子亦是睜大了眼，他狼狽躲進了酒樓，尖聲高喊著：「快！快將門關上！」

親衛連忙將酒樓門關上，隔絕箭雨。

「鎮國公主！」全漁跪爬到被拉進酒樓的白卿言身邊，看到白卿言新換的衣裳上全都是鮮血，他手上也是白卿言的血，喉頭翻滾，「鎮國公主……您怎麼樣?!」

白卿言緊緊咬著牙，捂住胸口不吭聲。每一次呼吸，她的心口都像是被人撕裂一次般疼得要命，疼得額頭青筋暴起，冷汗直流，眼前是一陣一陣的眩暈。

全漁忍不住哭出聲來，今日與千軍萬馬廝殺，白卿言都沒有見血，卻在此時被人將心口射了一個對穿。

驚魂未定的太子向後退了兩步，不見有人再射箭，才聽到全漁喊著鎮國公主。

太子忙回頭，慌張跪坐到白卿言身邊，看著白卿言胸前觸目驚心的鮮血瞳仁顫抖。

鮮血順著白卿言的胸膛湧出，掌心裡是她粘膩滾燙的鮮血，她手指動了動，看向太子。

太子忙握住白卿言滿是鮮血的手，慌張道：「鎮國公主！你撐住！馬上……孤的親衛就能打退這些殘餘叛軍，孤馬上就讓黃太醫給你診治！」

剛才若不是白卿言推開她，被一箭穿胸的就是他了，太子如何能對白卿言不感激?!

白卿言咬破藏在口中的魚漂血囊，張口，還未出聲，鮮血便從嘴裡噴了出來……

「鎮國公主！」全漁驚慌哭喊，他又咬緊牙振作起來，用衣袖擦了擦眼淚道，「殿下！奴才背著鎮國公主，我們快去鎮國公主府吧！鎮國公主府有洪大夫在，一定能救鎮國公主的！」

「殿下！」白卿言用力攥住太子的手，艱難開口，「若是此次，我真得活不成了，殿下一定記得……安平大營不能落在別人手中，雖然小四白錦稚缺少歷練，可她是白家子嗣，自小與兵書為伍，假以時日必定是個帶兵的好手！殿下可派年長的將領同小四一同前往安平大營，一來是讓她歷練，二來……可以確保安平大營能在殿下手中！」

「現在不是說這個的時候！」太子雙眸通紅，「我們先去白府！」

門外陡然從遠處傳來更激烈的喊殺護駕的聲音，全漁回頭朝外看了眼：「殿下！定然是有人來救駕了！」

「殿下！」白卿言艱難吞咽了一口唾液，通紅充血的眼珠死死盯著太子，又道，「有些話，此時不說完……我怕萬一，便沒有機會再同殿下說了！陛下身體虛弱，政事交與殿下，殿下要多聽呂相之言，李茂雖是小人，但小人也有小人的用法，方老定然會明白！不論如何……在殿下登基之前，重中之重便是將軍權抓到手中，禁軍統領范餘淮可擔當！關於符若兮……如今陛下下令奪了符若兮的職，太子殿下等這段時間緩過去，可向符若兮施恩……讓他統帥巡防營，符若兮定然會感恩殿下，誓死效忠！若將來有戰事……符若兮便是一柄現成磨利好的劍！」

太子用力點頭，就連大樑悍將顧善海都死於符若兮的劍下，符若兮驍勇必然無人質疑：「孤都記住了！」

「方老忠心謹慎，但格局略小，不謀全域，事關大局之事……殿下對方老的建議還需三思而行！」

「孤記住了！」

白卿言話說得艱難，長長呼出一口氣後，艱澀道：「殿下，若此次我挺不過來，無法再為殿下謀劃，陪殿下走下去，殿下一定要善自珍重，登頂之路如履薄冰，即便戰戰兢兢，也請殿下勿要憂心驚懼，勿忘吾等追隨效忠之心！」

「不會的！」太子咬緊了牙，難得熱血翻湧硬氣一回，「全漁！背起鎮國公主，這裡離鎮國公主府不遠了，我們殺出去！」

此時，蕭容衍已經帶著白家護衛軍殺了過來。大雨中，正在與太子府親衛殊死搏鬥的暗衛，看到蕭容衍一行人騎馬而來，高聲喊道：「撤！他們援軍到了，護郡主出城要緊！快！」

聞訊，那些暗衛紛紛撤退喊道：「撤！護郡主出城要緊！快！」

「殿下！外面的人說要撤退！」剛將白卿言背上背的全漁高興得差點兒都快哭了。

太子頷首：「那就再等等出去！鎮國公主……你撐住！」

一箭穿胸，雖然沒有傷及要害，可加上胳膊上的疼痛，的確是能要了人命一般難以忍耐，白卿言的臉色也並非是裝出來的。

要讓太子信，戲……就要做的真，不流血定然不成，不驚險刺激，更成不了事。不入虎穴焉得虎子？這世上敢捨才有得，白卿言從不心存僥倖。

「郡主?!」太子咬牙切齒，「好一個郡主……」

這郡主能是誰？除了柳若芙……還有誰有這個動機來殺他這個太子?!

梁王稱自己什麼都不知道，只要他這個太子一死，父皇如今成年的皇子可就只剩下梁王一個了！

梁王再在父皇面前討饒賣乖，說不準……梁王藉機害了父皇，就能登基了。柳若芙這個算盤打得好啊！所以才會在南都閑王兵敗之後不著急逃離大都城，而是派人來殺他！

太子心中怒火蹭蹭往上竄。

蕭容衍一躍下馬，看到緊閉酒樓門前的鮮血，手微微發顫，就在白卿言帶安平大營將士攻皇城之時，蕭容衍的暗衛來報……說白卿言要他們配合演一場受重傷的戲，好全身而退回朔陽。

月拾自然是不能露面，蕭容衍專程派了自己手下箭術最好之人，叮囑絕對不能傷了白卿言要害，可是看到這地上駭心動目的鮮血，蕭容衍握著長劍的手還是輕微顫抖著。

他立在門口高聲道：「殿下，我是蕭容衍！衍帶著白家護衛軍來了……殿下可還好?!」

「是容衍！開門！」太子聲音激動。

趴在全漁背上的白卿言艱難抬頭，模模糊糊的視線看到酒樓兩扇雕花木門打開，渾身濕透手持長劍的蕭容衍逆光而立，一身清剛鐵骨，依稀讓白卿言想起他上一世馳騁沙場……戎裝持劍的英姿勃發。

「容衍！」太子喚了蕭容衍一聲。

蕭容衍視線緊盯全漁背上全都是血的白卿言，心像似被一隻無名大手緊緊攥住，難受地喘不過氣來。蕭容衍疾步跨入酒樓內，目視白卿言，將長劍丟給身側月拾，沉聲指揮道：「速去讓白府洪大夫準備……大姑娘中箭了！」

「是！」月拾不敢耽擱，轉身出門一躍上馬，調轉馬頭往白府方向狂奔。

蕭容衍從全漁背上接過白卿言，看到白卿言一身濕透的衣裳染血，強壓心頭滔天怒火，看也不看太子：「殿下，請恕容衍失禮！」說完抱著白卿言匆匆跨出酒樓，一躍上馬，一手緊緊護著白卿言，一手制住韁繩，急速朝白府方向狂奔。

太子回神看到全漁背後那觸目驚心的鮮血，不知為何心裡慌得厲害。

「殿下！殿下也要去看看嗎？」全漁明著提問實則暗示。

太子這才應聲，像被釘在地上的腳動了起來，頷首應聲：「快跟上！去白府！」

太子跨出酒樓門檻時，險些被絆倒，多虧全漁眼疾手快扶住了太子：「殿下小心！」

「馬！」太子穩住身子，身手一把扯過一個親衛，高聲道，「去傳令……」

太子的話音突然一頓，他原本想要傳令將太醫院的太醫全部都招來給白卿言治傷，可一想到太醫全在皇宮，全在他父皇的龍榻前守著，太子便將剩下的話吞了回去。

他就是死……也不敢和自己的父皇搶太醫啊！

但，白府那位洪大夫醫術超群，又是太醫院院判黃太醫的師兄，想來定然沒有問題！

太子咬緊了牙，鬆開親衛的領口，翻身上馬，高聲道：「派人即刻去閑王府捉拿南都郡主柳若芙！若有反抗格殺勿論！要是柳若芙已經逃了……就讓京兆尹給孤找！就是將大都城翻過來也要找到！否則讓京兆尹提頭來見！」說完，太子馳馬急速朝鎮國公主追去。

或許，人在一同歷經生死之後，遇到了一個能夠拿命護住自己，人的心底……便會莫名對此人萌生信任和好感。這便是當初為何皇帝會如此信任閑王的緣故。

經過這長街遇刺一事，又看到白卿言這麼多鮮血命懸一線，太子……發誓只要能讓白卿言活下來，他便再也不疑心白卿言了！

方老便是和太子一同歷經過生死的，如今……白卿言更是拿命護住了自己！

太子腦子裡全都是同白卿言去南疆之後的種種！這一路，白卿言自從歸於他門下之後，無不是為他打算計較，心智超群，沉穩內斂，又戰無不勝……

這樣的人，一旦真的確定了真心，一旦可以捨命護他，太子不到萬不得已，不想失去！且，人都是有感情的，白卿言不論怎麼說都是太子的表妹，他們是有血緣牽絆的，所以……太子不想白卿言死！

蕭容衍面色鐵青，白卿言此次的計畫制定的雖然算不上草率，可卻是實打實的拿自己安危冒險，蕭容衍如何能不怒，又如何能不擔心。

雖然心中有準備，可看到白卿言胸前中了一箭，蕭容衍還是被無力無措的惶恐席捲全身。

原本，蕭容衍以為自己這一生，必將為大燕鞠躬盡瘁，從未考慮過成家立業。

可……他遇到了白卿言，遇到了一個心志抱負和胸懷，都與他一般無二的女子，從最開始的防備試探，到欣賞敬佩，到後來的情動不能自持，蕭容衍知道……自己這輩子再遇不到第二個這樣的女子。這顆心，他已全然給了白卿言，若是白卿言有個萬一……

蕭容衍根本不能容忍白卿言有這個萬一。

靠在蕭容衍懷中，還有些意識的白卿言抬頭，望著蕭容衍緊繃的下顎輪廓，手輕輕攥住蕭容衍的衣裳：「我沒事……原就是計畫好的，也是我點了點胸口，讓人射的……」

蕭容衍滿腔怒火和擔憂，薄唇緊緊抿著不吭聲。

白卿言鮮血簌簌往外冒，燙得蕭容衍脊背戰慄。

有句話叫人之將死其言也善，白卿言想要太子毫無懷疑將白錦稚派到安平大營去，只有藉這個機會同太子說最合適，包括對符若兮的安排。

月拾先一步到鎮國公主府，一聲白大姑娘中箭了，彷彿激起千層浪，整個鎮國公主府跟炸了鍋似的。

盧平帶著白家護衛軍在門口等候，眼見蕭容衍抱著白卿言騎馬歸來，連忙飛奔下高階，面色慘白喊著：「大姑娘！」

蕭容衍單手勒馬，抱著白卿言一躍而下，疾步往白府內走：「洪大夫呢？」

「已經派人去喊了！」盧平守著要從蕭容衍手中接過白卿言，卻被蕭容衍避開徑直往內宅走。

「別換手了，盧平護衛前面帶路！快！」

白家護衛聽聞大姑娘受傷，飛奔至洪大夫院子……一見洪大夫，一個背起人就跑，一個忙著給洪大夫背藥箱追。

洪大夫正要朝著護衛腦袋上敲，就聽護衛道：「大姑娘中箭了！」

洪大夫神色一怔，雙臂摟緊了年輕護衛的頸脖道：「跑快點！」

年輕護衛背著洪大夫，一路冒雨顛簸，差點兒沒把洪大夫一把老骨頭顛散。

趕到清輝院時，蕭容衍剛剛將白卿言放在床榻之上。

羽箭貫穿，白卿言不能平躺，只能側身，正好壓在那隻已經抬不起來的手臂之上，白卿言咬緊了牙關，疼得倒吸涼氣，分不清楚她臉上的到底是汗水還是雨水。

春桃看到渾身是血的白卿言，嚇得一下腿軟跪在床邊，哭出聲來：「大姑娘！」春桃想起那年，白卿言戰場重傷歸來，洪大夫說大姑娘差點兒活不成的事情，忍不住捂著嘴直哭。

「此事……不許告訴祖母！」白卿言啞著嗓音吩咐。

全身濕透的洪大夫進門，一把推開擋在床前的月拾，坐在踏腳上給白卿言診脈，語速極快：「出去！都出去！春桃去命人燒熱水！來個人用火將剪子烤一烤給我拿來！快！」

「蕭先生，您還是在外面候著吧！」盧平抬手請蕭容衍往外走，畢竟這是他們大姑娘的閨閣，雖然剛才是救人，蕭容衍送白卿言進了閨閣也就算了，這會兒站在這裡就不合適了。

「長姐！長姐……」外面傳來白錦瑟帶著哭腔的聲音，風似的飛奔了進來，盧寧嬅背著自己的藥箱，緊跟其後，面色煞白。

一進門，白錦瑟便看到了已經隨盧平從屏風裡走出來的蕭容衍，蕭容衍那茶白色的衣衫上全都是血，腿軟差點兒跌倒，睜大了含淚的眸子，急匆匆朝屏風裡跑去，跪在白卿言床榻前，喉頭翻滾：「長姐！」

盧寧嬅也忙跟著走了進去，詢問洪大夫她可以幫上什麼忙。

蕭容衍回頭，透過屏風……聽到白卿言安撫白錦瑟溫柔和煦的虛弱聲音，他咬了咬牙抬腳從白卿言閨閣走了出來，剛放下簾子，就見二夫人劉氏匆匆趕來。

劉氏慌得全身都在抖，跨進門檻時，腿抬不起來險些被門檻絆倒，多虧身邊的羅嬤嬤將劉氏扶住，這才磕磕絆絆走到了上房廊下。

蕭容衍立在廊廡之下，見二夫人劉氏跨上臺階，對劉氏長揖到地：「白二夫人，還請能允准我在這裡等消息，知道白大姑娘平安，我定離開。」

今日若非蕭容衍帶人前來，又在前院排兵布陣，絕對不能將那些賊人攔在鎮國公主第一道門外，劉氏對蕭容衍本就心存感激，且這會兒劉氏也實在是顧不上蕭容衍，哽咽點了點頭，便先跨進清輝院上房。

盧平朝蕭容衍行禮：「蕭先生先請在偏房稍候！」

蕭容衍點頭隨盧平去偏房喝茶，可他在偏房根本就坐不住，聽到上房傳來動靜，他站起身走到簷下，只見劉氏又和那位羅嬤嬤匆匆離開，嘴裡念道著說什麼百年老山參幸虧她留著，定然有用。

蕭容衍凝視簷下滴答成線的雨簾，心急如焚。

上房內。白卿言讓洪大夫找藉口支走了二夫人劉氏，竟然緩緩坐了起來，她緩緩開口：「此次重傷，這本就是我設的局，好讓我能平安回朔陽！洪大夫……一會兒太子殿下若是來問，便稱我傷勢極重，活不了幾年了。」

洪大夫已經看了白卿言的傷，的確是沒有傷到要害，可見射箭者的箭術極為高超。

白錦瑟死死咬著牙，知道這是白卿言設的局，更難受了。

她若是再大些再聰明些就好了，就能幫到長姐，不用讓長姐以如此方式……

「老夫明白！大姑娘放心，一會兒我定會同太子殿下好好說一說！盧姑娘勞煩你為大姑娘施針止血，我淨手後來為大姑娘拔箭。」洪大夫道。

「是！」盧寧嬅應聲，用被火烤過的剪子剪開白卿言的胸前和背後的衣裳，用開水燙過的棉布為白卿言清理了傷口，施針止血後讓開，給洪大夫騰位置。

洪大夫以前並不是沒有給白卿言治過傷，知道白卿言忍耐力極強。

白卿言背對著洪大夫盤腿而坐，頭上全都是細細密密的汗珠子。

洪大夫一手扣住白卿言的肩膀，一手握住箭尾……

白錦瑟喉頭翻滾，抬眸看著目光沉著的洪大夫，握緊了手中的細棉布，剛才洪大夫交代了，他一將箭拔出來，就讓白錦瑟和盧寧嬅按住傷口。

「大姑娘……」洪大夫喚了白卿言一聲。

白錦瑟還以為洪大夫是要告訴白卿言準備拔箭了，沒想到話音一落，洪大夫穩準將箭拔了出來。

只聽白卿言一聲悶哼，鮮血濺了白錦瑟一臉，還是盧寧嬅反應快，直接用細棉布按住白卿言的傷口，抽出金針為白卿言止血。

白錦瑟也忙起身按住傷口，眼淚不受控制吧嗒吧嗒往下掉，顫抖著喚白卿言：「長姐……」

白卿言用力攥緊了衣擺，死死咬著牙，額頭青筋都爆了起來，只覺得呼吸都要凝滯一般，額頭冷汗直往下掉……

她本不想讓家裡人擔心的，尤其是不想讓年幼的妹妹憂心，可不行此法……不能順利將白錦稚送往安平大營掌控安平大軍，若不如此……她也不能全須全尾回朔陽。

盧寧嬅施針之後，同白錦瑟一同將傷口按了好一會兒，鮮血逐漸止住……盧寧嬅接過洪大夫配好的藥粉給白卿言撒上，給白卿言包紮傷口。

屏風外的洪大夫用帕子擦了擦手上的鮮血，仔細打量著射穿白卿言的這根羽箭，發現這的確是南都軍的羽箭，看來大姑娘準備的十分詳盡。

洪大夫打算一會兒若是太子來了，就將這根羽箭給太子好好看看，也算是證物了吧。

「怎麼樣了！鎮國公主怎麼了?!」太子跨進清輝院的正門便高聲問。

原本護衛是打算讓太子在正廳等的，可太子二話不說就往後宅闖，這可是太子誰敢攔？白家護衛只能一路跟著太子來了清輝院。

蕭容衍聞聲從偏房出來，對太子長揖行禮：「殿下……」

蕭容衍身上的血混著雨水染紅了一大片，觸目驚心，太子喉頭翻滾。

「殿下放心，洪大夫正在裡面救治！」

洪大夫聞聲拿著羽箭從清輝院上房出來，朝著太子長揖行禮。

太子忙上前將洪大夫扶起來：「洪大夫，鎮國公主怎麼樣了？」

「回殿下，鎮國公主此次傷得極為重，鎮國公主身子這段時間剛有所好轉，這一箭……傷到了鎮國公主的心肺，就算是此次能抗過來……怕是也只剩三五年的壽數了。」洪大夫說這話的時候，眼眶發紅，咬著牙將羽箭遞給太子後，跪地叩首，「殿下，請您一定要為我們大姑娘主持公道！」

屋內，傳來春桃壓抑不住的哭聲，太子喉頭翻滾，垂眸看著手中羽箭，用力攥緊，原本這可是柳若芙用來殺他的！若是沒有鎮國公主在一旁護著，怕是傷到心肺的就是他了。

「洪大夫，連您都沒有辦法了嗎？」太子彎腰將洪大夫扶起來。

洪大夫搖了搖頭，淚光閃爍：「殿下是知道的，早年大姑娘重傷回來傷到丹田，就落下了病根，這一次……更是肺腑，別說是我……就算是我的師傅在世，怕是也……無能為力！若大姑娘能撐過這三日，好好將養，不要再勞心費神，或許……還能多活些日子。」

太子滿目恨意凝視手中的羽箭，聽著嘩啦啦的雨聲，半晌道：「此次鎮國公主是為了救孤，所以才遭逢此難，孤……斷斷不會就這麼放過行刺之人！」

太子抬頭看向洪大夫：「洪大夫不論需要什麼藥材，儘管派人去太子府取！只要能救鎮國公主的命！」

「老朽代大姑娘謝過太子殿下！」洪大夫做出感激涕零的模樣。

太子又轉頭望著蕭容衍：「容衍，鎮國公主這裡，勞你多多費心，孤……要親自去抓住這個行刺之人，為鎮國公主主持公道！」

蕭容衍朝太子長揖一拜：「殿下放心！」

太子顧忌著禮數沒有跨進白卿言的閨房，轉身又冒雨離去。

上房內，盧寧嬅已經替白卿言包紮好了傷口，白錦瑟扶著白卿言靠在隱囊之上。

白卿言艱難挪動身體，呼吸間……胸口就像有什麼東西拉扯般疼痛，滋味難熬。

白卿言看著雙眸通紅的白錦瑟，蒼白的唇角勾起一抹笑意，望著巴巴掉眼淚的白錦瑟，心中陡生熨貼的暖意，抬手輕輕拭去她臉上的金豆豆：「抱歉，長姐嚇到你了？」

白錦瑟用衣袖抹了下眼淚，垂著紅腫的眼瞼。

春桃點了香驅散屋裡的血腥氣，紅著眼端了杯熱水穿過垂帷進來遞給白卿言，低聲同她說：「大姑娘，那位蕭先生還在偏房，說是奉了太子之命要等著大姑娘安然無恙才肯離去，洪大夫不能告訴蕭先生大姑娘此時的狀況，只能隨蕭先生在偏房候著。」
「春桃，你去請蕭先生進來，我有話要同蕭先生說！」
白錦瑟從今日蕭容衍登門替白卿言護衛白府之時，便猜到白卿言同蕭容衍關係非常，剛才又聽說是蕭容衍抱著她們家長姐進門的，再加上長姐似乎並未有意瞞蕭先生她的傷勢，看起來……關係果然是不一般。
春桃應聲稱是，出去喚蕭容衍，白卿言輕輕攥住白錦瑟的小手……
「祖母還不知道我受傷之事，長姐想讓你去同祖母說說，照實告訴祖母……此次護駕我鋒芒太露，為了平安回朔陽，只能出此下策，讓祖母勿憂。」她抬手摸了摸白錦瑟的腦袋，「回去換身衣裳就去長壽院，可好？」
白錦瑟點了點頭，起身為白卿言掖了掖腿邊的被子：「長姐你好好歇息，我這就去告訴祖母！我一定同祖母好好說，不讓祖母憂心，長姐放心。」
白卿言點了點頭：「去吧……」
白錦瑟點頭，又看向盧寧嬅，不想讓盧寧嬅在這裡打擾長姐和蕭先生說話，便道：「姑姑……辛苦姑姑幫洪大夫給長姐煎藥吧！」
盧寧嬅心思透亮，一點就通，頷首隨白錦瑟一同跨出上房。
出門見蕭容衍隨春桃沿廊廡走來，白錦瑟鄭重朝蕭容衍一拜：「多謝蕭先生今日護衛白府，白錦瑟銘記於心。」
「七姑娘客氣了！」蕭容衍長揖還禮。
蕭容衍進門，身側拳頭緊了緊，繞過屏風朝內室走來。

「春桃你先出去……」白卿言對春桃道。

春桃眉頭一緊，不太放心這個曾經闖過她們家大姑娘閨閣的登徒子，她們家大姑娘現在正虛弱，誰知道這個蕭容衍會不會欺負她們家大姑娘。

「沒事，你去吧！就在門口候著。」白卿言低聲同春桃說。

春桃這才猶猶豫豫行禮出門。

「坐……」白卿言靠在床頭對蕭容衍淺淺笑著，「此次，多謝蕭先生的人幫忙！白府的人太容易暴露，而且……用我自己的人，他們難免不敢下手，無法將戲演真了。」

白卿言說完，捂著心口輕輕蹙眉，克制著自己儘量放輕呼吸……避免傷口疼。

蕭容衍端起剛才春桃放在小几上還冒著熱氣的水，在白卿言床邊坐下，將水遞到白卿言嘴邊，眸底有清晰可見的紅血絲：「我若知道，你這假裝受傷，會真的讓自己受這麼重的傷……我定不會答應。」

白卿言也沒有矯情，攥住蕭容衍端著茶杯那只手手腕，就著蕭容衍的手，抿了一小口，抬眸看向神容緊繃的蕭容衍：「我若不這麼做，不止太子會因為此次我救駕鋒芒太露而忌憚，皇帝怕是也不能好好放我回朔陽，說不定……還會用婚姻大事將我困在大都城。」

蕭容衍咬了咬牙，神色晦暗不明。

話說的太多，白卿言呼吸略有不暢，又不敢大口喘息，眉頭緊了緊。

「哪不舒服？我去叫洪大夫？」蕭容衍放下水杯，就被白卿言拉住。

前世今生加起來，白卿言都沒有見過蕭容衍慌張失態過，他似乎一直都是胸有成竹，從容自若。

「蕭容衍……」白卿言對蕭容衍露出一抹極淡的笑容，「你的人，你應該信得過才是！你有令在先不讓傷我性命，他們便會留分寸。」

「阿寶……」蕭容衍鄭重看向白卿言，「你若遇難處，我不會坐視不理，萬事我們都可商量，一人計短，兩人計長，你我一同謀劃，不一定非要拿你的安危去賭！」

「好……」白卿言點了點頭，又道，「此次大都城生亂事出突然，你應當也有許多事需要謀劃，不必守在這裡，回去吧！我會好好養傷，有什麼需要……我讓平叔去找你。」

蕭容衍和白卿言畢竟男未婚女未嫁，蕭容衍守在這裡名不正言不順。

他點了點頭，克制著聲線靠近白卿言，低聲道：「我晚上來看你……」

白卿言搖頭：「還請蕭先生走正門正道，以免讓我白家長輩知道了，以為蕭先生是登徒浪子。」

蕭容衍抿唇：「我明日來看你。」

白卿言沒再拒絕，頷首：「好……」

裹著濕意的涼風，從半掩著的窗櫺吹進來，燈盞火苗搖曳，暗了暗後又亮了起來，搖搖晃晃映著蕭容衍棱角鮮明的五官，和幽邃深沉的瞳仁。蕭容衍抬手，將白卿言被汗水沾在臉上的一縷碎髮攏在白卿言耳後，視線落在白卿言過分蒼白的唇瓣上。

「阿寶，答應我，以後千萬別再拿自己安危去冒險！」蕭容衍靠近了白卿言一些，低沉醇厚的嗓音壓得極低，帶著幾分令人意外和心悸的懇求，手指輕輕摩挲著白卿言白皙的面頰，摩挲著她的唇角。

白卿言出事，比他自己出事更讓他心裡難受。

白卿言同蕭容衍對視，眼睫輕顫，心跳的速度略有些快，撞得傷口又疼又麻，輕輕攥住蕭容衍結實有力棱骨分明的手腕，應聲：「嗯……」

見她眉目間生了羞赧，蕭容衍積壓在胸腔之中的情愫，幾乎要克制不住。

他情動難抑，捧著白卿言的側臉輕輕將她下顎抬起一些，聲音極低，語速緩慢：「你要記得，不僅僅只有白家的人牽掛你，還有我……」

蕭容衍慢條斯理低頭靠近白卿言，輕聲說：「此生固短，無你何歡？」

涼風又將床帳一角掀起，曾經妹妹們為了給白卿言祈福繫在床頭的香囊風鈴，丁鈴噹啷作響。

兩人越靠越近，他只靜靜凝視白卿言的眸子，試探著用挺鼻碰了碰白卿言的鼻尖。

白卿言屏住呼吸，攥著蕭容衍腕部的手心發癢，像陡然失去了力氣一般，手指軟綿綿掛在蕭容衍的腕上。白卿言仰頭輕輕碰了碰蕭容衍的唇瓣，望著他過分深邃的眼仁……

唇齒間酥酥麻麻的悸動，讓蕭容衍撐在床榻上的手收緊，他緊緊攥著白卿言側下的錦被，竭力克制自己……

白卿言身上還有傷，輕輕一吻淺嘗輒止便必須打住，可他又忍不住朝白卿言挪動了幾寸，又輕輕碰了碰白卿言的唇，喉頭翻滾著開口：「這幾日好好養傷，我會來探望你，想來……白家人念在我此次竭力護衛白府的分兒上，定然會允准我來探望你。」

聽到院外有腳步聲靠近，蕭容衍又吻了吻白卿言的額頭，從容自若站起身，理了理衣裳，便立在一旁。

春桃打簾一進來，便對白卿言行禮道：「大姑娘，二夫人回來了！」

二夫人劉氏取了百年山參回來，徑直去找在小廚房煎藥的洪大夫，讓洪大夫看看這山參能不能給白卿言用。

蕭容衍一本正經同白卿言長揖行禮：「那，容衍便不打擾大姑娘養傷了……」

「蕭先生，若是太子問起我的傷，蕭先生應當知道該怎麼說，白卿言就不在此叮囑了。」白卿言亦是一本正經看向蕭容衍，耳朵卻已經滾燙發紅。

「白大姑娘如今昏迷未醒，能不能撐過去全看三天後能不能醒來，蕭容衍也是懸心不已，回去定然為白大姑娘搜羅能用的上好藥，搜尋好大夫！」蕭容衍道。

「辛苦蕭先生了！」白卿言頷首，「春桃，送蕭先生出去……」

春桃應聲，朝蕭容衍行禮：「蕭先生請！」

蕭容衍又向白卿言一禮，抬眸深深看了眼白卿言，這才轉身離開。

出門，蕭容衍又碰到了二夫人劉氏，二夫人劉氏道謝後，為顯鄭重轉頭吩咐羅嬤嬤和春桃一同送蕭先生出府門，這才進了上房來看白卿言。

劉氏一見白卿言就吧嗒吧嗒掉眼淚，剛才路上劉氏碰到了白錦瑟，該怎麼對外人說白卿言受傷之後的狀況劉氏已然心知肚明，可看到白卿言這面色蒼白毫無血色的模樣，劉氏心裡難受極了。

太子渾身濕透回府，顧不上換衣裳，先去見了呂相、李相，兵部尚書沈敬中沈大人和大理寺卿呂大人，將後續事宜全都交與呂相之手，吩咐李茂監督此次捉拿柳若芙之事，並且將白卿言所中的羽箭交給了李茂，作為罪證，吩咐呂相定要將南都罪人嚴懲，才去更衣。

方老已經在太子書房久候多時，太子長街遇刺的消息方老還不知道，一見太子回來便匆匆迎上前：「殿下，老朽剛剛可是聽說了，那鎮國公主殺閑王之時，用一杆銀槍單手就將閑王給挑了起來，這才威懾住了叛軍，您想想看……鎮國公主如此厲害，可不像是體質虛弱的樣子啊！殿下不得不防啊！」

全漁跟在太子身後，咬著牙，沉不住氣，一邊給太子脫下濕了的衣裳，一邊用細軟的嗓音道：「方老，鎮國公主那可是為了救駕，難不成還救錯了？到現在鎮國公主那條手臂還抬不起來呢！」

「太醫診治時老朽也在，抬不起來卻未傷到骨頭！鎮國公主一把射日弓箭無虛發，百步穿楊定然不在話下！心智超群，尤其是如今……她在朔陽練兵剿匪，等於手中有兵……」

「方老！」太子陡然喊了方老一聲，打斷了方老的話。

方老一怔，聽出太子話音裡帶著怒火，連忙恭敬長揖稱是。

見方老這副恭敬的模樣，太子抿了抿唇喉頭輕微翻滾了一下，克制著自己的怒火道：「今日，孤遇刺……是鎮國公主擋在孤的身前，心口被一箭射了個對穿，此刻命在日夕！你看看全漁那一身的血，全都是鎮國公主的！」

方老看向全漁，只見全漁背後全都是血……

因著今天下雨的緣故，全漁身上本就濕了，血落上去可不是要散成一大片？

「鎮國公主生死一線，還想著給孤安排後面的事情，同孤說……方老謹慎持重，讓孤倚重！可你呢？你數次在孤的面前詆毀鎮國公主！還要孤防著鎮國公主！」太子聲音止不住拔高。

經過今日白卿言捨身為他擋箭之事，太子對白卿言的愧疚暗暗滋生，難免遷怒方老……覺得這都是方老蠱惑了他，才讓他反覆疑心白卿言。

方老臉色煞白，忙跪地叩首：「殿下，老朽這都是為了殿下啊！鎮國公主軍中威望太高，簡直就是另一個鎮國王，太子殿下不得不防啊！」

「方老！」太子強壓著心頭的火，手將桌子拍得啪啪作響，「那鎮國公主替孤擋的一箭就插在這裡！就插在這裡！」

太子戳著自己的心口怒吼：「如今鎮國公主躺在床上，若是撐不過這三天……命就沒有了！你同孤說，孤還要怎麼防?!怎麼防?!」

方老臉色大變，唇瓣囁喏之後，沒有底氣說了一句：「那……那也可能是鎮國公主為了取得殿下信任用的苦肉計啊！」

太子一把將桌上的筆墨紙硯掃落，硯臺、筆洗和翠玉紫毫筆劈里啪啦碎了一地。

「你不要以為，孤不知道你心中打的那點兒小算盤！」太子本就對白卿言愧疚不已，尤其是白卿言在以為自己將死之前，還在為他打算，此時的太子……根本就容不下任何人說白卿言一個不字。他暴怒不止怒斥跪地叩首的方老：「你忠心不假！這些年……孤身邊多虧有你也不假！可是你……容不得比你有才智的人得孤青眼，你真的當孤不知道嗎？」

方老身體一顫，慌張叩首：「老朽只是一心為了殿下啊！」

「要是不知道你一心為了孤，你還能站在這裡嗎?!你明裡暗裡排擠秦尚志，你真的當孤不知道?!方老啊……孤念在你忠心跟隨孤這麼多年，一心為孤謀劃，這才總是幫你壓制秦尚志！你私下裡明裡暗裡暗示旁人擠兌秦尚志，你真的當孤全瞎全盲嗎？」

太子氣得走到方老身旁，彎腰朝著方老吼道：「孤全都知道！可是孤一概不問，為的……就是你曾經在孤最艱難的時候陪著孤一路走來！對孤來說……你要比十個秦尚志還要重要！哪怕你有時候給的計策不如秦尚志的，孤也一味聽從你的，大不了……事後彌補，你自己說……孤一個太子做到這個地步待你如何?!」

「殿下，老朽……老朽慚愧！」方老哭著再叩首。

「可人不能不知足啊！」太子站起身來，冷眼看著匍匐在地上不住顫抖的方老，心中怒火撒完，情緒漸漸平復，聲音也小了下來，「方老你到底是老了，你要認老！你也要認……白卿言的心智格局，率兵打仗的能力，她就是優於你！而且即便如此……但孤還是信你更多一些！你不是不知道！你們都是為孤盡忠之人……自己人，哪有同室操戈自相殘殺的?!」

「殿下！是老朽……對不住殿下的信任啊！」方老哭出聲來，有被戳穿那點小人心思的羞愧，也有因為太子說信他多一些的感激。

太子閉了閉眼，腦子裡又不免想起方老平日裡的好，原本想要伸手扶起方老，可一想到白卿言全身是血的模樣，又拂袖走至几案之後，在椅子上坐下，凝視方老。

「方老，孤希望你記得，不論何時孤最信任的必然是方老！沒有任何人可以動搖方老在孤心中的位置，但……鎮國公主也是值得孤信任之人，因為她是白家子孫，白家人……重情重義天下皆知！白卿言既然已經認孤為主，自然是會效忠於孤！能耐、品格、心智，白卿言一樣不缺，孤身邊能有這樣的人效忠……方老應當為孤高興！千萬別再做自己人相互構陷之事，否則到頭來……傷的是孤！」太子說完歎了一口氣，對全漁擺手，「將方老扶起來！」

方老重重朝著太子一叩首：「殿下今日這番話，老朽記住了！是老朽心思左了，擔心……殿下會覺得我這把老骨頭不中用了！可殿下……老朽今日最後一次在殿下面前說這句話，鎮國公主能耐心智超群拔俗，殿下……還是防一防的好！」說完，方老又是一拜：「這是老朽最後一次說，殿下心中有數就好，從今日起……老朽再也不會做這等讓殿下傷心之事，殿下既然如此相信鎮國公主，老朽……便也信鎮國公主，絕不再為難！」

到底還是將這個老強驢說通了，太子點了點頭，疲憊擺手：「方老今日也受驚了，去歇著吧！」

方老叩首後，手扶著桌几戰戰兢兢起身，長揖一拜，退出了太子書房。

全漁見太子坐在椅子上，閉眼不語，邁著碎步上前：「殿下……奴才伺候您沐浴換身乾淨衣裳吧！」

太子頷首，抬眼看到全漁也是一身狼狽，想起今日全漁與他同生共死，聲音柔和：「今日讓你跟著孤兩次歷經生死，辛苦了！你也去沐浴更衣歇著吧！讓旁人來伺候！」

「殿下這是哪裡的話！全漁是殿下的奴才，必當誓死跟隨殿下的！」全漁鄭重望著太子，對太子一拜。

「孤知道你忠心，所以你才不能病倒了，要好好照顧孤啊！去吧！孤要先去看看太子妃！」太子叮囑。經歷生死之後，太子對跟著他一同捨生忘死之人更多了幾分信任和柔和。

全漁含淚頷首告退。

太子妃有孕，今日跟著太子一同受驚，他得先去看看太子妃，他的太子妃一向膽小……定然需要他陪在身邊，可今日實在是事情太多了……

天已黑透，大雨已停。搖曳燭火映著太子疲憊的面容，他想到太子妃，深吸了一口氣打起精神，命人去準備太子妃愛吃的點心後，這才起身沿長廊朝後院走去。

喊殺聲熱鬧了一整天的大都城，總算是安靜了下來。

京兆尹府接到呂相命令，燈火通明，差役派人張貼告示，通知商戶、百姓，大亂已平……順道搜尋已經逃出閑王府的柳若芙。

刑部與大理寺今夜也是燈火輝煌如同白晝，大都城四個城門的守軍全部被替換後，又被請入大理寺獄之中，挨個詳細盤查，務求沒有遺漏的叛賊。

符若兮解甲回到符家，在符家正門口站了良久才跨入符家正門。

同兩個幼子守在符老太君靈前的羅氏懷裡抱著已經睡著的幼子，不經意抬頭看到了站在門口的符若兮……立時瞪大了眼，眼淚如同斷了線的珠子，忙將懷裡的幼子交給貼身嬤嬤，著急起身去迎符若兮，可跪了太久雙腿發麻又跌跪了回去……

符若兮下意識伸手，可他離羅氏太遠，莫名的……符若兮就紅了眼。

羅氏扶著女婢的手站起身，忍著腿麻，疾步朝外小跑，走下臺階之時雙腿發軟，險些跌倒，符若兮一驚疾步上前，將險些跌倒的羅氏扶住。

羅氏抬頭，看到符若兮頓時淚流滿面，可是沒有任何怨懟之語，只是望著他，又摸了摸他空了的袖管，低聲啜泣。

羅氏怕自己這麼哭讓符若兮心裡更難受，只哽咽問了一句：「還疼嗎？」

三個字，擊潰了符若兮的心，他再也忍不住潸然淚下，用力將羅氏湧入懷中。

從前他眼裡心裡都是旁人，從未發現過羅氏竟然是如此的在意他。

他發誓，從今往後……一定好好對待妻子，做一個好夫君，好父親！

鎮國公主府，清輝院上房黃澄澄的琉璃燈旁，白錦繡正小心翼翼抱著白卿言哭……全然沒有平日裡在秦府裡的主母威儀，哭得像個孩子。

白錦繡正在秦府給望哥兒裁製冬衣，陡然聽說白卿言被一箭穿胸的消息，驚得險些暈過去，雙腿軟的站不起來，咬著牙讓身邊的婢女翠碧套車回到白府。

直到見到自家長姐，聽長姐說……這是一個局之後，白錦繡一顆心才放下來，卻還是忍不住放聲大哭。自去歲白家出事以來，白卿言就是她們姐妹的主心骨和領路人，白錦繡不能想像若是沒有長姐，她們該如何，白家前途會如何……

一年之內，她們失去了太多親人，如今真的不能承受再失去任何一個親人了。

白卿言輕撫著白錦繡的脊背，輕聲安撫：「好了……好了！都是當娘的人了，還哭鼻子！望哥兒該笑話你了。」

白卿言話音剛落，盧平便來覆命，稱白卿言讓白家護衛軍去聯繫的幾個禁軍小隊長，全都起誓……誓死效忠太子。

她點了點頭，此次武德門之亂，白卿言讓白家護衛軍留心觀察挑選幾個重同袍情義的禁軍，以為太子選人為由，為自己攬人。

以太子的名義攬禁軍的人，主要還是因……那些人並非白家軍中人，不能全然相信，白卿言擔心以鎮國公主的名義若真的被暴露，難免會被皇帝和太子疑心。

而今……白卿言已經投入太子門下人盡皆知，她這樣行事足夠方便，也能隨時得到禁軍的消息。

「今日去說服禁軍那些小隊長的白家護衛軍叫宋成光，屬下想著以後就由他去和那些禁軍小隊長聯繫！」盧平從懷中拿出名單遞給白卿言，「這是名單！」

白錦繡接過名單，打開遞給白卿言看。一共十三個人，人名後還寫著如今的職位。

白卿言大致流覽了名單，示意春桃將名單遞給盧平。

搖曳燭火之下，白卿言幽沉湛黑的眸子平靜如水，開口道：「平叔，有兩件事要平叔去辦！第一……將名單上前七個人的名字謄錄下來，辛苦平叔拿著七人的名單跑一趟范府，去找范餘淮大人，就告訴范大人……我昏迷之前在太子面前推舉他為禁軍統領，這些人是我在禁軍裡布置的人，以防再次發生武德門之亂這樣的事，讓他酌情提拔！但此事務必瞞著太子殿下，太子殿下畏懼陛下甚深，若是知道我插手禁軍，在陛下面前定然會戰戰兢兢，可我作為太子門下，卻不得不為太子打算。」

儘管對范餘淮明言這些話極冒險，但盧平對白卿言的命令一向遵從，應聲頷首。

「還有一件事，派人給沈昆陽將軍送信，就說此次太子送往南疆的一萬八千將士，讓他妥善安排，最好能收為己用。」

盧平抱拳稱是，帶著名單離開。

「長姐，范餘淮可不一定是太子的人，我已經留心范餘淮很久了，他和太子的關係頗有些曖昧不明，似是效忠太子，又不像……」白錦繡有些擔憂，「將這個名單上的七個人直接交給范餘淮，會不會……」

「范餘淮同太子一同歷經生死，就算不是太子的人，如今也算是半個太子的人，太子是將來的皇帝，范餘淮自會掂量，且今日……我捨命為太子擋箭的消息傳出去，沒有人會懷疑我對太子的忠心，盧平又將名單毫無保留交給了范餘淮，范餘淮也會認為……提拔這些人無傷大雅，就算是還我舉薦他的人情！」

白卿言輕撫著膝蓋上蓮花纏枝紋的錦被，視線看向映在窗櫺之上搖曳的燭光，笑道：「就端看范餘淮要將這些人放在什麼位置上了！若是將這些人放在禁軍中相對重要的位置，便說明范餘淮打算跟隨太子，做太子的人。若范餘淮有意防範這些人……那便說明范餘淮怕沒有效忠太子的意思，護衛太子也不過是職責所在，另外六個人回頭再想辦法安排就是了。」

白錦繡點了點頭：「一明一暗兩部分，折了一部分，還有一部分。」

「這些人不是白家軍中的將士，用起來還是要小心……此事你不要沾手，我自會派人負責。」白卿言吩咐白錦繡。

白錦繡點頭。

白家如今上至大長公主，下至白卿言的貼身侍婢春桃，都知道白卿言是為平安回朔陽所以才設此一局，都放心不少。但對外還是統一口徑，稱白卿言還昏迷不醒。

白錦繡讓人給還在白府前院候著的秦朗傳話，今夜白錦繡要留在白府照顧長姐，讓秦朗回去好生照顧望哥兒。

秦朗點了點頭應下，又對翠碧道：「你去告訴夫人，若是鎮國公主需要什麼藥儘管派人回府拿！」

翠碧朝秦朗行禮：「是！」
秦朗剛跨出白府大門，就見董清平和董夫人宋氏登門，秦朗忙向董清平和宋氏行禮：「董大人，董夫人！」
董清平頷首，面色沉沉抬腳跨入白府正門，宋夫人對秦朗淺淺一頷首，也忙跟上董清平。
盧平立刻將董清平和宋氏往裡請。
秦朗回頭看著董清平和宋氏的身影，再看這燈火耀目的鎮國公主府，只希望白卿言能順利挺過這一劫，畢竟關心她……在意她的人很多。

皇宮，皇帝寢宮的窗櫺被風吹得直響，燈影幢幢，映在光可鑒人的地板上，映在皇帝暮氣沉沉面頰凹陷的臉上。
秋貴人哭哭啼啼含淚同皇帝陳情，說著這些日子如何思念皇帝，想要來探望皇帝，可每每都被大長公主攔住，如今梁王一出事……因她是梁王府出來的，宮裡的奴才都給她臉色看。
皇帝面色晦暗不明，轉頭凝視著秋貴人，見她跪在被纏枝金銁勾起的明黃幔帳之下，卻想起皇后，捂著心口咳嗽了起來。
秋貴人連忙拎著裙裾起身，端起唾盂，送到皇帝面前，也不嫌棄，用自己的絲帕給皇帝擦了擦唇角，白細晶瑩如玉管的小手替皇帝輕撫著心口：「陛下，可好些了。」
空蕩蕩的大殿裡是秋貴人低低的啜泣聲，皇帝看著秋貴人那一雙水汪汪的眼眸裡全都是關切，皇帝最終還是不忍心，抬手輕輕拍了拍秋貴人的手安撫道：「好了，不哭了……朕會護著你的。」

不多時，奉命去皇后宮中給皇后送白綾的高德茂邁著小碎步進入大殿，規規矩矩對皇帝行禮之後才起身小心翼翼道：「陛下，奴才奉旨帶太醫和白綾去了皇后宮中，太醫還未診脈皇后就承認了自己假孕，且身著鳳袍大妝坐於鳳位之上，稱請陛下念在多年夫妻情分上，賜毒藥，能讓皇后體面謝世，皇后稱她既為皇后之尊……便不能懸於房梁之上，頸脖留痕，終究不體面。」

皇帝聽到這話，胸口陡然劇烈起伏，胸腔裡全都是呼哧呼哧的痰鳴。

「陛下！陛下息怒啊！」秋貴人忙替皇帝撫胸口，「龍體要緊！」

「體面?!她還敢來同朕要體面！」皇帝暴怒掀翻了擱在床頭木几上的唾盂，「朕許她留全屍已經是天大的體面！她還敢得寸進尺！」

大殿內的太監宮女戰戰兢兢跪了一地，就連秋貴人也忙跪地叩首。

皇帝枯瘦如柴的雙手顫抖著撐起自己的身體，咬牙切齒，面目陰狠道：「去告訴那個毒婦！她若不願意自行了結就死，朕便讓人活活勒死她！去！」

高德茂連忙應聲稱是，捧著白綾又匆匆帶人趕往皇后宮中。

夜已深，皇后平靜坐在鳳位上，望著掛於正廳門前暮光幽沉的宮燈。

大殿內……是跪於面前的嬤嬤和宮婢悲戚的哭聲，是肯求她去向皇帝認錯的叩求聲。

風過，宮燈搖曳，火光暗了暗，後又明亮了起來。

皇后聽到侍衛步伐和甲胄佩劍摩擦的聲音逼近，端起架子，抬手握住鳳椅扶手。

只見高德茂帶著太監護衛再次跨入正廳，恭恭敬敬朝皇后行禮後道：「皇后娘娘，陛下有旨……娘娘若不自行了結，便要人動手了！皇后娘娘還是請吧……」

皇后一手輕輕覆在腹部，唇角勾起冷笑一聲：「我還以為，至少皇帝會念在多年夫妻情分上，會給我毒藥呢！既然不願意也就罷了……」

皇后揚起自己的頭顱，神態倨傲：「高德茂！」

高德茂上前，行禮：「皇后娘娘吩咐！」

「我兒信王的屍身……皇帝要如何處置？」皇后問這句話時，聲音裡帶著一絲不可察的顫抖。

「回皇后娘娘，陛下還沒有旨意，不過太子仁厚，已經讓人將信王的屍身送回信王府了。」高德茂垂著眸子道。

聽到太子仁厚四字，皇后冷笑一聲，手輕輕撫了撫腹部，聲音低軟柔和道：「孩子，是娘沒有用，如今已經走到了這一步，即便是留你一個人在世上，也是讓你徒遭白眼罷了！不如跟為娘去找你兄長，我們母子三人……再也不分開！」

低頭彎腰的高德茂聽到這話猛地抬頭，就見皇后拔下頭上簪子狠狠朝著頸脖紮去……

高德茂腦子「轟」一聲，皇后唇角勾起口中噴出鮮血，皓齒染血……帶著笑意，詭異的讓高德茂頭皮發麻。

皇后死死咬著牙，用力拔出穿透頸脖的簪子，鮮血噴濺，人也軟塌塌倒在了地上，手……死死捂著自己的腹部。

難不成皇后假孕是謊話，皇后這麼做……為的就是讓皇帝在她死後才知道她懷有身孕，讓皇帝痛苦?!

高德茂喉頭翻滾，他看著唇角含笑……眸底翻湧著報復快感的皇后，他不忍心告訴皇后，他打小就伺候在皇帝身邊，以他對皇帝的瞭解，即便是皇帝知道皇后真的懷了身孕卻決然自盡，也不會心痛太久，頂多也就是一晚……

看著皇后最終散了氣息，大殿之中哭聲一片，皇后身邊年長的嬤嬤緊緊抱著皇后，低聲讓皇后等著……她安頓好皇后遺體就來追隨皇后。

高德茂跨出宮殿，做了一個手勢，侍衛立即將殿門封閉。

皇帝的旨意，是今夜皇后宮中失火，無一生還……

宣嘉十六年十月十五，被廢為庶人的信王帶禁軍謀反，攻破武德門，直逼皇帝寢宮，太子率巡防營入宮救駕，隨後閑王以救駕為名率南都軍入宮，斬殺信王，率部逼近皇帝寢宮，欲弒君謀反。鎮國公主、符若兮，領兩萬安平大軍，殄滅叛軍，二王謀反慘敗告終，史稱武德門之亂。

距武德門之亂已經過去五天，大都城已然恢復了往日繁華熱鬧。

皇后鐘氏葬身於大火之中，母族下獄，落得九族皆滅的下場。

倒是梁王，至今被關在獄中，聽說梁王日日在獄中哭求要見皇帝和太子，可皇帝和太子都像是忘了還有梁王這麼個人一般，既不將人放出，也不下旨處置，大有將梁王關在獄中至死的架勢。

如今後宮由太子生母俞貴妃主理後宮，人人都等著看梁王府出身的秋貴人笑話時，秋貴人卻被晉了位分，成了貴嬪，日日伺候在皇帝身邊。

此次平定武德門之亂的有功者紛紛得賞，白卿言已經是鎮國公主之尊，皇帝便賜了眾多奇珍異寶，還有丹藥……白卿言舊傷未癒又添新傷，有傳言活不過三年。

太子與太子妃親自登門探望，送上皇帝的賞賜和各類名貴藥品，隨後各家清貴也紛紛提著重禮前來探望，二夫人劉氏都以白卿言不宜見客為由將人擋住，好茶好飯親自應酬招待，再將人送走。

大都生亂白卿言重傷的消息，雖然大都鎮國公主府有意隱瞞，還是傳回了朔陽。

白錦稚得到消息，驚得不管不顧，日夜快馬不歇，不吃不喝直奔大都城。

當白錦稚衝進清輝院上房，見自家長姐鴉羽似的烏黑長髮披肩頭，著一身雪白中衣，腿上搭了條西番蓮花緞面的錦被，正倚在隱囊上翻看古籍竹簡……

晨光從雕花窗櫺外照射進來，暖融融的顏色映著自家長姐蒼白精緻的五官，寧靜閒適的如同一幅畫卷。

聽到春桃行禮喚四姑娘，白卿言抬頭，朝立在繪著雲霧山水紗屏旁的白錦稚看去，眉目間帶著淺淺的笑意，喚她：「小四……」

白錦稚眼淚一下就流了出來，連著串兒的往下墜，打濕了衣襟，跪在白卿言床邊黃花梨木踏腳上，緊緊抱著白卿言的細腰，哽咽哭出聲：「長姐！你嚇死我了！」

白卿言抬手輕輕摸了摸白錦稚的腦袋，聲音柔和：「長姐沒事……」

雖然看到了長姐的確沒事，可白錦稚還是忍不住放聲大哭，用力環抱白卿言不撒手。

見白錦稚來，白卿言便知……大都城武德門之亂的事情傳到朔陽，她受傷的事情也沒有能瞞住，她摸著白錦稚的腦袋，柔聲道：「你就這樣丟下朔陽來了大都？」

白錦稚只哭不答，直到哭夠了這才仰頭，眼眶通紅望著白卿言，一邊抽泣一邊道：「我交給白卿平了！長姐放心……長姐受傷的事情我命人瞞下了！大伯母還不知道，我辭行的時候說擔心長姐受傷了怕我們擔心隱瞞不報，所以要趕來大都城看看……」後面的話，白錦稚沒有說完，董氏雖然也擔心白卿言卻沒有同意讓白錦稚一人前往大都城，誰知道這小丫頭留了一封信後，就快馬直奔大都城來了，且膽大妄為的身邊一個人都沒有帶。

白卿言從春桃手中接過帕子給白錦稚擦了擦眼淚，因著一隻手臂還不能動，只能吩咐春桃：「把四姑娘扶起來！」

春桃正要上前扶白錦稚，白錦稚卻跟個孩子似的一把抱住白卿言的細腰，將頭埋在白卿言身上：「我不起！不起！我就要這樣抱著長姐……」

白錦稚喊了一聲，又哭了起來。

沒人知道白錦稚這一路提心吊膽，想掉眼淚又硬是把眼淚咽了回去。

知道長姐出事那一刻，白錦稚就像被人推入了冰窟一般，全身涼了一個透澈。

給白卿言煎好藥回來的白錦繡剛跨進院子，就聽到了白錦稚的聲音，唇角忍不住勾起笑意，打簾跨進上房，從翠碧手中的黑漆描金方盤裡端起藥碗，繞過屏風進來：「老遠就聽到了小四的哭聲……」

白錦稚聽到自家二姐的聲音，忙慌張起身用衣袖擦去眼淚，頗有些不好意思朝白錦繡行禮：「二姐！」

「你放心，長姐的確無事，此次……是長姐設局，為了平安回朔陽不得已而為之！對外你可別忘了……就說長姐醒時少，多昏睡著。」白錦繡叮囑了白錦稚後，坐在床邊將藥遞給白卿言，「長姐，洪大夫說換了方子，藥會更苦一些……你且忍忍。」

白卿言點了點頭，接過白瓷碗，用勺子攪了攪，又看向白錦稚問：「你回來去給二嬸兒請安了嗎？」

白錦稚低垂著腦袋搖頭，她滿腦子都是長姐重傷，一進鎮國公主府的大門便直接來了長姐這裡，哪兒顧得上啊！

瞅著白錦稚這樣子，白卿言就知道小四沒去，她開口：「去給二嬸兒請個安，換一身衣裳！春桃你吩咐廚房給四姑娘準備些吃食！」

白錦稚應聲，用衣袖擦去眼淚，低著頭朝白卿言和白錦繡行禮後，出了上房。

她立在廊廡下長長呼出一口氣，還好長姐沒有事，白錦稚從不敢想，若是沒有了長姐她該怎麼辦！還好長姐無事。白錦稚又悄悄用衣袖抹了抹眼淚，隨即深吸了一口氣，拳頭緊了緊，仰頭迎著陽光瞇眼露出淺淺的笑容，打起精神去給二夫人劉氏請安。

白錦稚同二夫人請了安，回去沐浴換衣裳，誰知竟然在浴桶裡睡著了，劉氏哭笑不得，只得讓嬤嬤將白錦稚給撈了出來，給迷迷糊糊的白錦稚換了衣裳，讓人給絞乾了頭髮，這才放白錦稚去床榻上睡。

黃太醫家孫女黃阿蓉得到白錦稚來大都城消息的當天下午就來了白府，找白錦稚玩耍。

自從白錦稚回了朔陽，黃阿蓉能一起玩兒的玩伴就少了，黃阿蓉性子直爽又好動，這些年各家千金都大了，多數都被拘在家中練習女紅，能和黃阿蓉一起玩兒鬧到一起的除了白錦稚也沒旁人。

黃阿蓉興高采烈同白錦稚說著白錦稚不知道的都城趣事兒，白錦稚也聽得瞬圓了眼。

「那群紈褲就那麼隨呂元鵬和司馬平參軍去了，誰知剛走出大都城沒有三天……就都撐不住了要回來！可那是軍隊啊……又不是自己家裡，聽說帶隊的將軍凶狠，就直接上鞭子抽，那些紈褲都是細皮嫩肉的，哪裡經得住鞭子！給那群紈褲抽得……臉都花了！」黃阿蓉誇大其詞。

「後來呢？呂元鵬的臉是不是被抽成了花貓！是不是鬧著要回來了？」白錦稚雙眸發亮。

「這次你說錯了！」黃阿蓉說得口乾舌燥，故意賣了個關子，慢悠悠端起茶杯喝了一口，才在白錦稚身邊坐下說，「後來，我聽翁翁說……這群新兵剛到北疆，陛下又要調這些新兵去南疆，這不……各家都想辦法將自家兒郎給弄回大都城來了！唯獨這呂元鵬……一聽要去南疆，吃了秤砣鐵了心似的不走！司馬平也吊兒郎當的跟去了！」

「這呂元鵬被鞭子抽不怕嗎？」白錦稚若有所思。

「可能欠抽吧！」黃阿蓉抓了一把瓜子，「後來就沒有了消息，不過我聽那些回大都城的紈褲都在訴苦，說軍隊裡軍糧就不是人吃的，那米裡摻著砂石，能把牙崩掉，那米糙的咽下去都能劃傷嗓子！」

白錦稚眉頭一緊：「米裡摻著砂石？」

「可不是！」黃阿蓉搖了搖頭，「我估計是這些公子哥在大都城享樂慣了吃不了苦，說的也忒誇張了，說什麼吃一口米能吐出幾粒石頭，要真是這樣……呂元鵬那麼嬌氣一個貴公子，能堅持嗎？早就回來了！明明是他們灰溜溜回來了面子上抹不開，故意這樣說給自己找面子呢！」

白錦稚倒覺得和呂元鵬玩鬧的那群紈褲，雖然嬌氣不假，但死皮賴臉習慣了，怎麼會為面子扯這種謊。

若是北疆糧食方面出了這樣的問題，那麼南疆呢？白家軍的糧食……會不會也出這樣的問題。

「你想什麼呢？」黃阿蓉推了白錦稚一把。

白錦稚回神搖頭，對黃阿蓉勾了勾唇道：「沒有，我就是擔心長姐！」

黃阿蓉一聽白錦稚這麼說，忙放下手中的瓜子，攥住白錦稚的手安撫道：「鎮國公主福大命大一定沒事兒的！而且上次洪大夫說了，只要鎮國公主能撐過前三天，便會平安無事！這不……已經過去五天了，以後你乖乖聽你長姐的話，別氣你長姐，你長姐一定會長命百歲的！」

「你才氣你翁翁呢！」白錦稚白了黃阿蓉一眼，抽回自己的手。

黃阿蓉也沒計較，笑道：「那我以後也不氣我翁翁了，我翁翁和你長姐都長命百歲平安無事！」

白錦稚低笑一聲。雖然黃阿蓉將軍糧之事一筆帶過，可白錦稚卻上了心，決定回頭和長姐說一說，細查一下軍糧之事。

黃阿蓉是知道白家出事，過來也是為了給白錦稚寬心，不好留在白府多做打擾，稍稍坐了一會兒便告辭離開。

第十章　投以誠心

黃阿蓉前腳剛走，後腳白錦稚就去了清輝院。

春桃剛伺候白卿言用了藥，正端著碟子用蜜醃過的去核山楂讓白卿言給嘴裡換換味道。

見白卿言用銀筷子夾了一塊放進嘴裡，春桃又低聲道：「二姑娘去廚房跟著羅嬤嬤給大姑娘燉補血藥膳了，大姑娘要不要睡一會兒？還是疼得厲害睡不著？」

「這幾日養傷，睡的時候多，不乏……」白卿言抬手揉了揉還沒法抬起的胳膊，剛讓春桃給她取書，就聽外面婆子婢女疊聲的喚著四姑娘。

白卿言吩咐：「這碟子山楂留下，讓小四嘗嘗！」

正好白卿言也想將打算讓白錦稚去安平大營……設法掌控安平大軍之事告訴她。

安平大營離登州不遠，外祖母和舅舅能照應得上，又不至於在眼皮子底下護著她，是讓白錦稚歷練的好地方，一舉兩得。不是白卿言心狠，在白錦稚這麼小的年紀，就將重擔壓在她的身上……劍雖利，不厲不斷。材雖美，不學不高。

白錦稚有行軍打仗的天賦，總將其拘在自己身邊反倒埋沒了，寶劍鋒從磨礪出……白卿言相信，只要白錦稚願意，她定能在安平大營闖出自己的一番天地。

白錦稚打簾進來，喚了一聲長姐，匆匆繞過屏風進來……春桃笑著對白錦稚行禮，白錦稚淺淺頷首後就在白卿言床邊坐下：「長姐，剛才黃家阿蓉來了。」

「嗯，我知道……」

「黃家阿蓉和我說起大都城裡隨呂元鵬去參軍的那些紈褲，受不了苦都回來了，他們說……送往北疆的軍糧裡摻了砂石，一口米……幾粒石子。我在想……若是如此，那送往南疆給我們白家軍的軍糧會不會也出問題？」白錦稚表情憤怒又鄭重。

偌大一個晉國，指望著這些將士戍守邊疆，卻在將士們的口糧上做文章，想幹什麼?!

白卿言抬眸示意春桃，春桃立刻頷首出門，去門外守著。白卿言眉頭緊皺，若是白家軍的糧食出了問題……沈昆陽將軍應當會及時來報，絕不會這樣忍氣吞聲的。

不過或許白家軍的眾位將軍是怕她為難，白卿言抬眸望著白錦稚道：「你去讓平叔派人去南疆問問，看送往南疆的糧餉是否出了問題，再派人去探問探問……看這些從軍隊回來的紈褲是一人說糧食摻砂石，還是都這麼說！」

「好！我這就去辦！」白錦稚頷首。

院子外有看門婆子來稟報，說大燕質子慕容瀝前來探望鎮國公主。

看來，今日是無法同白錦稚說讓她去安平大營的事情了。

「大燕質子慕容瀝一向同呂元鵬他們那群人交好，你倒是可以從慕容瀝這裡入手，打探打探北疆軍糧之事……」白卿言望著白錦稚，柔聲開口，「去吧，替長姐去見見他，長姐身體如何……該怎麼說，你心裡有數。」

白錦稚起身對白卿言長揖一拜：「長姐放心！小四定不會壞事。」

「去吧！」白卿言靠在隱囊上，笑著同白錦稚說，「小四辦事，我很放心。」

白錦稚抬眼，張了張嘴……想要同白卿言說，白岐雲的事情她就沒有辦好，最後還是大伯母出面給她收拾的爛攤子，可話到嘴邊，白錦稚又不好意思說，滿心愧疚出了清輝院，替長姐去見慕容瀝。

看著白錦稚出門，白卿言眼底笑意沉了下來，細思起軍糧之事。若軍糧之事是真的……要麼和戶部尚書楚忠興脫不了關係，要麼便和戶部侍郎李明瑞脫不開關係。

李明瑞不必說，背靠父親左相李茂，而戶部尚書楚忠興……白卿言知是李茂的人。

李茂又知道她手中攥著他當年寫給二皇子的親筆書信，除非是吃了熊心豹子膽，否則絕不敢在白家軍的軍糧之上做什麼手腳。

春桃剛準備去給白卿言換一壺熱的紅棗茶來，盧平便來求見。

春桃將茶壺遞給旁的丫頭，打簾進門，道：「大姑娘……盧平護衛來了！」

白卿言理了理被角，道：「請平叔進來……」

不多時，春桃將盧平帶了進來。隔著屏風，盧平對白卿言行禮：「大姑娘……今日有人在我們白府偏門塞了封信，沒有落款，只說要同大姑娘一見，只寫了地點，說有要事相商。」

春桃上前接過盧平手中的信，繞過屏風遞於靠坐在床上的白卿言。

白卿言展開看了眼，雖然不清楚這是誰的字跡，可來信者多半是試探……

燕雀樓，天字一號雅間兒，明日午時。

白卿言抿了抿唇：「平叔，你拿著這封信，親自去一趟燕雀樓，問問明日是誰訂了天字一號的雅間兒，誰訂了……告訴太子，請太子派人跟隨你一同，將這封信送還到寫信人的手中去，問問……明知我重傷，卻送信讓我前去赴約，存著什麼心！」

盧平明白，這樣即可以對太子殿下表示忠誠，又能在摸不清楚約見大姑娘之人要圖謀什麼之前，給予警告。「可是……就這樣光明正大去查，能查到嗎？說不定那人定下雅間兒就沒有留下姓名，或者留下一個假名字呢？」盧平眉頭微緊。

「此人在鎮國公主府偏門留信，又不署名……鎮國公主府必然會去查，他若真的有心邀約，必會留下有用的消息。」白卿言道。

「大姑娘所言有理，屬下現在就去辦！」盧平領命離開。

前廳，慕容瀝剛喝了一口茶，就聽白家的下人說，蕭先生來了……

慕容瀝放下茶杯站起身，果然就見自家九叔繞過壁影，與白家管事說著話朝正廳走來，跟在蕭容衍身後的月拾手裡拎著大盒小盒的補品。

在外，慕容瀝是大燕質於晉國的皇子，蕭容衍是天下第一富商，慕容瀝不該先對蕭容衍行禮，想到此……慕容瀝又坐了回去。

蕭容衍還未進門，就看到坐在正廳喝茶的慕容瀝，唇角勾起淺淺的笑意，跨進正廳先同慕容瀝行禮：「見過瀝皇子……」

慕容瀝起身俯首而立，淺淺頷首，姿態拿捏的很好：「蕭先生，也來探望鎮國公主？」

「正是……」蕭容衍笑道。

「蕭先生！」白錦稚一進門便先朝蕭容衍一拜，「白錦稚多謝蕭先生，出手護我白家！」

「舉手之勞，白四姑娘言重了！」蕭容衍從容自若還禮。

「蕭先生請坐！」白錦稚同蕭容衍打過招呼，這才轉過身朝慕容瀝行禮，「瀝皇子！」

「高義郡主，不知道鎮國公主如何了？」慕容瀝按白錦稚的封號喚她。

「長姐睡時多，醒時少，元氣大傷……」白錦稚說到這裡聲音陡然哽咽起來，她艱難勾唇對慕容瀝做了一個請的姿勢，「瀝皇子先請坐！」

慕容瀝頷首。

白錦稚學著自家長姐端莊持重的模樣坐下後，又道：「多謝兩位來探望長姐，可長姐的狀況實在是不能見客，還請二位諒解。」

「不礙事，鎮國公主受傷至今才五天，自然應當臥床靜養，我來也只是來送藥的……」慕容瀝轉身從身後忠僕手中接過一個雕花木匣子，起身放在白錦稚手邊的桌几上，「這是我從大燕來晉國時，母后給我的大燕秘藥，十分珍貴，對傷痛有極大的好處，可以讓貴府的府醫洪老先生看過之後，若覺得沒有問題，可以給鎮國公主用一用試試。」

蕭容衍看向慕容瀝。蕭容衍自然知道這秘藥有多珍貴，怕是在小阿瀝臨行前，嫂嫂搜羅全宮上下才能給小阿瀝這麼一匣子，沒想到小阿瀝竟然拿來送於白卿言。

在慕容瀝的心中，鎮國公主雖然現下還是晉國的鎮國公主，可是以後便是他的九嬸兒了！且就算是不提這層關係，慕容瀝也是十分敬佩白卿言，若是將來有可能……慕容瀝還想要說服白卿言為大燕效力。

白錦稚沒心沒肺也不知道推辭，便作主替白卿言道謝收下了，順嘴便道：「剛才黃家阿蓉找我，同我說，之前與瀝皇子還有呂元鵬玩在一起的大都紈褲去參軍，又都回來了？可是真的？」

慕容瀝點了點頭：「正是，聽他們說……軍隊裡太苦，都受不住了，這不……趁著上一次晉帝將新軍調防西涼邊界之時，他們都各自寫信回家，讓家中長輩設法將他們救回來，不過呂元鵬和司馬平倒是讓人刮目相看了！尤其是呂元鵬，我聽他們說，呂元鵬一聽說是去南疆……跟飲了牛血似的，非去不可。」

白錦稚點了點頭，又問：「我聽說好像他們說軍隊裡吃的不好，米中摻著砂石，軍糧一向是戶部層層把關，怎麼會摻了砂石？這群紈褲莫不是……是為了找面子才如此說吧？」

慕容瀝聽出白錦稚這是套話來了，面上不顯，抬頭平靜睜著大眼睛，目光誠摯清澈，一派純真望著白錦稚，沒有隱瞞，直言道：「雖然，我同大都城這群公子哥兒相處時間不久，可我以為……他們不過喜歡玩鬧吃不得苦，絕非捨不下臉面的人，斷不會瞎說這種事情為自己找面子。」

白錦稚一聽，愣了愣暗自點頭，是……大都城那些紈褲一般來說什麼都要，就是不要臉！以呂元鵬為首！臉都不要的人，還在乎什麼面子。看來這件事兒，還得細查。

蕭容衍已經忍了好幾天，日日登門，日日都見不到白卿言，蕭容衍也能理解……畢竟白家對外稱白卿言傷勢嚴重，又怎能隨便讓他一個外男相見。

白卿言又讓蕭容衍走正門正道……

已經幾天了，蕭容衍實在是耐不住，原本以為今日接待的仍舊會是二夫人劉氏，已經打算向二夫人劉氏袒露心聲了，畢竟大都城不少人都知道蕭容衍心悅鎮國公主。

沒成想……今日來的是白錦稚。

蕭容衍站起身對白錦稚長揖一拜：「今日蕭某為白大姑娘帶來了一些靜心香料，因為不清楚大姑娘喜歡什麼味道的，各自帶了一點，好讓白大姑娘換藥時可以去去藥味！若是不麻煩……能否讓白大姑娘試一試，哪一個用的好……蕭某便派人將那個香料送來，不知道白四姑娘可否代勞……將香料呈給大姑娘試試，蕭某就在正廳候著。」

只要讓白卿言知道他在正廳候著，白卿言便知他的思念，定會找理由讓他進內院。
若是白卿言不肯，那蕭容衍就只有故技重施，今夜夜闖白卿言閨閣了。
誰知道白錦稚極為不上道，只顧著要對外稱白卿言傷勢極重之事，紅著眼假裝抹了抹眼淚，對蕭容衍說：「剛才我出來時，長姐又睡了過去，蕭先生好意我替長姐領了，還是等長姐醒來再讓長姐挑選吧，總不好將剛剛睡下的長姐喚醒。」
蕭容衍：「……」
裝得還挺像那麼回事兒的。
慕容瀝忍住笑意，知道他們家九叔這是想九嬸了，放下茶杯起身告辭。
「蕭先生也要走嗎？」白錦稚看向蕭容衍，沒給蕭容衍回答的機會，便道，「我送蕭先生。」
正端著茶杯的蕭容衍：「……」
蕭容衍放下茶杯，決定還是等入夜後親自去一趟白卿言的閨閣算了，他起身溫潤含笑朝白錦稚一禮：「白四姑娘客氣了，止步！」
白錦稚含笑見慕容瀝和蕭容衍相繼離開，這才偷偷呼了一口氣，沒個正形癱坐在椅子上，深覺自家長姐和二姐、三姐都太厲害了，怎麼就能抬頭挺胸的坐那麼久。
完成任務的白錦稚歇了一會兒，便起身朝清輝院跑去，將從慕容瀝這裡打探到關於軍糧之事告訴白卿言。

盧平來到燕雀樓，亮出鎮國公主護衛的身分，朝掌櫃打聽了明日定下天字一號雅間的客人，掌櫃沒有敢隱瞞，說是一位姓柳的姑娘定下的雅間兒，那姑娘身邊婢女來下定的時候銀子不夠，原本是報了位址讓掌櫃派個小二同她們一起回去取銀子的。

可掌櫃一聽是在九川胡同，想著也不是大富大貴之人住的地兒就沒有同意，誰知道那婢女出去了不到一刻鐘，回來就將銀子補上了。

「九川胡同具體哪家，你可知道？」

「九川胡同往裡走最後一家黑門夯土牆的人家……」燕雀樓掌櫃回憶了一下，又道，「哦……對了，那姑娘還說了，她們家院子裡還種著桂花，可香了，順著香味兒就能找到！」

從燕雀樓出來，盧平凝視著人來人往的大都城長街，心中陡然生疑，訂個雅間兒也用得著將自家位置交代的如此清楚？既然已經察覺其中有詐，盧平便沒有耽誤，先派了個護衛回去給白卿言送信，他則按照白卿言交代那般，一躍上馬，騎馬前往太子府。

太子看過盧平送上的信，又聽盧平說了在燕雀樓掌櫃那裡打聽到的消息，方老眼睛一轉，看向太子：「殿下……會不會是京兆尹府至今還沒有找到的柳若芙?!」

太子一怔，看向方老。

「如今大都城全城戒嚴，柳若芙定然是出不去，她此時送信給鎮國公主，或許……要麼是想要和鎮國公主談什麼條件放她一條生路，要麼就是想要同鎮國公主同歸於盡！至於那個掌櫃說的婢女……會不會是因為知道柳若芙難逃一死，不想同柳若芙一同赴死，乾脆特意提點掌櫃的，為的就是讓人發現端倪。」

太子垂眸想了片刻之後道：「這樣，方老你派人去通知巡防營，讓巡防營帶人同你還有盧護衛去一趟，若是柳若芙真的在那裡，即刻拿下不得有誤。」

「是！」盧平抱拳稱是。

太子又看向盧平：「鎮國公主傷勢太重，以後這些事情就不要辛苦鎮國公主了，讓鎮國公主好好養傷才是！你回去轉告鎮國公主，萬事有孤……讓她安心養傷，等她康復後，孤……還指望著她給孤出謀劃策，匡孤於正途。」

盧平做出感激涕零的模樣，跪地叩首：「盧平，定然會將太子殿下的話帶到，大姑娘若知道太子殿下如此重視，她定然會好好養傷，早日好起來的！」

方老藏在袖中的手輕輕收緊，明面兒上，還要做出一副欣慰的模樣笑著點頭。

九川胡同，姓柳……這樣的消息送到白卿言這裡，白卿言懷疑這是有人知道了柳若芙的藏身之地，故意給她透露的消息。白卿言手裡端著裝著藥膳的湯盅，輕輕摩挲著湯勺……此人要麼，是為了利用她抓住柳若芙。要麼，便是為了賣人情給她。白卿言更偏向第二種。

顯然白錦繡也想明白了其中關竅，不過白錦繡卻懷疑起了蕭容衍：「長姐……會不會是蕭先生？」

如是以前……白卿言會懷疑蕭容衍，可如今她和蕭容衍的關係今非昔比，蕭容衍會直言告知，不會用這種方式。白卿言垂眸搖了搖頭：「不論是誰，既然是賣人情，我們領了情……自然會有人跳出來，不急。」

「長姐！我打聽清楚了！」白錦稚冒冒失失闖進來，繞過屏風進來，一屁股坐在小繡墩上，道，「那些紈褲沒有瞎扯，應當是送往北疆的米裡，真的摻了砂石。」

白卿言聞言沉默未語，摻了砂石還算好，就怕送過去的糧食是發霉的……吃壞了戍邊將士，那才要命。

「此事要查不難，我派人去問問，看看……送往北疆那批米的來源，盤點一下經手的人，總能查出問題出在哪。」白錦繡道。

聞聲，白卿言轉頭看向這段日子以來衣不解帶照顧她的白錦繡道：「這段日子你照顧我實是辛苦，如今小四也過來了，一會兒秦朗過來……你便隨秦朗回秦府吧！望哥兒也想你了。」

白錦繡不放心：「小四冒冒失失像個孩子一樣，還是我留下吧！」

「二姐，你就別留在家裡了，長姐有我照顧！免得旁人拿此事說嘴。」白錦稚性子耿直，「剛才我進來的時候，就聽到翠碧姐姐說秦府那兩個姑娘，最喜歡揪住二姐的錯處到處說嘴，跟長舌婦似的。」

「小四！」白錦繡皺眉。

白卿言倒是低笑一聲：「就該讓小四去秦府住上幾天，好好治治那兩位秦姑娘。」

「姑娘家的也不打緊，她們年歲都到了，回頭找到了合適的人家嫁了就好，如今秦朗也將幼弟接到了身邊照料，不讓那兩位接觸幼弟……孩子小性子容易被掰正，這段日子懂禮了不少！那姐妹倆見不到自家胞弟，又不敢找秦朗鬧，只能拿我的事說說嘴……旁人也不會真信。」

白錦繡一點兒都沒有被氣到，風淡雲輕，應對起這些事情來已經遊刃有餘，至少白錦繡大都城內的口碑立在那裡，曾經在秦府落難都不離不棄，又是超一品夫人，就算是有人想要說嘴……

誰有膽子說到白錦繡的面前來。

「倒是小四，我可是聽說，長姐離開朔陽之前，可給你布置了任務，你可完成了？」白錦繡問。白卿言想將白錦稚放去安平大營的事情，已經同白錦繡說過了。白錦繡還是有些不贊同，白錦稚到底年紀小，是個一團孩子氣，且朗月清風般純粹的小丫頭，還不如小七穩重，冒冒失失的，若不放在身邊難免闖禍，她覺得白錦稚還需再歷練幾年。

提及此事，白錦稚抬手摸了摸鼻子，怕吃長姐和二姐的掛落兒，聲音底氣不足：「差點兒辦砸了，還是大伯母給收拾的爛攤子！原本我都計畫好了，沒想到那個假扮富商的人沒找好，漏了餡！可我真的不喜歡這些彎彎繞繞的東西，長姐給我命令我完成便是了，費腦子的事我辦不來……」

白錦繡轉頭看向白卿言，意思明顯……白錦稚不適合放去安平大營。

白卿言視線落在白錦稚的身上，笑著道：「小四這是……不善操舟，而惡河之曲！」

白錦稚瞬圓了眼睛望著白卿言：「哎！大伯母訓我的時候就是這麼說的！」

可見白錦稚是真的惹母親生氣了。

白錦繡掩唇輕笑。

「小四，長姐打算讓你去安平大營，可你若真不喜歡這些彎彎繞繞，我如何能相信……你會將安平大營攥在手心裡，而不是你被別人死死壓住？」白卿言問白錦稚。

白錦稚猛然站起身來，臉上閃過詫異，隨後神色帶著幾分激動，耳朵都紅了：「長姐……長姐你真的讓我去安平大營帶兵?!」

「可你不喜歡那些彎彎繞繞的東西，性子耿直又易怒，讓你去了……無法掌控安平大營事小，怕還會壞事。」白卿言倚在薑黃色繡著喜鵲的隱囊上，語調慢條斯理。

白錦稚一下就急了：「不是長姐，我是不喜歡，但我可以學啊！只要能讓我領兵，我什麼都願意。」

白卿言頷首，溫潤的眉目帶笑：「即是如此，此次北疆軍糧中有砂石之事便交與你去查，我們十月二十五啟程回朔陽，你有五日時間，白府的人隨你驅使，銀子沒有了可以來找長姐要，五日之後我要結果，若成了……十一月你便啟程去安平大營，若不成……便乖乖隨長姐回朔陽，好好多學幾年。」

「長姐……」白錦繡不放心。

白卿言卻抬手示意白錦繡安心：「讓她試試！」沒有人做什麼一次便能做到最好，處理白岐雲之事或許白錦稚有不足之處，可誰又不是慢慢成長的？

春桃得到自家大姑娘的示意，從白卿言的黃花梨木的妝檯子上拿過一個鏤金雕鳳紫檀木匣子恭恭敬敬遞給白錦稚：「四姑娘，這是大姑娘手邊兒僅有的一點兒私房，今日可都給您了！您可不要讓大姑娘失望啊。」

白錦稚緊張的手心冒汗，將掌心的汗在裙擺上蹭了蹭，這才抬手接過那沉甸甸的紫檀木匣子。

她原還以為是銀子，誰知道打開一看……

我的個乖乖，裡面還有一塊拳頭那麼大個兒還未雕琢的紅寶石，壓箱底的是銀票，還有些工藝極為複雜精湛的首飾，白錦稚從未見過。

「這裡面的東西，都和白家無關……你即便是用了，也查不到白家頭上，路給你鋪到這裡……後面該怎麼做，就看你自己了。」白卿言眉目含笑，明明溫潤和氣，不知為何就是讓白錦稚覺得壓迫感極強。

白錦繡眉頭緊皺揪緊帕子欲言又止，軍糧之事不算是小事，長姐就這麼交給白錦稚練手，白錦繡當真是不放心。但長姐既然敢讓小四放手去做，應當……能替小四收拾爛攤子。

白錦稚想到安平大營，想到可以在那裡領兵施展拳腳，下了決心，將紫檀木匣子一合，夾在腋下，朝白卿言拱手：「長姐，小四定然辦好！」

太陽落山后，天際最後一絲殘色消失，天很快暗了下來，大都城長街黃澄澄的燈籠亮起。

地處偏僻的九川胡同最裡面的院子裡，窄小的窗欞裡透出幽沉暗黃的光線，照亮了院子裡的桂花樹根處。

潮濕陰冷的房內，柳若芙剛用完藥，躺在硬邦邦的床鋪上，手腳冰涼直發抖，屋子裡炭盆的炭火早已經熄滅，腳下的湯婆子也冷了，只剩一盞要滅不滅的油燈，搖搖曳曳。

柳若芙五天前得知閑王舉事失敗，被白卿言用銀槍殺了，梁王更是個窩囊的，竟然為了保命將一切都推到父王頭上，柳若芙一想起腹中是梁王的孩子就恨得牙關打顫。

昨日下午，命人去抓了一副藥，一口飲盡，將腹中孽種送走了。

那日逃走時柳若芙一個婢女都沒有帶，閑王安排守護柳若芙的暗衛皆是男子，無法貼身伺候，柳若芙現下如此狼狽，可出於郡主的自尊和驕傲，她無法開口將暗衛叫進來。

柳若芙恨……恨白卿言，更恨梁王，若有機會柳若芙恨不能將梁王扒皮拆骨。

開。」

突然，暗衛喚了一聲郡主，便推門而入，直奔床邊而來。

捂著腹部在被子中打顫的柳若芙，咬緊牙關，怒吼：「放肆！誰讓你進來的！」

那暗衛小隊長用棉被將柳若芙裹住：「郡主得罪了！巡防營的人圍過來了，屬下得帶您離開。」

柳若芙單手環著暗衛的頸脖，被暗衛從那破舊潮濕的房間裡抱出來時，就見他父王留給她的所有暗衛如臨大敵，半蹲著身子藏於夯土牆下，手握利刃，屏息以待。

遠處是大隊人馬靠近的聲音，如滾地雷一般，少說也有百人。

柳若芙呼吸一窒，心跳的速度快起來，只覺身下鮮血簌簌的往外湧，她緊緊捂著腹部，咬緊牙關……卻不知道天下之大應該逃到哪裡去。

大都城四門全部封鎖，柳若芙沒有插翅，根本飛不回南都城去。

即便是飛回去了，南都的兵全都折損在了大都城，又有誰能護住她？

再說……已經過去五天，皇帝和太子定已經派兵去南都，她就算是僥倖逃回南都，只能看到柳家眾人的屍身了。

秋風蕭瑟，涼意襲人，柳若芙竟生出一種……無家可歸窮途末路的狼狽之感來。

她不知道依靠這些暗衛，她能躲到什麼時候……既然知道巡防營是來抓她的，與其被困在這大都城中……如同困獸戰戰兢兢躲躲藏藏，倒不如痛痛快快迎上一刀，不過一條命丟了也就丟了，還能去黃泉陪爹爹，或許還有娘親，一家子人在一起總是好的。

想到此處，柳若芙便不想再逃了，她啞著嗓音開口：「算了，你放下我吧！」

「郡主？」暗衛頗為詫異。

「你們逃吧！」柳若芙平靜開口，「能逃一個是一個，不要陪著我白白喪命，只要抓到了我，太子必不會全城搜捕，你們也可回家了。」

那暗衛小隊一臉意外瞅著柳若芙：「郡主，我等是柳家死士，閑王有命……若他被俘或身死，我等需認郡主為主，捨命護郡主平安出城。」

柳若芙心中悲涼之感，如同冰碴子，割得她心口生疼：「明知已經窮途末路，何苦再苦苦掙扎！你等若真的能捨命護我平安出城，還需在這裡等五天嗎？定然是東西南北城門搜查都極為嚴苛。罷了……我柳若芙命若如此，我認命！你們不必陪我死！」

柳若芙掙扎著雙腳落地，扶住暗衛小隊長的手臂才勉強站住……

初升明月皎白，映著柳若芙蒼白毫無血色的五官，她只覺身下粘稠的鮮血順著衣裙一陣陣往下湧，緊咬著牙克制著開口：「你等既然認我為主，那我便下令……命你等不用管我，立刻各自逃命，不得救我！自此往後……好生活著！去吧！父王已死，母親或許也不在了，我活著也沒什麼意思，不如去陪他們。」

柳家暗衛你看我我看你，一臉不知所措。他們自小便是死士，從小到大學得……便是為主子捨命，可如今主子卻讓他們各自逃命不用管她，好生活著。

柳若芙聽到大部隊靠近的聲音如滾地雷一般越來越近，怒吼道：「這是命令！」

這些柳家暗衛，不帶著她……都是能逃走的。

暗衛小隊長見柳若芙一心求死，又見她裙擺依然是鮮血淋漓，這流血速度……跟著他們逃跑或許路上就撐不住了，反倒是如果被抓……朝廷派人給柳若芙醫治，保住柳若芙的命，他們還可以找機會劫獄。

柳家暗衛小隊長抱拳稱是，深深看了眼柳若芙一眼：「撤！」

說完，暗衛小隊長先行躍上屋頂，消失在黑夜之中。

其餘暗衛猶豫片刻，也跟著消失在黑夜之中。

柳若芙就站在院子中，她看到夯土牆外陡然出現火光亂竄的火把，本就搖搖欲墜掉了漆的黑色木門被人一腳踹開。

巡防營的將士拔刀闖入院子中，就看到柳若芙獨自一人立在院子當中。

盧平手握腰間佩劍，四處觀察不見有埋伏後，視線才落在柳若芙身上。

柳若芙臉上帶著視死如歸的平靜，冷笑道：「成王敗寇，我父王敗了……我的命你們儘管拿去！」火把隨風搖曳，將柳若芙整個人映得忽明忽暗，她鮮血汩汩流出，迅速將茜色的裙擺染成深紅色，卻還挺直脊梁，不讓自己因疼痛佝僂下腰身，不願屈尊低下自己高貴的頭顱。

「帶走！」巡防營將領高聲道。

巡防營兵士上前，毫不憐香惜玉，一左一右架起柳若芙的胳膊將人往外拉，持刀兵士闖進屋內搜尋還有沒有柳若芙同黨。

盧平看著表情平靜視死如歸的柳若芙，視線又朝著院子內望去，總覺得極為古怪……

方老也覺得不對味兒，藏在袖中的拳頭收緊。

柳若芙身邊難不成就沒有旁人，就在這裡等著被人抓？

柳家的死士呢？死士一向都是死在主子前面的，沒道理就這麼憑空消失了。

九川胡同這條巷子陡然熱鬧起來，犬吠不止，膽子大的百姓趴在自家土牆上往外瞅，想要看看官兵這麼大陣仗到底抓了什麼樣的窮凶極惡之徒，沒成想竟然是一個美顏絕倫的女子。

膽子小的趴在門縫裡往外瞅，還有不知懼怕為何物的總角小兒從門內偷偷溜了出來，手持木劍，目光豔羨瞅著那些佩刀著甲的巡防營將士，卻被穿著青布衣衫的婦人扯著胳膊往門內拽，小兒哭鬧不休，那婦人便用力在小兒臀肉上拍打了幾下，將小兒扯進院門裡。

巡防營暫代統領之職的蕭大人，在巷口朝方老和盧平道謝。

柳若芙已經被帶走，方老轉身朝盧平拱了拱手告辭。

盧平連忙長揖還禮，目送方老和巡防營的人離去。

盧平正準備回去向白卿言覆命之時，九川胡同最前面的這戶人家的黑漆門竟緩緩打開，披著黑色披風的男子撩起直裰下擺跨出門檻，就立在那燈籠搖曳的門戶前，抬手摘下了自己頭頂的帽兜。

盧平一怔……李明瑞?!

李明瑞像是專程在這裡等著盧平一般，朝盧平長揖到地：「盧護衛。」

盧平沒有托大拿喬，忙對李明瑞長揖到地：「見過李侍郎!」

盧平手握腰間佩劍，笑盈盈抬頭，視線掃過舊燈籠上寫著的杜字，如普通寒暄一般道：「真是巧了……李侍郎是來這裡，訪友?」

「倒不巧，明瑞是專程在這裡候著盧護衛的。」李明瑞半點也沒有遮掩。

盧平心中了然了：「南都郡主的消息是李侍郎給的?既然李侍郎知道南都郡主柳若芙的藏身之地，為何……不稟報太子殿下?獨占功勞不好嗎?」

「南都郡主柳若芙，是明瑞送給鎮國公主之禮，明瑞請求盧護衛代為轉達明瑞求見鎮國公主的誠意和真心。」李明瑞眉目含笑，一副溫潤公子的模樣，再次向盧平一拜。

盧平回到鎮國公主府，不敢耽擱，換了身衣裳便去清輝院，將李明瑞之事告知白卿言。

「不過屬下沒有應承，只說大姑娘重傷昏迷，醒來的時候少……但話屬下一定會幫李明瑞帶到！」盧平道。

白卿言將手中的藥碗遞給春桃，接過蜜水漱了口，用帕子沾了沾唇角。

「還請大姑娘明示，這李明瑞應當如何處置。」盧平眉頭緊皺，總覺得這李明瑞過分聰明了。

她靠在流蘇隱囊上，看向盧平：「暫時不必理會，平叔辛苦了，忙了一天平叔先去歇著吧！」

派人往鎮國公主府送消息，她若知道是誰來送消息，目的是什麼，便定然會派人去燕雀樓查，也自然會查到柳若芙。

但這些都不是李明瑞的目的，李明瑞是想告訴她，他李明瑞有自己的門道和手段，也有能力。

既然李家有把柄在她的手中，那麼……李明瑞要麼就是同她宣戰，要麼就是投誠。

宣戰，大可暗暗動手，何須求見。

想來……只有投誠一種可能了。在白卿言看來，李明瑞是聰明，可為人太過功利，相比較起來白卿言倒是覺得……總是不厭其煩明火執仗找她晦氣的柳若芙，都比李明瑞更讓人信得過。

小廚房裡，春桃手中正握著把繡蝶的扇子對著藥碗搧風，這藥太燙了……白卿言還沒法入口。

春桃試了試溫度覺著差不多了，這才將藥碗放在黑漆描金的方盤裡，正要去上房就見盧平出來，春桃笑著行禮：「盧護衛……」

盧平視線落在春桃端著的藥碗上：「辛苦春桃姑娘了！」

春桃側身讓開，目送盧平離開清輝院，這才打簾進門，將藥遞給白卿言：「洪大夫說臨睡前喝的這補血氣的藥，可能要大姑娘一直喝下去，就是麻煩了些，等回到朔陽洪大夫打算教小銀霜製藥丸，這樣大姑娘以後就可以服藥丸，方便些。」

白卿言喝藥早已成了習慣，她端起藥碗將藥喝了個乾淨，春桃忙捧著漱口水，等白卿言漱口用帕子擦了唇角後，春桃又送上果脯讓她嘴裡換味兒。

「銀霜這幾日跟著洪大夫還適應嗎？」白卿言問春桃。

「大姑娘放心，銀霜跟著洪大夫已經學會不少東西，洪大夫說銀霜聰明學什麼都快，就是幾次從洪大夫那裡得了好吃的要來給大姑娘，我們都攔住了，也沒告訴銀霜大姑娘受傷之事，怕小丫頭擔心。」

銀霜約莫是小時候餓怕了，非常護食兒，能惦記著將好吃的送來給大姑娘，可見對白卿言的忠心。小丫頭雖然一團孩子氣，但骨子裡是個忠勇的。

「這段日子小丫頭能吃能睡的，我看圓潤不少，看起來很是可愛！」春桃抱著黑漆描金的方盤，想起銀霜兩頰鼓鼓囊囊的，眉目含笑彎了起來。

白卿言想起銀霜和小四一般都愛吃甜食，對春桃道：「廚房用蜜糖醃過的山楂味道不錯，明日你去給小銀霜送一碟子，要是銀霜喜歡……等回朔陽的時候，就將做這道醃漬山楂的廚娘帶回朔陽。」

「是！」春桃笑著應聲，「明兒一早奴婢就去，再給小丫頭帶上一匣子松子糖。」

「別一次給太多，免得吃壞了牙，包上一點……吃完了再給她拿。」

白卿言話音剛落，外面就稟報，盧平去而復返。

她單手撐著身子，調整坐姿靠在隱囊上，神色肅穆，讓春桃去請盧平進來。

很快，盧平又匆匆進入上房，單膝跪地，顫抖的雙手捧起一塊玉佩，眸子發紅：「大姑娘！」

白卿言一看到那枚玉佩驚得坐起身來，牽扯到傷口，胸前疼得像被人撕開了一般。

「大姑娘……」盧平聲音輕顫，「這是四爺的！」

見白卿言掀開被子，春桃忙上前扶起白卿言。

她緊咬著牙，血氣一陣陣往頭上湧，一把拿過玉佩，在燈下反覆細看，酸辣氣息湧上鼻頭眼眶，一陣陣沖得白卿言頭暈目眩：「哪兒來的?!」

是不是四叔……還活著！是不是四叔知道她重傷命懸一線，所以回來了?!

心中百轉千迴，數百種情緒在胸腔裡衝撞，讓白卿言頓時淚盈滿眶，一聲比一聲催得急：「哪兒來的！到底哪兒來的?!」

「大姑娘！」盧平顧不上禮數忙扶住搖搖欲墜的白卿言，「大姑娘，這是獄卒送來的！說是受了重傷的南都敗將王江海，請託他送來鎮國公主府，原本他也不想送，可王江海說……這是白家四爺的物件兒，所以那獄卒才替王江海走了趟。」

白卿言攥著玉佩的手收緊，淚水懸於眼睫之上，她緊咬著牙，問：「帶了什麼話？」

盧平鄭重望著白卿言：「王江海說，他要見大姑娘！」

「備車！」白卿言沒有絲毫猶豫。

「大姑娘！」春桃驚呼，「大姑娘這個身子怎麼能奔波呢?!」

白卿言緊緊攥著手心裡的玉佩，王江海讓人送來玉佩，說要見她……她便必須得去，他既然有四叔的玉佩，定然便有四叔的消息。

祖父生有五子一女，每人都有這麼一塊玉佩，從不離身。

比如二叔那塊玉佩，就給了白卿玄母子倆，是作為二叔給白卿玄母親的承諾。

王江海手中有四叔的玉佩，不論是曾經四叔給過王江海什麼承諾也好，還是王江海手中有四叔的消息，白卿言都得去一趟。

她穩住心神，深深看了玉佩一眼，再抬眸……眸色冷靜深沉，有條不紊吩咐道：「平叔你陪我一同去，春桃我和平叔走後，你去告訴小四，一柱香後，出發去太子府……面見太子，告訴太子王江海讓獄卒往我們白府送了四叔的玉佩要見我，小四沒有能攔住我，我不顧身體，硬是去了獄中見王江海，她沒辦法只能來告訴太子！」

雖然事出突然，但白卿言能透過此事，讓太子發現……這一眼便能被看透的白錦稚，是忠於他的，將來白錦稚去安平大營，太子也會多加照顧。

且將此事告知太子，總比太子事後查到再疑心她來的好。

「更衣……」白卿言捂著胸前傷口，「平叔去備馬車！」

盧平應聲稱是，疾步出了清輝院正門。

春桃知道自家姑娘決定的事情，就是十頭牛也拉不回來，更別提這還事關四爺，只能轉身去給白卿言取衣裳更衣。

白卿言出門去獄中見王江海的事情，勒令全府上下不得走漏風聲，更不能讓大長公主和二夫人劉氏知道。

春桃扶著白卿言上了馬車，原本想要跟著一起去，可大姑娘吩咐了，讓她去找白錦稚的，春桃只能再三叮囑大姑娘小心，含淚目送馬車走遠。

馬車內，面色蒼白無血色的白卿言閉眼，手指摩挲著四叔的玉佩，眼角濕紅。

她寧願此去，王江海告訴她四叔還活著，被閑王或者是被王江海關押起來，當做後手來用。她寧願，王江海用四叔來要脅她做任何事情，任何事情都成！

只要……四叔還活著。祖父一定要保佑，四叔還活著！

只要四叔活著，四叔再來找她下棋，她定再也不會嫌四叔臭棋不願與四叔對弈，她一定耐心陪四叔下棋，一定……讓四叔高高興興贏她一次。

白卿言馬車慢行，盧平快馬一騎先行去獄中打點，等白卿言到的時候，盧平已經在大獄門口候著。

大獄門前掛著兩盞孤零零隨風搖曳的紙燈籠，幽冷的光線將大獄半新不舊的大門映得越發森鬱。

盧平扶著身披黑色披風，頭戴帽兜的白卿言下了馬車，往獄中走去。

陰暗潮濕的大獄之中，牆壁上幽暗的油燈火苗來回擺動，偶有哭聲傳來，讓這大獄越發顯得陰森森的。

王江海盤腿坐在充滿了霉味的稻草之上，蒼白的唇瓣乾裂緊緊抿著，他知道自己命不久矣。

那日白卿言快馬而來，駿馬飛踏在他的身上，傷了他的心肺，誰又會為他們這些謀逆的逆犯請大夫。如今，王江海還能盤腿坐在這裡，不過是全憑著一口氣硬撐罷了。

不論如何，王江海都要將自己的兒子救出去。

小王將軍放下身段好不容易向獄卒討了一碗冷水，忙端到王江海的面前：「爹……你先喝口水。」他幾日前鎖骨中了一箭，如今傷口已經潰膿疼痛難忍，可他不能表露出來讓父親擔憂，勉強對父親勾唇笑了笑。

王江海略有些混濁充血的眸子看了兒子一眼，就著兒子的手喝了一口水，開口道：「一會兒鎮國公主來了，不論爹說什麼你都不要吭聲，爹一定會保住你！」

王江海話音剛落，就聽到腳步聲由遠及近，他抬頭朝著聲源方向看去，不多時……便能看到盧平扶著一個身穿黑色斗篷，帶著黑色帽兜的纖細身影出現在大獄門口。

小王將軍下意識挺直身子，做出保護父親的動作，卻被王江海抬手拍了拍手臂，示意小王將軍扶他起來。

小王將軍放下手中的水碗，扶住王江海。

只見王江海緊咬著牙，呼吸艱難呼哧著撐起身子，朝著白卿言跪下叩首，聲音裡帶著不可察的顫抖：「見過鎮國公主！」

白卿言摘下頭上的帽兜，露出病態蒼白的五官。

幾日不見，白卿言的氣色的確是差極了，臉上慘白毫無一絲血色，整個人看起來相較之前瘦了一圈，驚豔清麗的五官越發顯得輪廓分明，那幽沉雙眸……鋒芒內斂又高深，居高臨下睨視著王江海。

「我四叔的玉佩，你是哪裡來的？」白卿言問。

「回鎮國公主，這是多年前北疆之戰，我救了白家四爺白岐川一命，白家四爺便贈了玉佩於我，說……若有一日，我有所求……可以帶著玉佩登白家門，他定會相助。」王江海以頭搶地，重重叩首，「今日，王江海斗膽用玉佩請鎮國公主前來，便是知道白家人重諾，即便是如今白家四爺已經不在了，可……白家人見到玉佩，定然會替白四爺完成承諾。」

白卿言攥著玉佩的手一緊，並非是四叔活著，而是……四叔曾經贈予的嗎？她的心不斷向下沉。

白卿言眸色愈發冷：「你倒是瞭解白家人。」

王江海抬頭，雙眸通紅，喉頭翻滾哽咽，説話時姿態極為恭謹：「王江海自知謀逆死罪，罪不可恕……只求鎮國公主能開恩救我兒一命！王江海死後見到白家四爺……定然會告知四爺，鎮國公主已經替他還了救命之恩。」

説完，王江海他再次重重叩首，頭搶地的聲音極大，也極為鄭重，他聲音裡全是懇求，紅著眼低聲下氣懇求：「只要鎮國公主能救我兒，從此以後，我兒便任由鎮國公主驅使！」

「爹！」小王將軍喉嚨哽咽。

白卿言視線落在小王將軍的身上。

四目相對，小王將軍只覺白卿言那雙眼冷冽的駭人。

他含淚緊咬著牙，不忍心再看到自己父親為他能苟活而受辱，高聲道：「爹爹！你起來……兒子願意跟隨爹爹一同赴死！兒子站著死，絕對不跪著活！」

「這小王將軍可不像是，會任由我驅使的樣子。」白卿言聲線冷肅。

王江海忙抬手壓住自己兒子的頭顱，朝著白卿言一同叩首：「小兒口無遮攔還望鎮國公主恕罪！鎮國公主我可讓我兒起誓，若我兒此生不能效忠鎮國公主，便讓我王家滿門死後魂魄不寧，死後魂魄受盡折磨，不得轉世解脱！」

「爹！」小王將軍聲音裡帶著極重的哭腔，身側拳頭緊緊攥著，「何至於此！」

王江海抬頭泛紅的眸子深深看了眼自己的兒子，又看向白卿言：「鎮國公主，王某人不過是世間一庸人，貪功好利，此次造反也是想博一個從龍之功，我的確算不上是一個好人，更不是一個好兒子，好丈夫！唯一能拿出來一說的，便是……我還算是個好爹爹，至少護得我兒平安！」

王江海這話說得發自肺腑，只求能用真心讓白卿言動容一二。

他手中除了這枚玉佩之外，並沒有其他足夠重的籌碼，來逼迫白卿言答應護他兒子周全。

這也就是為什麼，他請求獄卒將玉佩送去鎮國公主，卻不敢在一開始就直言相告，這是當年北疆之戰白家四爺送於他的。

因為白家四爺的屍身並未送回大都，白家人定然會心存希冀，定然會來牢中問詢白家四爺的消息。他正是利用了這一點……好將白卿言騙來，才能有機會懇求白卿言。

他賭的，是白家人重信重諾的品格。

半晌之後，白卿言開口問：「你兒子叫什麼？」

王江海一聽這話，便知道白卿言是答應了，連忙叩首：「回鎮國公主……我兒名叫王秋鷺！秋鷺……還不見過你的主子！從今日開始……你便是鎮國公主的人，一生都要效忠鎮國公主！」

王秋鷺擰著脖子，不肯俯首。

王江海見狀生怕白卿言反悔，咬緊牙，劈頭蓋臉就給了王秋鷺一個耳光，用力太狠，又劇烈咳嗽了起來。

「爹爹！爹爹！」王秋鷺顧不上自己滾燙的面頰，忙扶住父親，雙眸通紅。

「你若是想要父親死後魂魄不寧，想要你母親、你祖母……全都死不瞑目，你便這麼擰著！你就同我們一同去赴死！」王江海用力攥住兒子的手臂，說到最後語氣近乎懇求，「兒啊！想死容易，想活才是最難的！柳若芙她心裡沒有你！難不成你為了她……連爹娘期盼都不顧了！你是爹娘是王家全部的希望，你得好好活著！活著……為王家留後！如此爹爹就算是去了才算是能對得起你祖父、祖母和母親啊！」

白卿言眉眼挑了挑，柳若芙？

盧平也聽出其中意味不對，側頭朝著白卿言看了一眼，開口道：「今日左相之子李明瑞設計讓鎮國公主府和太子府發現柳若芙藏身九川胡同，作為投向太子的誠意，柳若芙已經被抓，我們趕到的時候……柳若芙腹中孩子也沒有保住，估摸著柳若芙此次怕是難逃一死了。」

柳若芙被抓的消息王江海和王秋鷺已經知道了，也知道柳若芙的孩子沒有保住難逃一死，所以王秋鷺原本也死心認命，打算一同赴死的。可如今，爹爹卻用這樣重的話逼著他。

白卿言站在這裡，可並非要來看他們父子倆上演父慈子孝的。

她緊緊攥著玉佩，對王江海道：「如此，我便愛莫能助了。」

說完，她戴好帽兒側頭對盧平道：「我們走吧！」

四叔曾經欠的情，應該還不假，可……沒有別人不領情，她還上趕著還的。

王江海劇烈咳嗽了起來，膝行追隨白卿言的身影叩首：「求鎮國公主救我兒一命！求鎮國公主救我兒一命！」

王秋鷺閉了閉眼，半晌膝下傳來窸窸窣窣的聲音，他正身跪好，含淚朝著白卿言叩首一拜：「王秋鷺，見過主子！此生……誓死效忠，如有違誓，爹娘……魂魄不寧，王家無後而終！」

白卿言腳下步子一頓，冷肅的目光望著王秋鷺：「既是如此，我自會安排左相之子李明瑞救你，你放心同他走，但……你要記住，你的主子是誰！只有記住你的主子是誰，你應該效忠誰……你才能活命，懂嗎？」

王秋鷺緊緊咬著牙，表情難堪，如受奇恥大辱一般頷首：「懂了！」

白卿言深深看了眼王秋鷺一眼，但願這王秋鷺是真的懂了。

白卿言扶著盧平的胳膊緩緩往大獄外，聽到大獄門口傳來亂糟糟的腳步聲，和疊聲的「太子殿下」，白卿言腳下步子一頓，抬手捂著心口，一步歇三歇……佝僂著腰身緩慢往外挪。

太子匆匆而來，看到穿著黑色披風的白卿言正扶著盧平的胳膊喘息……

白錦稚顧不上禮數，越過太子奔過去扶住白卿言：「長姐！長姐?!」

白卿言抬眼，通紅的眸子看著眼眶含淚的白錦稚，搖了搖頭：「王江海說……這是四叔當年北疆之戰之時，為謝他救命之恩，贈予他的！他故意只送來玉佩，等我到了才開口，為的……是想求我救他的兒子罷了，根本……根本就沒有四叔的消息。」

白錦稚淚水奪眶而出。這世上有什麼比給了人希望，又讓人失望來的更讓人絕望。

當白錦稚聽春桃說白卿言拿到了四叔的玉佩，她還以為……四叔是被閑王或者是南都的那個什麼將軍抓了，想要要脅長姐拿四叔換他的命。

白卿言深深吸了一口氣，看向太子……取下頭上帽兜，要朝太子行禮。

太子忙上前扶住白卿言，如同長輩一般出言訓斥：「你與孤之間不必如此客套，錦稚一去找孤，孤就趕來了！孤明白你突然得了白家四爺的消息沉不住氣，可你也要想想你的身體！」

多日不見，太子沒有想到白卿言竟然又瘦了一大圈，臉上蒼白到一點血色都沒有，說話間喘息急促，又因疼痛腰身佝僂的越發厲害，如同久病纏身，命不久矣一般。

「殿下說的是！」白卿言忍住淚水垂眸。

「孤送你回府！」太子囑咐白錦雉，「扶好你長姐！」

太子話音剛落，王秋鷺歇斯底里喊聲便從牢獄最裡面傳來……

「爹！爹你怎麼了?!來人啊……來人啊！」

王江海心願已了，得到了白卿言的承諾便再也沒有什麼放心不下的，只叮囑王秋鷺一定要記住鎮國公主的話，鎮國公主此言別有深意，又不斷交代王秋鷺千萬不要小瞧了鎮國公主，鎮國公主如今不過是一把入鞘的寶劍，在掩藏自身耀目的鋒芒，有朝一日定然會有大作為！

囑咐兒子一定要活下去後，王江海便撒手去了。

太子視線只短暫朝裡面看了眼，便吩咐全漁和白錦稚扶好白卿言離開大獄，這裡霉味臭味太重，太子很是不習慣。

從獄中出來，太子親自將白卿言送回白府，驚動了大長公主和白家二夫人劉氏。

大長公主親自迎了出來，向太子致謝，又命人抬來了肩輿將白卿言抬回了清輝院，吩咐劉氏派人去請洪大夫給白卿言看看。

原本安安靜靜的鎮國公主府，上下頓時便忙碌了起來。

太子皺眉望著坐肩輿離去的白卿言，與大長公主道：「原先，鎮國公主說二十五便要啟程回朔陽，孤還以為鎮國公主好多了，可看鎮國公主這身體……二十五啟程是不是太倉促了?」

大長公主握緊手中虎頭杖，歎了一口氣：「她是怕她遠在朔陽的母親擔憂，這才急著啟程回朔陽，罷了……路途上走慢些吧！不然她人在大都……心在朔陽，也是累心。」

「不若，將夫人接來大都城！」太子突然道。

大長公主搖了搖頭：「當初白家舉家回了朔陽，先不說白家諸事離不開我那大兒媳婦兒，若是她回來大都，旁人難免會說……陛下病重將朝政交與太子殿下，太子這就為自己親信鎮國公主回大都鋪路，對太子不好！陛下到底是年紀大了有時疑心難免重些，何必為這點兒小事讓陛下懷疑太子殿下！」

大長公主話說得十分漂亮，全然為太子考慮的樣子。

太子對白家越發感激，點了點頭：「不過回朔陽這一路不太太平，孤屈時會讓親衛護送鎮國公主。」

「多謝太子殿下！」

春桃聽說大姑娘回來了，忙將被褥熏得暖融融的，又命人去備了幾個湯婆子，地龍將將才燒起來，這會兒還沒有一點兒暖氣，春桃只得又讓人燒了個炭盆端進來。

已經十月二十，大都城的天冷了下來，院子裡的樹葉已枯黃，風一過就簌簌往下落，滿目是蕭瑟之感。

往年這個時候，董氏早已經吩咐清輝院裡燒上地龍和炭盆，湯婆子也都預備著。

今歲白卿言身體轉好，白卿言說不必那麼早預備，春桃也就沒有預備，誰能想到她們家大姑娘突然就又受了這麼重的傷。

前幾天還好，剛才春桃在屋裡坐著已經感覺到一絲絲冷氣，眼見著這天又要下雨，一場秋雨一場寒，大姑娘還傷著……還是早點兒預備起來。

不多時，肩輿進了院子，春桃連忙迎上前，同白錦稚一左一右扶著白卿言進屋，解了披風，將白卿言安置在榻上。

春桃往白卿言懷裡塞了一個小暖爐，又給白卿言倒了杯熱水：「大姑娘……胸悶？要不要請洪大夫。」

春桃話音剛落，洪大夫人就已經到了。

洪大夫像模像樣給白卿言診了脈，心知白卿言恢復的不錯，面上不顯……只說明日再給白卿言換一副藥，叮囑白卿言好好歇息，便又拎著藥箱離開了。

白錦稚紅著眼替白卿言掖好被角，哽咽說：「長姐，你好好休息。」

「平叔在院外嗎？」白卿言問。

春桃點頭：「盧護衛隨著肩輿一同來的，這會兒還在院外候著。」

事情未了，盧平知道白卿言還有吩咐便沒走。

果然，不多時春桃從清輝院上房打簾出來喚盧平進去。

白卿言不避白錦稚，吩咐盧平道：「平叔你私下去見李明瑞，就說柳若芙這個誠意不算是誠意，讓他設法救王秋鷺出來，好生安頓，也算是我接受他投誠的誠意。」

盧平眉頭緊皺：「若是救王秋鷺出來，又將人交給李明瑞……李明瑞保不齊會利用這個王秋鷺對大姑娘和白家不利！」

畢竟他們家大姑娘今日去獄中見過王江海和王秋鷺，若讓李明瑞救出王秋鷺……還讓李明瑞安頓此人，將來有朝一日，李明瑞稱是他們家大姑娘背著太子殿下命他救出這個謀逆反賊，又脅迫王秋鷺……將閑王謀反之事也扣在大姑娘頭上怎麼辦？

「我同王秋鷺說的很清楚，他若是記得清楚誰是主子，他就能活，他若叛主……便送他去見他父親，想來也算是對得起四叔了！」白卿言眸色冷肅，「平叔放心，我敢放手讓李明瑞去做，就能拿得住李明瑞。」

盧平陡然想起當初，白卿言讓他打折了左相李茂幼子李明堂腿的事，咬了咬牙應聲，他們家大姑娘從不做無把握之事，做事總會留後手，他不必過分憂心。

盧平應聲稱是，離開了清輝院。

白錦稚還有些茫然，但見白卿言已經面露疲態，耐住性子硬是沒有追問，眉目間是不符年齡的沉重憂愁，柔聲讓白卿言好好歇息，便退了出去。

連春桃都覺得意外，她替白卿言擺了個熱帕子擦手：「四姑娘這次竟然能忍住心性，沒有一問到底。」

「小四總會長大。」白卿言倚著隱囊，擦了擦手，揣著多年用慣了的鏤銀手爐，倒是生出幾分親切之感。

「這個時辰應當不會再有事了，奴婢備水伺候姑娘歇下吧！」春桃心疼道，「大姑娘就要回朔陽了，總得將自己這氣色養的再好些，夫人見了才不會太過心疼。」

白卿言點了點頭，知道春桃這是在勸她今夜不要再看書了。

伺候白卿言盥洗了一番躺下，春桃放下床帳，又將掛在鎏金銅鉤上的翠錦垂帷放下，細心檢查了窗欞，免得冷風從窗縫竄進來撲了他們家大姑娘。

滅了燈，春桃小心翼翼退出上房去打熱水盥洗，再回來守夜。

春桃剛走不過片刻，兩扇門發出輕響，軟底履靴踏入屋子裡時，白卿言就睜開了眼。

她裝作不知道，抬手輕輕挑開床帳，從未拉嚴實的翠錦垂帷縫隙裡，看到只亮著一盞燈的外間紗屏後，隱約多了一個人影。

「阿寶，你可睡了？」那人影就立在紗屏之後，低低喚了一聲。

白卿言驚得撩開床幔，原想撐起身子，卻碰到了那傷了的胳膊，疼得倒吸一口涼氣。

蕭容衍沉不住氣，繞過屏風，一把掀開垂帷三步並作兩步，走至床邊扶住要起身的白卿言，往她腰後墊了一個隱囊。

多日不見，白卿言氣色雖說比那日剛剛中箭時好了不少，可臉色還是蒼白的厲害。

四目相對，白卿言耳朵一紅：「你怎麼又夜裡闖進來？」

這話聽著像是責怪，可白卿言眼底卻溢出笑意來。

「連著幾日登門，都被你半睡半醒為由拒之門外。」蕭容衍握住白卿言纖細的手腕，輕輕摩挲著，含笑凝視她，醇厚的語聲中帶著幾分溫軟，低沉又蠱惑人心，「實在是……想念掛心的緊，今日恰巧逢你出門，誰知後來又是太子送你回來，只能行此法了。」

這般相互凝視，白卿言幾乎要深陷進蕭容衍純粹黝黑的深眸之中，偏偏這個男人極深的眼瞼之下的目光那般波瀾不驚，好像亂了心的……就只有她一個人。

白卿言垂眸，沒有血色唇角淺淺翹起：「暗衛又讓月拾給調開了？」

「嗯，月拾調開了……」蕭容衍視線落在白卿言白皙乾淨的精緻五官上，「也不知道月拾能帶著白家的暗衛兜多久，一會兒若是來不及了，可能還需要你身邊那個小婢女幫幫忙。」

說著，蕭容衍又從心口拿出一個小瓷瓶，放在白卿言手心裡：「今天小阿瀝給你送來的那一匣子秘藥，是燕國皇室的寶貝，讓洪大夫看一看，若是對症的話……可以用，對你的傷大有裨益！這個……是最新送到的鮫人脂，以後我每隔半個月給你送一次，新傷痊癒之後不會留疤。」

白卿言輕輕攥住手心裡的小瓷罐子，抬眸望著蕭容衍：「這東西如此珍貴，從大燕送來晉國想必也麻煩，辛苦了。」

「不麻煩，只要你用就不麻煩。」蕭容衍深深看著她，「阿寶為何……總同我如此客氣？」

垂帷外隱隱透過來的火光映著蕭容衍輪廓鮮明的側顏，越發顯得五官深沉。

白卿言抿唇不吭聲，眼底藏不住笑意，心跳卻越來越快，胸前的傷口被撞得發疼。

蕭容衍輕輕扣住她纖瘦的肩膀，低頭緩緩朝她靠近，忍不住撫上她曲線優美纖長的頸脖，捧住她的側臉，低垂著眼睫凝視她唇角。

白卿言略有些緊張，攥住蕭容衍結實的手腕，眼睫輕顫。

蕭容衍身上強烈的氣息將她包裹其中，強勢侵入她的肺腑，擾亂她的思緒。他手指摩挲著她的唇角，滾燙炙熱的呼吸粗重掃過她的鼻頭，心臟像是快要從胸腔裡跳出來一般。

時間如同在兩人之間凝滯了一般，蕭容衍就像在故意磨人，看著她面頰耳根發燙，等待著她的動作，卻遲遲沒有吻下來。

她扣在蕭容衍手腕的纖細手指攀上蕭容衍寬厚的肩膀，輕輕碰了碰蕭容衍的唇，以往清冽的嗓音帶了幾分女兒家的柔軟，聲音極低：「這幾日，我也是想你的……」

蕭容衍眼底有笑，垂頭輕啄白卿言的唇瓣，又抬頭望著她，手指撫了撫她光潔無暇的面龐，帶著薄繭的手指抬起她的下巴，薄唇再次壓了上去，不再克制於淺嘗輒止，卻也克制著不讓自己太過放縱傷到白卿言。

白卿言手心收緊攥住蕭容衍胸前的衣襟，呼吸亂得一塌糊塗，只覺脊柱跟著顫慄，被動承受著蕭容衍的吻，臉像燒了起來，招架不住全身跟著都軟了下去。

蕭容衍怕壓著白卿言，單手撐在隱囊之上，用力攥住隱囊來克制自己，不讓自己失了分寸。

耳邊聽到春桃朝上房而來的輕快腳步聲，蕭容衍戀戀不捨鬆開白卿言的唇，呼吸粗重，又不捨在白卿言被他吻得紅腫的唇上親了親，攥住她緊緊拽著自己領口衣襟的手，放在唇瓣親吻。

「你的小婢女回來了。」蕭容衍眼底帶著幾分揶揄的笑意，低聲道，「阿寶可想好了，此次又該如何糊弄你的小婢女。」

白卿言抬手捂著心臟跳動速度過快的心口，似有驚濤波瀾，見蕭容衍替她掖了掖被角，已經站起身，又是那個玉樹臨風舉止從容的公子。

她掌心裡全都是汗，聽到開門聲莫名有些心虛，低聲喚道：「春桃……」

「哎！」春桃聽到白卿言喚她，忙將外間的燈盞端起來，邁著小碎步撩起垂帷朝內室走來。

當春桃看清楚他們家大姑娘床邊立著個男人，嚇得燈盞從手中滑落……

蕭容衍忙伸手接住，又將燈盞遞給春桃：「小心……」

春桃睜大了眼，想叫又不敢叫，又是這個登徒子！

靠坐在床邊的白卿言抬手撩開床帳，望著一臉震驚的春桃，忍著面紅耳赤，清了清嗓子低聲道：「蕭先生是來送藥的，你悄悄送蕭先生從偏門出去，不要驚動旁人！」

春桃小雞啄米似的點頭，這還敢驚動旁人，驚動了旁人自家姑娘的名節還要不要了！

「月拾還沒回來，想來不用勞煩春桃姑娘，蕭某自己走便是了！」說完，蕭容衍含笑對春桃行禮，「嚇著春桃姑娘了，實在抱歉。」

春桃看了眼自家姑娘，又看了眼蕭容衍，要是這會兒她還沒有回過味兒來，那她就是真蠢了。

春桃頓時面紅耳赤，鬧了半天……他們家大姑娘和這位蕭先生都傾心彼此，所以這蕭先生夜闖大姑娘閨閣，大姑娘才這般輕輕放過吧！

可這……可這蕭先生也太膽大妄為了，竟然就這麼闖進來，萬一要是被人發現了，他們家大姑娘還活不活了！

春桃惱怒自己的遲鈍，也惱怒蕭容衍的大膽，皺眉朝著蕭容衍福身道：「蕭先生請！」

蕭容衍轉身有模有樣朝白卿言長揖一拜：「藥若鎮國公主用的好，可以派人來告知容衍一聲，容衍必定會再設法為大姑娘尋得。」

「辛苦蕭先生了，春桃送蕭先生出去。」白卿言道。

「蕭先生……」春桃做了一個請的姿勢。

蕭容衍這才頷首隨春桃一同朝外走去，穿過垂帷時，蕭容衍依依不捨回頭看了眼白卿言才從清輝院上房出來。

「春桃姑娘留步，白大姑娘身邊不能離人，辛苦春桃姑娘照顧白大姑娘。」蕭容衍對春桃略略頷首，溫雅得體，音韻平緩，十分從容隨和。

春桃有些不放心：「還是我送蕭先生出府吧！否則要是讓旁人看到了，我們大姑娘……」她欲言又止，抬腳朝著清輝院門外走去，悄悄拉開院門左右瞧了瞧，見四周無人這才轉過頭來請蕭容衍，誰知轉過頭來，院子中早已沒有了蕭容衍的身影。

陰雲翻滾，一陣風過，院中枯葉蕭索，有雨滴落在春桃鼻尖上……後頸的衣領裡，春桃忙縮著脖子關好了院門，一溜煙跑到廊廡之下。

不多時淅淅瀝瀝的雨滴……漸漸轉大，嘩啦啦下了起來。

春桃拍了拍自己肩上的雨珠子，站在搖曳燈影下，探著腦袋在清輝院內搜尋蕭容衍，卻半個人影子也沒見，彷佛剛才同她立在院中的蕭容衍只是她的錯覺。

怔愣片刻，春桃抬手拍了拍身上的雨水，打簾進門，試探著輕輕喚了一聲：「大姑娘……」

「蕭容衍走了？」白卿言挑開床帳，低聲問道。

「已經走了，我剛去開了清輝院的院門，回頭蕭先生就不見了……」春桃到現在還有些反應不過來，若不是白卿言問蕭容衍，她真的會當自己剛才是做夢了。

「走了便好！」白卿言撒開床帳，舒展身體靠在隱囊上，聽著窗外雨滴劈里啪啦胡亂打在窗櫺上，像也打亂了白卿言的心，她抬手輕輕碰了碰被蕭容衍吻得嫣紅的唇瓣，有些輕微刺痛，可心底卻生出些蜜意和忐忑來。

經歷前世，曾經白卿言對蕭容衍的感覺……有忌憚，更有感恩，但或許是因為兩人處於對立，她從未想過有一日會同蕭容衍情投意合。

上一世……

白卿言已經很少回憶上一世了，自從去歲臘月醒來，發現上天憐她讓她重活一回，她惟日孜孜，無敢逸豫，從未想過自己還會有機會動情。

儘管上一世她與蕭容衍非一開始就處在敵對面，可白卿言對蕭容衍也是敬佩……和欣賞的。

或許，那時候她便動了心卻不自知。

STORY 077

女帝 卷六

作者　千樺盡落
主編　汪婷婷
編輯協力　謝翠鈺
企劃　鄭家謙
美術設計　卷里工作室　季曉彤

董事長　趙政岷
出版者　時報文化出版企業股份有限公司
108019台北市和平西路三段二四〇號七樓
發行專線——（〇二）二三〇六六八四二
讀者服務專線——〇八〇〇二三一七〇五
（〇二）二三〇四七一〇三
讀者服務傳真——（〇二）二三〇四六八五八
郵撥——一九三四四七二四時報文化出版公司
信箱——一〇八九九　台北華江橋郵局第九九信箱

時報悅讀網　http://www.readingtimes.com.tw
法律顧問　理律法律事務所　陳長文律師、李念祖律師
印刷　勁達印刷有限公司
一版一刷　二〇二四年六月二十一日
定價　新台幣三八〇元
缺頁或破損的書，請寄回更換

女帝 / 千樺盡落作 . -- 一版 . -- 臺北市 : 時報文化出版企業股份有限公司 , 2024.06-
冊 ;　14.8×21 公分 . -- (Story ; 77-)
ISBN 978-626-396-366-5(卷 6 : 平裝). --

857.7　　　113007559

ISBN 978-626-396-366-5
Printed in Taiwan